Für alle,
die kämpfen, aber niemals aufhören,
an die Liebe zu glauben.

1. KAPITEL

HAZEL

»Ich fürchte, du bist hier falsch«, erklärte Big Paw, als ich vor ihm in seinem Büro saß. »Wenn du dich als Kellnerin bewerben willst, musst du dich drüben im Restaurant vorstellen.«

Wenn man einem Mann wie Big Paw gegenübersaß, fühlte man sich winzig. Natürlich hieß er nicht wirklich Big Paw, aber alle hier in Eres nannten ihn so. Er war über achtzig und noch immer eine Naturgewalt. Und auch seinen Namen hatte er nicht zufällig bekommen: Mit seinen knapp zwei Metern wog er deutlich über hundert Kilo. Selbst in seinem fortgeschrittenen Alter ging er nicht besonders gebeugt, er bewegte sich nur ein wenig langsamer. Und er trug jeden Tag das Gleiche: kariertes Hemd, Latzhose, Cowboystiefel und Trucker-Kappe. Der Mann musste Millionen von karierten Hemden und Latzhosen im Schrank haben, oder seine Frau wusch ziemlich regelmäßig.

Eres, Nebraska, war wohl den wenigsten Menschen dieser Welt ein Begriff. Die Straßen waren nicht geteert und die Menschen arm. Nicht viele in der Stadt hatten das Glück, einen Job zu haben, und wenn, brachte er ihnen vermutlich nicht viel Geld ein. Aber immerhin erhielt man dann regelmäßig einen Gehaltsscheck, während die anderen sich Geld von Big Paw liehen, der genau wusste, dass sie es ihm nie würden zurückzahlen können, aber trotzdem nicht müde wurde, sie regelmäßig daran zu erinnern. Der alte Kenny von der Autowerkstatt schuldete Big Paw noch 50.000 Dollar, und zwar seit 1987, und ich bezweifelte, dass er seine Schulden jemals würde begleichen können. Trotzdem brachte Big Paw das Thema bei jeder Stadtversammlung mit mürrischem Blick zur Sprache.

Big Paw war so was wie der Pate von Eres. Ihm gehörte die Eres Ranch, das Herz der ganzen Stadt. Mit seinen Getreidefeldern und seinen Rindern hatte Big Paw mehr geschaffen als jeder andere in Eres – er hatte etwas aufgebaut, das Bestand hatte.

Die Eres Ranch war seit sechzig Jahren ziemlich erfolgreich, und die meisten Leute in der Stadt, die Arbeit hatten, arbeiteten für Big Paw, entweder auf der Ranch oder im Farmhouse Restaurant.

Ich saß allerdings ganz sicher nicht in seinem Büro, weil ich mir Hoffnungen auf eine Stelle als Kellnerin machte – auch wenn ich nicht unbedingt wie eine Farmarbeiterin aussah.

»Bei allem Respekt, Mr Big Paw, aber …«

»Big Paw«, korrigierte er mich. »Ohne dieses ›Mister‹-Zeug. Einfach nur Big Paw. Sonst fühle ich mich noch älter, als ich bin.«

Ich schluckte. »Entschuldigen Sie. Big Paw, bei allem Respekt, aber es geht nicht um eine Stelle im Restaurant. Ich möchte auf der Ranch arbeiten.«

Er musterte mich eingehend. Die meisten jungen Frauen in meinem Alter waren bestimmt nicht scharf darauf, sich in den Schweine- oder Pferdeställen die Hände schmutzig zu machen, aber ich brauchte diesen Job und war daher fest entschlossen, erst wieder zu gehen, wenn ich ihn hatte.

»Du siehst nicht so aus wie die Leute, die sonst für mich arbeiten.« Er schnaubte und verzog das Gesicht, aber ich nahm es nicht persönlich, denn das gehörte zu seinem typischen

Repertoire. Ein Lächeln von ihm hätte mir weit mehr Angst gemacht.

»Bin mir nicht sicher, ob du für die Arbeit im Stall und in den Scheunen geeignet bist«, erklärte er und blätterte in den Unterlagen auf seinem Tisch. »Aber Holly wird bestimmt eine hübsche Stelle im Restaurant …«

»Ich will nicht im Restaurant arbeiten«, erklärte ich noch einmal, verstummte aber sofort und schluckte, als mir bewusst wurde, dass ich Big Paw unterbrochen hatte. Niemand fiel Big Paw ins Wort, wenn er sprach. Jedenfalls hatte noch niemand es überlebt, um davon zu berichten. »Bitte entschuldigen Sie, aber ich brauche einen Job auf der Ranch.«

»Und warum das?« Seine Augen waren so dunkel, dass man das Gefühl hatte, in zwei riesige schwarze Löcher zu blicken.

»Jeder weiß, dass die Leute auf der Ranch doppelt so viel verdienen wie die im Farmhouse. Ich brauche einfach das Geld.«

Er nahm eine Zigarre aus der Schublade, schob sie sich zwischen die Lippen und lehnte sich auf seinem Stuhl zurück, während er an ihrem Ende herumkaute. Big Paw hatte fast immer eine Zigarre im Mund, aber ich hatte sie noch nie glühen gesehen. Vielleicht war es einfach nur eine alte Gewohnheit, die er nicht ablegen konnte. Oder vielleicht hatte seine Frau ihm Druck gemacht, mit dem Rauchen aufzuhören.

»Du wohnst unten in einem der Trailer, richtig?«, fragte er und rieb sich mit dem Daumen über die Unterlippe.

»Ja, Sir.« Er zog eine Augenbraue hoch. Ich räusperte mich und versuchte es noch einmal. »Ja, Big Paw. Das ist richtig.«

»Wie heißt deine Familie?«

»Es gibt nur noch meine Mutter, Jean Stone.«

»Jean Stone …« Seine Brauen zogen sich noch enger zusammen, und er tippte mit dem Finger auf seinen Schreibtisch. »Sie ist mit Charlie Riley zusammen, richtig?«

Bei Charlies Erwähnung wurde mir ein wenig flau im Magen. »Ja, Sir … *Big Paw.*«

Einen winzigen Augenblick lang veränderte sich Big Paws Gesichtsausdruck, und er wirkte nicht länger mürrisch, sondern beinahe traurig. Er kaute auf seiner Zigarre und schüttelte den Kopf. »Der Junge gefällt mir nicht. Macht nur Ärger mit dem Zeug, das er in die Stadt bringt. Es macht die Leute kaputt, körperlich und auch im Kopf. Ich hab keine Verwendung für Leute, die Drogen nehmen. Den Mist kann ich nicht gebrauchen.«

»Ich schwöre Ihnen, ich nehme keine Drogen. Ich hasse dieses Zeug.« Etwa so sehr, wie ich Charlie hasste.

Charlie war Mamas Mann – mein lieber Stiefvater –, und zwar schon solange ich denken konnte. Ich hatte nicht gewusst, dass Schlangen sich in Menschen verwandeln konnten, bis ich alt genug gewesen war, um zu erkennen, was für ein Mensch Charlie wirklich war. Er war der schwarze Fleck von Eres, ein Virus, das sich in der ganzen Stadt ausbreitete. Er war der größte Drogendealer in der Gegend und der Hauptgrund dafür, dass immer mehr Leute Meth konsumierten.

Charlie Riley bedeutete Ärger, aber er war einfach zu gut, um sich erwischen zu lassen.

Es gab mehr als genug Gründe, diesen Mann zu hassen, *mein* Hauptgrund war der Mensch, in den er meine Mutter verwandelt hatte.

Mama sagte immer, sie liebe Charlie, aber sie könne ihn nicht besonders gut leiden, jedenfalls nicht, wenn er betrunken war – und wenn es irgendetwas gab, das Charlie gut konnte, dann sich zu betrinken. Manchmal war er so besoffen, dass er laut wurde und anfing, mit Sachen zu schmeißen und Mama zu schlagen, bis sie zu weinen und sich für Dinge zu entschuldigen anfing, die sie nicht mal getan hatte.

Doch als ich sie gefragt hatte, warum sie ihn nicht verließ, hatte sie gesagt: »Alles, was wir haben, verdanken wir diesem Mann. Das Haus, die Klamotten, die du anhast, das Essen, das du isst. Verstehst du denn nicht, Hazel? Ohne ihn sind wir nichts.«

Nein, ich verstand es nicht. Ich verstand einfach nicht, warum jemand einem anderen Menschen wehtun durfte, bloß weil er ihm irgendwas geschenkt hatte. Vielleicht hatte Mama ja recht damit, dass Charlie uns all das gegeben hatte – aber auch wenn wir ohne ihn nichts hätten, dann hätte sie wenigstens nicht ständig ein blaues Auge.

Mama befahl mir, das Thema zu beenden und nie wieder darüber zu reden. Sie liebe Charlie und würde ihn niemals verlassen.

Das war jetzt drei Jahre her. Mittlerweile war ich achtzehn, und Mama schien sich immer mehr mit Charlie gegen mich zu verbünden. Mir war klar, dass es nicht ihre wahren Gefühle mir gegenüber waren. Charlie hatte sie vollkommen vergiftet, körperlich und geistig, und sie komplett abhängig von sich gemacht – und von seinen Drogen. Wenn ich Mama in letzter Zeit in die Augen schaute, sah ich in ihnen so gut wie nichts mehr von meiner wahren Mutter.

Wenn Mama nicht im fünften Monat schwanger gewesen wäre, wäre ich schon lange von zu Hause ausgezogen und hätte meine eigenen Wege eingeschlagen, aber irgendwie fühlte ich mich für mein zukünftiges Geschwisterchen verantwortlich. Zumal Charlie sich einen Dreck um Mamas Wohlergehen scherte.

Und genau deswegen brauchte ich den Job auf der Eres Ranch, um Geld für meine Schwester oder meinen Bruder zurücklegen zu können. Ich brauchte Geld, um meiner Mutter die Vitamine zu kaufen, die sie während der Schwangerschaft brauchte, um dafür zu sorgen, dass sie etwas zu essen im Kühlschrank hatte, und sicherzustellen, dass dieses Kind, wenn es zur Welt kam, ein wenig mehr hatte, als ich gehabt hatte.

Und von dem Rest würde ich mir eine Fahrkarte kaufen und zusehen, dass ich von hier wegkam. Und irgendwie würde es mir gelingen, Mama und das Baby mitzunehmen und die beiden so von Charlies Einfluss zu befreien.

Mama hatte recht – dank ihm hatten wir ein Dach über dem Kopf; aber bloß, weil jemand dir vier Wände und ein Dach gab, unter dem du leben konntest, bedeutete das noch lange nicht, dass es kein Gefängnis war. Ich konnte es kaum erwarten, endlich genug zu verdienen, um in meine eigenen vier Wände zu ziehen. Und diese würde ich dann statt mit Drohungen mit Liebe erfüllen. Mit Glück anstelle von Angst.

Und der Name Charlie Riley würde dann kaum mehr sein als eine ferne Erinnerung.

Big Paw rieb sich mit der Hand über den Nacken. »Wir brauchen Leute, die richtig anpacken können, kein kleines Mädchen, dass Angst hat, sich die Hände schmutzig zu machen.«

»Ich habe keine Angst, mir die Hände schmutzig zu machen. Ich kann genauso anpacken wie alle anderen.«

»Du wirst mindestens dreißig Kilo schleppen müssen.«

»Ich schleppe auch fünfunddreißig.«

Er zog eine Augenbraue hoch und beugte sich vor. »Du startest vor Sonnenaufgang, und wenn du nicht fertig wirst, bleibst du auch nach Einbruch der Dunkelheit. So was wie Überstunden gibt es bei uns nicht. Ich zahle für die Erledigung der täglichen Aufgaben, nicht für die Stunden, die du hier verbringst. Wenn du früher fertig bist, kannst du auch früher gehen. Wenn du länger brauchst, wirst du länger bleiben. Und bei mir gibt es keine drei Abmahnungen. Es gibt genau eine. Wenn du Mist baust, bist du weg vom Fenster. Verstanden, Mädchen?«

Jedem anderen, der mich »Mädchen« genannt hätte, hätte ich die Faust ins Gesicht gerammt, aber Big Paw meinte es nicht als Beleidigung, sondern genauso, wie er es sagte. Er nannte auch jeden Mann, der jünger war als er selbst, einen »Jungen«, einfach weil er es konnte. Ich war mir sicher, dass so mancher sich davon beleidigt fühlte, aber Big Paw war zu alt, um sich um solche Befindlichkeiten zu scheren.

Wie das eben so war mit alten Hunden und neuen Tricks.

»Verstanden.« Ich nickte. »Ich werde am härtesten von allen arbeiten, versprochen.«

Er grummelte noch ein wenig vor sich hin und rieb sich den Bart. »Meinetwegen. Aber komm nachher nicht zu mir und beschwer dich, weil du dir im Schweinestall die Schuhe ruiniert hast. Ich erwarte dich morgen pünktlich um zwölf bei den Ställen. Mein Enkel Ian wird dich einweisen.«

Erschrocken richtete ich mich auf. »Ian wird mich einweisen?« Ich runzelte die Stirn. »Könnten das nicht Marcus oder James übernehmen?«

»Nein. Die beiden haben schon genug Leute unter sich.« Wieder zog er die Augenbraue hoch. »Du willst doch nicht jetzt schon Schwierigkeiten machen, oder?«

Ich schüttelte den Kopf. »Nein, Sir … äh … Big Paw. Entschuldigen Sie. Alles in Ordnung. Morgen um zwölf. Ich werde da sein.«

Bei der Vorstellung, ausgerechnet von Ian Parker, dem Playboy Rockstar von Eres, eingewiesen zu werden, hätte ich kotzen können. Er hatte drei Jahre vor mir seinen High-School-Abschluss gemacht, und ich hatte das große Glück gehabt, in meinem ersten Jahr den Spind neben seinem zugeteilt zu bekommen, was bedeutete, dass ich jedes Mal perfekte Sicht hatte, wenn er seine Spucke mit der des Kleinstadt-Groupies mischte, das er gerade um seinen Finger gewickelt hatte.

Das Pfeiffersche Drüsenfieber hätte sich dank Ian Parker und seiner ständig wechselnden Frauen in der Stadt pudelwohl fühlen müssen. Nichts hatte ich mehr gehasst, als mich zwischen ihm und seiner Blondine der Woche durchquetschen zu müssen, um an meinen Spind zu kommen. Und jetzt sollte ausgerechnet er mir auf der Ranch zeigen, was ich zu tun hatte.

Ich bezweifelte, dass er überhaupt wusste, wer ich war. Schließlich hatte ich den größten Teil meiner Schulzeit damit verbracht, mich möglichst unsichtbar zu machen. Meine Klamotten waren schwarz mit Schwarz und einem Hauch Schwarz, was perfekt zu meinen kohlrabenschwarzen Haaren, nachtschwarzen Nägeln und tiefgrünen Augen passte. Die Düsternis meiner Erscheinung entsprach meiner Persönlichkeit. Ich war eine Einzelgängerin und hatte die Erfahrung gemacht, dass mein Leben auf diese Weise ein wenig einfacher war. Die meisten Leute nannten mich den Solo-Goth von Eres und gingen mir aus dem Weg, aber ein paar Mädels hatten sich zusammengetan und die Energie aufgebracht, mich während der kompletten High-School-Zeit zu mobben, als wäre ich ein Wohlfahrtsgeschenk für Bullys. *Oh, sieh mal, Hazel Stone sitzt ganz still und allein da rum. Lass uns dafür sorgen, dass sie ein bisschen auffällt, indem wir sie beim Lunch mit Essen bewerfen. Genau das will sie doch.*

Wenn ich einfach still und leise von der Bildfläche verschwunden wäre, wäre vermutlich niemand auf die Idee gekommen, nach mir zu suchen. Und das sage ich nicht aus irgendwelchen melodramatischen Anwandlungen heraus – sondern einfach, weil es stimmt. Einmal bin ich von zu Hause weggelaufen, und als ich nach zwei Wochen wieder zurückkam, fragte Mama mich, warum ich den Abwasch nicht erledigt hatte. Sie hatte nicht mal bemerkt, dass ich weg gewesen war. Und wenn es meiner eigenen Mutter schon nicht auffiel, würde es wohl kaum irgendjemand sonst in Eres bemerken. Erst recht nicht jemand wie Ian. Er war viel zu sehr damit beschäftigt, irgendeine Frau zu befummeln – oder seine Gitarre.

Am nächsten Tag war ich schon zwei Stunden vor meinem Termin mit Ian auf der Ranch. Ich hing in der Nähe der Ställe herum und wartete darauf, dass es Zeit war, an die Arbeit zu gehen. Da ich kein Auto hatte, war ich die knappe halbe Stunde von Charlies Trailer zur Ranch zu Fuß gelaufen. Die Sonne brannte auf meiner Haut und ließ Schweißtropfen über meine Stirn rinnen. Das feuchte Sumpfklima war das reinste Shrek-Wunderland auf meinen Unterarmen. Ich bemühte mich, meine Arme ein wenig vom Körper wegzuhalten, um die Schweißflecken nicht noch schlimmer zu machen, aber die Sommersonne in Eres war unerbittlich.

Nach zwei Stunden ging ich schließlich ins Büro hinüber, wo ich mich mit Ian treffen sollte. Ich wartete dreißig Minuten. Dann vierzig. Schließlich verging eine Stunde.

Ich hatte keine Ahnung, was ich tun sollte, außer alle fünf Minuten auf meine Uhr zu schauen, um mich davon zu überzeugen, dass ich nicht vielleicht ohnmächtig geworden war und meinen Termin mit ihm verpasst hatte.

Nach einer Stunde stand ich auf und machte mich auf die Suche nach Ian, oder irgendjemandem, der mich zu ihm bringen konnte. Je später es wurde, desto nervöser wurde ich. Wenn Big Paw herausfand, dass ich nicht eingewiesen worden war, würde er mich möglicherweise gleich wieder rausschmeißen, bevor ich überhaupt eine Chance bekommen hatte.

»Entschuldigung, kannst du mir vielleicht helfen?«, fragte ich einen Kerl mit einem Heuballen auf dem Rücken. Er drehte sich um und sah mich erschöpft an. Der Heuballen auf seinem Rücken musste fast dreißig Kilo wiegen, und ich fühlte mich mies, weil ich ihn nun auch noch aufhielt, aber ich konnte es nicht riskieren, meinen Job zu verlieren.

»Ja?«, seufzte er entkräftet. Ich kannte ihn aus der Schule: Es war James, Ians bester Freund. James war lange nicht so ein Playboy wie Ian, und er lächelte auch deutlich mehr, selbst mit einem schweren Heuballen auf dem Rücken, der ihm fast das Rückgrat brach. Die beiden spielten zusammen in einer Band, die sich The Wreckage nannte, und obwohl Ian der Frontmann war, bildete James das Herz ihrer Musik. Die Leute waren verrückt nach Ian, aber James wünschten sie sich als besten Freund. Er war einfach ein netter Kerl. Heute trug er ein weißes T-Shirt mit abgerissenen Ärmeln und ein Basecap mit nach hinten gedrehtem Schirm. Sein Shirt hatte eindeutig schon bessere Tage gesehen, so dreckig und zerrissen, wie es war, und dennoch gelang es ihm, mich freundlich anzulächeln.

»Mein Name ist Hazel, und ich sollte mich eigentlich mit Ian treffen, damit er mich einweist. Heute ist mein erster Arbeitstag hier.«

James zog überrascht eine Augenbraue hoch und ließ den Heuballen zu Boden fallen. Er rieb sich mit dem Handrücken über die Stirn und räusperte sich. »Du arbeitest hier?« Es klang überraschter, als mir lieb war.

»Ja. Heute ist mein erster Tag«, wiederholte ich.

Er musterte mich kurz, dann schüttelte er den Kopf, und jegliches Selbstbewusstsein, das ich mühsam aufgebaut hatte, fiel einfach so in sich zusammen. Schon witzig, wie leicht ein einziger Blick die Unsicherheit in einem Menschen neu auflodern lassen konnte.

James musste mein Unbehagen gespürt haben, denn er schenkte mir ein typisches Lächeln und lehnte sich gegen den Heuballen. »Du wirst das hier draußen in deinen schwarzen Klamotten kaum überleben. Schwarze Jeans und ein langärmeliges Shirt? Und sind das Springerstiefel?« Er lachte. »Bist du sicher, dass du dich nicht im Farmhouse melden solltest?«

Sein Lachen sollte nicht verletzend sein, es klang eher verwirrt, aber es gefiel mir trotzdem nicht. »Meine Klamotten sind mir egal. Ich will anfangen zu arbeiten.«

»Sie sollten dir aber nicht egal sein, denn die Sonne hier draußen ist eine ernste Sache. Und ein Hitzschlag ist kein Vergnügen.«

»Weißt du, wo Ian sein könnte?«, fragte ich mit zusammengebissenen Zähnen. Ich war schließlich nicht hergekommen, um mich für meine Kleiderwahl kritisieren zu lassen. Ich war hier, um zu arbeiten.

»Wie ich Ian kenne, hockt er drüben im Büro bei den Pferdeställen. Aber ich warne dich lieber ...«, begann er, doch ich unterbrach ihn.

Für Warnungen hatte ich keine Zeit.

Ich war fast anderthalb Stunden zu spät.

»Danke«, sagte ich und joggte hinüber zu dem kleinen Büro direkt neben den Ställen. Hatte Big Paw gesagt, ich sollte mich dort mit Ian treffen, und nicht im Hauptbüro? Oh Mist. Ich hatte nur eine einzige Chance, und die hatte ich vielleicht gerade vermasselt.

Ich stieß die Tür auf – und setzte schon im selben Atemzug zu einer Entschuldigung an. »Hi, Ian, ich bin Hazel und ... *oh mein Gott!*«, rief ich, als ich das Mädchen vor Ian auf dem Boden knien sah. Er trug ein weißes T-Shirt, aber seine Jeans und seine Boxershorts hingen ihm um die Knöchel, während die Lippen der Frau um seinen ...

Ach du Scheiße, war er wirklich so groß, wie er aussah? Das Mädchen musste doch förmlich ersticken. So wie die Adern an seinem Penis hervorquollen, musste er jede Sekunde explodieren, aber sie schien kein Problem damit zu haben, dass diese Explosion genau zwischen ihren knallrot angemalten Lippen stattfinden würde.

Hastig wandte ich den Blick ab. »Tut mir leid, tut mir leid …«, rief ich und wedelte dabei wild mit den Händen.

»Raus hier!«, brüllte Ian, und in seiner rauchigen, schroffen Stimme lagen Wut und Befriedigung. Wer hätte gedacht, dass man gleichzeitig wütend und sehr befriedigt sein konnte? Jeder Mann, der bei einem Blowjob unterbrochen wurde, vermutlich.

»Tut mir leid, tut mir leid!«, wiederholte ich und lief eilig aus dem Zimmer. Ich schloss die Tür hinter mir und holte erst mal tief Luft. Meine Hände zitterten, und mein Herz hämmerte gegen meine Rippen. Das gerade war so ziemlich das Letzte, was ich mittwochsnachmittags in einem Büro neben einem Pferdestall erwartet hätte. Doch wer sonst außer Ian würde es fertigbringen, mir einen solchen Anblick zu bieten – einen Anblick, den ich liebend gern wieder aus meinem Hirn gelöscht hätte.

Einige Minuten lang stand ich einfach nur da wie die letzte Vollidiotin. Irgendwann jedoch sah ich auf die Uhr.

Waren die immer noch nicht fertig?

Ich war ja keine Blowjob-Expertin, aber der Größe, den hervorquellenden Adern und der Entschlossenheit der Dame auf den Knien nach zu urteilen, musste Ian kurz vor dem Abschluss gestanden haben.

Aber bisher hatte ich ihn noch nicht selig aufstöhnen hören – und der Tag wurde darüber nicht jünger.

Ich klopfte an die Tür.

»Verschwinde«, zischte Ian.

Immer noch der charmante Junge, den ich aus der Schule kannte.

»Würde ich ja, wenn ich könnte. Aber ich kann nicht. Du sollst mich heute in die Arbeit einweisen.«

»Komm morgen wieder.«

»Kann ich nicht. Big Paw hat gesagt, ich soll mir *heute* von dir zeigen lassen, was ich machen muss. Punkt. Ich kann es mir nicht leisten, diese Chance einfach so zu riskieren. Ich brauche den Job.«

»Spar dir dein Gejammer für jemanden, der sich dafür interessiert«, knurrte er, was mich nur noch wütender machte.

Für wen hielt dieser Typ sich eigentlich?

Bloß weil sich ein paar Leute im Internet seine Musik anhörten und sämtliche Frauen – und auch ein paar Männer – in Eres auf ihn standen, hatte er noch lange nicht das Recht, so mit anderen Menschen zu reden. Ich meine, er war ein Rockstar irgendwo in Nebraska, nicht Kurt Cobain oder Jimi Hendrix.

Ich stieß die Tür zum Büro wieder auf und fand die beiden in exakt der gleichen Position wie zuvor. Die Hände in die Hüften gestemmt, erklärte ich: »Sorry, aber dein Großvater hat gesagt, du sollst mich einweisen. Ich fürchte also, ihr werdet später weitermachen müssen.«

Ian sah mich an und zog die Augenbraue so hoch, wie ich noch nie jemanden eine Braue hatte hochziehen sehen – und nur fürs Protokoll: Ich gab mir wirklich alle Mühe, seinen anderen deutlich sichtbar aufwärtsstrebenden Körperteil zu ignorieren.

»Wie wäre es, wenn du mal raffst, dass er gerade mit mir beschäftigt ist?«, blaffte das Mädchen mich an, nachdem sie besagten Körperteil endlich aus ihrem Mund entlassen hatte.

Braves Mädchen. Atme mal durch.

»Wie wäre es, wenn du mal die Klappe hältst?«, gab ich zurück. »Heute ist mein erster Arbeitstag«, wiederholte ich, diesmal durch wütend zusammengebissene Zähne, und funkelte Ian an. »Und du bist mein Einweiser, also zeig mir, was ich machen soll.«

Sein Blick bohrte sich in meinen. »Weißt du eigentlich, wer ich bin?«

Das war jetzt nicht sein Ernst, oder?

Weißt du eigentlich, wer ich bin?

Wie gesagt, Kumpel: Nicht Kurt Cobain.

»Ja, ich weiß, wer du bist. Mein Einweiser. Wenn du also so freundlich wärst …«

»Ich werde dich nicht einweisen«, erklärte er. »Also verschwinde.«

»Ja, verschwinde«, wiederholte sie.

»Irgendwie hab ich so ein verzweifeltes Echo im Ohr«, sagte ich mit einem scharfen Blick auf sie und dann wieder auf Ian. »Ich werde nicht von hier weggehen, bevor du mich eingewiesen hast.«

»Nun, dann genieß die Show«, erklärte er und legte die Hände an ihren Hinterkopf, um aufs Neue ihre Aufmerksamkeit zu erregen.

»Okay. Ich bin mir sicher, Big Paw wird kein Problem damit haben, wenn ich ihm sage, womit du beschäftigt warst, während du mir eigentlich hättest zeigen sollen, was ich zu tun habe«, erklärte ich drohend.

Die junge Dame lachte gehässig. »Als ob es Ian interessieren würde, was Big Paw denkt.« Sie beugte sich wieder nach vorne, doch Ian hielt sie zurück.

»Ich bin nicht mehr in Stimmung. Wir machen später weiter«, erklärte er.

Sie starrte ihn verwirrt an. »Das ist jetzt ein Witz, oder?«

Er zuckte mit den Schultern. »Mir ist grad nicht mehr danach.«

Oder anders ausgedrückt: *Ich hab eine Scheißangst vor meinem Großvater und will keinen Ärger.* Selbst der Rockstar von Eres hatte also vor etwas Angst.

»Ich kann dafür sorgen, dass dir wieder danach wird«, sagte sie und wollte weitermachen, aber er hielt sie erneut zurück.

»Wie wäre es, wenn du mal raffst, dass er gerade mit mir beschäftigt ist?«, entfuhr es mir mindestens so patzig wie ihr vorhin. Normalerweise war ich ein höflicher, freundlicher Mensch – es sei denn, man kam mir so wie sie eben. Ihr kennt das ja: Wie man in den Wald hineinruft, so schallte es eben auch wieder heraus.

Sie stand auf und strich sich ihr Kleidchen glatt, bevor sie sich mit einem verführerischen Lächeln in Ians Richtung an mir vorbeischob. »Ruf mich an, okay?«

»Klar doch, Rachel.«

Sie sah ihn mit großen Augen an. »Ich heiße Laura.«

»Hab ich doch gesagt.« Ian machte eine wegwerfende Handbewegung. Es fehlte nicht mehr viel Kleinstadt-Arschloch-Gehabe, und er wäre Jess aus den *Gilmore Girls* gewesen: überheblich, arrogant – und verdammt sexy.

Der Kerl war so ätzend, dass ich mich absolut nicht von ihm angezogen fühlte, aber so zu tun, als wäre Ian nicht sexy, wäre die reinste Zeitverschwendung gewesen. Sexappeal umgab diesen Mann wie Schwarze Magie. Er musste seine Seele dem Teufel verschrieben haben, um so gut auszusehen – pechschwarzes Haar, Tattoos am ganzen Körper, und Arme, die aussahen, als würde er in seiner Freizeit ganze Rinder wie Langhanteln stemmen. Und dann noch dieses verflixte Rockstar-Grinsen – ihr wisst schon –, das sagte: *Wetten, dass ich dich dazu kriegen würde, mir hier und jetzt einen zu blasen, wenn ich es nur wollte?* Wetten, dass Laura heute ebenfalls in den Genuss dieses Lächelns gekommen war? Wir waren hier auf dem platten Land, wo die meisten Leute in Jeans und T-Shirt, leichten Kleidern und Cowboystiefeln rumliefen, aber die meisten von ihnen sahen aus wie ganz normale Menschen. Ian dagegen sah aus wie ein Halbgott, der in der falschen Galaxie gelandet war.

Während er sich die Hose hochzog, wandte ich mich ab, um ihm ein wenig mehr Privatsphäre zu gönnen, als ich sie ihm noch vor ein paar Augenblicken zugestanden hatte.

Als er fertig war, räusperte er sich. Ich drehte mich wieder zu ihm um, und er rieb sich mit dem Daumen die Nase, die Lippen ziemlich unwirsch aufeinandergepresst. Offenbar hatte er nicht vor, mich mit seinem Blowjob-Lächeln zu beglücken. »Wer zum Teufel bist du überhaupt?«

Zweifellos seine neue Erzfeindin.

»Hazel.«

»Hazel wer?«

»Stone. Hazel Stone.«

Kaum hatte ich es ausgesprochen, zog Ian die Stirn kraus und schnaubte verächtlich.

»Die Tochter von Jean Stone?«

Ich schluckte. Die wenigsten Leute, die meine Mutter kannten, dachten freundlich über sie, weil sie wussten, dass sie mit Charlie verheiratet war – dem großen bösen Wolf von Eres. »Ja, genau die.«

Seine Hände ballten sich zu Fäusten und lösten sich wieder, während er diese Information verdaute. »Weiß Big Paw das?«

»Ja, er wurde darüber informiert. Aber ich wüsste nicht, was das mit …«

»Er weiß Bescheid«, unterbrach er mich, »und hat gesagt, dass ich dich einweisen soll?«

»Genau das hat er gesagt.«

Schweigen. Ians Fäuste ballten sich noch fester.

»Eine Stunde«, knurrte er schließlich und wirkte noch sehr viel verärgerter als vorhin, als ich ihm seinen Blowjob vermasselt hatte. Konnte meine Verbindung zu Charlie wirklich so einen Effekt auf jemanden haben?

Natürlich konnte sie das.

»Wie meinst du das, ›eine Stunde‹?«, fragte ich, ohne den eindeutig genervten Ian noch weiter provozieren zu wollen.

»Ich gebe dir eine Stunde, bevor du heulend davonläufst. Du hast nicht das Zeug, um hier zu arbeiten, unter meiner Aufsicht.«

»Ich will mich ja nicht streiten, aber du hast keine Ahnung, was ich habe und was nicht. Ich bin absolut in der Lage, auf einer Ranch zu arbeiten.« Stimmte das? Gute Frage. Ich hatte keine Ahnung, was es bedeutete, auf einer Ranch zu arbeiten, aber ich wusste, was es bedeutete, zu allem entschlossen zu sein – und Entschlossenheit hatte ich mehr als genug. Zumal ich es mir nicht leisten konnte, heulend von hier wegzulaufen.

»Oh, Schätzchen«, sagte er. »Du hast keine Ahnung, worauf du dich eingelassen hast. Willkommen in der Hölle.«

Er schob sich an mir vorbei, und mir lief ein Schauer über den Rücken. Dabei hätte ich ihm für das »Schätzchen« am liebsten die Faust ins Gesicht gerammt. Wenn ich eines noch mehr hasste als Verniedlichungen für Frauen, dann waren es herablassende Verniedlichungen. *Baby, Süße, Püppchen, Schätzchen. Wie wäre es mit einer Portion »Fick dich«?* Normalerweise hätte ich dieses dämliche herablassende *Schätzchen* nicht unkommentiert stehen lassen, aber er gönnte mir keine Gelegenheit, ihm eine passende Antwort zu geben, denn er leierte schon sämtliche Aufgaben herunter, die er mir in der nächsten Stunde zeigen würde, bevor ich dann angeblich heulend das Weite suchte.

Schweinestall. Pferdestall. Hühnerstall.

Und immer noch redete er über den Mist, den ich würde schaufeln müssen, was gut zu seiner beschissenen Persönlichkeit passte. Mir war absolut klar, dass er seine Bemerkung darüber, dass das hier die Hölle war, ernst gemeint hatte – und bei all dem Gift, das er gerade verspritzte, musste Ian Parker der Teufel persönlich sein.

2. KAPITEL

IAN

Hazel Stone war Jean Stones Tochter, Charlie Rileys Stieftochter, und ich hatte nicht das geringste Interesse daran, sie näher kennenzulernen – geschweige denn einzuweisen. Ich wollte niemanden, der in irgendeiner Verbindung zu Charlie Riley stand, auch nur in meiner Nähe haben, einschließlich Hazel.

Der Ausschnitt von Hazels langärmeligem schwarzen Shirt spannte sich über ihren Nasenrücken, als wir im Schweinestall standen. Ich hatte ihr aufgetragen, eine der Boxen auszumisten, und es kostetet sie sichtlich Überwindung, so wie ich es vorausgesagt hatte. Das T-Shirt über ihrer Nase zeigte mir, dass sie noch nicht das Glück gehabt hatte, gegen den Gestank von Schweinescheiße immun zu werden. Eigentlich hätte sie froh darüber sein sollen. Der alte Eddie arbeitete schon so viele Jahre in den Ställen, dass er gar nicht verstand, warum die Leute ihn komisch anstarrten, wenn er stinkend wie ein Misthaufen durch die Stadt lief. Der arme Kerl konnte sich mittlerweile selbst nicht mehr riechen.

Hazel machte immer wieder Würgegeräusche, als wollte sie ihr Mittagessen wieder ausspucken.

Was zur Hölle hatte Big Paw sich nur dabei gedacht, sie für die Arbeit auf der Ranch einzuteilen? Offenbar wurde er langsam senil, denn es ergab überhaupt keinen Sinn.

Mit dem ganzen schwarzen Eyeliner, den sie sich ins Gesicht geschmiert hatte, sah sie aus, als wäre sie gerade erst aus einem Vampirsarg gestiegen, und ihre schwarzen Klamotten unterstrichen diesen Eindruck noch. Wenn Dunkelheit ein Mensch gewesen wäre, dann wäre er Hazel Stone gewesen. Ihre Klamotten waren unförmig und viel zu weit, und sie schien keine Ahnung zu haben, wie man lächelte – was ich ihr nicht mal übel nahm. Ich selbst hatte auch nicht unbedingt ein Lachgesicht. Aber was mich am meisten ärgerte, war die Art, wie sie mich mit Erica – äh – Rachel oder wie auch immer die Puppe mit meinem Schwanz im Mund hieß – unterbrochen hatte. Und jetzt litt ich unter meiner Erektion, und zwar so heftig, wie ich es noch nie zuvor erlebt hatte. Dabei hatte ich gar nicht vorgehabt, schon bei dem Blowjob zu kommen. Das tat ich nie. Das Ganze war nur das Vorspiel gewesen, bevor ich das Mädchen über meinen Schreibtisch gelegt und rangenommen hätte, bis um sechs die Kühe von der Weide kamen.

Doch stattdessen latschte ich jetzt mit diesem Wednesday-Addams-Verschnitt hier rum und erklärte ihr, was ein Ranch-Arbeiter draufhaben musste. Und ganz nebenbei: Sie hatte es nicht drauf. Sie war so weit davon entfernt, ein Ranch-Arbeiter zu sein, dass ich mir vorkam wie der letzte Idiot, weil ich meinen Nachmittag darauf verschwendete, sie herumzuführen.

»Glaub nicht, dass dich hier irgendwer anders behandeln wird, bloß weil du ein Mädchen bist«, erklärte ich, während sie die Schubkarre mit dem schmutzigen Stroh belud.

»Ich bin kein Mädchen«, fuhr sie mich an, während sie mühsam die volle Mistgabel hochhievte. Immerhin gab sie nicht auf.

Ich betrachtete sie aus dem Augenwinkel.

Ja, sie trug weite Klamotten, trotzdem konnte ich deutlich zwei runde Kugeln erkennen, die sich unter ihrem Shirt abzeichneten.

Bevor ich etwas sagen konnte, schoss ihr Blick zu mir. »Ich bin eine Frau.«

Ich schnaubte. »So gerade. Wie alt bist du, achtzehn?«

»Exakt. Und somit bin ich eine Frau. Kein Mädchen.«

Ich rollte so heftig mit den Augen, dass ich eigentlich hätte blind werden müssen. »Frau, Mädchen, Puppe, was auch immer. Mach einfach deine Arbeit. Wenn du hierbleiben willst, musst du schneller werden. Du brauchst zu lange für die eine Box. Da warten noch sieben andere auf dich.«

Sie schnappte nach Luft. »Sieben? Keine …«

»Keine was?«, unterbrach ich sie. »Keine Chance, dass du sieben Boxen ausmisten kannst?« Ich zog eine Augenbraue hoch, und sie sah es. Ein böses Lächeln spielte über meine Lippen. Wie es schien, würde die kleine Hazel schon nach fünfundvierzig Minuten aufgeben.

Sie straffte die Schultern und richtete sich auf. »Ich *kann* sieben Boxen ausmisten. Und ich *werde* sieben Boxen ausmisten. Und wenn ich die ganze Nacht dafür brauche.«

Bei der Geschwindigkeit, mit der sie arbeitete, würde es tatsächlich die ganze Nacht dauern. Meinetwegen – ich hatte später Probe, drüben in der Scheune, also würde ich ohnehin noch eine Weile hier sein. Wenn Hazel noch nicht aufgeben wollte, konnte sie ruhig den Rest des Abends im Schweinestall verbringen.

Sie brauchte drei Stunden für zwei Boxen.

Drei verdammte Stunden.

Das war deutlich länger, als es hätte dauern dürfen, aber so viel stand fest: Sie zog die Sache durch. Und wenn ich sie nicht dazu gezwungen hätte, hätte sie wahrscheinlich nicht mal eine

Pause gemacht, um etwas zu trinken. »Da draußen sind fast sechsunddreißig Grad. Mach mal 'ne Pause, sonst muss ich dich noch an den Füßen hier rausschleifen und ins Krankenhaus karren«, befahl ich.

Sie gehorchte widerwillig, aber nur, um gleich darauf wieder loszulegen und sich den Arsch aufzureißen.

Gegen sieben holte ich meine Sachen aus dem Büro und ging noch mal zu ihr in den Stall. »Wie viele hast du noch?«, fragte ich.

»Drei.« Sie klang vollkommen erledigt. »Nur noch drei.«

Ich nickte. »Ich hab Bandprobe in der Scheune. Sag Bescheid, wenn du fertig bist, damit ich mir deine Arbeit ansehen kann.«

Sie antwortete nicht, aber ich wusste, dass sie mich gehört hatte. Jedenfalls wäre es besser für sie, denn ich hatte nicht vor, mich zu wiederholen, und wenn ich ihre Arbeit heute Abend nicht abnehmen konnte, konnte sie den Job vergessen.

Ich verstand nicht mal, wieso sie überhaupt auf der Ranch war, warum sie sich selbst in diese Situation bugsiert hatte. Sie hätte einfach zu ihrem Stiefvater gehen und ins Familiengewerbe einsteigen können.

Da ihre Antwort aus Schweigen bestand, ging ich zur Scheune hinüber, um mich mit den anderen zur Probe zu treffen. Seit fünf Jahren spielte ich jetzt in der Band The Wreckage, die aus mir und meinen drei besten Kumpels bestand. Seit wir sechzehn waren und alle – bis auf Eric, der damals erst dreizehn gewesen war – den Sommer über auf der Ranch hatten arbeiten müssen, waren wir eng befreundet. Mich hatte Big Paw zum Arbeiten gezwungen, weil er nicht wollte, dass ich mich in den Ferien irgendwo rumtrieb und Unsinn machte, und die anderen waren von ihren Eltern auf die Ranch geschickt worden, um Geld zu verdienen.

Die meisten der Sechzehnjährigen in Eres arbeiteten neben der Schule, um ein wenig zum Familieneinkommen beizutragen, denn in der Regel reichte ein Einkommen nicht aus, um für Essen auf dem Tisch zu sorgen.

Wir Jungs verbrachten den Sommer damit, zu quatschen und eine Band zu gründen, um uns die Zeit zu vertreiben. In einer kleinen Stadt wie Eres musste man tun, was man konnte, um die Zeit irgendwie rumzukriegen. Die langen Sommertage zogen sich endlos hin, und an den Abenden war nichts los. Aber die Musik änderte alles. Es dauerte nicht lange, bis wir begannen, sie wirklich ernst zu nehmen, und mittlerweile hatten wir sogar ein bisschen Erfolg mit dem, was wir machten – nicht genug, um davon zu leben, aber genug, um von einem Leben außerhalb von Eres zu träumen.

Zumal wir alle gut genug waren, um unsere Band zu etwas Besonderem zu machen.

Da war zum Beispiel James, der Menschenfreund. Wenn jemand ein wenig Liebe brauchte, dann war James zuverlässig zur Stelle, um sie zu geben. Er spielte den Bass und war so ein warmherziger Mensch, dass selbst sein Erzfeind vor ihm dahingeschmolzen wäre. James war nicht nur genial am Bass, er war auch der Smiley auf all unseren Social Media Accounts.

Marcus war ein wahrer Gott an den Drums und der Clown der Band. Er sorgte dafür, dass es immer etwas zu lachen gab, auch wenn es mal zu Spannungen kam, was bei einer Gruppe von Künstlern, die alle ihre eigene Meinung hatten, immer mal wieder vorkam.

Eric am Keyboard war das Mastermind hinter unserem Internetauftritt. Ich bin mir sicher, sein Hirn arbeitete in Html. Und obwohl er der Jüngste von uns allen war – er war Marcus' kleiner Bruder –, war er ein elementarer Bestandteil der Band.

Ohne ihn hätten wir niemals die Fangemeinde aufbauen können, die wir mittlerweile hatten: über 500.000 Follower auf Instagram, 650.000 auf YouTube, und bei TikTok wusste ich nicht mal mehr, wie viele es waren. Eric war immer auf der Suche nach neuem Material, um unseren Radius noch weiter zu vergrößern, unter anderem mit Livestreams von unseren Bandproben und unserer Arbeit hier draußen auf der Ranch.

Die Leute standen offenbar darauf, Rockmusikern bei ihrem Kleinstadtleben draußen auf dem Land zuzusehen, keine Ahnung warum, und Eric war einfach genial, wenn es darum ging, unseren Fans genau das zu geben, was sie wollten. Wenn er mal keine Kamera in der Hand oder zumindest irgendwo in der Nähe aufgestellt hätte, wäre ich wahrscheinlich davon ausgegangen, dass er ernsthaft krank war. Selbst wenn man gerade nicht wusste, dass er mitschnitt, rechnete man besser jederzeit damit, dass er es tat.

Und dann gab es noch mich, den Frontmann, der die Texte schrieb. Ich war eindeutig derjenige mit der schwächsten Persönlichkeit, und ohne meine Band hätte ich wohl niemals überhaupt Erfolg gehabt. Im Großen und Ganzen war ich ein ziemliches Arschloch, nicht besonders gut im Umgang mit anderen Menschen, und noch schlechter in jeglichen sozialen Netzwerken. Aber ich liebte die Musik. Sie schaffte es etwas in mir zu bewirken, das die Menschen nicht sahen, weil sie nie nah genug an mich herankamen. Die Musik hatte mich durch einige der schlimmsten Tage meines Lebens gebracht. Kcine Ahnung, was ich ohne The Wreckage getan hätte. Unsere täglichen Proben sorgten dafür, dass ich nicht den Boden unter den Füßen verlor.

Als ich in die Scheune kam, waren die anderen schon da und diskutierten darüber, wie es mit der Band weitergehen sollte.

»Wir müssen ein Konzert geben und es live auf Instagram streamen«, rief Eric und fuhr sich mit den Händen durch die roten Haare. »Wenn wir unseren Fans keinen Vorgeschmack auf unsere neuen Songs liefern, werden uns andere, die knallhart im Netz unterwegs sind, einfach niedertrampeln. Wenn wir der nächste Shawn Mendes werden wollen, müssen wir auch zeigen, dass wir es ernst meinen.«

»Hey Mann, entspann dich, E. Nicht, dass du noch 'nen Herzinfarkt kriegst wegen diesem ganzen Instagram-Scheiß«, knurrte Marcus und nahm sich ein Bier aus dem Sixpack. »Wie wäre es, wenn wir diesen Social-Media-Mist mal für 'ne Minute vergessen und ein bisschen Good Ass Shit spielen?« Das war Marcus – ihm ging es mehr um die Musik als um den Ruhm.

»Vergessen?«, keuchte Eric, während er wie ein Irrer in der Scheune auf und ab marschierte. »Was meinst du damit, wir sollen es vergessen? Social Media ist unsere Chance, ganz groß rauszukommen, und du willst hier blöd in der Scheune rumklimpern? Unsere Video-Klicks sind um fünf Prozent gefallen, und ihr tut so, als wäre das nicht Armageddon!«

Ich lächelte meinem super nerdigen, aber leidenschaftlichen Bandkollegen zu.

Wenn man Eric so richtig an den Karren fahren wollte, dann ließ man ihm von Marcus sagen, dass der ganze Social-Media-Aspekt vollkommen unbedeutend war. Die beiden stritten sich wie die Brüder, die sie waren.

»Vielleicht, weil es nicht Armageddon ist«, bemerkte Marcus schulterzuckend.

Eric nahm seine Brille ab, schob die Hüfte raus wie meine Großmutter, wenn sie den ganzen Tag geputzt hatte, und drückte sich mit Daumen und Zeigefinger in die Innenwinkel seiner Augen. »Siebenunddreißig Prozent«, sagte er.

»Na super. Jetzt fängt er wieder mit seinen Statistiken an«, stöhnte Marcus.

»Ja, ich fange wieder mit den Statistiken an, weil sie verdammt noch mal echt wichtig sind. Siebenunddreißig Prozent der Amerikaner sind auf Instagram. Die meisten unserer Follower leben hier in den Vereinigten Staaten. Und weißt du, zu welcher Altersgruppe sie gehören?«

Ich setzte mich auf den Rand der hölzernen Bühne, die Big Paw uns vor Jahren gebaut hatte, und hörte gespannt zu, denn ich wusste, dass Eric seinem Bruder jetzt eine ausgiebige Lektion erteilen würde.

»Sprich weiter«, sagte James, ganz offensichtlich ebenfalls interessiert.

»Neunundneunzig Prozent sind jünger als fünfunddreißig. Das bedeutet, wir haben es hier mit einer riesigen Gruppe aus Millennials und Generation Z zu tun, deren Aufmerksamkeitsspanne in etwa der eines Welpen entspricht, der seinen Schwanz jagt. Wenn wir denen keinen Grund geben, sich auch nur im Geringsten für unseren Sound und unsere Band zu interessieren, wandern die schneller weiter als eine Kardashian durch ein Basketball-Team. Wir müssen uns fokussieren. Wir müssen größer denken, sonst verlieren wir alles, was wir in den letzten Jahren aufgebaut haben.«

Keiner sagte etwas. Eric wusste ganz offensichtlich, wovon er sprach. Zumal ich ihm absolut zustimmte. In letzter Zeit jedoch fühlte sich alles seltsam schal an, als würde unsere Musik sich nicht so entwickeln, wie ich gehofft hatte. Ich hatte so große Träume und Hoffnungen, genau wie die anderen, aber im Moment fühlte es sich an, als ginge es nicht mehr weiter voran. Ich hatte keine Ahnung, wie uns der Durchbruch, der nächste große Schritt, gelingen sollte. Eric hatte recht mit dem Social-Media-Kram, aber wenn wir nicht die richtige Musik liefern konnten, würde uns das auch nicht helfen.

Wir brauchten richtige Hits, nicht bloß ein paar mittelmäßige Sounds.

»Was ist mit den neuen Songs, an denen du gerade arbeitest, Ian? Vielleicht können wir ein paar davon für den Livestream verwenden«, schlug James vor.

Ich wand mich unbehaglich. Nichts davon war in irgendeiner Weise spruchreif. Ich kam einfach nicht weiter, und wenn man nicht weiterkam … »Die sind noch nicht ganz fertig. Ich muss noch ein bisschen dran feilen.«

»Aber bis du damit fertig bist, müssen wir trotzdem Gas geben. Lasst uns unsere besten Stücke spielen, irgendwann in den nächsten Wochen. Wir laden die ganze Stadt ein und streamen es live. Damit haben wir wenigstens neues Material«, sagte Eric.

»Einverstanden. Wie wäre es, wenn wir schon mal eine Set-Liste aufstellen und proben?«, schlug Marcus vor. »Damit wir dann auch gut rüberkommen.«

Nun, da wir uns einig waren, konnten wir endlich loslegen und das tun, was wir liebten – nämlich Musik machen.

Die Stunden vergingen, und wir legten nur eine kurze Pause ein, um etwas zu essen – während Eric uns davon in Kenntnis setzte, dass Pizza das am häufigsten auf Instagram gepostete Gericht war, dicht gefolgt von Sushi und Hühnchen.

Ich sage euch, diese Massen an Informationen in Erics Kopf waren dazu bestimmt, irgendwann noch mal bei *Jeopardy!* oder so zum Einsatz zu kommen. Es war einfach unmöglich, so viel zu wissen und nicht in irgendeiner dieser Wissensshows zu landen.

Plötzlich öffnete sich das Tor, und ich sah überrascht, wie Hazel in die Scheune trat. Sie sah furchtbar aus. Ihre Haare steckten in dem zerzaustesten Messy Bun, den ich je gesehen hatte, ihre Augen glänzten vor Erschöpfung, und ihre Klamotten waren zerrissen und voller Schweinemist. Ihre Springerstiefel waren komplett hinüber, genau wie sie selbst. Aber sie war hier. Ziemlich ramponiert, aber nicht gebrochen.

»Tut mir leid, dass ich störe, aber ich bin fertig mit den Schweineboxen«, sagte sie zu mir und nickte knapp. »Falls du kommen und es dir ansehen willst.«

Ich schob mir ein Stück Knoblauchbrot in den Mund und rieb mir die fettigen Hände an meiner Jeans ab. »Hat ja 'ne Weile gedauert. Ich seh's mir später an.«

Sie sagte kein Wort, drehte sich nur auf dem Absatz um und ging.

James sah mich an. »Du hast sie nicht wirklich den kompletten Stall alleine ausmisten lassen, oder? Big Paw stellt dafür normalerweise drei Männer ab.«

»Verdammt, ja, hab ich. Wenn sie jetzt aufgibt, brauche ich wenigstens nicht noch mehr Zeit mit ihr zu verschwenden.«

»Ich hätte das Handtuch geworfen«, erklärte Marcus. »Sie hat offensichtlich mehr Biss, als du denkst.«

Irgendwann verlor jeder seinen Biss. Hazel hatte den ersten Tag überstanden, aber mit der Zeit würde ich sie schon dazu bringen, dass sie aufgab.

Ich verabschiedete mich von den Jungs und ging zum Schweinestall hinüber, doch James lief mir nach. »Ian, warte.«

Ich drehte mich um und verschränkte die Arme. »Was?«

»Diese Hazel da eben. Sie ist Charlies Stieftochter, nicht wahr?«

Ich nickte. »Ja.«

James schnaubte und schüttelte den Kopf. »Sei nicht zu arschig zu ihr, okay? Sie ist nicht Charlie. Du kannst deine Wut auf ihn nicht an ihr auslassen.«

»Jeder, der mit diesem Mann in Verbindung steht, ist mein Feind.«

»Aber Hazel hat deine Eltern nicht von dem Zeug abhängig gemacht. Sie ist nicht dafür verantwortlich, was mit ihnen passiert ist.«

Angespannt wies ich auf die Scheune. »Kümmer du dich darum, dass alles zu ist, wenn ihr fahrt. Ich kümmere mich um Hazel, und zwar so, wie ich es für richtig halte.«

James wusste, was für ein sturer Bock ich sein konnte. Er war der Friedenswächter unter uns.

Ich eher weniger.

Hazel lehnte im Schweinestall an einem der Gatter und sah immer noch so aus, als hätte sie den verdammten Mond auf ihren Schultern durch die Gegend getragen.

Ich ging durch die Boxen, die zu meiner großen Überraschung blitzblank waren. Sie hatte alles gemacht, was ich ihr aufgetragen hatte, und das weit besser als alle Männer, die sonst für die Ställe zuständig waren.

Natürlich hatte ich nicht vor, ihr das zu sagen. Zumal ich immer noch davon überzeugt war, dass sie über kurz oder lang Mist bauen würde. »Mittelmäßig«, erklärte ich.

Ihr fiel die Kinnlade runter. »Wie bitte? Ich hab mir hier den Hintern aufgerissen, und es sieht großartig aus.«

»Woher willst du das wissen? Ich bezweifle, dass du vorher jemals in einem Schweinestall warst.«

»Was nicht bedeutet, dass ich nicht weiß, was gut aussieht. Der Stall war noch nie so sauber.«

Ich zuckte mit den Schultern. »Meinetwegen. Morgen bei Sonnenaufgang geht's weiter.«

»Ist das alles?«, fauchte sie. »Kein ›gut gemacht‹ oder ›gute Arbeit, Hazel‹ oder so was?«

»Tut mir leid, aber ich wusste nicht, dass es meine Aufgabe

ist, den Arbeitern Komplimente zu machen, wenn sie bloß ihre Aufgaben erledigt haben. Wenn du für jeden Scheiß Applaus willst, bist du hier falsch. So, und jetzt beweg dich mal, damit ich hier abschließen und nach Hause fahren kann.«

Sie schob den Riemen ihrer Tasche auf ihrer Schulter ein wenig nach oben und ging zur Tür. »Acht Stunden.«

»Wie bitte?«

Sie sah über die Schulter zu mir zurück. »Acht Stunden. Ich habe acht Stunden länger durchgehalten, als du erwartet hast.« Sie schenkte mir ein »Fick-dich«-Lächeln und deutete dazu noch einen sarkastischen Knicks an, bevor sie davonmarschierte.

Wieso nur hatte ich das Gefühl, dass dieses Mädchen mir noch tierisch auf den Sack gehen würde?

3. KAPITEL

HAZEL

Jeder einzelne Zentimeter meines Körpers schmerzte. Und wenn ich sage jeder Zentimeter, dann meine ich jeden einzelnen verflixten Zentimeter. Vom Scheitel bis zum kleinen Zeh. Ich hatte nicht mal gewusst, dass Zehen wehtun konnten, bis ich einen Tag auf der Ranch gearbeitet hatte. Am Ende der Woche war ich fest davon überzeugt, dass mein Körper gegen jede Form von Bewegung rebellieren würde. Doch ich machte weiter, fiel gegen Mitternacht ins Bett und stand noch vor Sonnenaufgang wieder auf, um zur Ranch hinauszulaufen.

Ian ließ nicht locker. Ich war mir sicher, dass er fest entschlossen war, mich fertigzumachen, auch wenn ich, ehrlich gesagt, keine Ahnung hatte warum. Es konnte nicht wirklich an der Geschichte mit dem Blowjob liegen, denn wenn das so war, dann war Ian der kleinlichste Mensch der Welt.

Seine Abneigung und seine unfreundliche Art mussten einen anderen Grund haben, aber ich wusste beim besten Willen nicht, was das sein konnte. Tatsächlich war es mir auch egal. Wenn ich meine Arbeit ordentlich erledigte, brauchte ich mir keine Sorgen zu machen.

Solange ich ihm keinen Grund lieferte, konnte er mich nicht rausschmeißen.

Als ich nach einem weiteren anstrengenden Tag nach Hause kam, sah es dort aus, als hätte eine Bombe eingeschlagen. Mom hatte keine der Aufgaben übernommen, die ich normalerweise erledigte. In der Spüle stapelte sich das Geschirr, und die Schmutzwäsche quoll über. Überall lagen Zigarettenkippen herum, als hätte niemand hier jemals von einem Aschenbecher gehört, und dazwischen türmten sich leere Bierdosen.

Mama saß auf der Couch und sah fern. Sie war am Abend zuvor exakt auf dieser Couch eingeschlafen, und ich fragte mich unwillkürlich, ob sie sich seitdem überhaupt einmal von dort fortbewegt hatte.

»Wurde aber auch Zeit«, kommentierte sie mein Eintreten. »Charlie will, dass du hier aufräumst, bevor er nach Hause kommt.«

Beim Anblick der Zigarette zwischen ihren Lippen drehte sich mir der Magen um. »Mama, ich dachte, du wolltest für das Baby mit dem Rauchen aufhören.«

»Tu ich doch. Ich rauche immer weniger. Komm mir jetzt nicht auf die Tour.«

»Komm ich gar nicht. Ich will mich nur überzeugen, dass du gut auf dich aufpasst.« Was eindeutig nicht der Fall war. Mama rauchte eine Packung am Tag. Ziemlich unwahrscheinlich, dass sie ihren Zigarettenkonsum reduziert hatte.

»Das mache ich. Und außerdem, als ich mit dir schwanger war, hab ich geraucht wie ein Schlot, und aus dir ist auch was geworden.«

»Na, vielen Dank, Mama«, erwiderte ich und verdrehte die Augen. Dann schob ich meine Ärmel hoch und machte mich an den Abwasch. Es war nicht fair, dass ich das Haus in Ordnung bringen sollte, obwohl ich es überhaupt nicht durcheinandergebracht hatte. Aber ich hatte kein Interesse, mich mit Charlie anzulegen. Zwischen uns beiden lief es immer am besten, wenn ich mich um den Haushalt kümmerte und ansonsten den Mund hielt. Aschenputtel hatte zwei böse Stiefschwestern und eine böse Stiefmutter; ich hatte bloß einen bösen Stiefvater und eine desinteressierte Mutter. Es hätte mich also auch weit schlimmer treffen können.

Als ich mit dem Abwasch fertig war, stopfte ich eine Ladung Wäsche in die Waschmaschine und ging anschließend zurück in die Küche. Im Kühlschrank herrschte gähnende Leere. Wenn ich nicht einkaufen ging, tat es offensichtlich auch sonst niemand. Ich war mir sicher, dass Charlie sich unterwegs was zu essen besorgte, aber Mama verließ so gut wie nie das Haus. Wenn nichts im Kühlschrank war, dann aß sie auch nichts, was nicht gut war. Besonders jetzt, wo sie eigentlich für zwei essen sollte.

»Mama, hast du heute Abend schon was gegessen?«

»Charlie hat gesagt, er bringt was vom Chinesen mit.«

Ich warf einen Blick auf die Uhr an der Mikrowelle. Es war schon nach zehn. Wie ich Charlie kannte, konnte es noch Stunden dauern, bis er zurückkam.

»Ich kann dir ein Grilled-Cheese-Sandwich machen«, bot ich an.

Sie nickte, und als ich fertig war, ging ich ins Wohnzimmer und setzte mich zu ihr auf die Couch. Sie war so dünn. Man hätte niemals vermutet, dass sie schwanger sein könnte. Mittlerweile war sie im fünften Monat, aber man sah es ihr kaum an. Mama war immer schon sehr schlank gewesen, aber ich machte mir Sorgen, dass sie zu wenig aß. Sobald ich meinen ersten Scheck bekam, würde ich als Erstes den Kühlschrank auffüllen.

»Bist du fertig mit dem Saubermachen?«, fragte sie und biss in ihr Sandwich.

»Muss nur noch die Wäsche in den Trockner packen, dann ist alles fertig.«

»Gut. Dann können wir jetzt reden, bevor Charlie nach Hause kommt.« Sie stellte ihren Teller auf den niedrigen Tisch und nahm meine Hände. »Charlie und ich denken, es ist das Beste, wenn du ausziehst.«

Meine Kehle schnürte sich zusammen. »Was?«

»Er hat gesagt, du sollst dein Zeug heute noch hier rausschaffen. Er mag es nicht, ständig das Gefühl zu haben, du würdest uns für die Art, wie wir leben, verachten. Und du hältst das Haus nicht in Ordnung. Du bist ständig irgendwo unterwegs und …«

»Ich arbeite, Mama.«

»Für mich klingt das sehr nach einer Ausrede. Jedenfalls kannst du nicht länger hierbleiben. Wir haben einfach nicht genug Platz, vor allem jetzt, wo das Baby unterwegs ist. Pack deine Sachen und geh.«

»Aber ich kann nirgendwo hingehen, Mama.« Hatte sie mich wirklich das ganze Haus aufräumen und putzen lassen, bevor sie mich jetzt vor die Tür setzte? War das die Frau, die ich als meine Mutter bezeichnete?

Sie zog die nächste Zigarette aus der Packung und zündete sie an. »Du bist jetzt achtzehn, Hazel. Es wird Zeit, dass du das Nest verlässt. Wir werden dich nicht ewig durchfüttern. Also los.«

Ich wollte ihr sagen, dass ich in den vergangenen Jahren mehr für sie getan hatte als sie für mich. Ich wollte brüllen und schreien, dass nicht ich, sondern sie und Charlie *mich* belastet hatten. Ich wollte weinen.

Mein Gott, wie sehr wollte ich hier und jetzt ausrasten und losheulen. Meine Mutter war alles, was ich auf der Welt hatte, und sie stieß mich einfach von sich, ohne es auch nur eine einzige Sekunde lang zu bereuen oder sich schuldig zu fühlen. Sie hatte sich schon wieder dem Fernseher zugewandt und rauchte.

Als Charlie die Haustür öffnete, zog sich mein Magen nervös zusammen. Es war gut, dass ich Mama ein Sandwich gemacht hatte, denn er hatte eindeutig nichts zu essen dabei.

Sein Blick wanderte zwischen Mama und mir hin und her. »Ich hab dir doch gesagt, ich will, dass sie weg ist, wenn ich nach Hause komme.«

»Ich habe es ihr gesagt. Aber das Mädchen ist genauso ein Sturkopf wie ihr Vater«, rief Mama und blies eine Rauchwolke aus. Sie sprach so gut wie nie über meinen Vater. Ich wusste nicht mal, wie er hieß. Wenn sie ihn überhaupt erwähnte, dann nur, um ihn zu beleidigen. Und ich konnte ihn nicht gut verteidigen, da ich ihm ganz offensichtlich nichts bedeutete.

»Ich habe nichts, wo ich heute Nacht hingehen könnte«, sagte ich und erhob mich von der Couch.

»Tja, so ist das Leben. Meine Eltern haben mich auch mit achtzehn rausgeschmissen. Das nennt man erwachsen werden. Wenn ich es hingekriegt hab, wirst du es auch«, gab Charlie zurück. »Ich hab's satt, dich durchzufüttern, ohne dass du irgendwas zum Haushalt beiträgst. Pack deine Sachen und verschwinde. Ich gebe dir eine Stunde. Wir brauchen das Zimmer für das Baby.«

»Es ist nach Mitternacht.«

»Interessiert mich einen Scheiß.« Charlie zündete sich eine Zigarette an. »Sieh zu, dass du wegkommst.«

Mama sagte kein Wort. Sie schaute auf den Fernseher, als hätte sie nicht gerade dabei geholfen, meine Seele zu zerstören.

Ich schluckte und ging in mein Zimmer, ohne die geringste Ahnung, was ich jetzt tun sollte. Ich wusste nur, dass mir genau sechzig Minuten blieben, um meine Habseligkeiten zusammenzupacken und von hier zu verschwinden.

Es war ein grässliches Gefühl zu sehen, dass das eigene Leben in zwei Müllsäcke passte. Niemand verabschiedete sich von mir, als ich mit Tränen in den Augen das Haus verließ.

Mein erster Gedanke war, zu Garrett zu gehen, meiner On-Off-Beziehung. Er war Charlies Neffe und seine rechte Hand im Familienunternehmen. Garretts großer Traum war es, eines Tages Charlies Platz einzunehmen. Er verehrte seinen Onkel, was in meinen Augen ein gigantischer Minuspunkt war. Ich konnte einfach nicht verstehen, wie man sich wünschen konnte, wie Charlie zu sein. Schließlich war er alles andere als ein Vorbild.

Die Beziehung zwischen Garrett und mir war gerade »off«, weil er die Angewohnheit hatte, mit anderen Frauen ins Bett zu gehen. Er behauptete, dass es meine eigene Schuld war, weil ich nicht mit ihm schlafen wollte, aber das war Unsinn. Ich würde nie verstehen, wie man jemand anderen statt seiner eigenen Untreue für so etwas verantwortlich machen konnte – trotzdem war ich dumm genug gewesen, immer wieder zu ihm zurückzukehren.

Schon interessant, wie leicht ein geringes Selbstwertgefühl einen Menschen in die falschen Arme treiben konnte.

Während ich zu Garretts Wohnwagen hinüberging, dachte ich, dass ich diese Angewohnheit wohl von meiner Mutter geerbt hatte: Wir beide suchten uns immer die Arschlöcher unter den Männern aus.

»Wenn du hierbleiben willst, musst du erst runter auf die Knie«, erklärte Garrett und blies eine Wolke Zigarettenrauch aus. Er trug ein kariertes Hemd und Jeansshorts, die viel zu groß für seine schmale Figur waren. Ein abgetragener alter Gürtel hielt sie auf seinen Hüften.

»Sei nicht so widerlich, Garrett. Charlie hat mich rausgeworfen. Ich brauche einen Platz zum Schlafen, wenigstens für heute Nacht.«

»Wie gesagt, auf die Knie, oder du musst dir ein anderes Bett suchen.«

»Soll das ein Witz sein?«

»Sehe ich so aus, als würde ich lachen?«

In diesem Augenblick erschien ein Mädchen hinter ihm – Megan Kilt, von der Garrett immer behauptet hatte, sie sei bloß eine gute Freundin. Aber ich hatte immer gewusst, dass ich ihm nicht glauben konnte.

Als Megan mich sah, breitete sich ein gehässiges Grinsen auf ihrem Gesicht aus. »Na, wenn das nicht unsere Gothic-Barbie ist«, gurrte sie. »Im Ernst, warum trägst du immer so viel Eyeliner? Das ist echt so was von drüber.«

Ich zeigte ihr den Mittelfinger und konzentrierte mich wieder auf Garrett. »Lass mich heute Nacht auf der Couch schlafen, und du kannst mit deiner Barbie machen, was du willst«, bot ich an. »Ich nehme sogar Ohropax.«

»Tut mir leid, Hazel. Charlie hat gesagt, ich darf dich nicht reinlassen. Er meint, du brauchst ein bisschen Tough Love.«

Was Charlie mit mir machte, hatte nichts mit Liebe zu tun. Es war einfach nur grausam.

»Charlie braucht es ja nicht zu wissen.«

»Charlie weiß alles. Sogar den Mist, von dem du denkst, er wüsste es nicht.«

Er hatte recht. Charlie hatte selbst am Hinterkopf Augen und war immer einen Schritt voraus.

Garrett stieß die nächste Rauchwolke aus, und Megan legte ihm die Hände um die Schultern, als wollte sie mir demonstrieren, dass er jetzt ihr Spielzeug war. Meinetwegen. Ich hatte immer gewusst, dass Garrett nicht der Richtige für mich war. Er war bloß immer verfügbar gewesen.

Nur nicht, wenn ich ihn wirklich brauchte.

Garrett war der Bad Boy, von dem die Liebesromane einem suggerierten, dass man ihn unbedingt haben wollte. Nur dass er sich nicht änderte. Im Unterschied zu den Romanen gab es hier keinen Moment, in dem er das Richtige sagte oder so poetisch zu mir sprach, dass ich mich jeden Tag ein wenig mehr in ihn verliebte. Er brachte keine Opfer für unsere Beziehung, oder ergab sich unserer Liebe.

Er war einfach nur Garrett, der Junge, der da gewesen war, als kein anderer auch nur in meine Richtung geschaut hatte. Ich wünschte, ich hätte von mir behaupten können, dass ich stark genug gewesen wäre, ihn abblitzen zu lassen, aber manchmal ließ Einsamkeit einen Menschen alles nehmen, was kam – selbst diejenigen, die einem die Seele aussaugten.

Der einzige Unterschied zwischen ihm und Charlie bestand darin, dass Garrett niemals Hand an mich gelegt hätte. Er war ein Arschloch, aber er war nicht gewalttätig wie Charlie.

Was ihn noch lange nicht zu einem guten Menschen machte.

Manchmal wünschte ich mir, Garrett wäre eine Figur in einem Roman.

Was hätte ich darum gegeben zu erleben, dass er sich weiterentwickelte.

»Hazel, bevor du gehst, wie geht es deiner Mom? Mit der Schwangerschaft und so?«, fragte er, während er seine Kippe austrat. »Kümmert Charlie sich um sie? Achtet er darauf, dass sie was isst und so?«

Ich schüttelte den Kopf. »Du weißt doch, dass Charlies Hirn nur einspurig fährt. Und die Spur gehört ganz sicher nicht meiner Mutter. Ich habe mich um sie gekümmert, nicht er. Und trotzdem hat er es geschafft, sie gegen mich aufzubringen.«

Garrett zog eine neue Zigarette aus der Packung und zündete sie an. Der Kerl rauchte wie ein Schlot. »Ich werd hin und wieder nach ihr sehen und aufpassen, dass sie ihre Vitamine nimmt und so weiter.«

Wow, das ist aber nett – und ziemlich unerwartet.

»Danke.«

»Mhm. Meine Mom wird sicher auch nach ihr sehen wollen.«

Garretts Mutter Sadie war lange Mamas beste Freundin gewesen. Sie war kein schlechter Mensch. Sie hatte bloß schlechte Erfahrungen gemacht.

Wie so viele, dachte ich.

Garrett spielte mit seinem Feuerzeug. »Du solltest verschwinden, bevor Charlie dich hier findet und uns die Hölle heißmacht.«

Ich ging, vorbei an Teenagern, die auf der Straße Krawall machten, und Erwachsenen, die in Carl's Bar noch mehr Krawall machten. Ein ganz normaler Freitagabend eben.

Die Füße taten mir weh vom vielen Laufen. Da ich mir meine Springerstiefel in den Ställen komplett ruiniert hatte, musste ich diese dummen, unbequemen Flip-Flops tragen, die ich meiner Mutter geklaut hatte.

Ohne weiter darüber nachzudenken, schlug in den Weg zur Ranch ein. Etwas Besseres fiel mir einfach nicht ein. Aus der Scheune drang laute Musik, wahrscheinlich von Ians Band, und es klang großartig – abgesehen von den grottenschlechten Texten.

Versteht mich nicht falsch, Ian konnte singen, aber der Text war furchtbar.

Hinter der Scheune, in einem kleinen Wäldchen, stand eine verlassene Hütte, die ich vor ein paar Tagen entdeckt hatte, als ich herumgelaufen war, um einen Krampf in meiner Hüfte zu lösen. Dorthin ging ich und öffnete die Tür.

Bis auf einen alten Teppich, den ich auf dem Boden ausrollte, war die Hütte leer. Er würde mir für die Nacht als Bett genügen müssen. »Es ist wie Camping, Hazel. Genau wie Camping«, redete ich mir ein. Durch ein großes Loch im Dach der Hütte konnte ich den Sternenhimmel sehen, der mir immer ein wenig Frieden schenkte. Beim Anblick des Universums kam ich mir jedes Mal so winzig vor, und seltsamerweise half genau das mir, mich ein wenig besser zu fühlen. Im Vergleich zu allem, was es noch auf dieser Welt gab, erschien mir meine eigene Situation dann nicht mehr ganz so schrecklich. Die Dinge würden sich wieder ändern. Irgendwann. Das Leben war nicht dazu bestimmt, so traurig zu sein, und ich war fest davon überzeugt, dass es mich eines Tages aus dieser gottverlassenen Stadt hinausführen würde. Dabei hatte ich immer gehofft, dass Mama mich begleiten würde, aber sie hatte ihr Team gewählt, und ihr Team war definitiv nicht meines.

Ich legte mir einen der Müllsäcke mit meinen Klamotten als Kissen unter den Kopf und blickte hinauf in den Sternenhimmel, während ich The Wreckage zuhörte. Auch wenn ich ihren Frontmann nicht ausstehen konnte, musste ich doch zugeben, dass die Jungs großartige Musik machten.

Wenn sie nur ein bisschen besser texten würden …

In dieser Nacht schloss ich die Augen mit Ian Parkers Stimme in meinen Ohren und gab mir alle Mühe, an nichts anderes zu denken.

Morgen würde die Sonne wieder aufgehen, und alles würde besser werden.

Das Glück schien auf meiner Seite zu sein, denn die Sonne erhob sich tatsächlich über dem Horizont. Mamas Verrat lastete noch immer schwer auf meiner Seele, aber zumindest hatte ich genug Arbeit, um mich abzulenken. Obwohl ich eigentlich einen freien Tag hatte, ging ich trotzdem zu den Ställen hinüber. Wenn ich arbeitete, hatte ich wenigstens keine Zeit, über meine Obdachlosigkeit nachzugrübeln. Wenn ich Mist schaufelte, war es schwer, an irgendetwas anderes zu denken als daran, sich möglichst nicht zu übergeben.

Und da ich in der alten Hütte schlief, brauchte ich wenigstens nicht mehr jeden Tag eine halbe Stunde zur Arbeit und wieder zurückzulaufen. Ein Silberstreif am Horizont.

»Was zum Teufel machst du da?«, brüllte eine Reibeisenstimme, als ich gerade im Stall saß und Dottie striegelte, das schönste Pferd, dass ich je gesehen hatte. Dottie und ich hatten uns vor einiger Zeit einen Apfel geteilt, und seitdem plauderten wir hin und wieder miteinander, denn mein Leben hatte mittlerweile einen Punkt erreicht, an dem ich mit Tieren sprach, um mich nicht allzu einsam zu fühlen.

Groovy.

Ehrlich gesagt, waren Tiere sehr viel freundlicher als Menschen, daher war meine neue Freundschaft mit Dottie so was wie ein Lottogewinn.

»Ich dachte, ich komme mal vorbei und helfe ein wenig aus«, sagte ich zu Grumpy McGrump Ian, der im Türrahmen stand.

Ob er überhaupt wusste, was ein Lächeln war? Er hatte garantiert mehr Gründe zu lächeln als ich, trotzdem fand ich genug Gründe, um es tatsächlich auch zu tun.

»Du stehst heute nicht auf meiner Liste«, fuhr er mich an.

»Ich weiß, aber ich war zufällig in der Gegend.«

»Nun, dann verschwinde aus der Gegend.«

»Wo liegt das Problem? Die Jungs putzen Dottie und die anderen Pferde selten so, wie es sein sollte. Du solltest dich eigentlich freuen, dass ich hier bin und helfe.«

Er zog die Augenbrauen hoch. »Erwarte nicht, dass du dafür bezahlt wirst.«

»Ich habe auch gar nicht gestempelt. Ich weiß, wie so etwas läuft.«

»Offensichtlich nicht, denn an deinem freien Tag zur Arbeit zu erscheinen, ist nicht die Art, wie es läuft.«

Ich ließ die Hände in den Schoß sinken und sah Ian an. »Wieso bist du mir gegenüber eigentlich immer so schlecht gelaunt?«

»Warum führst du dich so idiotisch auf, dass ich zwangsläufig schlechte Laune bekommen muss?«, fuhr er mich an. Mit zerzaustem Haar stand er da, die Arme vor seinem durchtrainierten Körper verschränkt. Wenn seine Oberarmmuskeln zu eigenständigen Gesten fähig gewesen wären, hätten sie mir wahrscheinlich den Mittelfinger gezeigt.

»Ignorier mich einfach«, schlug ich vor. »Ich bin niemandem im Weg, und Dottie freut sich, dass ich ihr Gesellschaft leiste.«

»Sie ist ein Pferd. Sie freut sich nicht über menschliche Gesellschaft.«

»Auch wenn sie ein Pferd ist, hat sie doch trotzdem Gefühle. Wann hast du sie das letzte Mal gefragt, wie es ihr geht?«

»Verdammte …«, brummte er und fuhr sich mit den Händen durch die Haare. »Wenn du nicht arbeitest, hast du hier keinen Zutritt. Du verstößt gegen das Gesetz.«

»Und, was willst du jetzt tun? Sheriff Cole anrufen, damit er mich festnimmt, weil ich Dottie gestriegelt habe?«

»Leg dich nicht mit mir an, Hazel«, presste er durch zusammengebissene Zähne. »Willst du mich bewusst provozieren, oder kannst du nicht anders?«

»Ich kann nicht anders. Das ist für mich wie atmen.«

Er sah mich wütend an und rieb sich mit dem Daumen unter dem linken Auge. »Wenn ich von irgendjemandem höre, dass du im Weg bist, bist du raus. Und ich meine nicht nur für heute, sondern endgültig. Dann bist du gefeuert. Hast du mich verstanden?«

»Laut und deutlich, Coach.«

»Spar dir den Sarkasmus.«

»Ich kann nicht anders. Auch das ist für mich wie atmen.«

Bevor er mich weiter anbrüllen konnte, tauchte eine Frau im Stall auf. »Bist du fertig, Ian? Ich habe nur eine kurze Mittagspause, wenn wir … du weißt schon.« Sie warf mir einen kurzen Blick zu und errötete ein wenig.

Oh, glaub mir, Süße, wir alle wissen es.

Wenn ich für jede Frau, die ich in den letzten Tagen mit Ian gesehen hatte, einen Dollar bekommen hätte, dann hätte ich nicht mal mehr hier arbeiten müssen. Ich wäre in die Kylie-Jenner-Reichenliga aufgestiegen. Wahrscheinlich hätte ich eine komplette Make-up-Palette allein aus den Augenfarben der Frauen zusammenstellen können, die seinen Weg gekreuzt und es bis in sein Büro geschafft hatten.

Smaragdgrün. Mitternachtsblau. Schattenschwarz.

Ian sah mich an, als wollte er noch etwas sagen, aber sein Verlangen, das Mädchen in seinen Stall zu führen, war offenbar größer, als weiter den Boss zu spielen. Und ich war froh, als er mich wieder allein ließ. Dottie und ich hatten noch einiges zu besprechen.

4. KAPITEL

IAN

»Die Frau geht mir echt auf die Nerven«, beschwerte ich mich ein paar Wochen später bei Big Paw über Hazel. Jeden Tag stand sie in ihren schwarzen Klamotten und den versifften Springerstiefeln da und wollte arbeiten. Egal, was ich ihr auftrug, sie erledigte es. An manchen Tagen arbeitete sie bis spät in den Abend, aber sie ging niemals, bevor sie ihre Aufgabe erledigt hatte, sodass ich einfach keinen Grund fand, sie zu feuern.

Selbst an ihren freien Tagen hing sie auf dem Gelände rum, als hätte sie sonst nichts zu tun. Und ständig quasselte sie mit den Tieren, als ob die ihr eines Tages antworten würden. Ich kannte Dottie gut genug, um zu wissen, dass sie sich einen Dreck um Hazels Gelaber scherte – ihr ging es nur um die verdammten Äpfel.

Die anderen Jungs schien kein Problem damit zu haben, dass Hazel wie ein herrenloser Hund hier herumstreunte. James sagte, sie würde nie im Weg stehen und ihm jederzeit zur Hand gehen, wenn er Hilfe bräuchte. Marcus und Eric fanden sie ebenfalls hilfreich, und ich schwöre, der alte Eddie hatte Hazel sogar einen Kuss auf die Wange gedrückt, als sie angeboten hatte, ihm bei den Hühnern zu helfen.

Offenbar war ich der Einzige, der sie nicht hier haben wollte, weil ich ein Problem mit ihrer Verbindung zu Charlie hatte.

Hazel jeden Tag zu sehen, erinnerte mich an Charlie und somit an meine Eltern. Ich gab mir alle Mühe, nicht an die beiden zu denken, und arbeitete hart, um alle Gedanken an sie weit wegzuschieben, aber Hazel machte mir das fast unmöglich.

Ich kannte sie überhaupt nicht, aber bei ihrem Anblick wurde mir jedes Mal übel. Wenn sie irgendeine Verbindung zu dieser Schlange von Charlie hatte, dann konnte ihre Anwesenheit auf der Ranch nur Unglück bedeuten. Sie kam aus einer total vergifteten Welt.

»Und du gehst mir auf die Nerven«, erklärte Big Paw, der in seinem Arbeitszimmer hinter dem Schreibtisch saß. Er kratzte sich den verwachsenen Bart, den Grams so gerne abrasiert gesehen hätte, und gähnte, ohne die Hand vor den Mund zu nehmen. »Sie arbeitet härter als die Hälfte der Hornochsen auf der Ranch. Jedes Mal, wenn ich vorbeikomme, sehe ich sie bei der Arbeit. Klar, manchmal muss sie ganz schön kämpfen, aber sie arbeitet – im Gegensatz zu der Hälfte der Leute in deinem Team, die sich irgendwo rumdrücken und faulenzen.«

»Ja, aber …« Ich stöhnte, weil ich genau wusste, dass ich keine Chance hatte, sie loszuwerden, auch wenn ich es mir noch so sehr wünschte. »Hast du gewusst, dass sie Charlies Stieftochter ist?«

»Denkst du, ich mache meine Hausaufgaben nicht, bevor ich jemanden einstelle? Natürlich weiß ich das.«

»Und du hast sie trotzdem eingestellt?«, fragte ich verärgert. »Du weißt selbst, dass Charlie der Grund ist, warum Mom und Dad …«

»Fang jetzt nicht damit an, Junge«, knurrte Big Paw genervt. Er tippte sich mit dem Finger auf den Nasenrücken. »Ich habe jetzt keine Zeit für diesen Mist. Hazel Stone arbeitet auf der Ranch, und zwar in deinem Team. Ende der Diskussion.«

»Aber …«

»Ich habe gesagt: Ende der Diskussion!«

Wie konnte er diese Sache einfach so abhaken? Ohne Charlie wären Mom und Dad damals nie abhängig geworden. Sie wären nie im Drogenrausch auf der Suche nach dem nächsten High davongelaufen. Sie wären noch immer die Eltern, die ich in meinem Leben brauchte.

Also scheiß auf Charlie, und alle, die mit ihm in Verbindung standen. Er hatte zahlreiche Leben zerstört – einschließlich meinem.

Ich wünschte, ich hätte meine Eltern nicht gekannt, bevor die Drogen sich in ihr Leben geschlichen hatten. Ich wünschte, ich hätte nie ihre gute Seite kennengelernt, aber das hatte ich – acht Jahre meines Lebens lang. Ich hatte so viele Erinnerungen daran, wie Mom vor dem Meth gewesen war. Ich erinnerte mich, wie gerne sie Grams im Garten geholfen hatte, erinnerte mich an ihr Lachen, ihr Parfüm, das nach Rosen duftete, an ihr Lächeln. Im Sommer hatte Dad mich mit auf den Schrottplatz genommen, wo ich ihm hatte helfen dürfen, mit dem Gabelstapler die kaputten Autos umzuladen.

Das Schlimmste daran, drogenabhängige Eltern zu haben, war, wenn man sich daran erinnern konnte, dass sie nicht immer so kaputt gewesen waren. Wenn sie immer schon so gewesen wären, wäre es für mich sicher leichter gewesen, mich damit abzufinden, dass sie mich im Stich gelassen hatten.

»Du solltest sie entlassen. Oder dir wenigstens einen anderen Supervisor für sie suchen«, sagte ich. Für mich wäre es einfacher gewesen, wenigstens nicht für sie verantwortlich zu sein.

»Ich kann sie nicht entlassen. Ich schulde es jemandem, der ihr nahesteht, ihr eine Chance zu geben.«

»Wem? Wem könntest *du* irgendwas schuldig sein?«

Er runzelte die Stirn und überging meine Frage. »Wie viel Miete bezahlst du für das Haus auf der Ranch?«, fragte er, und ich wusste genau, worauf er hinauswollte.

»Big Paw …«

»Einfache Frage, Junge. Also?«

Ich sackte ein wenig auf meinem Stuhl zusammen. »Gar keine.«

»Ich hab mich letztens auf dem Markt mit Tyler unterhalten. Er sagt, das Haus ist locker über zweihunderttausend Dollar wert, und er hat mich gefragt, ob ich es nicht verkaufen will. Vielleicht sollte ich auf sein Angebot eingehen.«

»Okay, ich hab's verstanden.«

»Nein, das glaube ich nicht.« Er verschränkte die Hände. »Ich könnte mit dem Haus viel Geld verdienen, aber das tue ich nicht, weil du mein Enkel bist und ich weiß, dass du ohne meine Hilfe nicht so eine schöne Unterkunft hättest. Ich habe dir und der Band die Scheune geliehen, damit ihr da proben könnt, obwohl ich sie ebenso gut vermieten könnte. In einer Stadt, in der viele Menschen kämpfen müssen, um über die Runden zu kommen, lebst du wie ein verdammter König, trotzdem wagst du es, hier reinzukommen und rumzuheulen wie ein Baby, weil du ein Mädchen nicht leiden kannst, das härter arbeitet als die meisten anderen Leute? Wenn du willst, dass sie einen neuen Supervisor bekommt, dann kündige meinetwegen. Aber ich verspreche dir, damit verlierst du alles, was dein Leben so gemütlich macht.«

Ich sagte nichts. Big Paw hatte recht. Ich verhielt mich wie ein kleines Kind, das rumschrie und mit dem Fuß aufstampfte, weil es nicht seinen Willen bekam.

»Du hast es ziemlich gut getroffen im Leben, Ian. Ja, es ist nicht schön, von seinen Eltern verlassen zu werden, aber im Großen und Ganzen bist du mit Dingen gesegnet, für die viele

Leute in der Stadt töten würden. Lass dein Ego nicht so groß werden, dass es anderen nicht gönnt, das Gleiche erreichen zu wollen. Hazel hat sich noch kein einziges Mal auch nur im Entferntesten so verhalten wie Charlie. Sie hat einfach nur Pech gehabt. Gib ihr eine Chance, das Beste aus dem zu machen, was sie hat, und hör auf, dich wie ein trotziges Kind aufzuführen.«

Auf Big Paw war doch immer Verlass, wenn es darum ging, einen daran zu erinnern, wie unerheblich und nichtig man selbst und die eigenen dummen Ansichten waren.

»Wo ich gerade darüber nachdenke, ich habe noch eine bessere Idee«, sagte er. »Gib Hazel das freie Zimmer bei dir im Ranch House.«

Ich erstickte beinahe an meinem eigenen Atem. »Wie bitte?«

»Ich habe so das Gefühl, dass sie ein Dach über dem Kopf gebrauchen könnte.«

»Wie kommst du denn darauf?«

»Weil ich sie in den letzten Nächten in dieser verfallenen Hütte unter den Bäumen habe schnarchen hören. Ich habe ganz in der Nähe im Pick-up übernachtet, um sicherzugehen, dass man sie in Ruhe lässt. Auf der Ranch schleichen immer wieder irgendwelche Idioten rum, und ich will nicht, dass sie Hazel etwas antun. Ich wollte ihr selbst schon ein Zimmer anbieten, aber ich befürchte, dass es ihr zu peinlich wäre, ihre Not vor mir zuzugeben, deshalb möchte ich, dass du das für mich übernimmst.«

»Aber sicher doch«, schnaubte ich sarkastisch. »Von mir würde sie es garantiert nicht annehmen.«

»Oh doch. Wenn du es ihr hübsch verpackt und mit einer Schleife drum präsentierst.«

»Und wie stellst du dir das vor?«

»Ich weiß nicht, Ian. Lass dir was einfallen.«

Ich sah meinen Großvater aus schmalen Augen an, denn ich wusste genau, dass er mir keine Wahl lassen würde. »Und wenn ich es nicht tue?«, fragte ich trotzdem.

»Nun«, er kaute auf seiner Zigarre herum wie auf einem Kaugummi, »dann werde ich mir wohl anhören müssen, was Tyler mir für das Haus bieten würde.«

Natürlich.

Ich kratzte mir meine paar Bartstoppeln und verzog das Gesicht. »Wieso schläft sie überhaupt in der Hütte?«

»Keine Ahnung. Geht mich auch nichts an. Aber ich könnte mir vorstellen, dass dasselbe Arschloch dahintersteckt, wegen dem du sie nicht leiden kannst. Freunde dich ein wenig mit ihr an.«

»*Anfreunden?*«, rief ich. »Sie und ich haben nix gemein.«

»Sag nicht ›nix‹, als hättest du keine Erziehung genossen. Das ist Teil zwei unserer Abmachung: Sorge dafür, dass sie ein Dach über dem Kopf hat, und gib ihr das Gefühl, hier willkommen zu sein. Sei nett zu ihr. Sie hat nix und niemanden, also sorge dafür, dass sie sich an dich wenden kann, wenn sie Hilfe braucht.«

Wie gern hätte ich ihn auf sein ›Nix‹ angesprochen, aber ich ließ es lieber bleiben. Das Letzte, was ich jetzt brauchte, war ein Arschtritt von einem Achtzigjährigen.

Mich mit Hazel Stone anfreunden?

Ich hatte nicht die geringste Ahnung, wie ich das anstellen sollte. Abgesehen von der Tatsache, dass wir beide auf der Ranch arbeiteten, hatten wir nichts gemeinsam. Wie sollte ich eine Verbindung zu jemandem aufbauen, der so vollkommen anders war als ich?

Zumal ich keinerlei Bedarf an einer Mitbewohnerin hatte – ganz zu schweigen von einer Freundin. Die einzigen Freunde, die ich hatte, waren die Jungs in der Band, und selbst die waren mir manchmal schon zu viel.

Resigniert fuhr ich mir mit beiden Händen durch die Haare, denn ich wusste genau, dass ich aus der Nummer nicht mehr herauskam. Wenn Big Paw sich etwas in den Kopf gesetzt hatte, konnte niemand ihn davon abbringen – außer vielleicht Grams.

Ich verzog das Gesicht. »Ich werde mein Bestes geben.«

»Du wirst mehr als das geben«, befahl er. »In ein paar Tagen kommt der Regen, und ich kann es nicht brauchen, dass ein Mädchen auf meiner Farm an Lungenentzündung stirbt.«

Bevor ich noch etwas sagen konnte, streckte Grams den Kopf ins Zimmer. Sie trug dicke Ofenhandschuhe an den Händen und ihr typisches liebevolles Lächeln im Gesicht. »Seid ihr beiden Dickköpfe fertig? Das Essen steht nämlich auf dem Tisch, und ich habe kein Problem damit, ohne euch anzufangen.«

»Siehst du nicht, dass wir uns unterhalten, Frau?«, zischte Big Paw und machte eine abwehrende Handbewegung in ihre Richtung – was Grams nur noch einen Schritt weiter ins Zimmer treten ließ.

»Harry Aaron Parker, wenn du noch einmal so mit mir sprichst, schiebe ich dir diesen Handschuh so weit ins Hinterteil, dass du dich wundern wirst, warum dein Mund nach Kacka schmeckt. Und jetzt entschuldige dich gefälligst«, befahl sie. Meine Großmutter war eine kleine Frau, aber ich sage euch, sie hatte Haare auf den Zähnen und ließ sich von nichts und niemandem etwas sagen, am allerwenigsten von Big Paw.

Und wie immer senkte Big Paw den Kopf und zog den Schwanz ein. »Entschuldige.«

»Entschuldige was?«

»Entschuldige, mein Glühwürmchen.«

Ich musste mich zusammenreißen, um nicht laut loszulachen. Wenn jemand das Herz dieses alten Mannes erweichen konnte, dann Grams. Die beiden waren aufbrausend und emotional und so voller Liebe. Sollte ich jemals die Zeit finden, mich zu verlieben, dann wünschte ich mir eine Liebe, wie diese beiden sie teilten.

»Dachte ich's mir doch.« Grams ging zu Big Paw und gab ihm mit dem Ofenhandschuh einen Klaps auf den Hinterkopf. »Und jetzt ab mit euch an den Tisch, bevor ich es mir anders überlege und das Essen heute Abend dem Bibelkreis spende.«

Wir sprangen auf die Füße. Meine Definition von Kochen bestand aus Sloppy Joes. Manchmal machte ich es richtig edel und toastete das Brötchen sogar vorher. Aber das war's dann auch schon mit meinen Kochkünsten. Sloppy Joes und Ramen. Ich konnte einen galaktisch guten Topf Ramen zubereiten. Mit Hühnchengeschmack, versteht sich.

Ansonsten lebte ich von Grams Resten. Sie war ziemlich gut darin, mich satt zu kriegen.

Als wir in die Küche gingen, schimpfte Grams über die knarzenden Holzdielen. »Wir müssen jemanden anrufen, der das repariert.«

»Still, Frau. Ich kümmere mich darum, sobald ich Zeit habe«, sagte Big Paw.

»Das sagst du seit über zwanzig Jahren. Ich bezweifle, dass ich das noch erleben werde.«

»Nun, vielleicht sollte ich es dann einfach noch ein wenig aussitzen«, erwiderte er.

Sie warf ihm einen tödlichen Blick zu, und Big Paw lächelte ein wenig. Es brauchte so einiges, um diesem Mann ein Lächeln abzuringen, aber wenn es jemandem gelang, dann Grams. »Entschuldige, mein Glühwürmchen.«

»Heute Abend auf der Couch wird es dir noch weit mehr leidtun«, gab sie zurück.

Ich lachte leise in mich hinein, während ich den Wortwechsel meiner Großeltern verfolgte. Wahre Liebe war voller Humor, und ich fand es herrlich, dass meine Großeltern ihre Streitereien nicht allzu ernst nahmen.

Nachdem ich mir bei meinen Großeltern den Bauch vollgeschlagen hatte, kehrte ich mit einem Berg an Resten, die locker für die nächsten Tage reichen würden, nach Hause zurück.

Was für ein Glück.

Keine Sloppy Joes diese Woche.

Doch als ich mich meinem Haus auf der Ranch näherte, überschattete ein mieses Gefühl meine gute Laune. Die Hütte, in der Hazel angeblich hauste, war kaum mehr als ein Bretterhaufen. Und absolut nicht sicher. Nur Hazel konnte auf so eine dämliche Idee kommen.

Hör auf, so gemein zu ihr zu sein. Du kennst sie überhaupt nicht.

Ich konnte einfach nicht über ihre Verbindung zu Charlie hinwegsehen, obwohl ich genau wusste, dass Big Paw recht hatte. Dennoch schluckte ich meinen Stolz hinunter, fuhr zu der Hütte und klopfte an die Tür.

Ich hörte jemanden rascheln und kramen, und dann wurde es still. Irritiert zog ich eine Augenbraue hoch. »Hallo?« Wieder leises Geraschel. Ich klopfte erneut. »Mach auf, Stone. Ich weiß, dass du da drin bist.«

Mehr Stille. Weniger Geraschel.

Mit einem tiefen Seufzen stieß ich die Tür auf. Hazel saß in der hintersten Ecke an der Wand und starrte mich mit ihren großen grünen Augen an, als rechnete sie damit, dass ich mich jeden Moment auf sie stürzen würde. Was erst recht ein Grund war, warum sie niemals auf die Idee hätte kommen dürfen, in dieser verdammten Hütte zu schlafen. Sie hatte Glück, dass ich hier stand, und nicht irgendein Besoffener aus der Stadt.

»W-was m-machst du hier?«, fragte Hazel mit zitternder Stimme.

»Was *ich* hier mache?« Ich leuchtete mit dem Handy in ihre Richtung. »Was zum Teufel machst *du* hier?«

Sie stand auf und blinzelte ein paarmal. Ihre Haare waren tropfnass, als käme sie gerade aus der Dusche. Ein paar von ihren Klamotten hingen über den Regalen, einschließlich ein paar Baumwollunterhosen mit Einhörnern darauf. Sie lief zum Regal, zog sie hastig hinunter und verbarg sie hinter ihrem Rücken.

»Wohnst du etwa hier?«

»Nein!«, sagte sie hastig.

Ich zog eine Augenbraue hoch. »Du wohnst hier«, beantwortete ich meine Frage selbst.

Sie seufzte. »Nur vorübergehend.«

»Du kannst hier nicht wohnen.«

»Warum nicht?«, fragte sie. »Die Hütte braucht doch niemand.«

Ich stöhnte. »Darum geht es nicht. Es geht darum, dass du nicht wie ein Tier in einem verdammten Schuppen hausen kannst. Das halbe Dach fehlt, Hazel!«

»Ich mag es, in die Sterne gucken zu können.«

»Es zieht wie verrückt.«

»Ich mag frische Luft.«

»Bist du immer so stur?«

»Bist du immer so dominant?«, gab sie zurück. Heilige Scheiße, ich konnte mir beim besten Willen nicht vorstellen, mit dieser Nervensäge zusammenzuwohnen.

»Nur zu Leuten, die sich wie kleine Kinder benehmen.«

»Ich benehme mich nicht wie ein kleines Kind. Ich benehme mich wie jemand, der vorübergehend ein Dach über dem Kopf braucht.«

»Wie auch immer. Hier kannst du jedenfalls nicht bleiben«, erklärte ich knapp. »Der Schuppen hier hat ja nicht mal ein vernünftiges Dach. Und er steht auf Privatbesitz, wenn ich dich daran erinnern darf. Du kannst hier nicht bleiben.«

Für den Bruchteil einer Sekunde sah ich, wie Hazels harte Schale nachgab und Angst sie überkam. Diese harte Schale, die sie jeden Tag präsentierte, war nur ein Schutz davor, nicht verletzt zu werden, und in diesem Moment sah ich, wie die Wahrheit in ihre Augen kroch.

Mist. Vielleicht hatten wir doch mehr gemeinsam, als ich dachte.

Meine harte Schale war aus dem gleichen Material.

»Du kommst mit zu mir«, erklärte ich bestimmt, verschränkte die Arme und nickte knapp. »Ich hab noch ein Zimmer frei.«

»Auf keinen Fall!« Sie schnappte überrascht nach Luft.

»Doch, kommst du. Hier kannst du unmöglich bleiben, Hazel. Es ist dumm, und sicher ist es auch nicht. Ich habe noch ein Zimmer frei. Nimm es einfach.«

»Ich brauche keine Almosen.«

»Sagt das Mädchen, das buchstäblich in einem Bretterhaufen haust.«

»Ich kann Leute, die *buchstäblich* sagen, nicht leiden. Sie benutzen dieses alberne Wort nur, weil ihnen nichts Besseres einfällt.«

»Buchstäblich, buchstäblich, buchstäblich«, wiederholte ich und zeigte auf die Müllsäcke mit ihrem Zeug. »Schnapp dir deine Einhorn-Unterhosen und komm mit.«

»Du bist es zwar offensichtlich gewohnt, dass die Frauen alles fallen lassen, nur um dir zu gefallen, aber ich gehöre ganz sicher nicht dazu. Ich habe Nein gesagt, und so meine ich es auch. Ich werde keine Almosen von dir annehmen. Ich will und brauche deine Hilfe nicht.«

Was zum Teufel war nur los mit dieser Frau? Ich hatte ihr gerade ein Zimmer umsonst angeboten, und sie schlug es aus. Aus Stolz? Wie sollte ich verdammt noch mal tun, was Big Paw von mir verlangte, wenn sie sich einfach weigerte? Noch nie hatte ich eine so sture Frau getroffen.

»Weißt du was? Vergiss es. Meinetwegen. Bleib hier bei deinen Krabbelviechern und den Ratten. Ich werde meine Zeit nicht länger mit jemandem verschwenden, der unbedingt leiden will. Mach, was du willst.«

5. KAPITEL

HAZEL

Ian verließ wutschnaubend die Hütte und knallte die Tür hinter sich zu. Die ganze Hütte bebte, und ich schluckte den Kloß hinunter, der sich in meiner Kehle gebildet hatte.

Puh. Dieser Mann wusste eindeutig, wie er es schaffte, dass ich mich unwohl fühlte. Ich hatte keine Ahnung, was ich über diese Situation denken sollte. Er war genauso unfreundlich und knurrig gewesen wie immer, aber auch … nett? Jemandem ein Zimmer anzubieten, war definitiv nett, aber ich wurde das Gefühl nicht los, dass dieses Angebot nicht ohne Gegenleistung zu haben war. Ich hatte mir geschworen, niemals etwas von einem Mann anzunehmen, um ihm niemals auch nur die geringste Macht über mich zu geben. Jahrelang hatte ich erlebt, wie Charlie uns unter die Nase gerieben hatte, dass es sein Wohnwagen war, in dem Mama und ich lebten. Sein Essen, das wir aßen. Seine Betten, in denen wir schliefen. Nichts, was wir hatten, gehörte wirklich uns, und er hatte diesem Umstand ganz bewusst genutzt, um uns das Gefühl zu geben, dass wir ohne ihn vollkommen wertlos waren.

Von nun an würde ich mir alles, was ich hatte, selbst erarbeiten.

Na ja, abgesehen von dieser Hütte hier. Irgendwie würde ich Big Paw für die Zeit, die ich in Betsy verbrachte, entschädigen müssen.

Ja, ihr habt richtig gelesen. Ich hatte die Hütte Betsy getauft, und ich sage euch, wenn diese Wände reden könnten, dann hätten sie so einiges zu erzählen.

Himmel, ich war so einsam, dass ich nicht nur mit Pferden Freundschaft schloss, sondern auch mit Dingen.

Ich musste dringend damit aufhören, so eine Eigenbrötlerin zu sein.

Dabei war ich nicht immer so gewesen – also eigenbrötlerisch, meine ich. Früher hatte ich eine beste Freundin, Riley, und sie war weder ein Pferd noch eine windschiefe Hütte gewesen, sondern ein echter Mensch. Riley war die Tochter von einem von Charlies Kunden. Sie waren manchmal zu uns gekommen, um Stoff zu kaufen, und die Erwachsenen hatten uns Mädchen in den Garten geschickt, um ihre Ruhe zu haben. Manchmal hatten Riley und ich gespielt, wir wären Hexen und könnten Zaubertränke kreieren, die uns in magische Welten entführten. Oder wir hatten so getan, als wären wir eine Girl Band, und Lieder erfunden, die wir dann den Eichhörnchen vorsangen.

Riley hatte mir so gutgetan. Sie war meine beste Freundin gewesen, und der erste Mensch, der mir das Gefühl gegeben hatte, wirklich ein Teil von Eres zu sein. Als ihr Vater schließlich einen Entzug machte und wegzog, schrieb sie mir noch ein paarmal, aber ihre Briefe wurden immer kürzer und kürzer, bis irgendwann gar keine mehr kamen. Ich nehme an, sie hatte eine neue Welt außerhalb von Eres gefunden, und ich konnte es ihr nicht mal verübeln. Ich selbst würde nie wieder einen Blick zurückwerfen, sobald ich hier raus war.

Ein Lottogewinn.

Das war Rileys Freundschaft für mich gewesen. Danach hatte ich nie wieder eine ähnliche Verbindung zu einem anderen Menschen aufgebaut, und es brach mir das Herz, wenn ich daran dachte, dass eine Freundschaft wie ihre so selten zu finden war.

Ich war mir auch sicher, nie wieder eine solche Verbindung zu einem anderen Menschen aufbauen zu können – abgesehen von Garrett vielleicht. Doch was Garrett und mich verband, war keine Freundschaft. Sicher, wir waren eine Weile zusammen gewesen, aber wir hatten nie wirklich miteinander geredet. Meist hatten wir bloß rumgemacht, und ich hatte zugeschaut, wie er Drogen genommen und stundenlang Computer gespielt hatte. Nicht gerade Stoff für eine Liebesgeschichte.

Und so saß ich nun hier, redete mit den Wänden und hoffte, dass sie dick genug waren, um meine Geheimnisse zu bewahren.

Als ich am nächsten Morgen aufwachte, fand ich vor meiner Hütte einen Korb mit einigen Flaschen Wasser, einer Zahnbürste, Zahnpasta, einer Packung Cornflakes und einem kleinen Krug Milch samt Schale und Löffel. Daneben lag eine Luftmatratze mit Bettdecke und Bettbezügen.

Auf einem Zettel stand:

Wenn du stur sein willst, bitte sehr. Aber schlaf nicht ohne Bett auf dem kalten Boden.
Ian
PS: Stell dich nicht so an und nimm endlich das Zimmer.

Nie im Leben hätte ich gedacht, dass ausgerechnet Ian Parker mir in der Not helfen würde.

Ich hatte noch ein wenig Zeit, bevor ich zur Arbeit musste, und so setzte ich mich mit untergeschlagenen Beinen auf die Matratze, aß eine Schale Cornflakes und schrieb in mein Tagebuch. Seit ich acht Jahre alt war, schrieb ich jeden Tag. Früher hatte ich meine Tagebücher gemeinsam mit Riley vor allem mit

Zaubersprüchen und all dem typischen albernen Zeug gefüllt, das Kinder halt so schrieben, doch mit der Zeit hatten sich meine Tagebücher zu einer Sammlung der Gedanken entwickelt, die mir durch den Kopf gingen. Lyrik und Prosa. Meine Hoffnungen, Wünsche und Träume an einem Ort versammelt.

Einer meiner größten Träume war es, eines Tages aufs College zu gehen. Ich wollte ein Leben führen, das in allem das genaue Gegenteil von dem meiner Kindheit war, und ein Collegeabschluss schien ein erster Schritt in diese Richtung zu sein. Ich würde alles dafür tun, diesen Traum wahr werden zu lassen.

Ich darf nicht so werden wie meine Mutter. Ich darf nicht so werden wie meine Mutter.

Ich wollte auf keinen Fall zu dem Menschen werden, in den meine Mutter sich verwandelt hatte. Ich wollte mehr. Ich wollte so unbedingt von hier weg, dass mir die Vorstellung, für immer in Eres bleiben zu müssen, körperliche Schmerzen bereitete. Wenn ich blieb, dann bestand die Chance, dass ich genauso traurig und deprimiert endete wie Mama – mit einem Mann, der mich weder respektierte noch liebte –, und so jede Gelegenheit verpasste, ein richtiges Leben zu führen.

Während ich so in mein Tagebuch schrieb, musste ich an Ian denken, den unfreundlichen Jungen, der mir ein Bett geschenkt hatte. Ich verstand nicht, was dahintersteckte, wieso er mir half. Ehrlich gesagt, war ich ein wenig überrascht, dass er mich nicht gefeuert und aus der Hütte gejagt hatte. Er suchte doch schon die ganze Zeit nach einem Grund, mich zu entlassen, und die Tatsache, dass ich mich unerlaubt auf der Ranch eingenistet hatte, schien mir mehr als ausreichend zu sein.

Bei der Arbeit ließ Ian mich weitgehend in Ruhe. Er machte mir nicht mehr Druck als den anderen und meckerte auch nicht mehr über meine angeblich so mittelmäßigen Leistungen. Was steckte dahinter? Wieso behandelte er mich nicht wie sonst?

Wochenlang hatte Ian Parker sich alle Mühe gegeben, mich zu triezen, aber jetzt wirkte er beinahe … freundlich. Nein, nicht gerade freundlich. Das wäre übertrieben. Aber er war deutlich zahmer als sonst, was mich einerseits freute, mir andererseits aber auch ein ungutes Gefühl gab. Wenn jemand so schnell von kalt auf heiß wechselte, war das immer ein Warnsignal.

Ich versuchte nicht zu viel über seine Verwandlung nachzugrübeln, auch wenn es mehr als offensichtlich war, dass sich irgendetwas verändert hatte.

An diesem Abend lag ich noch stundenlang auf meiner Luftmatratze und sah hinauf zu den Sternen, bevor ich einschlief. Und am nächsten Morgen war mein Rücken mir zum ersten Mal nicht böse.

Ich wurde von einem lauten Hämmern vor der Hütte geweckt.

Als ich nach draußen lief, stand Ian auf einer Leiter und montierte Holzlatten auf dem Dach, um das riesige Loch zu flicken.

»Was machst du da?«, fragte ich verwirrt – und auch ein wenig benommen, weil er nämlich kein T-Shirt anhatte. Sein Oberkörper sah aus, als hätten die Götter ihn geformt, und sein Anblick ließ eiskalte Schauer über meinen Rücken kribbeln, auch wenn ich Ian nicht im Geringsten attraktiv fand.

Nein. Überhaupt nicht.

So was von hässlich, dieser Ian Parker.

Was für Lügen wir uns erzählten, um die Männer, die wir nicht leiden konnten, bloß nicht attraktiv zu finden.

»Wonach sieht es denn aus? Ich repariere das Dach.«

»Du musst das nicht für mich tun.«

»Wer sagt denn, dass ich es für dich tue? Ich bin für diese Ranch verantwortlich. Es ist mein Job, alles in Ordnung zu halten«, erklärte er, während ihm der Schweiß über die Brust lief, und, oh mein Gott, wie konnte allein der Anblick eines schwitzenden Mannes einen so anmachen?

Ich hatte den größten Teil meines Lebens als Single verbracht, von meiner banalen, leidenschaftslosen Beziehung mit Garrett mal abgesehen, und reagierte offensichtlich noch immer auf ziemlich schräge Dinge – auf schwitzende Männer zum Beispiel. Was kam als Nächstes? Dass ich lustvoll stöhnte, bloß weil ich Ian dabei zusah, wie er an einem Eis leckte?

Entspannt euch, Hormone. Wir sehen uns bestimmt ganz bald einen Chris-Hemsworth-Film an und lassen alles raus.

Ian machte weiter. Er reparierte das Dach, räumte um und stellte Essen und andere notwendige Dinge vor meine Tür. Ich kam schon gar nicht mehr hinterher. Und jedes Mal, wenn ich ihn darauf ansprach, machte er mir auf seine Grumpy-McGrump-Art klar, dass er all das ganz sicher nicht tat, um mir zu helfen. Jedes Mal, wenn ich mich bei ihm bedanken wollte, wurde er so böse und unfreundlich, dass mein *Danke* sich prompt in ein *Fick dich* verwandelte.

In Ians Nähe zu sein, fühlte sich seltsam an. Ich hatte noch nie einen Menschen getroffen, der innerhalb von zwei Minuten heiß und kalt sein konnte. Mein Hirn kam da einfach nicht mehr mit und drohte fast heiß zu laufen, wenn ich versuchte, mit diesen Stimmungswechseln Schritt zu halten.

Als ich endlich meinen ersten Scheck erhielt, wusste ich genau, wofür ich die Hälfte des Geldes ausgeben würde.

»Was ist das?«, fragte Ian, als ich ihm hundert Dollar in die Hand drückte.

»Geld.«

Er verdrehte genervt die Augen. »Das weiß ich auch. Aber warum gibst du es mir?«

»Das ist für die Sachen, die du vor meine Hütte gestellt hast. Ich nehme keine Almosen an und möchte für alles bezahlen.

Wenn es nicht reicht, sag Bescheid. Ich weiß nicht, wie viel du für die Matratze bezahlt hast.«

»Ich will kein Geld dafür. Ich habe bloß gedacht, dass du wahrscheinlich nicht genug hast, um dir selbst so was zu kaufen, weil du auf diesem alten Teppich geschlafen hast.«

»Nun, jetzt, wo ich meinen Scheck habe, kann ich dir das Geld zurückgeben.«

»Ich will dein Geld nicht.«

»Und ich wollte deine Hilfe nicht, dann sind wir ja quitt.«

Er kniff sich mit Daumen und Zeigefinger in den Nasenrücken. »Wieso kannst du es nicht einfach annehmen, wenn dir jemand hilft?«

»Weil ich weiß, dass es jederzeit wie ein Bumerang wieder zurückkommen kann.«

»Hast du wirklich so schlechte Erfahrungen gemacht?«

Ich schluckte und sagte nichts.

Er sah mich aus schmalen Augen an – und damit meine ich, er sah mich wirklich an. Er blickte mir in die Augen, als wollte er all meine Geheimnisse entdecken, und ich erwiderte seinen Blick, als könnte ich aus allem, was Ian fühlte, aber nie aussprach, mehr über ihn erfahren. Die Wut, die ihn offensichtlich beherrschte, hatte einen tieferen Grund, und ich kam nicht dagegen an, mich zu fragen, welcher das wohl war. Welche alten Kämpfe nährten seinen ständigen Unmut? Wer oder was hatte ihn so werden lassen?

Und warum in aller Welt standen die Frauen überhaupt auf ihn?

Ich konnte mir nicht vorstellen, jemals mit einem Mann intim zu werden, der so kalt war wie Ian. In seinem Umgang mit diesen Frauen konnte keinerlei Gefühl mitschwingen, denn er wirkte einfach nicht wie jemand, der sich anderen Menschen gegenüber öffnete.

Allerdings würde mit ihm intim zu werden bedeuten, dass er kein T-Shirt tragen würde, und das wiederum war keine so unangenehme Vorstellung.

»Hör zu, in den nächsten Tagen soll es ziemlich heftig regnen. Du kannst nicht in dieser Bruchbude bleiben. Selbst wenn ich das Dach dicht kriege, ist sie immer noch eine Bruchbude. Du wirst dir deine ganzen Sachen ruinieren und wahrscheinlich sogar ernsthaft krank werden. Nimm einfach das Zimmer, das ich dir angeboten habe. Meinetwegen zieh ich für die Zeit aus, wenn du dich dann wohler fühlst.«

»Wieso solltest du wollen, dass ich bei dir einziehe? Du kannst mich doch offensichtlich nicht ausstehen.«

»Und genauso offensichtlich machst du gerade eine schwere Zeit durch. Falls du also einen Platz zum Schlafen brauchst, meine Tür steht dir jederzeit offen.«

»Nein danke.«

Er seufzte tief und schüttelte den Kopf. »Du bist so was von stur. Es ist hier nachts nicht sicher, okay? Nur weil wir in einer Kleinstadt leben, bedeutet das nicht, dass sich hier nicht irgendwelche seltsamen Typen rumdrücken. Ich habe in der Vergangenheit schon mehr als genug von der Sorte eingesammelt.«

»Keine Sorge. Ich kann gut auf mich selbst aufpassen.«

Er schnaubte, als glaube er mir kein Wort. »Was immer du sagst, Schätzchen.«

Schätzchen.

Würg.

Er wandte sich zum Gehen, sagte aber noch: »Aber ich wette, unter dem Schlauch draußen am Pferdestall zu duschen, ist nicht unbedingt die angenehmste Erfahrung.«

Ich duschte immer sehr früh am Morgen, und bei der Vorstellung, dass Ian mich dabei beobachtet hatte, wurde mir ein wenig flau im Magen. »Woher weißt du das?«

»Weil ich es an deiner Stelle genauso gemacht hätte.«

Und mit diesen Worten ließ er mich stehen, mit einer Million Gedanken, die ich erst noch entziffern musste. Doch statt noch mehr Zeit darauf zu verwenden, was wohl in Ians Kopf vorging, ging ich zu den Ställen hinüber und dankte Gott für die harte Arbeit auf der Ranch, denn so blieb mir keine Zeit zum Grübeln.

Das ist bloß ein herumstreunender Hund; das ist bloß ein herumstreunender Hund, versicherte ich mir stumm, während ich auf das Rascheln vor der Hütte lauschte.

Oder vielleicht ein Huhn, das aus dem Gehege entkommen ist. Oder eine Kuh. Vielleicht ist Dottie auf einen kleinen Plausch vorbeigekommen.

Oder ein wahnsinniger Massenmörder ist hier, um mich bei lebendigem Leib zu häuten und aus meinen Körperteilen Suppe zu kochen.

Es war schon witzig, wie sehr manche Orte sich veränderten, wenn es dunkel wurde. Tagsüber fühlte man sich vollkommen sicher, doch wenn die Schatten der Nacht die Herrschaft übernahmen, versetzte einen selbst das kleinste Geräusch in Angst und Schrecken.

Ich zog mir die Bettdecke bis zur Brust, während der Regen gegen die Hütte prasselte und das Wasser durch die zahlreichen Löcher hereinströmte, die Ian nicht mehr hatte reparieren können. Bisher war es mir gelungen, relativ trocken zu bleiben, hauptsächlich weil Ian mich einfach ignoriert hatte, als ich meinte, er müsse das Dach nicht reparieren.

Mentale Notiz: Ian dafür danken, dass er mich ignoriert hat.

Ich hörte weitere Geräusche vor der Hütte, und als ich über dem lauten Prasseln des Regens menschliche Stimmen vernahm, schlug mir das Herz bis zum Hals. Da draußen waren Leute. Leute, die vor der Hütte redeten, ganz in meiner Nähe.

»Da drin pennt angeblich 'n Mädchen«, sagte eine Stimme, und ich sprang auf die Füße. Dann schlug jemand mit der Faust gegen die Hütte.

Hastig sah ich mich nach irgendetwas um, das ich zu meiner Verteidigung benutzen konnte. Irgendwas, um die Typen in die Flucht zu schlagen, die da draußen vor meiner Tür standen. Ich griff nach der Taschenlampe, die Ian mir vor ein paar Tagen dagelassen hatte, und umklammerte sie mit beiden Händen. Dabei hatte ich mich noch nicht entschieden, ob ich die Eindringlinge zu Tode blenden oder ihnen mit dem Ding eins überziehen wollte. Ich wusste nur, dass mein einziger Schutz gerade in dieser metallenen Taschenlampe bestand.

Mentale Notiz: Ian für die Taschenlampe danken.

»Komm, wir holen die anderen und schauen mal genauer nach«, sagte einer.

Ich wartete ein paar Sekunden und hörte, wie ihre Schritte sich entfernten. Sobald ich glaubte, dass sie weg sein mussten, stieß ich die Tür auf und galoppierte wie Dottie über das Feld zu Ians Haus. Immer wieder drückte ich auf den Klingelknopf, während ich vor Nässe und Aufregung zitterte und mich immer wieder panisch umdrehte, um zu sehen, ob mir jemand gefolgt war.

Das Herz schlug mir bis zum Hals, und ich fing an, mit den Fäusten gegen die Tür zu hämmern, während ich mein Bestes gab, den Herzschlag wieder hinunterzuschlucken, aber meine Panik war einfach zu groß.

Klopf, klopf, klopf.

Mach die verdammte Tür auf, Ian!

Als sie schließlich aufschwang, stieß ich einen erleichterten Seufzer aus und sprang ohne eine Einladung über die Schwelle in den Flur. »Okay. Du hast gewonnen. Ich nehme das Zimmer«, stieß ich mit zitternder Stimme hervor und begann in seinem Wohnzimmer auf und ab zu laufen. Seinem sehr geschmackvoll eingerichteten Wohnzimmer. Seinem sehr geschmackvoll eingerichteten und sehr warmen Wohnzimmer.

Warm.

Oh mein Gott, fühlte sich das gut an.

»Ähm, kann ich dir irgendwie helfen?«, fragte eine Stimme. Endlich drehte ich mich um und sah die Person an, die mir die Tür geöffnet hatte und die definitiv nicht Ian war. Es war eine Frau – die seine Klamotten trug. Jedenfalls ging ich davon aus, dass es seine waren, ansonsten hätte sie etwas getragen, das etwa fünfzig Nummern zu groß für sie war. Wobei ich es, wenn ich es recht bedachte, nicht unbedingt anders machte.

»Oh, entschuldige. Ich dachte …« Ich zog die Nase kraus und rieb mir die Stirn. »Ist Ian da?«

»Was ist hier los?«, fragte eine tiefe, sündhaft rauchige Stimme, bei der sich augenblicklich alles in meinem Kopf zu drehen begann. Da stand er in seiner ganzen Pracht. Er hatte sich ein Handtuch um die Hüfte gebunden; seine Haare waren nass, seine Haut glitzerte, als wäre er gerade für ein Cover-Shooting aus einem Wasserfall gestiegen, und, oh mein Gott, ich starrte auf die Wölbung unter seinem Handtuch, als würde sie wie eine Sirene zu mir singen.

Ich fragte mich, ob seine untere Hälfte die gleichen hohen Töne anschlagen konnte wie seine Stimmbänder.

Augenblick.

Nein.

Ich fragte mich das ganz und gar nicht.

Ich drehte mich eilig um und hielt mir die Hände vor die Augen. »Oh mein Gott, es tut mir leid. Ich wusste nicht, dass du anderweitig beschäftigt warst. Argh. Das ist jetzt echt unangenehm. Ich, ähm, geh dann mal wieder.« Bei dem Versuch, das Zimmer zu verlassen, stieß ich gegen einen Tisch, und eine Lampe fiel laut scheppernd zu Boden. Ich sah zwischen meinen Fingern hindurch und zog die Schultern hoch. »Ups. Tut mir leid.«

Als ich zu Ian hinüberlinste, stand der immer noch in diesem verflixten Handtuch da und sah ziemlich verärgert aus.

»Was machst du hier?«, fragte er und fuhr sich mit der Hand durch das tropfnasse Haar.

»Ich dachte …«, begann ich.

Er hob die Hand. »Nicht du.« Sein Blick schoss zu der anderen Frau. »Du. Was machst du hier?«

Jetzt wirkte er sogar mehr als verärgert. In seinem Blick lag noch größere Verachtung, als wenn er mich ansah – was einiges besagte.

Sie strich ihr Outfit glatt und verzog das Gesicht zu einem listigen Lächeln. »Nun, ich dachte, wir könnten den Abend von neulich zu Ende bringen.«

»Du meinst den Abend, an dem ich erfahren habe, dass du verheiratet bist?«, murmelte er.

»Hör zu, das ist kompliziert. Mein Mann und ich schlafen nicht einmal mehr miteinander.«

»Nicht mein Problem. Sobald ein Ehemann im Spiel ist, bin ich raus. Dein Ehedrama interessiert mich nicht. Erzähl das jemand anderem. Ich habe keine Ahnung, wie du überhaupt ins Haus gekommen bist …«

»Die Haustür war nicht abgeschlossen«, erklärte sie. »Und ich habe mir sagen lassen, wenn die Tür nicht abgeschlossen ist, dürfen die Frauen einfach eintreten.«

»Blödsinn. Und jetzt sieh zu, dass du rauskommst. Und lass meine Klamotten hier.«

Oh je, wie peinlich.

Ich stand da und rührte mich nicht. Das hier war sicherlich mit das Peinlichste, was einem Menschen widerfahren konnte. Die Frau ging mit gesenktem Kopf zu ihren Kleidern, zog sich rasch an und trat dann eilig hinaus in den Regen.

Wenn ich eine Schildkröte gewesen wäre, dann wäre ich, so wie ich dastand, eine peinlich berührte Schildkröte gewesen.

Ian rieb sich mit beiden Händen übers Gesicht und stieß einen tiefen Seufzer aus, während ich die Wassertropfen zählte, die noch immer über seinen definierten Oberkörper rannen.

Die Eins marschiert, die Zwei serviert, die Drei probiert …

Jeder einzelne Wassertropfen glitt über die Wellen seiner Bauchmuskeln in das Handtuch, und ich stand da und starrte schon wieder auf seinen Schwanz.

Ich schob meine unangemessenen Gedanken beiseite und räusperte mich. »Passiert dir das häufiger, dass irgendwelche Frauen unaufgefordert in dein Haus platzen?«

»Du würdest überrascht sein, wie häufig das vorkommt. Aber jetzt zu dir. Was machst du hier?«

Ich kaute auf meinem Daumennagel und bemühte mich, meine Nervosität wieder unter Kontrolle zu bringen. »Ich habe mich gefragt, ob das Angebot mit dem Zimmer noch steht?«

Er zog die Augenbraue hoch. »Was? Hast du doch Schiss gekriegt da draußen, oder was?«

»Nein«, log ich und verschränkte die Arme vor der Brust. »Deine Fähigkeiten als Dachdecker sind bloß nicht ganz so gut, wie sie hätten sein sollen.« *Pfui, Hazel. Sei nicht so sarkastisch. Er hat dir ein echtes Friedensangebot gemacht. Also benimm dich, sonst hockst du gleich wieder in der Hütte, allein mit diesen Psychos.* »Entschuldige. Sarkasmus ist so was wie ein Reflex bei mir.«

»Schon gut. Mein Reflex ist es, mich wie ein Arschloch zu benehmen.«

»Nun, solange wir beide wissen, wer wir sind, sollte unserer WG nichts weiter im Wege stehen. Aber ich habe ein paar Bedingungen, was unser Zusammenleben betrifft.«

»Wieso überrascht mich das nicht?«

Ich grinste leicht, ließ die Arme aber verschränkt. »Ich bezahle Miete. Was auch immer du zahlst, ich übernehme die Hälfte.«

»Abgemacht. Was noch?«

»Ich koche gerne, und wenn was übrig bleibt, kannst du es haben. Ich hasse Reste.«

»Okay. Noch was, Schätzchen?«

»Oh ja. Nenn mich nicht Schätzchen.«

»Die Mädels stehen drauf«, gab er zurück.

»Keine Frau steht darauf, ›Schätzchen‹ oder ›Süße‹ genannt zu werden. Mal im Ernst, für einen Rockstar hast du ziemlich wenig Ahnung davon, worauf Frauen stehen.«

Er trat ein paar Schritte näher und senkte die Brauen. Der Blick seiner dunklen Schokoladenaugen bohrte sich in meinen und ließ meinen Magen Saltos schlagen. Die Stoppel an seinem Kinn waren perfekt rasiert, und seine Lippen zum Küssen weich. Langsam zog er die Zähne über die Unterlippe und strich dann mit dem Daumen darüber, bevor er abermals die Augenbraue hochzog. »Und was genau ist es, was Frauen wollen, Hazel Stone?«

Die Art, wie er meinen Namen sagte, verwirrte mich und machte mich ganz benommen. Oh Gott, ich hasste ihn. Ich hasste es, dass er so arrogant und selbstsicher und launisch und sexy sein konnte, alles zur gleichen Zeit.

»A-alles andere als ›Schätzchen‹ oder ›Süße‹.«

Er betrachtete mich von oben bis unten und richtete das Handtuch auf seinen Hüften. »Ich werd's mir merken. Noch irgendwelche Regeln?«

»Ja, und zwar eine sehr wichtige.«

»Ich bin ganz Ohr.«

»Wir schließen nachts die Tür ab. Ich will nicht, dass sich irgendeine Amber, Reese oder Sue für irgendwelche sexuellen Eskapaden mit dir hier reinschleicht, falsch abbiegt und am Ende in *meinem* Bett landet.«

Ein teuflisches Lächeln umspielte seine Lippen. »Für mich klingt das gar nicht so schlecht. Ich könnte jederzeit dazukommen und mitmachen.«

Ich spürte, wie mein Gesicht glühte, und bemühte mich, die Fassung wiederzuerlangen. »Ich meine es ernst, Ian. Ich will nicht, dass jeder hier einfach reinspazieren kann. Das macht mich nervös.«

Er rieb sich den Nacken, wobei er mich immer noch anstarrte, als wollte er mein Hirn sezieren. Dann ging er zur Haustür und verschloss sie.

Ein leiser Seufzer entfloh meinen Lippen. »Danke. Willst du mir jetzt mein Zimmer zeigen?« Ich trat einen Schritt vor, doch er legte mir eine Hand auf die Schulter.

»Augenblick. Du bist nicht die Einzige, die Regeln aufstellt. Ich habe auch ein paar.«

»Oh? Und die wären?«

»Keine Urteile über mich anhand der Anzahl von Frauen, die hier womöglich ein und aus gehen. Wir alle haben unsere Hobbys, und meines beinhaltet nun einmal zahlreiche intime Momente mit unterschiedlichen Frauen.«

»Ignoriere die Frauen. Kapiert. Was noch?«

»Ich bin mehr Musik als Mensch. Wenn ich eine Inspiration habe, fange ich an zu spielen oder zu singen, möglicherweise auch mitten in der Nacht. Wenn ich es nicht rauslasse, ersticke ich daran. Also keine Beschwerden wegen des Lärms.«

»Macht Sinn. Was noch?«

»Das Wichtigste ist, ich halte mich aus deinem Leben raus und du dich aus meinem, aber falls Big Paw fragen sollte, wir sind Freunde. Echte Kumpel.«

»Was spielt es für eine Rolle, ob Big Paw denkt …« Ich verstummte und zog eine Augenbraue hoch. »Hat er dir gesagt, du sollst nett zu mir sein und mich hier einziehen lassen?«

Sein Schweigen bestätigte mir, dass ich recht hatte.

»Unglaublich«, stöhnte ich. Aber war es das wirklich? Natürlich gab es einen Grund, warum Ian mir das Zimmer in seinem Haus angeboten hatte. Mir war sehr wohl bewusst, dass er mich von Anfang an nicht hatte leiden können, weswegen seine Hundertachtzig-Grad-Wendung und seine Einladung überhaupt keinen Sinn ergeben hatten. »Warum sollte Big Paw das tun?«

»Er hat rausgefunden, dass du in der Hütte gepennt hast, und wollte nicht, dass du das tust, weil es idiotisch und nicht sicher ist.«

Da war er wieder, der Ian, den ich so liebte. Mr Charming.

»Also hat er dir gesagt, du sollst mich bei dir wohnen lassen?«

»Ja.«

»Und wenn du es nicht getan hättest?«

»Dann hätte er das Haus verkauft, und ich hätte zu dir in diese Bretterbude ziehen müssen. Hör zu, ich weiß, dass es für keinen von uns die ideale Lösung ist, aber so haben wir wenigstens beide ein Dach über dem Kopf. Also lass uns einfach das Beste draus machen. Und wenn Big Paw fragt, sind wir die besten Kumpel, okay?«

»Meinetwegen. Was bekommst du von mir für das Zimmer?«

»Nichts. Ich zahle keine Miete. Die Hälfte davon ist also nichts. So, und jetzt gehe ich ins Bett. Dein Zimmer ist den

Flur runter links. Ich hab dir ein paar Klamotten hingelegt, falls du was brauchst.«

»Bitte sag nicht, dass das Klamotten sind, die irgendwelche anderen Frauen von dir vorher angehabt haben.«

»Keine Angst, sie sind frisch gewaschen. Und wenn du sonst noch irgendwas brauchst – vergiss es.«

Und damit drehte er sich um und trug seinen mies gelaunten und ziemlich aufreizenden Hintern ins Bett.

»Gute Nacht, bester Freund!«, rief ich ihm grinsend nach.

»Treib's nicht zu weit, Hazel Stone.«

Ich konnte nicht anders. Ian Parker zu triezen, entwickelte sich allmählich zu einem richtigen Hobby.

Ich ging zu meinem Zimmer und stellte fest, dass es sogar ein eigenes Bad hatte. Ein Bad, dass ich mit niemandem außer mir selbst teilen musste. Nie im Leben hätte ich damit gerechnet, dass mir jemals so ein Glück widerfahren würde. Ich schnappte mir die Klamotten vom Bett, ging direkt durch in die Dusche und drehte das heiße Wasser auf.

Wärme spülte über mich hinweg, während ich mich mit einer ziemlich maskulin riechenden Seife wusch. Wahrscheinlich war es die gleiche Seife, die Ian selbst auf seiner Haut verteilte.

Ich hatte ganz vergessen, wie gut es sich anfühlte, in einer Badewanne zu stehen und heißes Wasser an mir hinunterlaufen zu lassen. Das Wasser aus dem Schlauch draußen bei den Ställen war eiskalt. Nach der Dusche zog ich mir Ians Klamotten über und sah nun fast genauso aus wie die Frau, die vorhin hier gewesen war – was mich sicher gestört hätte, wenn die Sachen nicht so verdammt trocken und gemütlich gewesen wären.

Als es Zeit war, ins Bett zu gehen, dankte ich Gott für eine richtige Matratze und ein Kissen, auf dem ich meinen Kopf ablegen konnte. Big Paws Freundlichkeit trieb mir die Tränen in die Augen. Die Tatsache, dass er meine Not bemerkt und seinen Enkel gezwungen hatte, mir zu helfen, verriet wahre Güte. Und ich hatte nichts, das ich ihm im Gegenzug geben konnte. Tatsächlich besaß ich kaum mehr als die Klamotten, die ich eben noch am Leib getragen hatte, und trotzdem hatte er mir geholfen.

Ich stand tief in seiner Schuld.

Zweieinhalb Wochen lang war ich obdachlos gewesen, und es waren die schlimmsten Tage meines Lebens gewesen. Ich konnte mir gar nicht vorstellen, wie es sein musste, immer so leben zu müssen.

Und auch wenn noch lange nicht alle Teile meines wirren Puzzles an der richtigen Stelle lagen, war ich dankbar, denn da draußen gab es zahllose Männer und Frauen, die in den gefährlichsten Winkeln dieser Welt schlafen mussten, und das ohne einen Big Paw, der ihnen für die Nacht eine sichere Bleibe schenkte.

An diesem Abend schwor ich mir, dass ich jedem Menschen helfen würde, der meiner Hilfe bedurfte.

6. KAPITEL

IAN

Wonach zum Teufel riecht das hier?

Ich erwachte mit einem grässlichen Gestank in der Nase, der das ganze Haus zu erfüllen schien, und kaum hatte ich mich im Bett aufgesetzt, wusste ich auch, was es war – Schweinemist.

Ich stieg aus dem Bett und lief zu Hazels Zimmer. Nachdem ich mehrmals geklopft hatte, öffnete sie mir schließlich, noch immer müde, aber frisch geduscht. Sie trug Shorts und ein Trägershirt, und kein Make-up.

Sie sah … anders aus.

Vollkommen anders, als ich sie bisher erlebt hatte. Hazel war sehr viel zierlicher, als ihre unförmigen Klamotten vermuten ließen, und ihre Haut war seidenglatt, abgesehen von ein paar Sommersprossen, die um ihre Nase tanzten.

Und ohne die Tonnen von Make-up, die sie sonst in ihr Gesicht kleisterte, leuchteten ihre grünen Augen geradezu.

Sie war schön.

Heilige Scheiße – Hazel Stone war atemberaubend.

Sie zog fragend eine Augenbraue hoch, während bei mir ein ganz anderer Teil aufwärtsstrebte. »Kann ich dir helfen?«

Ich bemühte mich, meine Verwirrung wieder abzuschütteln, und räusperte mich. Mir die in alle Richtungen abstehenden Haare raufend, sah ich mich schnuppernd in ihrem Zimmer um. »Hier stinkt's nach Schwein.«

»Falls du glaubst, einem Mädchen zu sagen, dass ihr Zimmer stinkt, wäre ein Kompliment oder so, irrst du dich gewaltig.«

»Ich dachte, du bist kein Mädchen, sondern eine Frau.«

»Mädchen, Frau, Puppe, Schätzchen – ganz egal. Jedenfalls mögen wir es nicht, wenn uns jemand sagt, wir würden nach Schwein stinken.«

Ich verkniff mir ein Lächeln. »Ich habe nicht gesagt, dass du nach Schwein stinkst, sondern dein Zimmer.«

Ich schob mich an ihr vorbei, ohne dass sie mich hereingebeten hätte, und schnüffelte weiter, bis mein Blick auf ein paar abgewetzte Springerstiefel in der Ecke fiel. »Hazel! Du kannst die nicht einfach so hier rumliegen lassen. Die verpesten das ganze Haus. Irgendwann riechst du es selbst nicht mehr, und von diesem Moment an geht dein Leben den Bach runter.«

Ich wollte sie aufheben, doch sie sprang vor mich und hielt abwehrend die Hände hoch. »Nein, stopp!«

»Hör zu, ich bin mir sicher, du kannst dir ein neues Paar Schuhe kaufen.«

»Ich will kein neues Paar. Die gehören mir.«

Ich zog die Stirn kraus und musterte sie fragend. Sie sah aus, als würde sie jeden Augenblick in Tränen ausbrechen, bloß wegen irgendwelcher oller Springerstiefel. »Was bedeuten sie dir?«

»Alles.«

»Wieso?«

»Weil sie das Letzte sind, das meine Mom für mich gekauft hat«, gestand sie, und aus irgendeinem Grund wirkte es vollkommen untypisch für sie, diese Information mit mir zu teilen. »Ich liebe diese Stiefel. Sicher, sie sind billig und haben Löcher in den Sohlen, und sie tun mir an den Zehen weh, aber sie gehören mir. Und sie haben einen hohen Erinnerungswert.«

Dagegen konnte ich nichts sagen. Ich hatte selbst noch immer Kleidungsstücke von Mom und Dad in einer Kiste im Schrank liegen. Aber verdammt, diese Stiefel stanken.

Sie räusperte sich und verschränkte die Arme. »Bei einem von Mamas zahlreichen Versuchen, clean zu werden und sich von Charlie zu trennen, hatte sie ihm ein bisschen Geld geklaut, und wir haben zwei Wochen lang in einem Motel gewohnt. Es waren die besten zwei Wochen meines Lebens. Wir haben jeden Tag die Snackautomaten geplündert und immer wieder *Pretty Woman* geguckt, und wir haben über alles und jeden gelacht. Ich hatte meine Mom noch nie so lange ganz allein für mich. An einem Nachmittag ist sie mit mir einkaufen gegangen, und da haben wir die Stiefel hier bei Goodwill gesehen, und ich habe mich auf den ersten Blick in sie verliebt. Sie hat gesagt, wenn sie mir passten, würde sie sie mir kaufen. Ich erinnere mich noch gut daran, wie ich sie angezogen und gebetet habe, dass sie mir gehören würden.

Ich habe Mama angestrahlt und eine Pirouette gedreht. Die Stiefel waren viel zu klein, aber das habe ich ihr nicht gesagt, dafür wollte ich sie viel zu dringend haben. Sie hat sie mir tatsächlich gekauft, und seitdem trage ich sie jeden Tag. Das ist jetzt drei Jahre her, und es ist das Letzte, das Mama für mich gekauft hat. Diese Stiefel erinnern mich an das Gefühl, glücklich zu sein, und jetzt sind sie voller Schweinemist, was vermutlich die passende Metapher für mein Leben ist. *Glück ist scheiße*«, scherzte sie.

Ich antwortete mit einem etwas schiefen Lächeln, das sie wahrscheinlich nicht einmal bemerkte, weil ihr Blick an den Stiefeln klebte.

Mist.

Das war ein absolut legitimer Grund, versiffte und stinkende Stiefel offen herumliegen zu lassen.

Ich sagte nichts, sondern ging aus dem Zimmer und kehrte

wenig später mit den Händen voll kleiner Stecker wieder zurück.

»Was ist das?«, fragte Hazel.

»Lufterfrischer und Raumspray. Wenn du die Dinger hier rumliegen lassen willst, brauchst du jede Hilfe, die du kriegen kannst.« Ich steckte die Lufterfrischer in die Steckdosen und verteilte einen ordentlichen Spritzer Lavendel-Raumduft im Zimmer. Dann ging ich noch einmal hinaus und kehrte mit zwei Paar Turnschuhen zurück.

»Such dir eins aus, schwarz oder weiß. Sie werden dir garantiert zu groß sein, aber immer noch besser als Schuhe voller Schweinemist.« Ich lächelte, und ich glaube, diesmal bemerkte sie es, denn ihre Mundwinkel bogen sich ebenfalls nach oben. Und wer hätte das gedacht? Hazel Stone hatte ein wunderschönes Lächeln.

Sie entschied sich für die Schwarzen.

Ich lachte. »Hab mir schon gedacht, dass du die nehmen würdest.«

»Schließlich habe ich einen Ruf zu verteidigen«, scherzte sie. »Bei meiner schwarzen Seele kann ich unmöglich weiße Schuhe tragen.«

Wieso nur hatte ich das Gefühl, dass an ihrer Seele rein gar nichts schwarz war? Es schien eher so, als hätte ihre Seele einfach nur ziemlich viele blaue Flecke davongetragen – noch etwas, das wir gemeinsam hatten.

Ich wandte mich zum Gehen, hielt aber noch mal inne, als sie sagte: »Danke, bester Freund.« Mit einem Hauch Sarkasmus und einer Prise Dankbarkeit.

Wenn The Wreckage in der Scheune ein Konzert gaben, kam die ganze Stadt. Es gab schließlich nicht viele Gelegenheiten, sich zu treffen und umsonst essen und trinken zu können – auf

Big Paws Kosten, der das alles spendierte. Jedes Mal, wenn wir live spielten, litt ich unter Lampenfieber, und das legte sich erst, wenn ich endlich auf die Bühne trat und mich in den Rockstar Ian Parker verwandelte. An den meisten Tagen fühlte ich mich wie ein Hochstapler, der nur darauf wartete, dass man ihn entlarvte.

Eric baute das Livestream-Equipment auf, und kurz bevor wir alle auf die Bühne traten, ging Grams hinaus, um uns anzusagen. Ich sage euch, es gab keinen liebenswerteren Menschen auf dieser Welt als meine Großmutter. Mit ihrem Lächeln konnte sie selbst den knurrigsten Menschen fröhlich stimmen – Big Paw und ich waren der lebende Beweis dafür.

»Ich kann euch gar nicht sagen, wie stolz ich auf diese Jungs bin. In den letzten Jahren haben sie nicht eine einzige Bandprobe verpasst, sie kommen jeden einzelnen Tag zusammen, um Musik zu machen. Ich bin ganz sicher kein Experte für die Musik, die heutzutage gemacht wird – ich bin eher ein Frank-Sinatra-Mädchen. Oh, und Billie Holiday. Oh, und einmal bin ich nach Mississippi gefahren, um Elvis zu sehen, und …«

»Grams«, rief ich von der Seite der Bühne, weil ich genau wusste, dass sie sonst in einen endlosen Monolog verfallen würde, der locker den ganzen Abend dauern konnte.

Sie lächelte und strich sich ihr Blümchenkleid glatt. »Richtig. Was ich eigentlich sagen wollte: Begrüßen wir The Wreckage!«

Die Menge tobte, und alle Angst und Nervosität in mir verflogen, als meine Freunde und ich auf die Bühne stürmten. Da oben zu stehen und zu singen, war wie ein gigantisches High. Mit Drogen hatte ich nichts am Hut. Ich wusste, was das Zeug meinen Eltern angetan hatte, und weigerte mich, in ihre Fußstapfen zu treten. Aber wenn ich da draußen auf der Bühne stand und sang, fühlte ich mich einfach nur high.

Wenn ich sah, wie die Leute sich in unserer Musik verloren, hätte ich heulen können wie ein Baby. Sie schaukelten sanft hin und her und sangen meine Lieder mit, und das war einfach unglaublich. Ich konnte mich noch gut an die Zeit erinnern, als unsere einzigen Zuschauer Grams und Big Paw gewesen waren. Und jetzt stand ganz Eres vor uns, singend, tanzend und fröhlich trinkend. Und zusätzlich hatten sich Tausende von Fans bei Instagram Live eingeloggt – es war einfach der Wahnsinn.

Jeder Song, den wir spielten, ließ die Menge toben. Zu sehen, wie sie unsere Musik aufnahmen, hätte mich zum glücklichsten Menschen der Welt machen müssen, und, glaubt mir, ich war auch glücklich, und doch gab es etwas, das mich daran hinderte, meiner Euphorie freien Lauf zu lassen.

Unserer Show fehlte der letzte Schliff, aber ich konnte einfach nicht sagen, was genau es war. Wenn ich wollte, dass unsere Band den nächsten Schritt machte, dann musste ich es herausfinden. Irgendetwas fehlte, und ich würde alles tun, um dieses fehlende Puzzleteil zu finden.

»Das war echt Wahnsinn!«, rief Marcus, als wir das letzte Lied des Abends gespielt hatten, und trommelte mit den Drumsticks auf seine Oberschenkel. Eric checkte immer wieder breit grinsend unsere Social-Media-Accounts. Er war offensichtlich ebenfalls zufrieden.

James hatte sich schon unter die Menge gemischt, um den Leuten zu danken, dass sie heute Abend gekommen waren, nur ich war nicht wirklich zufrieden.

Es war eine gute Show gewesen, mehr aber auch nicht.

Warum war es nicht mehr?

»Ian, oh mein Gott, du warst *so* gut«, rief ein Mädchen, das gerade Arm in Arm mit ihrer besten Freundin auf mich zukam.

»Ja, *so* gut und *so* heiß«, kicherte die andere.

Ich schenkte den beiden ein schmales Lächeln, halb den Moment genießend, halb noch immer mit den Gedanken bei unserem Auftritt. »Danke, Mädels. Echt klasse, dass ihr gekommen seid, um uns spielen zu sehen.«

»Und wir würden gerne noch mehr von dir sehen – so eins zu eins, meine ich«, sagte die Erste.

»Oder zwei zu eins«, ergänzte die andere kichernd.

Normalerweise hätte ich das Angebot angenommen, aber heute war ich mehr mit dem Konzert beschäftigt als mit Frauen. Ich würde mich auf nichts anderes konzentrieren können, bevor ich nicht wusste, was falsch gelaufen war, auch wenn das leider eine Nacht ohne Sex bedeuten würde.

Die Mädels waren sichtlich enttäuscht, marschierten aber schließlich davon, um sich noch was zu trinken zu holen. Die Party in der Scheune würde noch ein paar Stunden weitergehen, bis Big Paw irgendwann alle nach Hause schickte. Die Leute würden sich betrinken, rummachen und schlechte Entscheidungen treffen, die sich für den Moment gut anfühlten.

Ein typischer Samstagabend in Eres.

Ich nahm Notizbuch und Stift und lief langsam über die Ranch, wobei ich immer wieder ein paar Verse kritzelte und sie wieder durchstrich, bevor ich versuchte, mir etwas Besseres, Stärkeres – Realeres – einfallen zu lassen. Verzweifelt suchte ich in mir nach dem, was meinen Texten fehlte. Als ich so auf und ab marschierte, riss mich plötzlich eine Stimme aus meinen Gedanken.

»Es sind die Worte.«

Ich blickte auf und sah Hazel in dem Schaukelstuhl sitzen, den Big Paw vor vielen Jahren für meine Mutter gezimmert hatte. Damals hatte ich immer auf ihrem Schoß gesessen, während sie mir Gutenachtgeschichten vorgelesen hatte.

Viele Male hatte ich mit dem Gedanken gespielt, den Stuhl zu verkaufen, um mich von dieser Erinnerung zu befreien, aber am Ende hatte ich nie die Kraft gefunden, ihn endgültig abzugeben.

»Wie meinst du das, es sind die Worte?« Ich stieg die wenigen Stufen zur Veranda hinauf, lehnte mich gegen das Geländer und sah sie an.

Sie blinzelte und drehte den Kopf in meine Richtung. »Eure Texte sind Mist.«

»Was?«

»Die Texte zu euren Songs. Sie sind total schlecht, voller Klischees, und sie ziehen sich wie Kaugummi. Versteh mich nicht falsch, euer Musikstil und das alles ist brillant. Und auch wenn ich es nicht gern zugebe: Deine Stimme ist so stark und seelenvoll, dass du im Nullkommanichts ein Star sein könntest. Aber eure Texte? Schweinescheiße.«

»Ich glaube, man sagt Mist.«

»Nach meinen Wochen im Schweinestall scheint mir *Schweinescheiße* ein adäquater Ausdruck meiner Ansichten über eure Musik zu sein. Aber deine Stimme … die ist einfach unglaublich.«

Ich versuchte ihre Beleidigung zu ignorieren und ihr Kompliment ebenfalls. Aber es war nicht so einfach. Mein Ego war leicht zu verletzten, und Hazel schlug kräftig zu, während sie mir gleichzeitig sagte, wie gut ich war. Es fühlte sich an, als würde sie sofort eine lindernde Salbe über jeden Treffer ihrer Fäuste streichen.

Beleidigung, Kompliment, Beleidigung, Kompliment … Waschen, spülen, und noch mal von vorn.

»Allen anderen schien es gefallen zu haben«, antwortete ich.

»›Alle anderen‹ sind ja auch besoffene Deppen, die keine Ahnung haben.«

»Und du glaubst, du könntest es besser, oder was?«

Sie lachte. »Keine Frage.«

»Okay, Hazel Stone, Meisterin der Songtexte, dann schieß mal los.«

Sie zeigte auf den zweiten Schaukelstuhl, der neben ihr stand – Dads Schaukelstuhl.

Ich setzte mich.

Sie presste die Lippen zusammen. »Okay. Gib mir einen von deinen Songs, einen, von dem du weißt, dass er schlecht ist, es aber nicht zugeben willst.«

»Meine Songs sind nicht …«

»Lügen wird uns hier nicht weiterbringen, Ian.«

Ich verengte die Augen zu schmalen Schlitzen und fluchte leise, bevor ich mein Notizbuch nahm und nach einem Song suchte, den Hazel mit ihrer Zauberkraft verbessern konnte. »Okay. ›Possibilities‹.«

»Hm, worum geht es darin?«

»Eine neue Beziehung. Ich möchte die anfänglichen Gefühle beschreiben, verstehst du? Die Angst und die Aufregung. Die Nervosität. Das Unbekannte. Die …«

»… ersten Kapitel der Liebe«, beendete sie meinen Gedanken.

»Ja, genau.«

Sie zog den Bleistift hinter meinem Ohr hervor und griff nach meinem Notizbuch. »Darf ich?«

»Nur zu.«

Sie fing an zu schreiben, durchzustreichen, Worte hinzuzufügen und einfach zu tun, was ihr gerade in den Sinn kam. Dabei schien sie die Welt um sich herum vollkommen zu vergessen und in ihre eigene Welt der Kreativität einzutauchen, die ich nie in ihr vermutet hätte. Das Einzige, was ich bisher über Hazel Stone wusste, war, woher sie kam und was für Klamotten sie trug. Doch jetzt ergoss sie ihr Innerstes über diese Seiten, und ich konnte es kaum erwarten zu lesen, was zum Teufel sie da schrieb.

Schließlich gab sie mir das Buch mit einem tiefen Atemzug zurück. »Wenn es dir nicht gefällt, kein Problem. Ich bin nicht beleidigt oder so.«

Mein Blick glitt über ihre Worte. *It's possible this is forever ours. It's possible we'll reach the stars. We'll fight for this; we'll make it real. Is it possible, possible, to show you how I feel?*

»Oh Mann.« Ich stieß die Luft aus meinen Lungen. »Hazel ... das ist ... Das ist, als wärst du in meinen Kopf gekrochen und hättest meine Gedanken gelesen, die ich selbst nicht in Worte fassen konnte. Das ist der Refrain. Das ist einfach perfekt.«

»Es gefällt dir?«

»Es ist perfekt. Kannst du mir auch mit der nächsten Zeile helfen? *Too late to go, too early to stay, just want to find out what brings a smile to your face. Is this fake, or is it real? The beating of my heart ...*«

»*The beating of my heart, and the shivers down my spine. Just let me know if you'll be mine*«, vervollständigte sie meinen Text, als wäre es das Einfachste auf der Welt. Und das Gleiche machte sie dann auch mit meinen anderen Texten. Sie ergänzte all die fehlenden Puzzlestücke, nach denen ich seit Jahren suchte.

Was geschah hier gerade? Wie war es Hazel gelungen, die Worte zu finden, die ich einfach nicht zu fassen gekriegt hatte?

»Wie machst du das?«, fragte ich. »Wo holst du das alles nur her?«

»Ganz einfach«, sie zuckte mit den Schultern. »Ich bin nicht so ein Betonklotz wie du.«

»Was soll das denn bitte bedeuten?«

»Es bedeutet genau das: Du bist ein Betonklotz. Du hast keinerlei Verbindung zu deinen Gefühlen, deshalb klingen deine Texte langweilig und nicht authentisch. Ihnen fehlt das Herz, weil du kein Herz hast, das du hineinlegen könntest.«

Ihre Worte trafen mich wie ein Schlag in den Magen.

Ich spürte, wie ich mich verspannte. »Unsinn. Ich fühle sehr viel.«

»Nein, tust du nicht.«

»Tu nicht so, als würdest du mich kennen.«

»Ich tue gar nicht so, als würde ich dich kennen. Ich bin mir sogar ziemlich sicher, dass ich dich nicht kenne. Wahrscheinlich gibt es überhaupt nicht viele Leute, die dich kennen, denn wie gesagt, du bist ein Betonklotz. Du lässt niemanden an dich ran. Weil du nämlich Schiss hast.«

Ich konnte es einfach nicht glauben. Dieses Mädchen saß hier und erzählte mir doch wahrhaftig, dass ich kalt und distanziert war, dabei hatte sie nicht die geringste Ahnung, wovon sie redete. Und ich hatte ihr meine schwarzen Turnschuhe geschenkt! Wütend stemmte ich mich aus dem Schaukelstuhl hoch und nahm ihr mein Buch ab. »Du brauchst mir nicht zu erklären, wer ich bin und wovor ich Angst habe«, fauchte ich. Die Tatsache, dass sie mich zu sehen schien, wie niemand sonst es bisher getan hatte, verunsicherte mich ein wenig.

»Du kannst dich ruhig darüber aufregen. Ich weiß, dass du es ohnehin nur tust, weil ich recht habe.«

»Hast du nicht.«

»Hab ich doch.«

»Ich weiß gar nicht, wieso ich meine Zeit mit dir verschwende«, knurrte ich und seufzte. »Ich hab was Besseres zu tun.«

»Was? Noch schlechtere Songs schreiben?«

»Was hast du eigentlich für ein Problem?« Ich spürte das Feuer, das in meiner Brust loderte. Es war lange her, dass es jemandem gelungen war, mir so unter die Haut zu gehen. Aber Hazel grub sich nur noch tiefer in meine Verärgerung hinein.

»Mein Problem ist, dass du genug Talent hast, um aus dieser Stadt rauszukommen, aber zu stur bist, um ein bisschen tiefer zu graben. Ich würde alles dafür geben, dein Talent zu haben. Deine Stimme ist der Wahnsinn, und du stehst kurz vor dem Durchbruch, aber du hast zu viel Schiss, um es wirklich zu wollen.«

Ich wollte nichts mehr von ihr hören. Sie war nervig und wertend – und sie hatte recht.

Ich drehte mich um und ging zur Haustür. Als ich die Fliegengittertür öffnete, rief Hazel mir noch etwas nach. Ich drehte mich nicht zu ihr um, aber ich blieb stehen und hörte zu.

»Du kannst die Wahrheit nicht schreiben, wenn du dich selbst belügst.«

Sie hatte recht, aber ich hatte mich fast mein ganzes Leben lang selbst belogen, und mit der Zeit klangen die Lügen beinahe wahr.

7. KAPITEL

HAZEL

Ein paar Tage lang gingen Ian und ich uns aus dem Weg. Seit ich ihm meine Meinung zu seinen Songtexten gesagt hatte, mied er mich wie die Pest. Ich konnte es ihm nicht mal verübeln, schließlich war ich nicht besonders nett gewesen. Doch ich hatte miterlebt, wie die Leute ihm nach seinem Auftritt Zucker in den Arsch bliesen, und war der Meinung, dass er auch mal was anderes vertragen konnte. Zudem hatte sein ganzes Hin- und Herlaufen mir gezeigt, dass er selbst auch nicht mit sich zufrieden war.

Am Dienstagabend erschien er plötzlich in meinem Türrahmen, schlecht gelaunt wie immer. »Du willst mir also sagen, du kannst deshalb so gut texten, weil du mit deinen Gefühlen in Verbindung stehst?«

Ich nickte. »Ja genau.«

»Und du denkst, ich kann es nicht, weil ich mich vor meinen Gefühlen verschließe.«

»Ja genau.«

Er hatte die Augen zu schmalen Schlitzen zusammengekniffen, und über seiner Nase zeigte sich eine tiefe Furche, während er dastand und überlegte. Er rieb sich den Nacken und murmelte leise vor sich hin, bevor er den Blick hob und mich wieder ansah. »Das ist das Dämlichste, das ich je gehört habe.«

»Tja. Aber es ist wahr.«

Meine Antwort schien ihm nicht sonderlich zu gefallen, denn er ging und fuhr fort, mich zu ignorieren.

Erst spät am Freitagabend erschien er wieder in meiner Tür. »Hey, bist du noch wach?«

Er wirkte sehr viel ruhiger als beim letzten Mal. Sein Blick war nicht mehr so hart und distanziert.

»Oh ja, Ian. Ich bin so ein Loser, dass ich freitagsabends um neun im Bett liege«, erwiderte ich sarkastisch. Auch wenn ich absolut vorgehabt hatte, um neun ins Bett zu gehen.

Er zeigte mir den Mittelfinger, den ich ihm prompt zurückgab. Wir waren eindeutig auf dem besten Weg, Freunde zu werden.

»Was gibts?«, fragte ich.

»Nichts. Ich hätte eigentlich Bandprobe gehabt, aber Eric ist krank oder unterwegs oder irgend so was.«

»Du musst dringend an deinen kommunikativen Fähigkeiten arbeiten.«

»Da hast du wahrscheinlich recht. Jedenfalls, ich hatte vor, eine Freundin zu fragen, ob sie vorbeikommt, wenn das okay ist …« Er klang zurückhaltend, ja fast beschämt.

»Du fragst mich, ob du eine Freundin einladen darfst?« Ich lachte. »Dir ist schon klar, dass das hier *dein* Haus ist, oder? Und war nicht eine der Regeln, dass ich kein Recht habe, wegen deiner Frauengeschichten über dich zu urteilen?«

Er fuhr sich mit den Fingern durchs Haar und kaute auf seinem Mundwinkel herum. »Ja, ich weiß, aber, na ja, jetzt ist es auch dein Haus, und ich will nicht … ich will nicht, dass du dich unwohl fühlst oder so.«

»Ian …« Ich sah an mir hinunter und betrachtete meinen Schlafanzug mit den angenähten Socken. »Ich trage einen Einteiler. Ich habe mich nie wohler gefühlt, und falls du mich gerade wirklich fragst, ob es okay ist, wenn du eine Frau hierherbringst, um mit ihr zu schlafen, dann lautet die Antwort: Ja. Ran an die Titten, Kumpel.«

Er wand sich unbehaglich. »Weißt du eigentlich, wie seltsam du bist?«

»Ja, das ist mir bewusst.«

»Du musst dringend an deinen kommunikativen Fähigkeiten arbeiten«, sagte er spöttisch. »Okay, also, dann wünsch ich dir eine gute Nacht. Wenn du irgendwas brauchst …« Er verstummte. »Brauch einfach nichts heute Abend, okay?«

Ich lachte und nickte. »Okay. Aber spiel lieber keinen von euren Songs, während ihr Sex habt. Die ziehen einem nämlich echt die Schuhe aus«, scherzte ich.

Diesmal zeigte er mir beide Mittelfinger.

Und ich schickte sie postwendend zurück. *Natürlich.*

Ein paar Stunden später wurde ich von Ian geweckt, der panisch an meiner Schulter rüttelte. »Hazel, steh auf!«

Ich setzte mich im Bett auf und rieb mir den Schlaf aus den Augen. »Was zum Teufel machst du da?«

»Pst«, flüsterte er und legte mir den Finger auf die Lippen. Mein Blick wanderte zu besagtem Finger, und sein Blick folgte meinem. Gemeinsam starrten wir eine gefühlte Ewigkeit lang auf die Stelle, an der wir uns berührten, bevor er seinen Finger langsam von meinen Lippen nahm. »Tut mir leid. Aber ich brauche deine Hilfe.«

»Es ist noch stockdunkel draußen, Ian«, murmelte ich und versuchte mich wieder in mein Kissen zu kuscheln, aber er ließ es nicht zu.

»Ich weiß, ich weiß, aber ich brauche dich. Bitte.« Er klang wirklich verzweifelt.

Ich seufzte und setzte mich auf. »Was ist los?«

»Erinnerst du dich, dass ich gesagt habe, eine Freundin wollte vorbeikommen?«, fragte er.

»Ja.«

»Nun, also, ich möchte, dass sie wieder geht.«

Ich sah auf meinen Wecker. Es war vier Uhr. Ich zog die Augenbraue hoch. »Du willst, dass ich ihr Angst mache? Um vier Uhr früh?« Er nickte. »Dir ist schon klar, wie mies es ist, ein Mädchen morgens um vier aus dem Haus zu werfen, oder?« Wieder nickte er. Aber er sah mir nicht länger in die Augen. Ich ließ mir ausreichend Zeit, um richtig wach zu werden, und betrachtete ihn dabei. Seine Hände waren zu Fäusten geballt, und sein Gesicht war knallrot. Und sein Fuß tippte unentwegt nervös auf den Boden.

Er sah aus, als hätte er wirklich ein Problem. Irgendetwas schien ihn massiv zu belasten, aber er sagte es nicht. Ich kannte ihn nicht gut genug, um nachzufragen, also kletterte ich aus dem Bett.

»Soll ich fies oder nett zu ihr sein?«, fragte ich.

Er antwortete nicht, schob nur die Hände unter meine Matratze und tippte weiter mit dem Fuß auf den Boden. Doch das Tippen war jetzt nicht mehr Ausdruck seiner Nervosität.

Die fiese Tour also.

Als ich am nächsten Morgen die Augen aufschlug, war das Haus leer. Ich putzte mir die Zähne und versuchte mich zu entscheiden, ob ich die Sache mit Ian letzte Nacht nur geträumt hatte, oder ob es wirklich so gewesen war. Auf dem Weg in die Küche sah ich Ian draußen im Garten Holz hacken. Sein weißes T-Shirt hing an der Seite aus dem Bund seiner Jeans, während er ausholte und die Axt in ein Stück Holz rammte.

Seine Arme waren muskulös und braun gebrannt, was bezeugte, dass er viel unter freiem Himmel arbeitete. Ich holte mir ein Glas Wasser und trat auf die kleine Veranda hinterm

Haus hinaus. Noch immer in meinem Einteiler setzte ich mich auf die Hollywoodschaukel. Ich schaukelte vor und zurück und beobachtete, wie sein Körper auf das Quietschen der Schaukel reagierte. Er wusste, dass ich da war, aber er drehte sich nicht um.

Nachdem ich ein paarmal den Mund aufgemacht und wieder geschlossen hatte, fand ich schließlich den Mut, ihn zu fragen: »Willst du über letzte Nacht reden?«

Er schwang die Axt, und das nächste Holzscheit zersprang in zwei Teile. »Nein.«

Er hatte sich immer noch nicht zu mir umgedreht.

Wie gerne hätte ich seine Gedanken gelesen, denn obwohl wir immer über seine Frauengeschichten witzelten, wusste ich, dass seine Probleme sehr viel tiefer gingen, als er nach außen zeigte. Ich hätte ihn einfach in Ruhe lassen sollen, aber irgendetwas in meinem Innern sagte mir, dass ich besser noch nicht ging.

»Du musst nicht immer alles nur mit dir allein ausmachen.«

»Ich weiß. Aber ich will es so.«

»Niemand will immer alles mit sich allein ausmachen.«

»Ich schon.«

»Wieso?«

»Hör endlich auf und lass mich in Ruhe«, fuhr er mich an und rammte die Axt in das nächste Holzscheit. Aber ich konnte nicht aufhören, denn ich hatte das Gefühl, dass außer seinen Großeltern niemand versuchte, mal etwas tiefer in ihn zu dringen.

»Ich hör auf, wenn du mit mir sprichst.«

»Nun, dann wirst du wohl bis in alle Ewigkeit dasitzen müssen.«

»Kein Problem. Ich hab heute frei.«

Er seufzte, schwang die Axt und schlug sie in den Hackklotz vor ihm. »Verdammt, Hazel. Was ist dein Problem? Wieso kannst du mich nicht einfach in Ruhe lassen?«

»Weil du mehr sein willst«, erklärte ich schulterzuckend. »Und letzte Nacht, als du mich gebeten hast, dir diese Frau vom Leib zu schaffen, ist etwas mit dir passiert. Irgendwas hat ganz tief an dir genagt, und ich will dir nur sagen, dass du es nicht mit dir allein ausmachen musst. Ich kenne dieses Gefühl, immer alles mit sich allein auszumachen, denn ich habe es selbst auch immer so gemacht. Ich weiß, wie sehr einen das belasten kann.«

»Nun. Aber du bist nicht ich.«

Wie wahr.

Ich stand auf und nickte. »Okay. Meinetwegen. Mach, was du willst. Aber gib nicht mir die Schuld, wenn dir irgendwann alles zu viel wird.«

»Wieso sollte es mir irgendwann zu viel werden?«

»Weil es immer irgendwann zu viel wird, weil deine Gefühle über dir zusammenschlagen und du zusammenbrichst.«

Er schnaubte. »Du sprichst wohl aus Erfahrung, was?«

»So ähnlich.«

Ich wandte mich zum Gehen, blieb jedoch stehen, als ich hörte, wie Ian den wohl dramatischsten Seufzer der Weltgeschichte ausstieß. »Sie hat angefangen, über meine Eltern zu reden. Sie hat sie Junkies genannt und über sie geredet, als würde sie sie kennen. Es braucht so einiges, um mir unter die Haut zu gehen – wie du sagst, ich habe jede Menge Beton um mich herum hochgezogen –, aber wenn jemand schlecht über meine Eltern redet, ist es vorbei.«

Ich drehte den Kopf und sah die Schwere in seinen Augen, als er die Hände auf den Griff seiner Axt legte. »Und warum ist das so?«

»Weil die Bemerkungen über meine Eltern meistens wahr sind. Meine Eltern waren Junkies. Sie haben mich verlassen. Sie haben sich für ihre kranken Gewohnheiten und gegen ihr eigenes Kind entschieden. Sie sind gegangen und haben ihr Kind mit seinen eigenen kranken Problemen zurückgelassen. Okay? Deshalb stört es mich.«

Es tat mir in der Seele weh, Ian so über seine Eltern sprechen zu hören. Ich wusste, dass Eres ein Drogenproblem hatte, und auch, dass besonders ein Mann dieses Problem immer weiter verschärfte. »War Charlie der Dealer?«, fragte ich, und die Worte brannten mir auf der Zunge.

Er rieb sich mit dem Daumen die Nase und nickte. »Ja.«

»Ist das der Grund, warum du mich so hasst?«

»Nein.« Er schüttelte den Kopf. »Ich kenne dich gar nicht gut genug, um dich zu hassen. Ich mag bloß nicht, wofür du stehst – die Erinnerung an das, was mit meinen Eltern passiert ist.«

Ich verstand ihn gut. Vielleicht sogar besser, als er es sich vorstellen konnte. »Ich mag auch nicht, wofür ich stehe.«

»Wie meinst du das?«

»Ich habe auch ein Elternteil an ihn verloren. Seinetwegen habe ich da draußen in der Hütte geschlafen. Meine Mutter hat mich rausgeworfen, weil er mich weghaben wollte. Wenn sie nicht drogenabhängig wäre, hätte sie das ganz sicher nie getan. Sie war mal meine beste Freundin, aber die Drogen haben alles verändert. Ich wünschte, ich hätte den Menschen, der sie vor den Drogen war, gar nicht gekannt, weil …« Ich seufzte und verstummte. Ich wusste nicht recht, wie ich es erklären sollte, aber Ian schien mich zu verstehen.

»Es macht alles nur noch schlimmer, wenn man sich an die Zeit erinnern kann, in der Drogen keine Rolle gespielt haben«, beendete er meinen Satz.

»Ja, genau.«

Er griff wieder nach der Axt. Schnaubend gestand er: »Es macht mich scheißwütend, wie Eltern einfach zulassen können, dass Drogen sie von ihren Kindern trennen.«

Ich sah Ian an – sah ihn wirklich an – und erkannte den traurigen, gebrochenen Jungen hinter seiner Wut. Wie er mit all dem Zorn, der in ihm brodelte, seine Axt schwang, verriet so viel Wahrheit und Verletzlichkeit.

Ich ging ins Haus, holte Papier und Stift und setzte mich wieder in die Schaukel, von wo aus ich dem verschwitzten, erschöpften Mann im Garten zulächelte. »Okay, dann los.«

»Los was?«

»Nutzen wir deine Wut, um Lieder zu schreiben.«

Unwillig drückte er mit Daumen und Zeigfinger in die Innenwinkel seiner Augen. »Kein Interesse.«

Bevor ich noch etwas sagen konnte, marschierte er davon und ließ mich wie ein albernes Mädchen sitzen, das versucht hatte, seine Betonmauern niederzureißen.

8. KAPITEL

HAZEL

Vier Wochen war es mittlerweile her, seit Mama und Charlie mich vor die Tür gesetzt hatten, und ich hatte es immer noch nicht richtig verarbeitet. Kein Tag verging, ohne dass ich mir Sorgen um Mamas Gesundheit und Wohlergehen machte. Kein Tag, ohne dass ich an sie dachte und betete, dass es ihr gut ging. Schließlich hielt ich es nicht mehr aus und lief nach der Arbeit zum Wohnwagen, um zu sehen, wie es ihr ging.

Wenn Charlie mich erwischte, würde er mir die Hölle heißmachen, aber das war mir egal.

Ich hatte Lebensmittel besorgt, um den Kühlschrank aufzufüllen, und als ich an die Tür klopfte, konnte ich Mamas schlurfende Schritte hören.

»Wer ist da?«, rief sie.

»Ich bin's, Mama. Hazel.«

Die Schritte wurden schneller. Als sie die Tür öffnete, schnappte ich entsetzt nach Luft. Ich ließ die Lebensmittel fallen und lief zu ihr. »Mama! Was ist mit dir passiert?«, keuchte ich und starrte auf ihr grün und blau geschlagenes Gesicht. Ihr linkes Auge war fast zugeschwollen, auch ihre Handgelenke waren blau.

»Reg dich wieder ab«, warnte sie und wedelte abwehrend mit den Händen. »Charlie und ich hatten eine kleine Auseinandersetzung. Ich habe bei der Arbeit einen Fehler gemacht, ich hätte es besser machen müssen.«

»Was? Nein«, sagte ich und stürmte ins Haus. »Egal, worum es ging, er hat kein Recht, dich zu schlagen, Mama. Wir lassen dich besser untersuchen. Komm, ich bringe dich ins Krankenhaus.«

Sie schüttelte den Kopf. »Nein. Ich gehe nicht ins Krankenhaus. Es geht mir gut.«

»Aber wir müssen uns davon überzeugen, dass es dem Baby gut geht, Mama. Bitte.«

Sie senkte den Kopf, und ich sah den Schmerz in ihrem Herzen. Sie schien mit sich zu kämpfen, doch ich hatte keine Ahnung, was in ihr vorging. Hin und wieder sah ich Reue in ihren Augen aufblitzen, die meinen so ähnlich waren. Meine Mutter hatte es nie leicht gehabt, und nun sah ich, wie sie mit jedem Blinzeln gegen ihren Schmerz ankämpfte.

»Ich habe kein Geld für einen Arztbesuch ...«, begann sie. »Ich bin nicht krankenversichert, und Charlie wird böse sein, wenn das Krankenhaus uns die Rechnung schickt.«

»Ich übernehme die Kosten. Wirklich, Mama. Lass mich dir helfen.«

Sie war kurz davor, Ja zu sagen, kurz davor, das Richtige für sich und das Baby zu tun, doch bevor ich noch etwas sagen konnte konnte, erschien Charlie hinter mir. Ich drehte mich um und sah, wie seine Augen sich weiteten, als er mich sah und dann Mama anstarrte.

»Was ist hier los?«, brüllte er.

»Ich nehme Mama eine Weile mit«, sagte ich und bemühte mich, die Angst, die mir wie ein Kloß in der Kehle saß, zu verbergen. Zugegeben, Charlie sah nicht unbedingt aus wie jemand, der einem gefährlich werden konnte, aber ich wusste, wozu er fähig war. Es war nicht das erste Mal, dass ich Mama so sah, nachdem er sie verprügelt hatte, aber ich hatte geglaubt, dass er ihr nicht wehtun würde, solange sie schwanger war.

Ich war so naiv gewesen zu glauben, dass Charlie nicht so ein Monster war.

»Wohin willst du mit ihr?«, fuhr er mich an. »Du hast hier nichts zu suchen.«

»Ich darf doch wohl meine Mutter besuchen«, gab ich zurück. »Komm schon, Mama. Hol deine Sachen, dann gehen wir.«

»Sie wird nirgendwo hingehen. Sieh zu, dass du in die Küche kommst, und mach mir eine Pizza, Jean«, befahl er meiner Mutter, was meine Wut nur noch steigerte.

»Sie ist verletzt«, schimpfte ich. »Ich nehme sie mit, um sie untersuchen zu lassen.«

Er zog eine Augenbraue hoch und sah Mama an. »Du willst ins Krankenhaus?«, fragte er leise und drohend. »Was zur Hölle hast du vor, Jean? Mich anzeigen? Sagen, dass ich dir wehgetan habe?«

Sie zögerte, spielte nervös mit ihren Fingern und sah zu Boden. »Natürlich nicht, Charlie.«

»Denn ich habe dir nicht wehgetan, nicht wahr?«

Als die Worte über seine Lippen züngelten, richteten sich bei mir alle Haare auf. Oh Gott, ich hasste ihn, und ich hasste es, wie er seine Macht über Mama nutzte, um sogar ihre Gedanken zu kontrollieren.

»Nein, das hast du nicht.« Sie kniff die Augen zusammen und schüttelte den Kopf. »Ich bin gestolpert. Du weißt doch, wie ungeschickt ich bin, Hazel.«

Nein, Mama.

Lass nicht zu, dass er dich so manipuliert.

»Trotzdem solltest du dich untersuchen lassen. Wegen des Babys«, sagte ich und versuchte die Wut, die durch meine

Adern rauschte, unter Kontrolle zu halten. Ich musste meine Mutter hier rausholen, aus diesem Haus, aus Charlies Einflussbereich, denn ich wusste genau, wenn sie hierblieb, würde sie es nicht überleben. Früher oder später würde Charlie einen Schritt zu weit gehen.

Vielleicht, wenn wir beide zusammen davonliefen, vielleicht würde sie es dann schaffen, wieder klar denken zu können. Vielleicht würde sie erkennen, dass wir Charlie nicht brauchten, dass wir ohne ihn besser dran waren, dass …

»Sie wird nirgendwo hingehen«, mischte Charlie sich ein. »Dem Baby geht es gut, und ihr auch. Und du bist hier nicht länger willkommen. Also verschwinde!«

Ich näherte mich meiner Mutter einen Schritt, um sie vor Charlie zu schützen. »Ich werde nicht ohne sie gehen.«

Er schob die Ärmel seines Hemds hoch und trat auf mich zu. »Raus hier, Hazel.«

»Nein«, erklärte ich bestimmt. »Ich werde nirgendwo hingehen.«

Er packte meinen Arm und zog mich zur Tür. Für einen Mann von seiner Statur hatte er einen ganz schön schmerzhaften Griff.

»Lass mich los!«, rief ich und stolperte, als er erneut an meinem Arm zerrte. Sobald ich mich wieder gefangen hatte, stieß ich ihn mit aller Kraft von mir, sodass er nach hinten taumelte.

Im selben Augenblick spürte ich seine Faust in meinem Gesicht und fiel zu Boden.

Oh, Mist.

Der Schmerz war so heftig, dass mir übel wurde. Er hatte mich nicht nur geschlagen; er hatte mir seine Faust ins Gesicht gerammt, sodass ich rückwärts zu Boden gefallen war. Und das hatte ihn überhaupt nicht interessiert. Machte er das auch mit Mama? Schlug er einfach auf sie ein wie auf eine Puppe?

Mein Kopf pochte wie verrückt, und Tränen liefen mir übers Gesicht, während der Schmerz mich überwältigte. Ich versuchte aufzustehen, doch Charlie stürzte sich auf mich und stieß mich wieder zu Boden.

»Ich habe gesagt, du sollst verschwinden«, zischte er voller Hass.

»Fick dich!«, schrie ich.

Er hob die Faust, um erneut zuzuschlagen, doch Mama lief zu uns und hielt sie fest. »Hör auf, Charlie. Bitte. Sie hat dich verstanden. Sie wird gehen und nicht wieder zurückkommen«, versprach sie.

Mühsam kam ich auf die Beine. Mein rechtes Auge ließ sich nicht öffnen. Irgendetwas Nasses lief über mein Gesicht, und ich wischte es fort. *Blut?* Charlies Ring musste meine Haut aufgeschlitzt haben.

»Nicht wahr, Hazel?«, fragte Mama und sah mich mit großen, angsterfüllten Augen an. Sie lebte mit dieser Angst, jeden einzelnen Tag.

»Komm mit mir, Mama«, flehte ich keuchend.

»Wie ich schon sagte, wird sie nirgendwo hingehen. Und jetzt verschwinde, bevor ich es an euch beiden auslasse«, drohte Charlie.

Er war ein Psychopath, daran bestand kein Zweifel. Er spürte nicht die geringste Reue für seine Taten – im Gegenteil, er sah aus, als wollte er jeden Augenblick wieder zuschlagen.

»Geh, Hazel«, flehte Mama mich an, und ihre Augen füllten sich mit Tränen. »Bitte.«

Ich wollte noch etwas sagen, doch ich wusste, wenn ich Charlie weiter provozierte, würde er seine Wut an mir und Mama auslassen. Die Vorstellung, dass er Mama wehtat, war mir unerträglich, und so ging ich.

Mein Herz schmerzte, und ich fühlte mich schrecklich, weil ich sie in dieser schrecklichen Lage zurückgelassen hatte. Einen kurzen Moment lang, als sie Charlies Hand festgehalten hatte, hatte ich meine Mutter gesehen. Meine echte Mutter, nicht den drogengesteuerten Menschen, in den sie sich im Laufe der Jahre verwandelt hatte. Sie war dazwischengegangen, um mich zu beschützen, und es brach mir das Herz, dass es niemanden gab, der sie beschützte.

Auf dem Weg zurück zur Ranch hielt ich den Kopf gesenkt und versuchte mein Gesicht möglichst zu verbergen. Plötzlich hupte ein Auto neben mir, und mir lief vor Schreck ein eisiger Schauer über den Rücken. Ich hielt den Kopf gesenkt und lief weiter. »Hazel!«, rief jemand aus dem Wagen. »Hey Hazel, ich bin's, Leah. James Scouts Schwester. Er arbeitet auf der Ranch, und ich bin auf dem Weg dorthin, um nach den Pferden zu sehen. Musst du auch dorthin? Ich kann dich mitnehmen.«

Sie fuhr rechts ran, stellte den Wagen ab und kam zu mir gelaufen. Ich kannte Leah schon eine ganze Weile. Wir hatten zusammen den Schulabschluss gemacht. Leah Scout war schön, von ihren wundervollen blonden Haaren bis zu ihren kristallblauen Augen. Sie hatte ein Lächeln, mit dem sie Zahnpastawerbung hätte machen können, und schenkte es bereitwillig jedem, der sie ansah. Und sie war genau wie ihr älterer Bruder James – zu nett zu allen, die ihr über den Weg liefen.

Als sie mein Gesicht sah, schnappte sie nach Luft und schlug die Hände vor den Mund. »Du meine Güte, was ist denn mit dir passiert?«

»Ich, ähm, ich möchte nicht darüber reden.« Ich ging weiter, doch Leah hielt Schritt.

»Hazel, warte. Wer hat dir das angetan?«

»Ich will nicht darüber reden«, wiederholte ich knapp. »Ich will einfach nur nach Hause und mich waschen.«

»Okay.« Sie nickte und hakte sich bei mir ein.

»Was machst du da?«

»Ich bringe dich zu meinem Wagen, damit ich dich nach Hause fahren kann. Du solltest nicht so durch die Straßen laufen, und ganz sicher solltest du jetzt nicht allein sein. James hat gesagt, dass du bei Ian wohnst, richtig?«

Ich nickte. »Ja. Aber du …«

»Sei nicht albern, Hazel. In einer Stadt voller Widerlinge müssen wir Mädels zusammenhalten. Es ist keine große Sache. Also, lass uns zusehen, dass wir dich nach Hause kriegen, damit wir deine Wunde versorgen können.«

Als wir am Haus ankamen, versuchte ich Leah davon zu überzeugen, sich wieder um ihre Angelegenheiten zu kümmern, aber sie wich mir nicht von der Seite.

»Du musst dein Auge versorgen, sonst wird es eine ganze Weile zugeschwollen bleiben. Ich helfe manchmal bei Dr. Smith aus. Ich kann dir helfen«, bot sie mir an.

Ich hatte nicht die Energie, ihr zu sagen, sie solle mich allein lassen. Zumal ein seltsamer Teil von mir nicht wirklich allein gelassen werden wollte.

Ich setzte mich auf die Bettkante, während Leah in die Küche ging, um einen nassen Lappen und Eis für mein Auge zu holen. Als sie zurückkam, setzte sie sich neben mich und tat ihr Bestes, um mein Gesicht zu versorgen.

»Wer hat das getan, Hazel?«, flüsterte sie.

Ich schüttelte den Kopf. »Ist nicht so wichtig.«

»Natürlich ist es das. Niemand darf dir so wehtun. Wer auch immer das war, sollte für seine Taten zur Rechenschaft gezogen werden.«

Ich lächelte sie ein wenig schief an und schwieg. Mein Privatleben ging niemanden etwas an. Auch wenn Leah wirklich nett war, hatte ich nicht das Bedürfnis, meine Probleme vor ihr auszubreiten.

»Es geht mir gut, wirklich«, log ich.

Sie lächelte wissend. Dann runzelte sie die Stirn und schüttelte den Kopf. »Ian wird ausrasten, wenn er davon erfährt.«

Ich sah sie überrascht an. »Unwahrscheinlich.«

»Machst du Witze? Natürlich wird er das. Du bist seine Mitbewohnerin, und jemand hat dir wehgetan. Er wird sich tierisch aufregen.«

Ich kicherte. »Wir sind nicht die Sorte Mitbewohner. Wir gehen uns mehr oder weniger aus dem Weg, es sei denn, er braucht mich, um nachts um drei irgendwelche Frauen aus dem Haus zu werfen.«

Leah rieb sich mit der Hand über die Wange. »Ich weiß nicht, Hazel. Solche Dinge gehen ihm echt nah. Sein Dad hat seine Mom verprügelt, bevor die beiden damals fortgegangen sind, und es hat ihn schier wahnsinnig gemacht. Er reagiert ziemlich heftig, wenn jemand eine Frau misshandelt.«

Misshandelt.

Keine Ahnung warum, aber dieses Wort ließ Übelkeit in mir aufsteigen. Dieses Wort ließ Charlies Taten sogar noch gewalttätiger erscheinen. Aber es stimmte. Er hatte mich misshandelt. Er misshandelte meine Mutter. Und ich wusste, dass er niemals damit aufhören würde, denn Misshandlung war Charlies zweiter Vorname.

»Hör zu, ich weiß, dass Ian ein bisschen schroff rüberkommt, aber er ist wirklich ein toller Kerl. Ich kenne ihn schon mein ganzes Leben, denn er ist der beste Freund meines Bruders. Als seine Eltern ihn verlassen haben, hat ihn das sehr verändert, aber der gutherzige Junge von damals ist immer noch da.«

»Aber er ist immer so kalt. Er hat überhaupt keine Gefühle.«

Leah lachte laut auf. »Sei nicht albern. Wenn überhaupt, dann fühlt Ian Parker zu viel. Dieser Mann hat mehr Gefühle als die meisten anderen Menschen auf der Welt. Und er wird von seinen Gefühlen so überwältigt, dass er einen Schutzwall um sich herum aufgebaut hat. Aber glaub mir, er empfindet sehr viel. Er empfindet so viel, dass es ihn schier verrückt macht.«

Ich senkte den Kopf und drückte mir ein Handtuch mit Eiswürfeln aufs Gesicht. Da ich keine Ahnung hatte, was ich noch sagen sollte, zuckte ich nur mit den Schultern und schenkte ihr ein winziges Lächeln. »Ich habe ziemliche Kopfschmerzen. Ich glaube, ich lege mich lieber ein wenig hin.«

»Das ist eine gute Idee. Nimm ein paar Schmerztabletten und vergiss nicht, dein Auge in den nächsten Stunden immer mal wieder zu kühlen, damit es abschwillt, okay?«

»Okay. Danke, Leah. Vielen Dank.« Sie hätte mir nicht helfen brauchen, und doch hatte sie es getan. Und das bedeutete mir mehr, als sie sich vorstellen konnte.

»Jederzeit.« Sie stand von meinem Bett auf und lächelte. »Und solltest du mal eine Pause von den Männern hier brauchen, sag mir Bescheid. Mich würde es wahnsinnig machen, die ganze Zeit nur mit den Jungs hier auf der Ranch rumhängen zu müssen. Ich komme sowieso häufiger hierher, um nach den Pferden zu sehen. Vielleicht können wir ja einfach mal zusammen zu Mittag essen oder so.«

Ich sah sie mit einem echten, ehrlichen Lächeln an. »Das wäre schön.«

»Und jetzt ruh dich aus. Ich hoffe, du fühlst dich bald besser. Und was auch immer du tust, lass nicht zu, dass das Arschloch, das dir so was angetan hat, damit davonkommt.«

Als Leah gegangen war, schloss ich mich im Badezimmer ein und weinte. Je mehr Zeit verging, desto mehr schmerzte

Charlies Schlag. Die rechte Seite meines Gesichts war geschwollen und färbte sich zunehmend blau. Ich sah aus wie Mama, und es brach mir das Herz.

Charlie hatte noch nie zuvor die Hand gegen mich erhoben. Diese Grenze hatte er bisher nie überschritten, weil Mama immer ihre Wange für mich hingehalten hatte. Jetzt wusste ich, wie sie sich fühlte, was sie jedes Mal durchmachte.

Mein Herz schmerzte nicht allein wegen mir – es schmerzte wegen Mama. Ich wollte sie da rausholen. Ich musste sie einfach von diesem Psychopathen befreien. Wer wusste schon, mit welchen Lügen er sie vergiftete? Welche Drogen er ihr einflößte, ohne dass sie es überhaupt mitbekam? Charlie war ein absoluter Kontrollfreak, und meine Mutter machte es ihm so leicht, über sie zu bestimmen, weil sie so schwach war und zu viel Angst hatte, um sich gegen ihn zu wehren.

Den ganzen Abend über beherrschte die Angst um Mama meine Gedanken. Da ich nicht wollte, dass Ian mich so sah, blieb ich in meinem Zimmer. Ich konnte nicht essen, nicht schlafen, und ich konnte nicht aufhören zu weinen. Verzweifelt überlegte ich, wie ich Mama aus ihrer furchtbaren Lage befreien konnte, wie ich sie von Charlie wegbekommen konnte – oder wenigstens Charlie von ihr. Dank Mama und Garrett wusste ich mittlerweile genug über ihn, um ihm eine Falle zu stellen. Ob mein Plan wirklich funktionieren würde, konnte ich nicht sagen – aber ich musste es wenigstens versuchen. Ansonsten würde Mama nicht nur ihr ungeborenes Kind verlieren, sondern auch ihr eigenes Leben.

Also holte ich mir am späten Abend Ians Festnetztelefon und rief bei der Polizei an.

»Polizeistation Eres. Wie kann ich Ihnen helfen?«, fragte eine müde Stimme am anderen Ende.

»Hallo, ich möchte einen anonymen Hinweis über einen

Drogendeal geben, der in den nächsten Tagen über die Bühne gehen wird.«

»Connor, bist du das? Willst du mich wieder verarschen?«, fragte die Stimme leise.

»Was? Nein. Ich habe wirklich einen Hinweis.«

»*O-kay*«, sagte die Stimme noch immer ungläubig. »Na dann mal raus damit.«

»Einmal im Monat übergibt Charlie Riley seinen Stoff an seine Männer, damit sie ihn in anderen Städten verteilen. Die Übergabe findet außerhalb von Eres statt, im alten Waschsalon Ecke Wood Street und Timber Avenue, nachts um zwei, und zwar sehr wahrscheinlich in zwei Tagen.«

Im Stillen dankte ich Garrett, der mir vor langer Zeit mal im Drogenrausch erzählt hatte, wie Charlie seine Ware bekam und weiterverteilte. Er war so aufgeregt gewesen, dass sein Onkel ihm mehr Verantwortung im »Familienunternehmen« übergeben hatte, dass er mir betrunken und zugedröhnt bei einer seiner Videospiel-Sessions alles erzählt hatte.

»Und woher weißt du das?«

»Glauben Sie mir. Ich weiß es einfach.«

»Schon klar, Connor. Wir sehen uns die Sache mal an.«

»Ich bin nicht Connor!«, widersprach ich und rieb mir mit der Hand übers Gesicht. Klang ich wirklich wie ein Junge? Was zum Teufel? »Hören Sie, glauben Sie mir einfach. Charlie zieht seine Deals immer in diesem Waschsalon durch. Sie werden dort alles finden, was Sie brauchen. Und nehmen Sie Verstärkung mit.«

»Okay. War das alles?«

»Ja.« Ich biss mir auf die Lippe und kämpfte gegen die Übelkeit an. »Das war alles.«

»Okay. Waschsalon. Ecke Wood und Timber. Charlie Riley. Böse Drogen. Ist notiert. Gute Nacht, Connor.«

Es klickte, und ich atmete tief durch. Meine Panik legte sich ein wenig, und ich dachte daran, dass in zwei Tagen für Mama alles anders werden würde. Noch zwei Tage, dann würde sie nicht länger vor Charlies Schlägen flüchten müssen. In zwei Tagen würde man sie von ihm erlösen.

Sie würde nie wieder versuchen müssen, vor ihm zu fliehen.

Dieses Mal würden wir gewinnen.

Zehn Jahre zuvor

»Beeil dich, Hazel. Pack nur schnell ein paar Sachen«, sagte Mama, als sie mich mitten in der Nacht weckte. Ein Koffer lag auf meinem Bett, in den sie bereits ein paar meiner Anziehsachen stopfte.

Draußen war es noch dunkel. Ich gähnte. »Was ist los, Mama?« Die Sonne war noch nicht mal erwacht, und ich verstand nicht, wieso ich dann wach war.

»Wir gehen fort, mein Schatz. Wir sehen zu, dass wir hier wegkommen, okay?« Sie sprach leise und lief auf Zehenspitzen, als wolle sie nicht, dass irgendjemand sie hörte.

Ich wusste, dass es wegen Charlie war.

Mama flüsterte immer, wenn sie nicht wollte, dass Charlie sie hörte.

»Komm jetzt, so leise du kannst, okay?«, sagte sie.

»Wir gehen wirklich?«, fragte ich mit ängstlicher Stimme.

Mama hatte schon oft davon gesprochen, Charlie zu verlassen, aber wir hatten es nie wirklich getan. Ich hatte schon fast geglaubt, dass wir für immer unter Charlies Herrschaft leben würden, wie sehr wir uns auch wünschten, ihn zu verlassen. Er war gemein zu Mama und brachte sie ständig zum Weinen.

»Ja, mein Schatz, wirklich. Also, nimm alles mit, was du brauchst, denn wir werden nicht wieder zurückkommen, okay?«

»Nie mehr?«

Sie beugte sich zu mir runter und strich mir die Haare aus dem Gesicht. Ihre Augen schimmerten feucht. Ich hasste es, wenn Mama weinte, und sie weinte so oft in letzter Zeit. »Niemals nie, Schatz. Das war's. Wir verschwinden von hier und setzen nie wieder einen Fuß in diese Stadt. Okay? Nur du und ich. Nur wir beide.«

Ich nahm mein Kuscheltier von meinem Bett, drückte es fest an mich und legte meine freie Hand in Mamas. »Okay.«

»Bereit?«, fragte sie.

»Bereit.«

Ich war schon so lange zu diesem Schritt bereit, dass ich bei dem Gedanken, mit Mama davonzulaufen, lächeln musste.

»Nur wir beide«, murmelte ich leise, während ich an Mamas Hand das Haus verließ.

Das war alles, was ich mir je gewünscht hatte.

»Weinst du, weil du traurig bist?«

»Nein, mein Schatz. Das sind Freudentränen.«

Freudentränen.

Ich hatte nicht gewusst, dass Menschen weinen konnten, weil sie sich über etwas freuten.

Doch als ich es herausfand, fing auch ich an zu weinen.

9. KAPITEL

IAN

»Seid ihr Holzköpfe fertig mit der Probe? Denn falls ja, kann ich dich mit zurücknehmen, James«, sagte Leah, als sie wie immer lächelnd in die Scheune trat.

»Du kannst mich mit zurücknehmen? Kann es nicht zufällig sein, dass du heute mein Auto genommen hast?«, fragte James. »Denn dann wäre es wohl eher so, dass ich *dich* mit zurücknehme, oder?«

»Wie du willst. Also los. Ich will mich mit Popcorn vollstopfen und *You* auf Netflix sehen.« Sie winkte mir und den anderen zu. »Ihr klingt echt ziemlich gut.«

Eric nickte. »Wir könnten noch besser klingen. Folgst du uns auch auf allen Social-Media-Kanälen, Leah? Wir freuen uns über jede Unterstützung.« Eric war echt ein Social-Media-Freak – immer auf der Jagd nach dem nächsten Like oder Follower.

»Aber sicher doch.« Leah strahlte und kam zu mir herüber. Sie vergrub die Hände in den Taschen ihrer Shorts und schaukelte ein wenig auf ihren Flip-Flops. »Hey Ian, wie läuft es so in deiner WG mit Hazel?«

Ich zuckte mit den Schultern. »Wir sehen uns nicht sehr oft.«

»Ich habe mit ihr meinen Schulabschluss gemacht. Sie ist echt cool. Still, aber wirklich nett. Weißt du, wenn man sie besser kennt, ist sie ziemlich interessant. Sie war immer sehr gut in der Schule. Aber ich wette, dass sie sich manchmal ziemlich einsam fühlt.«

Ich zog eine Augenbraue hoch und sah Leah an. Sie wollte doch auf irgendetwas hinaus. Warum rückte sie nicht einfach damit heraus? »Worauf willst du hinaus, Leah?«

Sie bedachte mich mit ihrem strahlenden Lächeln und zuckte die Schultern. »Ich will damit nur sagen, dass es nicht schaden kann, sie ein wenig besser kennenzulernen. Sie hat einiges durchgemacht. Es wäre schön, wenn sie einen netten Menschen hätte, mit dem sie sich hin und wieder unterhalten könnte.«

»Ich bin kein netter Mensch«, erwiderte ich.

Sie verdrehte die Augen und klopfte mir auf den Rücken. »Schon klar, Ian. Und ich steh nicht auf die Kardashians. Glaub bloß nicht, ich hätte vergessen, wer zwei Wochen lang jeden Tag mit meiner Oma Tic-Tac-Toe gespielt hat, als sie mit einer gebrochenen Hüfte im Krankenhaus lag.«

»Was soll ich sagen? Ich steh halt auf Tic-Tac-Toe.«

»Sei einfach nett zu ihr, du Holzkopf. Ich habe so das Gefühl, sie könnte einen Freund gebrauchen.«

»Dann sei du ihre Freundin.«

»Ich arbeite daran. Aber bis dahin braucht sie einen WG-Freund, jemanden, der oft genug in ihrer Nähe ist, um ihre harte Schale ein wenig aufzubrechen.«

Ich verzog das Gesicht, noch immer nicht ganz überzeugt, und Leah verdrehte erneut die Augen.

»Na schön! Dann sei ein Arschloch, aber sei einfach ein bisschen weniger arschig, okay? Und sei auf der Ranch nicht so streng zu ihr.«

»Ich bin zu allen auf der Ranch streng«, murmelte ich leicht genervt. Ich behandelte alle gleich, und Leahs Anspielung, ich würde Hazel härter angehen als die anderen, gefiel mir nicht sonderlich.

Leah seufzte, offenbar genauso genervt von meinen Antworten wie ich von ihren. »Wie auch immer, Ian. Du behandelst Hazel deutlich schlechter als die anderen. Ich habe gesehen, wie du sie rumkommandierst und alles kritisierst, was sie macht. Dabei ist sie wahrscheinlich diejenige, die von allen hier am härtesten arbeitet. Ich meine, verflixt, sie schuftet mehr als mein Dummkopf von Bruder.«

»Hey, lasst mich da raus!«, rief James, der gerade seine Sachen zusammenpackte. »Aber sie hat recht. Hazel leistet echt verdammt gute Arbeit, und manchmal bist du ganz schön hart zu ihr.«

Es gab doch nicht Schöneres, als von den Scout-Geschwistern in die Mangel genommen zu werden. Das Blöde war nur, dass die beiden wohl mit die nettesten Menschen in meinem Umfeld waren. Wenn sie also ein Problem mit der Art hatten, wie ich Hazel behandelte, dann hatten sie sehr wahrscheinlich recht damit. Möglicherweise hatte meine Meinung über Charlie Auswirkungen auf mein Verhalten Hazel gegenüber, und nun, da Leah und James mich darauf hinwiesen, fühlte ich mich ziemlich beschissen. Ich würde mich bemühen, Hazel gegenüber ein wenig freundlicher zu sein.

Was bedeutete, dass ich mich selbst immer wieder daran erinnern musste, dass sie nicht zwangsläufig wie Charlie war, bloß weil sie beim leibhaftigen Teufel aufgewachsen war.

»Du solltest es heute etwas ruhiger angehen. Es ist zu heiß, um so hart zu arbeiten«, warnte ich Hazel, die gerade Heu auf die Ladefläche eines Pick-ups schaufelte, am nächsten Tag. Das Thermometer zeigte fast achtunddreißig Grad, und sie trug wie immer schwarze langärmelige Klamotten. Für solche

Sachen war es einfach zu heiß, vor allem wenn man wie Hazel gerade in der prallen Sonne arbeitete. Sie trug sogar einen Kapuzenpullover und hatte sich die Kapuze wie eine Irre auch noch über den Kopf gezogen.

»Schon gut. Ich komm schon klar«, murmelte sie leise, während sie weiterschaufelte. Sie hatte in den letzten Stunden nicht viel geredet, was ungewöhnlich war. Normalerweise hätte sie mir gegenüber schon lange irgendeine unfreundliche, sarkastische Bemerkung gemacht, aber heute kam nichts dergleichen.

Gestern Abend hatte sie sich nicht mal über mich lustig gemacht, weil ich das Abendessen hatte anbrennen lassen. Wenn ich es recht überlegte, hatte ich sie im Haus überhaupt nicht gesehen. Die Tür von ihrem Zimmer war geschlossen gewesen, und obwohl ich sie drinnen gehört hatte, hatte sie es kein einziges Mal verlassen. Und als ich heute Morgen wach geworden war, hatte sie sich schon auf den Weg zur Arbeit gemacht.

»Sag jetzt nicht, du bist immer noch sauer auf mich, weil ich meine Gefühle nicht vor dir ausgebreitet habe und so 'n Mist.«

»Im Gegensatz zur allgemeinen Überzeugung, dreht sich nicht alles immer nur um dich, Ian Parker«, fauchte sie.

Ich hätte es dabei belassen sollen. Aber allein bei dem Anblick, wie die Sonne auf sie herunterbrannte, wurde mir schwindelig. Verdammt, ich würde jeden Augenblick stellvertretend für sie in Ohnmacht fallen.

»Jetzt komm schon, Süße. Sei nicht dumm. Ein Hitzschlag ist eine ernste Angelegenheit.« Ich hatte sie bewusst so genannt, um sie zu provozieren, aber sie reagierte überhaupt nicht. Verdammt. Was war nur los mit dieser Frau?

Sie zupfte an ihrer Kapuze herum und räusperte sich, bevor sie wieder an die Arbeit ging. »Schon gut. Es geht mir gut.«

»Geh wenigstens rüber in den Schweinestall. Ich helfe dir sogar da drin. Oder mach eine Pause und trink was. Es ist zu …«

»Ich habe gesagt, es geht mir gut!«, fuhr sie mich an.

Als sie sich zu mir umdrehte, zog sich vor Schreck mein Brustkorb zusammen. Ihre Augen waren rot, als hätte sie stundenlang geweint, und sie trug Tonnen von Make-up. Sicher, sie trug immer Make-up, aber heute sah sie aus, als wollte sie sich um eine Rolle in *RuPaul's Drag Race* bewerben.

Keine Ahnung warum, aber die Traurigkeit in ihren Augen brach mir beinah mein verdammtes kaltes Herz. »Was ist los?«, fragte ich knapp.

Sie schüttelte den Kopf. Tränen liefen ihr übers Gesicht. »Nichts. Es geht mir gut.«

»Du lügst.«

»Hör auf, Ian.«

»Kann ich nicht, Schätzchen.«

Sie öffnete den Mund, vielleicht um mir eine passende Antwort zu geben, was mich ein wenig beruhigt hätte. Wenn sie die Energie aufbrachte, mir in die Parade zu fahren, war sie nicht zu weit von der üblichen nervigen Hazel entfernt.

Doch statt etwas zu sagen, fingen ihre Augen an zu schielen, und die Heugabel in ihrer Hand fiel scheppernd zu Boden. Ich sah, wie ihr Körper zu wanken anfing.

Mist.

Sie würde jeden Moment in Ohnmacht fallen.

Ihre Pupillen rollten nach hinten. Ich sprang vor und fing sie im letzten Moment auf, bevor sie zu Boden fiel. Ihr ganzer Körper wurde schlaff und sackte gegen mich. Ich hob sie hoch und trug sie zum Haus, während ich wieder und wieder murmelte: »Ich hab dich, Süße. Ich hab dich.«

Als wir ins Haus traten, kam Hazel langsam wieder zu sich. Ich schob sie unter die Dusche und drehte das kalte Wasser auf.

Das ließ sie sofort wieder zu sich kommen, und sie kreischte erschrocken auf.

»Oh mein Gott, ist das kalt!«, schrie sie und bibberte unter den eisigen Tropfen, die über ihren Körper liefen. So hockte sie in der Wanne und rubbelte sich mit den Händen über die Arme.

»Gut«, knurrte ich. »Ich hab doch gesagt, es ist zu heiß draußen in der Sonne.«

Sie streckte den Arm aus und stellte, noch immer bibbernd, das Wasser ab. »Es geht mir gut.«

»Nein, geht es nicht. Du brauchst Elektrolyte, um dich von der Hitze zu erholen. Ich hab ein paar Energydrinks im Kühlschrank. Hier, trockne dich ab.« Ich schnappte mir das nächstbeste Handtuch. Sie wischte sich das Wasser aus dem Gesicht, aber mit dem Wasser verschwand auch das Make-up.

»Was zum Teufel ist mit deinem Gesicht passiert?«, fuhr ich sie erschrocken an.

Sie riss die Augen auf und drehte sich weg. »Nichts.«

Ich legte die Hände auf ihre Schultern und drehte sie wieder zu mir zurück. »Bockmist. Das da ist nicht nichts. Es sieht verdammt danach aus, als hätte dir jemand ins Gesicht geschlagen, verdammte Scheiße.«

Ihr traten Tränen in die Augen, was mir bestätigte, dass ich recht hatte.

Mist, verdammt.

Jemand hatte ihr ins Gesicht geschlagen.

»Wer hat dir das angetan?«, fragte ich wütend. Ich wusste nicht mal, auf wen ich eigentlich wütend war, aber ich hätte platzen können. »War es ein Mann?«

Sie nickte langsam.

»Sag mir, wer das war«, befahl ich.

Die Tränen liefen immer schneller über ihre Wangen, doch sie schüttelte den Kopf. »Ist schon okay. Ich krieg das hin.« Sie versuchte aufzustehen, wankte jedoch, und ich fing sie erneut auf. Sie lächelte mich traurig an. »Das kannst du ziemlich gut.«

»Was?«

»Mich auffangen.«

»Nun, noch besser wäre es, wenn du aufhören würdest zu fallen.«

»Glaub mir …« – sie seufzte abgrundtief – »… ich gebe mir alle Mühe.«

Mir fiel nichts ein, was ich darauf antworten konnte. Es klang so verdammt traurig. Ich wollte die sarkastische, unfreundliche Hazel Stone wiederhaben. Die traurige sorgte dafür, dass ich am liebsten mitgeweint hätte.

»Was kann ich tun?«, fragte ich, und meine Stimme wurde schwach, als ich ihr geschwollenes Auge betrachtete. Welches Arschloch erhob seine Hand gegen eine Frau? Was für ein feiger Mistkerl würde so etwas tun? Ich wusste wer – mein Vater zum Beispiel. Schließlich hatte ich gesehen, wie er in seiner betrunkenen Wut meine Mutter angegriffen hatte. Ich erinnerte mich an Moms Wunden, und wie sie versucht hatte, sie zu überschminken – genau wie Hazel es getan hatte.

Ich hätte den Kerl am liebsten umgebracht.

Ich wusste nicht mal, wer er war, aber ich wollte Blut sehen.

Hazel gab sich alle Mühe, zu lächeln. »Also, zuerst mal könntest du mir so einen Energydrink holen«, sagte sie. »Und dann, heute Abend, Wodka.«

Ich zog die Augenbraue hoch. »Darfst du überhaupt schon Alkohol trinken?«

»Nein.« Sie schüttelte den Kopf. »Aber ich hatte einen ziemlich miesen Tag.«

Na ja, dann.

Also Wodka. *Nach* dem Energydrink.

Wenn es einen Preis für das weltgrößte Leichtgewicht beim Alkoholkonsum gab, dann gehörte er Hazel. Sie hatte drei Wodka-Shots und einen Longdrink getrunken und tanzte nun durch das Wohnzimmer. Dabei summte sie irgendwas, das ich nicht zuordnen konnte, aber perfekt klang.

»Warum trinkst du nicht mit?« Sie sah mich fragend an und ließ sich aufs Sofa fallen.

»Mir ist heute nicht nach Trinken.«

»Was? Natürlich ist dir danach. Jedem sollte jeden Tag danach sein, Alkohol zu trinken. Es ist toll!«, rief sie.

Ich setzte mich auf die andere Seite des Sofas. »Und wie oft hast du schon Alkohol getrunken?«

»Oh, pft.« Sie spitzte die Lippen und stieß einen Luftstrom aus. »Mit heute?«

»Mhm.«

Sie hielt zwei Finger hoch und betrachtete sie verdutzt. Dann klappte sie einen Finger wieder ein. Ich musste leise lachen, weil sie ausgerechnet den Mittelfinger hatte stehen lassen.

Hazel Stone war also heute Abend offiziell zum ersten Mal betrunken. Und zwar ordentlich.

»Weißt du, was ich vermisse?«, fragte sie und rieb sich mit dem Handrücken über die Lippen.

»Was?«

»Die olle Hütte.«

Ich lachte. »Bin ich so ein schlechter Mitbewohner, dass du lieber in einem alten Schuppen schlafen würdest?«

»Nein.« Sie kicherte, und es klang irgendwie hübsch. »Ich meine bloß, ich vermisse es, durch die Decke in den Himmel und auf die Sterne gucken zu können. Ich liebe die Sterne, und den Mond. Sie erinnern mich daran, dass es da draußen so viel mehr gibt als meine Probleme.«

»Gehörst du etwa zu denen, die sich was wünschen, wenn sie eine Sternschnuppe sehen?«

»Ich gehöre zu denen, die sich bei allem was wünschen.« Sie drehte den Kopf und sah mich an. »Fühlt sich das immer so gut an? Betrunken zu sein?«

»Hängt davon ab. Ich kann keinen Whiskey trinken. Er macht mich immer traurig.«

»Was solltest du für einen Grund haben, traurig zu sein? Du singst wie ein junger Gott, zahlst keine Miete, und dein Großvater ist einfach der Wahnsinn! Und du bist so was von *scharf*. Ich meine, wenn ich nicht wüsste, in wie vielen Frauen dein Penis schon war, würde ich dich deinen Penis in mich stecken lassen, du weißt schon, wenn ich es überhaupt zulassen würde, dass Leute ihren Penis im mich hineinstecken.«

Die Worte purzelten einfach so über ihre Lippen, und ich wusste nur zu gut, dass sie sich kreuzigen würde, wenn sie wüsste, was sie da sagte.

Was nicht hieß, dass ich mir nicht einen Spaß daraus machen konnte.

»Oh. Du findest mich also scharf?«, fragte ich.

»Ja. Wenn ich einen Schwanz hätte, hätte ich den ganzen Tag lang in deiner Nähe einen Ständer. Sogar wenn du gemein zu mir bist.«

Ich runzelte die Stirn. »Es tut mir leid, dass ich so gemein zu dir war, Haze.« Je länger ich ihr zusah, desto mehr bereute ich es, ihr gegenüber so schroff gewesen zu sein.

»Schon okay. Ich bin es gewohnt, dass Leute gemein zu mir sind.«

Jetzt fühlte ich mich richtig mies. Ich rieb mir mit dem Daumen über die Nase und rutschte ein wenig näher an sie heran.

»Was machst du da?«, fragte sie nervös.

»Ich sehe mir dein Auge an. Darf ich?«, fragte ich. Meine Hand verharrte in der Luft.

Sie nickte langsam.

Meine Finger legten sich an ihre Wange. Sie zuckte nicht zurück, sondern summte einfach weiter.

»Tut es weh?«

Sie schüttelte den Kopf. »Ich fühl mich einfach nur gut.«

»Ein weiterer Effekt von Alkohol.«

»Warum warst du so gemein zu mir?«, fragte sie, und der Blick ihrer grünen Augen bohrte sich in meinen.

»Weil ich ein Idiot bin«, gestand ich. »Ich habe ein paar Vorbehalte gegen deinen Stiefvater.«

Ihre Finger legten sich auf meine, die immer noch an ihrer Wange lagen, und sie schloss die Augen. »Er hat nichts von einem Vater für mich.«

»Hat *er* dir das angetan?«, flüsterte ich, aus Angst, es laut auszusprechen. Keine Ahnung warum, aber bei der Vorstellung, dass Charlie Hazel geschlagen haben könnte, wurde mir speiübel.

Sie nickte langsam. »Er ist ein Monster.«

»Ich weiß.«

Und ich würde ihn umbringen.

»Mama sieht noch viel schlimmer aus als ich«, sagte sie leise und fuhr sich mit der Hand durch die rabenschwarzen Haare. »Sie kann nicht weg, und er tut ihr weit mehr an, als er mir je angetan hat.«

»Warum verlässt sie ihn nicht?«

»Sie hat es versucht, wieder und wieder. Aber er findet sie jedes Mal und holt sie wieder zurück.« Tränen liefen über ihre Wangen. Sie schüttelte den Kopf und wischte sie fort. »Kann Wodka einen gleichzeitig fröhlich und traurig machen?«

»Schon möglich.«

»Aber ich will nicht mehr traurig sein. Ich will glücklich sein.«

»Das wirst du«, versprach ich. »Manchmal dauert es einfach ein bisschen, bis man zu den fröhlichen Songtexten kommt.«

»Wann wirst du fröhliche Texte schreiben?«

Ich lachte auf. »Ich hatte eigentlich vor, ein Mädchen zu fragen, ob sie mir mit dem Ende der Songs helfen kann.«

Sie spielte mit der Zunge in ihrer Wange und sah mich aus schmalen Augen an. »Ich wette, sie ist süß.«

»Sie hat keine Ahnung, wie schön sie ist«, sagte ich sanft. »Mit und ohne Make-up.«

Offensichtlich von meinen Worten überrascht, setzte sie sich ein wenig auf. »Danke.«

»Darf ich fragen, warum du immer so viel Make-up trägst?«

Erneut fuhr sie sich mit der Hand durch die Haare und zuckte die Schultern. »Auch wegen Charlie. Als ich etwa vierzehn war, bin ich im Haus immer in kurzer Hose und Trägershirt rumgelaufen. Eines Abends ist Charlie betrunken in mein Zimmer gestolpert und hat erklärt, dass er mich anfassen wollte, und dass ich immer mit meiner olivfarbenen Haut vor ihm rumscharwenzeln würde. Von da an hab ich angefangen, immer möglichst viele Klamotten übereinander anzuziehen und viel Make-up zu tragen, um ihn mir vom Leib zu halten.«

Mir wurde übel, als ich das hörte. Was war dieser Kerl für ein Psychopath? Ich hatte ihn sowieso schon umbringen wollen, aber jetzt wollte ich ihn mit bloßen Händen erwürgen.

Hazel sah mich an, und plötzlich wirkte sie ganz weich. »Ian?«

»Ja?«

»Die betrunkene Hazel mag dich wirklich sehr.«

Ich lachte leise. »Dann lass uns mal schauen, ob es uns gelingt, auch die nüchterne Hazel dazu zu bringen, mich zu mögen.«

»Das ist nicht schwer.« Sie gähnte mir ins Gesicht, ohne sich die Mühe zu machen, die Hand vor den Mund zu nehmen. »Sag einfach zwischendurch mal Hallo. Und es hilft, wenn du hin und wieder dein T-Shirt ausziehst.«

Verdammt. Wie hatte ich dieses Mädchen nur so mies behandeln können? Wenn ich nicht so stur gewesen wäre und ein bisschen genauer hingeschaut hätte, dann wäre mir sofort klar gewesen, dass sie nichts mit Charlie gemeinsam hatte. Ganz im Gegenteil. Sie war mitfühlend und witzig und wunderschön und gütig.

Himmel, was war ich für ein verdammter Idiot.

»Hey Ian?«

»Ja?«

»Ich muss mich übergeben.«

Ich hatte die letzten zehn Minuten neben dem Klo verbracht, wo ich Hazel das Haar zurückgehalten hatte, während sie ihren Mageninhalt ausspuckte. Als sie schwor, dass sie nie wieder einen Tropfen Alkohol trinken würde, musste ich lächeln und an all die abendlichen Saufgelage denken, an denen ich exakt das Gleiche geschworen hatte.

Als sie ihre gewaltsame Attacke auf die Toilettenschüssel beendet hatte, legte sie sich auf den Boden und rollte sich wie ein Baby zusammen. »Ich schlaf einfach hier«, murmelte sie.

Lachend beugte ich mich hinunter und hob sie in meine Arme. »Nein, du schläfst in deinem Bett.«

»Ich schlafe in deinem Bett«, wiederholte sie meine Worte und schmiegte sich an mich.

Nicht ganz.

Ich legte sie in *ihr* Bett, stellte ihr vorsichtshalber einen Eimer daneben und kuschelte sie in ihre Decke.

Sie streckte die Arme aus, legte sie um meinen Nacken und zog mich zu sich hinunter. »Danke, bester Freund«, flüsterte sie und ließ sich zurück ins Kissen fallen. Als ich mich zum Gehen wandte, murmelte sie: »Ich muss ihr helfen.«

»Wem musst du helfen?«

»Mama. Ich muss sie und das Baby da rausholen. Ich muss ihr einfach helfen«, sagte sie mit geschlossenen Augen, während sie langsam wegdämmerte.

Ich war mir nicht sicher, ob sie überhaupt wusste, was sie redete, aber ich sagte: »Ich werde dir helfen, ihr zu helfen, Hazel.«

»Versprochen?«, flüsterte sie.

»Versprochen.«

10. KAPITEL

HAZEL

Was war das für ein grässliches Geräusch?

Ein Hahn? Schrie da wirklich ein Hahn vor meinem Fenster, während mein Kopf sich anfühlte, als würde er jeden Moment explodieren?

Warum war mein Mund so trocken?

Warum fühlte ich mich, als müsste ich sterben?

»*Kikeriki!*«, schrie der Gockel, und ich drückte mir das Kissen aufs Gesicht. Wie konnte dieses Vieh nur so wach und fröhlich sein, als hätte er sich gestern Abend nicht den ganzen Wodka, den es in diesem Land gab, hinter die Binde gekippt?

Wodka.

Argh. Ich hasse Wodka.

Langsam schlug ich die Augen auf, stützte mich auf meine Ellbogen und stöhnte, als mein Magen einen Salto machte. In diesem Moment klingelte es an der Tür. Da es nicht aufhörte, schlurfte ich mühsam aus meinem Zimmer, um zu öffnen, denn offenbar hatte Ian nicht vor, sich darum zu kümmern.

Ich öffnete die Tür, und die Sonne gleißte mich an. Nie zuvor hatte ich mich so sehr wie ein Vampir gefühlt, und als ich die Frau sah, die mit einem Korb voll feiner Sachen vor mir stand, bereute ich es augenblicklich, sie angefaucht zu haben.

Doch sie ließ sich von meiner irren Reaktion auf das Sonnenlicht nicht beeindrucken, sondern strahlte mich an und legte den Kopf schief. »Ich hatte schon die ganze Zeit endlich mal vorbeikommen und Hallo sagen wollen«, erklärte sie und marschierte an mir vorbei ins Haus. Sie stellte den Korb auf den Tisch, drehte sich zu mir um und streckte mir ihre Hand entgegen. »Du musst Hazel sein. Ich bin Holly, Ians Großmutter.«

Die Frau, die ich gerade angefaucht hatte, war Ians Großmutter.

Da hatte ich ja einen tollen ersten Eindruck hinterlassen.

Ich rieb mir mit der Hand übers Gesicht und zuckte schmerzhaft zusammen, als ich mein verletztes Auge berührte. Ich hatte es ganz vergessen.

Holly stand da und starrte mich und mein geschwollenes Gesicht an. Ich nahm ihre Hand und schüttelte sie.

»Entschuldigung. Ich bin gerade erst wach geworden. Normalerweise mache ich einen besseren ersten Eindruck.« Ich strich mir den Schlafanzug glatt – auch wenn ich mich nicht daran erinnern konnte, ihn überhaupt angezogen zu haben – und lächelte ein wenig verkrampft.

»Oh, Liebes, da mach dir mal keine Gedanken. Du siehst wundervoll aus.« Sie lächelte mich an, und ich gab ihr Lächeln automatisch zurück. Noch nie hatte ich jemanden so ehrlich lächeln sehen.

Holly war auf vollkommen unangestrengte Art schön. Sie hatte langes silbergraues Haar, das sie zu einem Pferdeschwanz zusammengebunden hatte, und die gleichen Augen wie Ian. Sie war deutlich kleiner als Big Paw und sehr zierlich, doch sie hielt sich kerzengerade und sehr viel aufrechter als die meisten Leute in meinem Alter.

Wenn ich es nicht besser gewusst hätte, dann hätte ich sie auf Mitte sechzig geschätzt, nicht auf Mitte achtzig.

»Wenn Sie Ian suchen, ich fürchte, er ist nicht da, oder noch nicht wach«, sagte ich.

Sie schüttelte den Kopf. »Oh, nein. Das weiß ich. Er hat mich angerufen. Er ist schon draußen auf der Ranch und …«

Erschrocken riss ich die Augen auf. »Oh mein Gott, wie spät ist es denn? Ich sollte schon längst bei der Arbeit sein!« Wenn Big Paw mitbekam, dass ich zu spät war, würde ich meinen Job verlieren. »Entschuldigen Sie bitte, Holly, ich muss …«

Sie legte mir eine Hand auf den Arm und schüttelte den Kopf. »Schon gut. Ian hat gesagt, dass es dir heute nicht gut geht, deshalb hat er deine Aufgaben übernommen.«

Eine Welle aus Erleichterung und Schrecken durchflutete mich. »Ist er sauer? Weil er meine Arbeit machen muss?«

»Himmel, nein. Er hat mich gebeten, nach dir zu sehen und dafür zu sorgen, dass du etwas zu essen und frischen Kaffee bekommst.« Sie sah mich an. »Du trinkst doch Kaffee, oder?«

Ich lächelte und spürte, wie Erleichterung mich ergriff, als meine Angst verflog. »Ich liebe Kaffee.«

»Wunderbar.« Holly ging zu ihrem Korb und nahm Schmerztabletten und eine Flasche Wasser heraus, die sie mir reichte. »Nimm die und geh unter die Dusche. Wenn du wiederkommst, hab ich das Frühstück fertig.«

Ich dankte ihr und ging in mein Zimmer, um unter die Dusche zu springen.

Jetzt konnte ich verstehen, dass Menschen tranken, um zu vergessen. Gestern Abend hatte ich mich für einen kurzen Moment herrlich frei von meiner Sorge um Mama gefühlt. Ich hatte diese Auszeit gebraucht. Aber leider gehörte ich nicht zu denen, die alles vergaßen, was passierte, während sie betrunken waren.

Nein. Ich erinnerte mich an alles.

Vor allem an den Teil, in dem ich ihn scharf genannt und irgendwas von meinem Ständer gefaselt hatte. Wie peinlich!

Wenn ich ihn das nächste Mal sah, würde ich garantiert Fifty Shades of Red werden.

Ich stieg aus der Dusche und spielte mit dem Gedanken, mein Gesicht zu überschminken, aber da Holly mein blaues Auge ohnehin schon gesehen hatte, gab es eigentlich keinen Grund dafür.

Das ganze Haus duftete, als hätte ein Sternekoch sich hereingeschlichen und das Frühstück zubereitet. Als ich ins Esszimmer trat, stellte Holly gerade zwei Teller mit Bacon, Eiern und Bratkartoffeln auf den Tisch. Mein Kaffeebecher war bis zum Rand gefüllt, und mein Magen schlug vor Freude Purzelbäume.

»Das sieht köstlich aus, und es duftet wundervoll«, sagte ich und setzte mich.

Sie lächelte und setzte sich ebenfalls. »Das beste Mittel gegen einen Kater ist ein gutes Frühstück«, erklärte sie. »Ich habe im Laufe der Jahre so einige davon für Ian und seine Freunde gekocht.«

»Er hat großes Glück, Sie zu haben.«

»Ich habe Glück, ihn zu haben, auch wenn er und Harry mir ganz schön Kopfzerbrechen bereiten. Ich habe keine Ahnung, wie es mir gelungen ist, ihre schlechte Laune all die Jahre zu ertragen. Aber tief in ihrem Innern sind sie beide die reinsten Teddybären. Sie mauern sich bloß ein, um nicht verletzt zu werden, so viel ist sicher. Ich bin eine der wenigen Glücklichen, denen sie ihre sanfte Seite zeigen.«

»Ich sollte es also nicht persönlich nehmen, wenn sie unfreundlich sind?«

»Himmel, nein. Das ist nur ihre Schutzmauer, um nicht verletzt zu werden. Harry und Ian haben sehr darunter gelitten, dass meine Tochter und mein Schwiegersohn uns verlassen haben. Dass jemand, der ihnen so nahestand, einfach so verschwunden ist, ohne sich zu verabschieden, hat ihnen das Herz gebrochen. Meine Jungs sind sehr sensibel, sensibler als die meisten anderen Menschen. Sie haben entsetzliche Angst davor, verletzt zu werden, also tun sie so, als könnte ihnen nichts etwas anhaben.«

»Das muss sehr einsam sein.«

»Ja.« Sie nickte. »Ich mache mir vor allem Sorgen um Ian. Er lässt niemanden an sich heran – bis auf seine Freunde in der Band. Doch dann hat er mir dein Lied vorgespielt, und dabei haben seine Augen geglänzt, wie ich es schon lange nicht mehr gesehen habe.«

»Wie meinen Sie das, er hat Ihnen mein Lied vorgespielt?«

»Das, bei dem du ihm geholfen hast. Er ist vorbeigekommen und hat es Harry und mir vorgespielt, und wir waren begeistert. Es ist lange her, dass ich ihn so erlebt habe, und der Text …« Sie legte beide Hände auf ihre Brust und schüttelte voller Staunen den Kopf. »Noch nie habe ich meinen Enkel so wunderschöne Worte singen hören. Und dafür möchte ich dir danken.«

»Wofür?«

»Dass du ihm geholfen hast, seine Stimme zu finden. Er sucht schon so lange, und zum ersten Mal scheint es, als wäre er auf dem richtigen Weg. Und ich glaube, das hat etwas mit dir zu tun. Du hast wahrhaftig Talent für das geschriebene Wort.«

Ich spürte, wie meine Wangen rot wurden, und rutschte auf meinem Stuhl hin und her. »Er ist einfach ein wahnsinnig guter Sänger«, sagte ich.

»Ja.« Sie langte über den Tisch und legte eine Hand auf meine. »Aber was ist ein Sänger ohne die schönen Worte, die er singen kann? Ich möchte damit nur sagen, dass du ihm guttust, auch wenn er sich mächtig anstrengt, es nicht zu zeigen. Und nach dem, was er am Telefon gesagt hat, bin ich mir sicher, dass du ihm etwas bedeutest.«

»Was hat er denn gesagt?«

»Er hat mich gebeten, mich davon zu überzeugen, dass es dir gut geht. Weil es ihm wichtig wäre zu wissen, dass alles in Ordnung ist.«

Und mein Herz setzte einfach so für einen Schlag aus.

Holly lehnte sich vor und legte ihre Hände an mein geschundenes Gesicht. »Wer hat dir so wehgetan, Liebes?«

Ich schloss die Augen und holte scharf Luft. »Charlie, der Lebensgefährte meiner Mutter.«

»Tut es weh?«

»Mein Gesicht? Es wird besser.«

»Nein. Ich meine in deiner Seele.«

Ich schluckte trocken. »Ja.«

Sie wischte mir eine Träne, die sich aus meinem Auge geschlichen hatte, von der Wange und sah mich mit ihrem gütigen Lächeln an. »Der Mann, mit dem ich vor Harry zusammen war, hat mich auch geschlagen, immer dort, wo man es normalerweise nicht sah, sodass es lange Zeit niemandem auffiel. Von außen betrachtet waren wir ein glückliches Paar, innerlich aber starb ich jeden Tag ein wenig mehr. Doch erst, als er mich ins Gesicht schlug, wusste ich, dass ich diesen Kreislauf durchbrechen musste. Ich fühlte mich so beschämt. Ich habe dick Make-up aufgetragen, um meine Blutergüsse zu verbergen, aber irgendwann habe ich einen Weg gefunden, ihn zu verlassen. Meine äußerlichen Wunden sind bald verheilt, aber die in meiner Seele haben sehr viel länger gebraucht. Als ich herausfand, dass mein Schwiegersohn meiner Tochter das Gleiche antat, brach es mir das Herz. Kein echter Mann würde jemals Hand an eine Frau legen, es sei denn, um ihr seine Liebe zu beweisen. Es tut mir in der Seele weh, dass jemand dir das angetan hat.«

»Ich habe schreckliche Angst um meine Mutter«, flüsterte ich, und meine Stimme bebte. »Sie hat so viele Wunden, innerlich und äußerlich, und ich kann mir nicht vorstellen, wie sie jemals heilen sollen, solange Charlie solche Macht über sie hat. Er behandelt sie einfach furchtbar, und ich hasse es. Ich hasse es, wie sehr er ihr wehtut, und ich hasse es, dass sie trotzdem bei ihm bleibt. Ich hasse es, dass sie Drogen nimmt, um ihren Schmerz zu betäuben. So viele Male hätten wir es fast geschafft zu fliehen, aber am Ende kehrt sie immer wieder zu ihm zurück. Ich hasse es, dass sie so schwach ist.«

»Nein, nein, nein. Sie ist verloren, nicht schwach. Ich habe gesehen, wie die Drogen meine Sarah besiegt haben, wie sie sie in einen vollkommen anderen Menschen verwandelt haben. Der Verstand deiner Mutter ist verloren, und Charlie nutzt das aus.«

»Was, wenn sie nie wieder nach Hause zurückfindet?«

»Wir geben niemals auf, daran zu glauben, dass ein Mensch seinen Weg findet. Es ist viele Jahre her, dass meine Tochter und Brad davongelaufen sind, aber weißt du was? Ich lasse jede Nacht das Licht draußen auf der Veranda an, für den Fall, dass sie eines Tages wieder nach Hause zurückfinden. Und ich würde sie mit offenen Armen empfangen. Weißt du warum?«

»Warum?«

»Weil ich selbst einmal verloren war. Nur weil ich keine Drogen oder so etwas genommen habe, bedeutet es nicht, dass ich besser bin als sie. Jeder Mensch verdient es, ein Zuhause zu haben, zu dem er zurückkehren kann. Es mag nicht so schnell geschehen, wie du es dir wünschst, aber solange ihre Herzen schlagen, besteht eine Chance.«

»Und was machen wir solange?«, fragte ich.

»Nun, Liebes, wir beten für sie.« Sie lächelte mit schmalen Lippen. »Und wir lassen nachts das Licht auf der Veranda an.«

Holly nahm mein Gesicht in ihre Hände. Sie lächelte noch immer. Ich hatte nicht gewusst, dass ein Lächeln wahrhaftig

Wunden heilen konnte. »Aber eins solltest du wissen: Wenn Charlie noch einmal seine Hand gegen dich erhebt, ist er ein toter Mann.«

Ich lachte und wischte mir die letzten Tränen von der Wange. »Was soll das heißen? Wollen Sie sich mit ihm prügeln?«

»Nein.« Sie schüttelte den Kopf. »Das waren Ians Worte, nicht meine. Er hat gesagt, wenn Charlie noch ein einziges Mal auch nur in deine Nähe kommt, wird er nicht mehr lange genug leben, um es zu bereuen.«

Ian Parker wollte mich beschützen, und das genügte, um die Schmerzen in meinem Kopf langsam abklingen zu lassen.

»Du bist heute für mich eingesprungen«, sagte ich, als Ian nach einem langen Arbeitstag nach Hause kam. Ich wusste, dass er einen langen Tag gehabt hatte, denn schließlich kannte ich meine Aufgaben.

»Bin ich«, antwortete er und rieb sich mit dem Handrücken über die Stirn. Er sah fix und fertig aus.

Ich lächelte. »Du hast was gut bei mir.«

»Ehrlich gesagt, hattest du eher bei mir was gut – für den Songtext, bei dem du mir letztens geholfen hast. Auch wenn du dich ganz schön aufgespielt hast, hast du mir echt geholfen.«

»Der Song war hauptsächlich dein Werk. Ich habe dir bloß, so gut ich konnte, die Richtung gewiesen.«

»Du hast ihn viel besser gemacht. Was mich zum nächsten Punkt bringt. Glaub mir, es fällt mir schwer, das zu sagen, aber du hattest recht.«

»Womit?«

»Dass ich meine Betonwand durchbrechen muss, um einen besseren Zugang zu meinen Gefühlen zu bekommen und sie in die Musik einfließen zu lassen. Die Jungs haben es bestätigt, als sie den Song gehört haben.«

Ein Lächeln trat auf meine Lippen. »Du hast der Band den neuen Song vorgespielt?«

»Ja. Sie fanden ihn großartig. Und deshalb brauche ich deine Hilfe.«

»Du brauchst meine Hilfe?«

Er nickte. »Du musst mir helfen, noch mehr Texte zu schreiben. Hör zu, ich weiß, ich bin ein Idiot, und ich habe mich dir gegenüber wie ein Arschloch verhalten, aber verdammt … ich würde alles tun, damit du mir mit diesem Gefühlskram hilfst, denn ich krieg's einfach nicht hin. Du aber anscheinend sehr wohl.«

Ich verschränkte die Arme vor der Brust und sah ihn aus schmalen Augen an. »Und was hab *ich* davon?«

»Keine Ahnung. Du kannst es mir unter die Nase reiben und mich für alle Ewigkeit damit aufziehen?«

»Klingt schon mal gut. Aber ich will noch etwas anderes.«

»Was?«

»Du hilfst mir beim Ausmisten im Schweinestall. Du übernimmst die Hälfte der Boxen.«

Er stöhnte. »Ich bin eher so was wie ein Aufseher. Ich miste eigentlich keine Ställe aus.« Ich nahm an, das war einer der vielen Vorteile, die die Manager auf der Eres Ranch genossen: Man delegierte die Aufgaben, ohne sich selbst die Hände schmutzig zu machen. Aber wenn Ian wirklich wollte, dass ich ihm half, musste er sich schon auf mein Niveau herablassen.

»Das ist mein Angebot: Ich helfe dir bei den Texten, wenn du mir im Stall hilfst. Wie sehr willst du, dass dein Traum in Erfüllung geht, Ian?«

Sein Blick sagte mir ziemlich genau, wie sehr er es wollte.

Unbedingt.

Ich streckte die Hand aus und lächelte. »Abgemacht?«

Er zögerte einen winzigen Moment, doch dann trat er vor und schlug ein.

»Abgemacht. Aber versprich mir eins.«

»Was?«

»Keine Frauenschwänze im Stall.«

Wenn mein Gesicht noch einen Hauch roter geworden wäre, hätte ich mich in eine Tomate verwandelt.

»Einverstanden. Aber könntest du das von eben noch mal wiederholen?«

»Was meinst du?«

Ich schob die Zunge in die Wange und sah ihn an. »Dass ich recht hatte.«

Er rollte so heftig mit den Augen, dass er eigentlich hätte erblinden müssen. »Halt die Klappe, Schätzchen.«

Bevor ich ihm eine passende Antwort geben konnte, klingelte es an der Tür, und Ian ging nach vorne, um sie zu öffnen. »Ja bitte?«

»Hab mir sagen lassen, dass Hazel Stone jetzt hier wohnt«, sagte eine tiefe Stimme. Mein Blick schnellte zur Tür.

Garrett stand dort, komplett in Schwarz, mürrisch wie immer. Als unsere Blicke sich trafen, schlug mein Magen einen Salto. In seinen Augen loderte es, er stürmte in Ians Haus und packte mich am Arm. Sein Griff war fest. Zu fest.

»Was zum Teufel? Lass mich los, Garrett«, zischte ich und versuchte meinen Arm zu befreien, doch er hielt mich fest.

»Hab heut 'ne echt krasse Geschichte gehört.« Er lachte höhnisch, und seine Stimme war von Wut und Alkohol beschwert. »Irgendjemand soll Charlie verpfiffen haben. Du weißt nicht zufällig, wer das gewesen sein könnte, oder?«

Mein Herz raste, während ich weiter versuchte, mich aus Garretts Griff zu befreien. »Nein«, log ich und spürte, wie mich Aufregung erfasste.

Mein Plan hatte funktioniert. Er hatte verdammt noch mal funktioniert.

»Wieso habe ich bloß das Gefühl, dass du Scheiße laberst?«, fragte er.

»Lass mich los«, sagte ich noch einmal und wand mich unter seinem schmerzhaften Griff.

»Er ist mein Onkel. Meine Familie. Und du hast alles kaputt gemacht.«

»Er hat sie geschlagen! Er hat meine Mom geschlagen, Garrett, immer wieder. Er hätte sie fast umgebracht!«, schrie ich, hauptsächlich, weil es stimmte, aber auch, weil seine Finger sich immer tiefer in meinen Arm bohrten. Was ging hier vor? Garrett war nicht wie Charlie. Er hatte mir kein einziges Mal körperlich wehgetan, nur psychisch. Er hatte nie die Hand gegen mich erhoben. Bis jetzt. Doch jetzt war sein Blick so wild, dass ich ihn kaum wiedererkannte.

»Nun, manchmal muss man einer Bitch eben zeigen, wo's langgeht.«

Galle stieg in mir auf, während ich all meine Kraft zusammennahm, um ihn von mir zu stoßen. »Fick dich, Garrett.«

»Ich habe dir einen Gefallen getan und dir eine Minute meiner wertvollen Zeit geschenkt. Glaubst du ernsthaft, irgendjemand sonst hätte sich auf dich und deinen hässlichen Arsch eingelassen? Und du bedankst dich dafür, indem du die einzige Familie verpfeifst, die du hast. Bis auf Charlie kannten nur drei Leute in dieser Stadt die Location.« Diesmal packte er meine Handgelenke, zog mich eng an sich heran und presste sich mit seinem ganzen Körper gegen mich. Sein heißer, nach Alkohol stinkender Atem strich über meine Wange, während Tränen in meinen Augen brannten. »Weißt du, was mit Verrätern passiert, Hazel Stone?«

Es klang wie eine Drohung, aber ich wusste, dass es sehr viel mehr war. Garrett kam nicht aus einer Familie, in der man leere Drohungen aussprach. Wenn er so etwas sagte, dann kam es einem Versprechen gleich.

Bevor ich antworten konnte, drängte Ian sich zwischen uns und stieß Garrett von mir weg.

»Lass sie sofort los!«, befahl er, und seine Brust hob und senkte sich unter seinen schnellen Atemzügen.

Überrascht stolperte Garrett ein paar Schritte nach hinten. Doch kaum hatte er sich wieder gefangen, schob er die Ärmel hoch und dehnte seinen Nacken. »Ihr reichen Schnösel geht mir schon lange auf den Sack. Ihr glaubt wohl, euch gehört die Stadt, was? Hazel und ich haben hier was zu besprechen, also halt dich da raus. Das hier geht dich nichts an.«

»Nun, wie's aussieht, hat Hazel aber keine Lust, mit dir zu sprechen, und da wir hier in meinem Haus sind, geht mich das sehr wohl etwas an.«

Garretts Hände ballten sich zu Fäusten, und er trat ein paar Schritte auf Ian zu. »Nun, wenn sie keine Lust hat zu reden, sollten wir beide uns vielleicht mal unterhalten, Arschloch.«

Ian schob ebenfalls seine Ärmel hoch. »Na dann mal los. Bin gespannt, was du zu sagen hast.«

»Hey Jungs. Hört auf damit. Bitte«, flehte ich und trat zwischen die beiden. »Geh einfach, Garrett.«

Er schnaubte. »Meinetwegen. Aber glaub nicht, dass wir miteinander fertig sind, Hazel. Du wirst noch von mir hören.«

Allein der Gedanke daran versetzte mich in Angst und Schrecken.

Auf dem Weg zur Tür drehte Garrett sich noch einmal um und ließ sein Feuerzeug an- und ausklicken. »Dein Plan ist übrigens schiefgegangen. Charlie ist nicht alleine aufgeflogen, Dumpfbacke. Deine Mom war auch dabei. Herzlichen Glückwunsch. Du hast deine eigene Mutter in den Knast geschickt.«

11. KAPITEL

IAN

»Willst du drüber reden?«, fragte ich und klopfte an Hazels Zimmertür. Seit dieser Garrett wieder weg war, hatte sie sich in ihrem Zimmer eingeschlossen.

Ich hatte immer noch nicht ganz verstanden, was da eben abgelaufen war, aber Hazel hinter der Tür schluchzen zu hören, machte mich verdammt traurig. In den letzten Tagen schien ihr Leben sprichwörtlich den Bach runterzugehen, und ich hatte absolut keine Ahnung, wie ich ihr helfen konnte.

Aber wenn sie jemanden brauchte, der ihr zuhörte, war ich ganz Ohr.

»Es geht mir gut«, schniefte sie, und schon das bewies mir, dass sie log. »Ich brauche bloß ein wenig Schlaf.«

Ich kannte sie nicht gut genug, um weiter in sie zu dringen, aber ich hätte es nur zu gern getan. Ich wollte sichergehen, dass alles in Ordnung war, und ihr alles geben, was ihr helfen mochte, sich wenigstens ein klein wenig besser zu fühlen. Allerdings hatte ich das Gefühl, dass sie dieses Zimmer nicht so schnell wieder verlassen würde, und so sagte ich das Einzige, das mir einfiel: »Ich hätte es genauso gemacht, wenn es meine Mom gewesen wäre. Ich weiß, dass dein Plan, nicht so aufgegangen ist, wie du dachtest, aber ich hätte das Gleiche getan. Sieh's doch mal so, solange deine Mutter im Gefängnis sitzt, kommt Charlie nicht an sie heran, und sie kann sich nicht noch weiter in Schwierigkeiten bringen. Es gibt ihr die Chance, neu anzufangen.«

Als meine Eltern damals verschwunden waren, hatte ich mir so sehr gewünscht, die Polizei würde sie aufgreifen. Dann hätten sie wenigstens ein Dach über dem Kopf gehabt und wären in Sicherheit gewesen.

»Haze.« Ich seufzte, die Hände gegen das hölzerne Blatt der Tür gelegt. »Wenn du etwas brauchst, ich bin nebenan.«

Ein leises »Danke« war alles, das ich hörte, als ich ging und ihr Raum gab, in Ruhe nachzudenken. Wahrscheinlich würde sie die ganze Nacht wach liegen und zu viel nachdenken.

Ich hätte das Gleiche getan.

Als die Tür sich öffnete, drehte ich mich erstaunt um. Hazel sah mich aus roten, vor Weinen geschwollenen Augen an. Ich war überzeugt gewesen, dass sie vor dem Morgen nicht rauskommen würde. »Weißt du, was mir helfen würde, ein wenig abzuschalten?«

»Nein, was?«

»Gemeinsam Musik zu machen. Ich muss mich ablenken, und ich glaube, mit dir Songs zu schreiben, könnte mir helfen.«

»Gern. Wir können uns ins Wohnzimmer setzen und ein bisschen an dem Zeug weiterarbeiten, an dem ich mich versucht habe – und kläglich gescheitert bin. Ich hole meine Gitarre und ein paar Stifte und Papier. Wir sehen uns drüben.«

»Okay, klingt gut.«

Ich wollte in mein Zimmer gehen, blieb aber abrupt stehen, als sich von hinten zwei Arme um mich schlangen. Als ich über die Schulter blickte, sah ich Hazel, die sich wie eine Ertrinkende an mich klammerte, und wölbte fragend die Augenbrauen.

»Tut mir leid«, murmelte sie, ohne mich loszulassen. »Ich musste mich einfach für 'ne Sekunde irgendwo festhalten.«

»Nur zu.« Ich drehte mich zu ihr um und zog sie in meine Arme. »Meinetwegen auch für zwei.«

Wir blieben bis spät in die Nacht wach und texteten Songs, die manchmal echt gut klangen und manchmal überhaupt nicht. Hazel stellte mir Fragen, bei denen es mir schwerfiel, ihr eine Antwort zu geben – ich war nicht der Typ, der in seinen Emotionen wühlte –, aber für sie gab ich mein Bestes, denn wenn heute jemand einen beschissenen Tag gehabt hatte, dann Hazel. Sie hatte es nicht verdient, dass ich mich ihr gegenüber wie ein Arsch aufführte, obwohl sie mir nur helfen wollte.

»Was war der schlimmste Tag deines Lebens?«, fragte sie. Sie lag auf der Couch, während ich mit meinem Notizbuch vor ihr saß.

»Das ist leicht. Der Tag, an dem meine Eltern mich verlassen haben.«

Hazel drehte den Kopf und sah mich mit dem ehrlichsten und wahrhaftigsten Blick an, den ich je gesehen hatte. »Erzähl's mir.«

Ich schluckte. Es war der schrecklichste Tag meines Lebens, und ich redete nicht gerne darüber. Und auch wenn es mittlerweile vierzehn Jahre her war, fühlte es sich noch immer so an, als wäre es erst gestern gewesen. Aber wie schon gesagt, Hazel zuliebe wollte ich es versuchen. »Sie sagten, sie wollten etwas zu essen besorgen, und ich wäre alt genug, um eine Weile allein zu bleiben. Ich habe den ganzen Tag auf sie gewartet. Am nächsten Morgen bin ich dann langsam nervös geworden. Aber ich habe weiter gewartet, denn sie waren vorher immer irgendwann wieder zurückgekommen.« Ich kratze mich am Kinn und räusperte mich. »Nur diesmal nicht. Zwei Tage lang habe ich alleine in diesem Haus gesessen, bis Big Paw und Grams vorbeikamen und mich gefunden haben. Ich erinnere mich noch daran, wie Grams geweint hat. Sie haben mich mit zu sich genommen, und meine Eltern sind nie wieder aufgetaucht.«

»Du hast die ganze Zeit alleine zu Hause gesessen und auf sie gewartet? Das muss schrecklich gewesen sein.«

»War es auch. Wahrscheinlich ist das auch der Grund, warum ich es hasse, allein zu sein. Aber gleichzeitig stoße ich alle Leute von mir weg, sodass ich am Ende doch wieder gezwungen bin, allein zu sein.«

»Wieso stößt du die Menschen weg?«

»Weil sie mich dann nicht verlassen können.«

Sie runzelte die Stirn, und verdammt, es brach mir das Herz. »Es tut mir leid, was dir passiert ist, Ian. Aber du hast es ziemlich gut hingekriegt, trotzdem erwachsen zu werden.«

Ich lachte auf. »Ich bin ein Arschloch.«

»Nur äußerlich. Ich glaube, tief in deinem Innern bist du immer noch der verletzte kleine Junge, der irgendwie zu überleben versucht.«

Jetzt war es an mir, die Stirn zu runzeln, während ich mit dem Stift auf mein Notizbuch klopfte. »Verletzter kleiner Junge … verletzter kleiner Junge … wie ein verlorener Junge. Genau so habe ich mich mein ganzes Leben lang gefühlt. Verloren.«

Hazel lächelte, denn sie spürte, wie die Inspiration mich ergriff. »Ich freue mich schon darauf, diesen Song zu hören.«

Ich begann zu schreiben. Es war nicht leicht, sondern schmerzhaft und quälend, aber Hazel blieb bei mir. Sie ermutigte mich und hielt meine Hand, wenn meine Gefühle mich überwältigten.

Und zum ersten Mal seit langer Zeit fühlte ich mich nicht allein.

Am nächsten Tag war ich gerne bereit, Hazel im Schweinestall zu helfen. Zugegeben, ich hatte es sogar eilig, an die Arbeit zu gehen, weil ich möglichst schnell wieder zu unseren Songtexten zurückkehren wollte, aber vor allem wollte ich dafür sorgen, dass es Hazel gut ging.

Anfangs wollte sie meine Hilfe nicht annehmen, aber ich weigerte mich, von unserer Abmachung zurückzutreten, die wir mit Handschlag besiegelt hatten.

»Okay. Wenn du mit den Boxen ganz links anfängst, übernehme ich die hier«, sagte sie, als wir in den Stall gingen. »Wenn wir fertig sind, bringe ich noch das Heu rein, und du kannst gehen.«

»Ich werde dir auch dabei helfen.«

»Ich kann das allein.«

»Genau das ist der Sinn, einen Partner zu haben, Hazel, dass du es eben nicht alleine machen musst.«

Sie sagte nichts darauf, und ich hatte das Gefühl, dass sie es nicht gewohnt war, von irgendjemandem Hilfe zu bekommen. Sie wirkte immer so unabhängig.

Wir machten uns an die Arbeit. Hazel sagte kein Wort. Ich hörte sie nur hin und wieder grunzen oder knurren, wenn sie in etwas Ekliges trat. Zum Glück hatte Grams ihr für die Arbeit auf der Ranch ein Paar Stiefel gegeben, sodass den Schweinen keine weiteren Schuhe geopfert werden mussten.

Obwohl über mein Handy Musik lief, herrschte eine unbehagliche Stille.

Ich konnte einfach nicht aufhören, an die Begegnung mit diesem Garrett zu denken. Ich konnte nicht aufhören, an Hazel zu denken, und woran sie wohl gerade dachte.

»Hast du Lust, 'ne Runde *Confession Time* zu spielen?«, fragte ich sie, in dem Versuch, die unbehagliche Stille zu durchbrechen.

Sie drehte den Kopf und sah mich an. »Was?«

»*Confession Time.* James und ich spielen es immer beim Ausmisten, damit die Zeit schneller vergeht.« Okay, das war gelogen. Ich hatte mir das Spiel gerade erst ausgedacht, weil ich mehr über Hazel erfahren wollte, und weil ich wusste, dass sie von selbst kaum etwas preisgeben würde. »Es geht so: Ich gestehe dir etwas, und dann bist du dran.«

Sie kniff die Augen zu schmalen Schlitzen zusammen. »Und was sollen das für Geständnisse sein?«

»Ach, so was wie: Ich habe ins Bett gemacht, bis ich zehn war.«

Sie schnaubte. »So was würdest du wahrscheinlich besser für dich behalten.«

»Stimmt. Aber je peinlicher das Geständnis, desto besser. So wird das Spiel deutlich interessanter.«

Argwöhnisch fragte sie: »Und was hat James gestanden?«

»Oh nein.« Ich schüttelte den Kopf. »Alle Geständnisse, die man im Schweinestall macht, bleiben auch im Schweinestall. Also komm.« Ich legte das Kinn auf den Stiel der Schaufel in meiner Hand. »Raus damit. Gesteh mir etwas.«

Sie verzog das Gesicht, als wäre dieses Spiel so ziemlich das Letzte, was sie gerade tun wollte. »Ich, äh, hab immer Ranch Dressing auf meine Spaghetti getan.«

»*Laaangweilig*«, rief ich. »Versuch's noch mal.«

»Au Mann, kein einfaches Publikum heute Morgen.« Sie stellte die Mistgabel beiseite und rieb sich mit den Händen über die Oberschenkel. »Okay. Als ich dreizehn war, habe ich mir im Supermarkt einen Kuchen für meinen Geburtstag geklaut.«

Ich pfiff leise durch die Zähne. »Wir haben hier offenbar eine kleine Rebellin unter uns.«

»Ich hatte einen guten Grund dafür. Meine Mom hatte meinen Geburtstag vergessen – mal wieder. Und sie hatte – auch mal wieder – vergessen, etwas zu essen zu kaufen. Ich habe den Kuchen mit ein paar Kindern aus der Gegend geteilt, und wir haben ein bisschen gefeiert. Die Party war ziemlich lahm, und die Geschenke waren irgendwelche Steine und Stöcke und so 'n Zeug, aber es war trotzdem super. Eine meiner schönsten Erinnerungen.«

»Wie hast du es geschafft, einen ganzen Kuchen zu klauen?«

Sie lachte leise und schüttelte den Kopf. »Ich habe ein Regal mit Tomatensauce umgeworfen. Und während die Angestellten sich um die Sauerei gekümmert haben, hab ich mir den Kuchen geschnappt und bin losgerannt. Wahrscheinlich hat mir die Sache ziemlich viel schlechtes Karma eingebracht.«

»Du hast den Kuchen geteilt. Ich bin mir sicher, damit hast du es wieder ausgeglichen.«

»Funktioniert das denn so?«

»Ich hoffe es jedenfalls, denn ich habe früher ziemlich viel Mist gebaut. Wenn ich heute ein paar gute Taten folgen lasse, gleicht das mein Karma also hoffentlich wieder aus.«

»Wie einem Mädchen ein Dach über dem Kopf zu geben.«

»Na ja, ich schuldete dir was, weil ich dir gegenüber so ein Arschloch war.«

»Wie wahr. Also, was ist dein nächstes Geständnis? Aber ich erwarte was Gutes.«

»Ich … ähm … ich glaube, ich mag Sex nicht besonders.«

Sie riss die Augen auf. »Was? Jeder mag Sex, Ian. Besonders du, jedenfalls wenn man von der Anzahl der Frauen ausgeht, mit denen ich dich schon gesehen habe.«

»Ja, schon, aber … ich weiß nicht. Ich meine, es fühlt sich gut an, aber nicht wirklich bedeutend. Nicht so bedeutend jedenfalls, wie alle immer behaupten.«

»Es erfüllt nicht die Erwartungen, hm?«

»Ganz und gar nicht.«

»Warum triffst du dich dann ständig mit irgendwelchen Frauen?«

Ich zuckte die Schultern. »Vielleicht hoffe ich einfach darauf, endlich den unglaublichen Sex zu erleben, von dem alle immer reden. Vielleicht bin ich auf der Suche nach etwas, das tiefer geht.«

»Wie alt warst du, als du zum ersten Mal Sex hattest?«

»Vierzehn.«

»Heilige Scheiße. Als ich vierzehn war, hab ich im Garten gesessen und Hexentränke gebraut, aber garantiert nicht an Sex gedacht.«

»Hexentränke?«

»Du weißt schon … Magie. An Sex habe ich überhaupt nicht gedacht. Tue ich immer noch nicht.« Sie blickte auf und wurde rot. »Geständnis: Ich bin noch Jungfrau.«

»Was? Auf keinen Fall«, sagte ich und tat so, als hätte sie sich nicht schon während ihrer Wodka-Eskapade verraten.

»Auf jeden Fall. Was nicht daran liegt, dass ich keine Gelegenheit dazu gehabt hätte, denn die hatte ich – mit meinem Ex, Garrett, den du gestern kennenlernen durftest. Das klingt jetzt bestimmt albern, aber ich wollte einfach nicht so enden wie die meisten hier in der Stadt, oder wie meine Mutter – als Teil der Teenie-Mütter-Statistik. Ich wollte es nicht riskieren, schwanger zu werden, bevor ich diesem Höllenloch hier entkommen wäre.«

»Das ergibt Sinn. Meine Mutter war fünfzehn, als sie mit mir schwanger geworden ist. Ich kann mir gar nicht vorstellen, wie es ist, in diesem Alter ein Kind zu bekommen.«

»Fünfzehn? Und wie alt warst du, als sie dich verlassen hat?«

»Acht. Sie und Pops sind, auf der Jagd nach dem nächsten High, einfach aus der Stadt verschwunden.«

»Ich kann mir das gar nicht vorstellen – nach so vielen Jahren mein Kind zu verlassen.«

»Nun, dann bist du besser als die meisten in dieser Stadt.«

»Es tut mir so leid. Ich wusste nicht … Ich hatte keine Ahnung … Ich kann nachvollziehen, dass du mir gegenüber so abweisend warst, als du von meiner Verbindung zu Charlie erfahren hast.«

»Was es noch lange nicht richtig macht«, entgegnete ich.

»Nein, aber es erklärt es.«

Ich grinste und rieb mir mit der Hand über die Stirn. »Geständnis: Ich habe Angst davor, verlassen zu werden. Wahrscheinlich lasse ich mich deshalb auch nie wirklich auf eine Frau ein. Wenn ich niemanden an mich heranlasse, kann mich auch niemand wieder verlassen.«

Sie stellte ihre Mistgabel ab und kam zu mir. Mit schief gelegtem Kopf betrachtete sie mich von oben bis unten. »Geständnis: Ich wusste, dass du mehr bist als der miesgelaunte Typ, den du immer nach außen kehrst.«

»Ich arbeite immer noch daran, nicht so ein unfreundlicher Mistkerl zu sein.«

»Ich finde, du machst das ziemlich gut. Ein Schritt nach dem anderen.«

»Irgendwelche Vorschläge, wie ich besser werden könnte?«

»Mach einfach so weiter. Du leistest sehr gute Arbeit.« Sie lächelte, wobei sich meine Brust seltsam zusammenzog. Was zum Teufel war das denn jetzt?

»Okay, ich muss dich was fragen; die Antwort ist eigentlich egal. Ich meine, es spielt keine Rolle, und es geht mich eigentlich auch nichts an, und Neugier ist ja bekanntlich der Katze Tod und so …«

»Was genau willst du wissen?«

»Bist du wirklich eine Hexe?«, platzte ich heraus. »Du hast

was von Hexentränken und so erzählt, deshalb dachte ich, ich frag lieber mal nach.«

Sie kicherte. »Wieso? Hast du Angst, ich könnte dich verhexen?«

»Nein, ich meine, wer weiß? Aber im Ernst, stehst du auf so was?«

Sie schüttelte den Kopf. »Nein. Als Kind hab ich es gemacht, um der trostlosen Welt um mich herum zu entfliehen. Ich habe Zaubersprüche erfunden und gehofft, damit meine Zukunft beeinflussen zu können, oder meine Mutter vor ihrer Tragödie zu bewahren, aber es gibt keine Magie. Ich war bloß ein dummes Kind, das sich alberne, wirkungslose Zaubersprüche ausgedacht hat. Allerdings liebe ich die Natur. Die Sterne und den Mond. Und ich glaube, dass die Elemente eine heilende Wirkung auf uns haben – sofern wir uns die Zeit nehmen, unsere Umwelt wirklich wahrzunehmen und wertzuschätzen.«

Sie war so viel komplexer, als ich ihr anfangs zugetraut hatte. Je mehr ich über sie erfuhr, desto mehr wollte ich wissen.

»Und jetzt komm, lass uns weitermachen, sonst hängen wir noch den ganzen Abend hier fest«, sagte sie.

Ich hätte nichts dagegen gehabt, noch ein paar Stunden mit ihr im Stall zu bleiben und ihr noch ein paar Geständnisse zu entlocken. Mir wären eine Million Dinge eingefallen, die schlimmer gewesen wären, als den Abend mit Hazel Stone im Schweinestall zu verbringen.

»Warte«, sagte ich. »Eins hab ich noch.«

»Und das wäre?«

»Ich finde, was du getan hast, um deiner Mutter zu helfen, war das Mutigste, das ein Mensch tun kann.«

Ihr Blick wurde weich, und sie hielt in ihren Bewegungen inne. »Findest du?«

»Absolut.«

»Danke, Ian«, flüsterte sie verlegen.

»Keine Ursache, beste Freundin«, witzelte ich.

Sie lächelte wieder, und ich fühlte mich verdammt privilegiert, weil ich erleben durfte, wie ihre Mundwinkel sich nach oben bogen.

12. KAPITEL

IAN

Hazel erfüllte ihren Teil unserer Abmachung. Jeden Abend nach der Arbeit saßen wir zusammen im Haus und arbeiteten an meinen Songs, manchmal so lange, dass die Sonne bereits wieder über dem Horizont stand.

Sie ermutigte mich, mich auf meine Gedanken und Emotionen einzulassen, und es funktionierte. Es strömte aus mir heraus wie noch nie in meinem Leben. Mit ihrer Hilfe wurden die Songs realer, authentischer. Es fühlte sich an, als wäre Hazel das fehlende Puzzlestück zur Erfüllung meines Traums. Sie war die Muse, die ich mir ersehnt hatte, und ich hoffte, sie würde mir weiterhin helfen und mit mir Songs schreiben, die mein Leben verändern würden.

»Was hältst du hiervon, Hazel?«, fragte James, als sie wieder einmal bei einer unserer Bandproben dabeisaß. Genau wie ich hatten auch die anderen Jungs sie schätzen gelernt. Ich konnte schon gar nicht mehr sagen, wie oft ich die vier auf der Ranch dabei erwischt hatte, wie sie über Musik geredet hatten, anstatt zu arbeiten. Eric und Marcus waren geradezu süchtig danach, Hazel um Rat zu fragen, und sie war immer bereit zu helfen.

»Ich finde, es klingt großartig. Das Gitarrensolo könnte vielleicht noch ein bisschen länger sein.« Sie zwinkerte ihm zu und sprach ihm aus der Seele.

»Kein Problem!« Er strahlte, griff nach seiner Gitarre und strich über die Saiten.

Hazel machte das mit uns allen – sie gab uns die Freude an unserer Musik zurück, die wir eine gefühlte Ewigkeit nicht mehr so empfunden hatten.

Die Jungs und ich arbeiteten härter als je zuvor daran, unsere neuen Songs fertigzustellen. Eric postete Samples der neuen Titel auf allen sozialen Medien, und die Reaktionen waren gigantisch, viel besser als bei allen anderen Songs, die wir bisher veröffentlicht hatten.

»Mehr als 300.000 Klicks in vierundzwanzig Stunden!«, rief Eric an einem späten Freitagnachmittag. »Heilige Scheiße! Und das war gerade mal ein 25-Sekunden-Clip! Wartet nur ab, was passiert, wenn wir den ganzen Clip hochladen!«, keuchte er.

»Das ist es.« James grinste von einem Ohr zum anderen. »Das ist unser Durchbruch.«

»Erinnert mich daran, dass ich Hazel abknutsche, wenn ich sie das nächste Mal sehe«, rief Marcus lachend, was ich jedoch überhaupt nicht witzig fand.

»Halt dich von ihr fern«, warnte ich deutlich humorloser, als ich es hätte sein sollen. Aber die Vorstellung, dass Marcus Hazel küsste, ließ das Blut in meinen Adern kochen.

Warum eigentlich?

Warum machte mich diese Vorstellung so wütend?

Marcus warf ergeben die Hände in die Luft. »War nur 'n Witz, Mann. Du weißt, dass ich nirgendwo knutsche, wo meine Freunde Interesse anmelden.«

»Was? So hab ich das nicht gemeint. Ich hab kein Interesse an Hazel. Ich will nur nicht, dass du alles kaputt machst, indem du ihr das Herz brichst oder so. Sie muss mir weiter beim Texten helfen.«

»Natürlich.« James grinste. »Und es hat nichts damit zu tun, dass du Gefühle für das Mädchen entwickelst.«

»Gefühle?«, schnaubte ich. »Für Hazel?« Ich schnaubte noch mal.

Unmöglich. Ich hatte keine Gefühle – ausgenommen, wenn es um die Texte für meine neuen Songs ging. In denen fühlte ich alles. Aber im wahren Leben? War ich immer noch eiskalt. Ja. Mein Herz war noch immer unfähig, tiefere Gefühle für andere Menschen zu entwickeln.

»Schon klar, Ian.« Marcus trat zu mir und klopfte mir freundschaftlich auf den Rücken. »Rede dir das ruhig ein, Mann. Wenn du so nachts besser schlafen kannst.«

Das würde ich. Denn es stimmte. Ich hatte keine Gefühle für Hazel Stone.

Sie war bloß ein Mädchen, das mir half, die Musik aus mir herauszuholen.

»Geständnis: Ich brauche deine Hilfe«, sagte Hazel früh an einem Samstagmorgen, als wir ein paar Arbeiten im Haus erledigten. Sie hatte die Haare zu einem Pferdeschwanz zusammengebunden und war nicht geschminkt. Am Wochenende trug sie nie ihr dunkles Make-up, nur wenn sie auf der Ranch arbeitete und andere Leute traf. Es war fast so, als dienten ihr der dunkle Lidschatten und der schwarze Eyeliner als eine Art Schutzschild.

Aber ihre dunklen unförmigen Klamotten trug sie weiterhin. Schwarz auf Schwarz mit einem Hauch Schwarz.

Ich hörte auf, die Wäsche im Korb vor mir zu falten, und sah sie mit einer hochgezogenen Braue an. »Wobei?«

»Kannst du mich heute mit dem Auto irgendwo hinbringen?« Sie rieb sich mit der linken Hand den rechten Arm.

»Wo willst du denn hin?«

Sie wandte den Blick ab und sah zu Boden. »Meine Mom im Gefängnis besuchen. Es ist ein paar Stunden entfernt, und ich habe keine andere Möglichkeit, dort hinzukommen.«

Ich nickte, zog mir ein Paar Schuhe an und griff nach den Schlüsseln. »Dann mal los.«

Die Fahrt verlief fast schweigend. Hazel spielte nervös mit ihren Fingern und kaute auf ihrem Daumennagel. Sie hatte sich ein wenig von mir weggedreht. Ich wusste nicht, was ich sagen sollte, denn ich hatte keine Ahnung, was man redete, wenn man auf dem Weg zum Gefängnis war, um seine Mutter zu besuchen, die man selbst dorthin befördert hatte. Ein echter Gesprächskiller, wenn ihr mich fragt.

Und so griff ich zu dem einzigen Mittel, mit dem ich mich auskannte: Musik.

»Was willst du hören?«, fragte ich Hazel.

Sie zuckte mit den Schultern und sah weiter aus dem Fenster. »Mir egal.«

»Falsche Antwort. Musik ist nie egal. Es muss also etwas geben, das dir gefällt. Irgendwas, Hazel. Sag es, und ich spiele es. Solange es nicht totaler Schrott ist.«

»Wirklich, es ist mir egal.«

»Wie gesagt, Musik ist nie egal. Also, was hörst du am liebsten?«

Sie sah zu mir her, und ich schwöre, ich sah einen Hauch Rot auf ihren Wangen.

Sie hatte wunderschöne Wangen … Ich hatte nicht gewusst, dass Menschen schöne Wangen haben konnten, aber ihre wollte man einfach nur küssen.

Ich wollte Hazel Stones Backen küssen.

Wenn das nicht der abgefahrenste Gedanke war, den ich je gehabt hatte, dann weiß ich es auch nicht.

»Aber du darfst nicht lachen«, warnte sie.

»Versprochen.«

»Wie viel genau bedeutet ein Versprechen, das ein Junge wie du einem Mädchen wie mir gibt, Ian Parker?«

»Alles«, gestand ich. »Es bedeutet alles.« Keine Ahnung warum, aber ich hatte den seltsamen Drang, alles zu tun, um dieses Mädchen glücklich zu machen. Sie hatte so viele traurige Momente in ihrem Leben gehabt, und ich wollte ihr zum Ausgleich dafür ein paar glückliche schenken.

Ihre Mundwinkel bogen sich ein wenig nach oben, doch sie drehte sich wieder zum Fenster, sodass ich ihre Verlegenheit nur erahnen konnte. »Shawn Mendes.«

»Ernsthaft?«, keuchte ich.

Sie sah mich böse an und zeigte mit dem Finger auf mich. »Du hast es versprochen!«

»Nein, schon gut. Ich … ich hatte bloß nicht damit gerechnet, dass ein Mädchen wie du auf so ein Pop-Zeug wie Shawn Mendes steht.«

»Was hast du denn gedacht, worauf ich stehe? Slipknot oder Grateful Dead?«, fragte sie. »Wegen meines Aussehens?«

»Ganz ehrlich? Ja.«

Sie verdrehte die Augen. »Weißt du, was passiert, wenn man Leute in Schubladen steckt?«

»Was?«

»Sie brechen aus und beweisen dir wieder und wieder, dass du dich irrst. Ich bin mehr als mein Äußeres.«

Beinahe hätte ich ihr verraten, wie sehr ich mir wünschte, mehr über ihr Inneres zu erfahren, aber ich wollte nicht wie ein kompletter Idiot klingen.

Also nahm ich mein Handy und spielte eins von Shawn Mendes' Alben. Hazel konnte ihr Lächeln nicht verbergen, während sie jeden einzelnen Song mitsang. Ihre Finger trommelten auf ihre Oberschenkel, und ihr Kopf wippte im Rhythmus. Als »Perfectly Wrong« lief, rollten Tränen über die Wangen, die ich hatte küssen wollen, und verdammt, wie gern hätte ich jetzt diese Tränen weggeküsst, aber ich hatte kein Recht, ohne Hazels Erlaubnis mit meinen Händen an ihre Haut zu rühren.

Sie schniefte leise und wischte ihre Tränen selbst fort.

»Ich mag sie auch, weißt du«, sagte sie leise. »Slipknot und Grateful Dead. Ich bin ein Mädchen mit vielen Facetten.«

Das wurde mir von Sekunde zu Sekunde deutlicher. Sie war eine komplexe Frau, und mit jedem Tag wollte ich mehr über ihre vielen Seiten erfahren.

Wir erreichten das Gefängnis, und ich fuhr auf den Parkplatz. Hazel rieb sich immer wieder mit den Händen über ihre Jeans und atmete tief durch.

»Möchtest du, dass ich mitkomme?«, fragte ich.

»Nein. Das muss ich allein machen. Ich weiß nicht, wie lange es dauern wird. Wenn du also wieder fahren willst, kann ich versuchen, anders zurückzukommen.«

Ich sah sie überrascht an. »Ich habe dich gerade über drei Stunden hier hergefahren. Warum sollte ich dich jetzt alleine lassen?«

Sie zuckte mit den Schultern. »Die Leute, die ich bisher gekannt habe, wären gefahren.«

»Dann solltest du dringend neue Leute kennenlernen.«

»Ich glaube, ich bin auf einem ganz guten Weg«, murmelte sie so leise, dass ich sie fast nicht verstanden hätte. Vielleicht bildete ich es mir aber auch nur ein, weil ich mir wünschte, dass das ihre Worte gewesen waren. Jedenfalls hoffte ich, dass ich mich ebenfalls auf diesem Weg befand, von dem sie sprach.

»Ich werde nirgendwo hinfahren«, versprach ich mit einem winzigen Lächeln. »Sondern genau hier warten.«

Sie lächelte zurück und versuchte nicht mal, es vor mir zu verbergen. »Danke, Ian.«

»Gern geschehen. Viel Glück da drin.«

Sie nickte und ging, weiterhin nervös mit ihren Fingern spielend, zum Eingang.

Während ich wartete, spielte ich noch einmal Shawns »Perfectly Wrong« und ließ den Text auf mich wirken, ließ einen Teil von Hazel in meine Seele sickern. Von den Songs, die einen Menschen zum Weinen brachten, konnte man viel über ihn lernen.

Ich spielte das Lied wieder und wieder, und beim dreizehnten Durchlauf tat selbst mir ein wenig das Herz weh.

13. KAPITEL

HAZEL

Ein Gefängnis zu betreten, war kein schönes Gefühl. Alle Besucher wurden durchsucht, als wären sie selbst Gefangene. Wir gingen durch Metalldetektoren, wurden anschließend noch einmal gescannt und sorgfältig abgetastet. Zum ersten Mal hatte ich diese Prozedur mit elf durchlaufen, als Mama mich mitgenommen hatte, um Charlie zu besuchen. Es hatte mir ziemliche Angst eingejagt, und ich hatte noch lange unter schrecklichen Albträumen gelitten.

Als ich nun dort stand, quälten mich die gleichen Gefühle wie damals, nur dass diesmal noch das schlechte Gewissen hinzukam.

Den Durchsuchungen folgte ein Haufen Papierkram. Während ich schrieb, gab ich mir alle Mühe, meine Gefühle nicht zu sehr zu überdenken und mir immer wieder zu sagen, dass ich das Richtige getan hatte.

Mit einem Namensschild auf meinem T-Shirt ging ich in den Besucherraum und setzte mich an einen der Tische, um zu warten. Nervös trommelte ich mit den Fingern auf meine Oberschenkel und atmete angespannt ein und aus. Um mich herum saßen andere Insassen mit ihren Angehörigen. Ein paar lachten, andere weinten, manche sagten kein Wort. Sie saßen nur schweigend da und sahen einander an, als würden ihre Blicke alles sagen.

Als eine Wärterin Mama in den Raum führte, stand ich auf, noch immer nervös mit meinen Fingern spielend. Sie sah noch dünner aus als zuvor, was mir ernsthafte Sorgen bereitete, denn Mama war schon vorher viel zu dünn gewesen. Jetzt bestand sie nur noch aus Haut, Knochen und einem Babybauch. Ich fragte mich, was man ihr hier zu essen gab, und ob man sich um sie kümmerte, denn ganz sicher machte sie gerade einen Drogenentzug durch. Ihr Gesicht wirkte bizarr. Dunkle Ringe unter ihren Augen, die Haut noch heller als sonst, als wäre sie seit Tagen krank. Ihre Haare waren zerzaust und verknotet, als hätte sie sich nicht einmal die Mühe gemacht, sie auch nur mit den Fingern durchzukämmen, und ihre Lippen waren spröde und aufgesprungen.

Gab es hier nicht mal Lippenbalsam für die Gefangenen? Nicht mal Vaseline oder so was?

Oh mein Gott, was hatte ich nur getan?

Ich hatte geglaubt, Charlie ins Gefängnis zu bringen, wäre das Sicherste für Mama, und selbst als sie ebenfalls festgenommen worden war, hatte ich mir noch eingeredet, dass sie so wenigstens nicht noch weiter in Schwierigkeiten geraten konnte. Ich hatte gehofft, sie würde ein wenig besser aussehen als beim letzten Mal, mit all den Wunden und Blutergüssen, die Charlie ihr zugefügt hatte. Aber jetzt wirkte sie vollkommen gebrochen. Ich hätte nie erwartet, dass ein Mensch überhaupt so aussehen konnte. Sie war komplett zerstört.

Und all das war meine Schuld.

So hatte ich das nicht geplant.

Mama setzte sich mir gegenüber an den Tisch, und als sie mir in die Augen sah, begann ich zu weinen. Ihr Blick war vollkommen leer – als wäre alles Licht, das ihr noch geblieben war, abgeschaltet worden.

»Hey Mama«, flüsterte ich voller Schmerz, während ich

zusah, wie ihre knochigen Finger genauso nervös wie meine aneinander knibbelten. Ich rutschte auf meinem Stuhl hin und her und zwang mich zu einem traurigen Lächeln. »Wie geht es dir?«

Blöde Frage, aber ich wusste einfach nicht, was ich sonst hätte sagen sollen. Was sagte man zu einem Menschen, den man mehr liebte als das eigene Leben, und der wegen einem selbst im Gefängnis saß?

Sie schnaubte, wandte den Blick ab und starrte stattdessen auf eine Ecke des Tisches.

»Irrer Scheiß«, murmelte sie und schüttelte den Kopf. »Ich versuche die ganze Zeit zu verstehen, wie sie uns hochnehmen konnten, verstehst du? Keiner kannte die Stelle bis auf Charlie, mich, Garrett und …« Sie sah mich an und legte wissend den Kopf schief. »Garrett war hier und hat gesagt, dass du was damit zu tun hattest.«

Tränen schossen mir in die Augen, und ich schlug die Hand vor den Mund, während ihr Blick sich in meinen bohrte. »Es tut mir leid, Mama«, schluchzte ich. »Ich hatte nicht erwartet, dass du auch da bist. Ich dachte, es wäre nur Charlie.«

»Wieso würdest du ihm so was antun wollen?«

»Weil er ein Monster ist. Er hätte dich umgebracht! Er hätte dich umgebracht, Mama.«

»Er würde mir niemals wehtun«, knurrte sie und starrte mich aus hasserfüllten Augen an.

Hass. Meine Mutter, die einzige Frau, die ich je geliebt hatte, sah mir mit so viel Hass in die Augen, dass ich mich augenblicklich selbst hasste.

»Aber er hat dir wehgetan, Mama. Wieder und wieder. Und ich konnte es einfach nicht länger mit ansehen. Ich konnte nicht zulassen, dass er dir das antut.« Ich schniefte und rieb mir mit der Hand über die Nase. »Ich weiß, das hier ist nicht perfekt, aber wenn du deine Zeit abgesessen hast, können wir noch einmal neu anfangen. Dann bist du clean, und ich habe ein wenig Geld gespart, sodass wir uns eine eigene Wohnung leisten können. Wir können überall im Land hingehen. Wir können neu anfangen, Mama. Wir können uns etwas Neues aufbauen und …«

»Ich hab's auf mich genommen«, flüsterte sie.

Ich sah sie an. »Was?«

»Alles. Ich habe Charlie entlastet und alles auf mich genommen. Er ist bald wieder draußen, und ich werde noch sehr lange hier sitzen.«

Mein Herz zersprang in eine Million Scherben. »Was? Nein! Mama, das kannst du nicht machen! Du kannst doch nicht …«

»Er ist mein Leben!«, schrie sie. »Alles, was ich bin, verdanke ich ihm, und ich würde alles tun, um ihn zu beschützen.«

Das zerstörte mein Herz vollends. Ihre Vorstellung davon, was Liebe war, wie sie funktionierte, war so verzerrt, dass sie tatsächlich bereit war, alles zu tun und ihr eigenes Leben für einen Mann zu geben, der sich einen Dreck um sie scherte. Aber in einer Sache hatte sie recht: Ihren benebelten Verstand, ihr furchtbares Leben, all das verdankte sie Charlie, der ihre Seele mit seinem Gift infiziert hatte.

»Aber Mama …«

»Ich hasse dich«, zischte sie, und ihre Worte trafen mich wie Gewehrkugeln in die Brust. »Ich hasse alles, was du bist, und ich will dich nie wieder sehen. Ich wünschte, ich hätte dich abgetrieben, als ich die Gelegenheit dazu hatte. Deine Mutter zu sein, hat mir nichts als Ärger gebracht. Du bist nicht mehr meine Tochter.«

»Nein.« Ich schüttelte den Kopf. »Das meinst du nicht so. Ich weiß, dass du wütend bist, und verletzt, aber Mama, ich hab dich lieb. Ich habe das alles für dich getan, um dich zu schützen.«

»Du hast mein Leben zerstört. Du hast mich zerstört, und ich hoffe, dein Leben ist die Hölle. Ich hasse dich.«

Die Tränen liefen jetzt in wahren Sturzbächen über mein Gesicht, und ich machte mir nicht einmal mehr die Mühe, sie fortzuwischen. Stattdessen streckte ich die Hände nach Mamas Händen aus, in der Hoffnung, sie meine Wärme, meine Liebe, *mich* spüren zu lassen.

Sie zog ihre Hände weg, bevor ich überhaupt eine Chance dazu hatte.

»Wärterin, ich bin hier fertig.« Sie stand auf und sah mich hasserfüllt an, während sie die Hände auf ihren Bauch legte. »Diesmal wenigstens wird das Kind nach seinem Vater kommen«, erklärte sie. »Und Charlie wird sich um das Baby kümmern können, wenn es zur Welt kommt, vielen Dank auch. Vielleicht wird dieses hier ja nicht so eine Enttäuschung werden wie du.«

»Mama … lass mich dir irgendwie helfen. Lass mich …«

»Es ist ein Mädchen«, unterbrach sie mich. »Ich hatte immer eine richtige Tochter haben wollen.«

Diese Worte trafen mich schmerzhafter als jemals etwas zuvor.

»Ich kann euch mit dem Baby helfen«, bot ich an.

»Findest du nicht, dass du schon genug Schaden angerichtet hast?«, fragte sie, während die Wärterin zu uns trat, um sie abzuführen. »Ich will dich nie mehr sehen, und wenn dein Karma dich deine Taten sühnen lässt, dann hoffe ich, dass es brennt.«

Sie ging davon und ließ mich mit einem Loch im Herzen und einem tiefen Schmerz in der Seele zurück. Und das Brennen des Karmas? Es geschah sofort. Meine Seele stand in Flammen.

14. KAPITEL

IAN

Als Hazel zurückkam, war sie vollkommen aufgelöst und rieb sich wie wild die Tränen aus dem Gesicht. Ich sprang aus dem Wagen. »Hey, alles in Ordnung?«

Sie sagte nichts, wahrscheinlich war sie zu aufgebracht, um zu sprechen. Stattdessen stolperte sie auf mich zu, und ich fing sie auf. Schluchzend vergrub sie ihr Gesicht in meinem T-Shirt und zog mich ganz fest an sich. Ich ließ es zu. Sie zerfiel förmlich in meinen Armen, und ich war das Einzige, das sie davon abhielt, zu Boden zu fallen.

Ich weiß nicht, wie lange ich sie so festhielt. Fünf Minuten, vielleicht zehn. Ich wusste nur, dass ich so lange bei ihr blieb, wie sie mich brauchte.

Auf dem Heimweg war Hazel sehr still, und ich drang nicht weiter in sie. Sie würde schon reden, wenn sie so weit war, und so war es dann auch.

Wir waren etwa zwei Stunden gefahren, als sie sich räusperte. »Sie hat alles auf sich genommen. Er wird also vor ihr rauskommen und das Kind aufziehen, sobald es geboren ist ...« Sie weinte noch heftiger. »Das ist nicht richtig. Kein Kind sollte bei Charlie aufwachsen müssen. Und mein Geschwisterchen wird nicht mal meine Mom an seiner Seite haben ... Selbst wenn sie ihre eigenen Probleme hatte, so war sie doch manchmal immer noch eine Mom. Dieses Kind wird nur ein Monster haben.«

»Es tut mir so leid, Haze. Vielleicht gibt es eine Möglichkeit zu verhindern, dass Charlie das Kind bekommt …«

»Ich habe Mama angeboten zu helfen, aber sie will meine Hilfe nicht.« Sie zuckte mit den Schultern und blickte auf ihre Hände. »Sie hat gesagt, es war ein Fehler, mich zu bekommen. Sie hat gesagt, ich wäre der größte Fehler, den sie in ihrem Leben gemacht hat, und sie wünschte, sie hätte mich damals abgetrieben, als sie die Gelegenheit dazu hatte.«

Sie senkte den Kopf noch tiefer, und die Tränen kchrten zurück, und da wir auf dem Freeway waren, konnte ich sie nicht einmal in den Arm nehmen.

»Einem Menschen so etwas zu sagen, ist schrecklich. Das hast du nicht verdient.«

»Vielleicht ja doch. Was ich getan habe, war furchtbar. Und jetzt wird sie noch länger im Gefängnis sitzen, weil ich vorher nicht richtig nachgedacht habe.«

»Du hast deiner Mutter das Leben gerettet.«

»Ich weiß nicht … ich habe jede Nacht Albträume. Ich wälze mich im Bett hin und her, wenn ich daran denke, was ich getan habe. Und dann wache ich voller Panik auf, weil ich keine Luft bekomme, und kann nicht wieder einschlafen. Ich habe es nicht verdient, gut zu schlafen, während sie an diesem schrecklichen Ort ist. Wieso sollte ich ruhig schlafen können, wenn ihr nicht das Gleiche vergönnt ist? Ich meine, welches Monster würde seiner eigenen Mutter so etwas antun? Ich bin davon ausgegangen, dass sie frei sein würde …« Sie schniefte und wischte sich mit dem Ärmel die Nase. »Ich wollte doch nur nicht, dass sie stirbt.«

Ich öffnete den Mund, um etwas zu sagen, doch sie schüttelte den Kopf. »Können wir einfach Musik hören? Ich glaube, ich möchte gerade nicht getröstet werden. Ich möchte mich einfach eine Weile mies fühlen.«

Ich nickte und spielte das zweite Album von Tool, mein Lieblingsalbum.

Den Rest der Fahrt über schwiegen wir, auch wenn ich Hazel so gerne gesagt hätte, dass diese Welt besser war, weil es sie gab, und das obwohl die Welt ihr immer wieder Gründe zu geben schien, warum sie nicht hierher gehörte.

Ich stellte den Pick-up in die Einfahrt, und Hazel sprang raus. Sie sah mich an und lächelte, aber es war kein fröhliches Lächeln. Ich hatte nicht gewusst, dass ein Lächeln so traurig sein konnte.

»Danke, Ian. Tut mir leid, dass du deinen ganzen Tag vergeudet hast.«

»Hab ich nicht. Ich bin froh, dass ich für dich da sein konnte. Falls du irgendetwas brauchst, ich bin in der Nähe.«

»Danke noch mal.« Sie lachte leise vor sich hin und rieb sich mit dem Finger den Nasenrücken. »Ich hatte gehofft, meine Mom zu besuchen, würde mir an diesem besonderen Tag heute guttun.«

»Was genau ist denn heute?«

Sie rieb sich mit den Handballen über die müden Augen. »Mein Geburtstag.«

»Oh Mist«, murmelte ich. Was für ein beschissener Geburtstag. Was für ein beschissenes Leben. »Alles Gute zum Geburtstag, Haze. Tut mir leid, dass er so mies war.«

»Schon okay. Wenigstens habe ich ihn nicht allein verbracht.«

Spät am Abend hörte ich, wie sie sich wieder im Bett hin und her wälzte. Zu wissen, dass es ihr schlecht ging, ließ mich selbst auch nicht schlafen, und so schlich ich mich in ihr Zimmer. Ich schloss leise die Tür hinter mir und ging zu dem gequälten Mädchen, das sich unruhig von einer Seite auf die andere drehte.

»Haze. Hazel, wach auf«, flüsterte ich und stupste sie sanft gegen den Arm. Sie schreckte hoch und setzte sich auf.

»Was?«, schrie sie schweißgebadet.

Ich schüttelte leicht den Kopf. »Du hattest einen Albtraum.«

Ihr Atem wurde ein wenig ruhiger, und sie fuhr sich mit der Hand durch die Haare. »Oh.«

»Rutsch mal ein Stück.«

»Warum?«

»Als meine Eltern mich damals verlassen hatten, hatte ich auch oft Albträume. Manchmal hat Grams sich zu mir gelegt, und dann waren meine Träume nicht mehr so schlimm. Es hilft, jemanden neben sich liegen zu haben.«

Ein wenig misstrauisch rutschte sie an die Wand, und ich legte mich neben sie.

Ihr Körper zitterte vor Anspannung oder Angst oder Traurigkeit. Vielleicht auch aus allen drei Gründen.

Ich legte die Arme um sie und zog sie an mich.

Meine Augen fielen erst zu, als sie sich sicher genug fühlte, um ihre zu schließen.

15. KAPITEL

HAZEL

»Hey, kannst du mir kurz mal unten in der Scheune helfen?«, fragte Ian und streckte den Kopf in mein Zimmer. Ich schrieb gerade in meinem Tagebuch. »Big Paw will einen dicken Balken woandershin haben, aber ich schaffe es nicht allein. In fünf Minuten in der Scheune?«

»Klar.« Rasch schlüpfte ich in meine Schuhe, um ihm zu helfen. Mittlerweile war es eine Woche her, dass ich meine Mutter besucht hatte, und Ian war jeden Abend zu mir ins Bett geklettert und hatte sich neben mich gelegt. Ich verstand nicht, warum er so nett zu mir war, aber mit ihm neben mir konnte ich tatsächlich ein wenig besser schlafen. Jedes Mal, wenn ich aus dem Schlaf aufschreckte, war er da, um mein panisches Herz zu beruhigen.

Ich ging zur Scheune, öffnete das Tor – und schnappte nach Luft. Der ganze Raum war mit Ballons, Girlanden und einem riesigen Plakat geschmückt, auf dem stand: *Happy Birthday, Hazel Stone.*

Auf einem Tisch stand ein gigantischer Kuchen mit kleinen Cupcakes drum herum, außerdem gab es Pizza und andere Snacks.

»Was ist das denn?«, fragte ich mit zitternder Stimme, während ein Schwarm Schmetterlinge meinen Bauch erfüllte. Big Paw und Holly standen lächelnd neben dem Tisch. Also Holly lächelte. Big Paw zeigte seinen üblichen mürrischen Gesichtsausdruck, den ich aber am liebsten an ihm mochte. Neben ihnen stand Leah, gut gelaunt wie immer.

»Erkennst du es nicht? Das ist deine Geburtstagsparty. Wir haben keine Mühen gescheut und dir sogar eine Band besorgt«, erklärte Holly.

Leah lief zu mir und umarmte mich. In den vergangenen Wochen hatten wir beide viel Zeit miteinander verbracht. Ich hätte niemals geglaubt, dass ich einmal eine so fröhliche, gut gelaunte Freundin haben würde – aber wie sich herausgestellt hatte, war Leah ein Licht in meiner finsteren Welt. Gemeinsam mit ihr zu lachen, fiel mir nicht mal besonders schwer.

»Gefällt es dir? Ich habe die gesamte Deko allein gemacht, auch wenn die Jungs versucht haben, sich einzumischen. Aber ich habe ihnen gesagt, sie sollen sich lieber um ihr Geschenk für dich kümmern.«

»Ihr Geschenk für mich?«

Leah strahlte von einem Ohr zum anderen. »Oh mein Gott, Hazel, du wirst es lieben! Es ist etwas ganz Besonderes.«

Bevor ich antworten konnte, traten Ian und seine drei Bandkollegen auf die Bühne. Mit großen Augen sah ich zu, wie sie nach ihren Instrumenten griffen.

Ian legte die Hände um das Mikrofon und lächelte mir zu. »The Wreckage spielt jetzt schon seit ein paar Jahren zusammen, aber erst ein Mädchen in Schwarz hat uns dazu gebracht, wirklich in unsere Musik einzutauchen und über uns hinauszuwachsen. Hazel, ohne dich würde es diese Songs nicht geben. Ohne dich wäre ich nie tiefer in die Musik eingetaucht. Diese Songs hier sind für dich; sie existieren allein deinetwegen. Alles Gute zum Geburtstag, Hazel Stone. Ich hoffe, er ist so besonders wie du selbst.«

Er sah seine Bandkollegen an, und die vier verständigten sich stumm. Und dann setzte Marcus am Schlagzeug ein.

Innerhalb von Sekunden erkannte ich, dass sie die Songs spielten, an denen Ian und ich in den letzten Wochen zusammen gearbeitet hatten, und so wie die Jungs die einzelnen Instrumente hinzugefügt und aufeinander abgestimmt hatten, klang es einzigartig und einfach nur perfekt. Die Leidenschaft, die die vier für ihre Musik empfanden, war nicht zu überhören, und ich verfolgte, wie sie sich immer mehr in ihre eigene Schöpfung verliebten, während jede Faser meiner Seele Ians Stimme gehörte. Er bewegte sich auf der Bühne, als wäre sie allein für sein Talent geschaffen worden. Seine Stimme war so weich, so voller Charme und Sexappeal, und er sah einfach unglaublich gut aus, wie er da oben stand und mich ansah, während er die Worte sang.

Wenn mich jemand nach dem schönsten Tag meines Lebens gefragt hätte, dann hätte ich geantwortet: dieser Tag. Ich würde die Erinnerung daran wieder und wieder abspielen, wenn die Tage schwierig wurden und meine Gefühle mich zu überwältigen drohten. Ich würde wieder und wieder zu dem Augenblick zurückkehren, in dem Ian seine Songs für mich anstimmte.

Die Band würde schon bald durch die Decke gehen, und ich würde ihr größter Fan sein.

Als die Jungs fertig waren, stürzten sich alle auf das Essen und das Dessert.

»Warum habt ihr das gemacht?«, fragte ich Ian, der sich das nächste Stück Pizza in den Mund schob.

»Weil du eine Party verdient hast. Du verdienst es, einen richtigen Geburtstag zu haben. Tut mir leid, dass wir eine Woche zu spät dran sind.«

»Es ist nicht zu spät. Es ist genau richtig.«

»Oh, fast hätte ich dein Geschenk vergessen.« Er ließ die Pizza auf seinen Teller fallen und lief zu einer Ecke der Scheune, wo er eine in Geschenkpapier eingepackte – ziemlich fürchterlich eingepackte – Schachtel holte und sie mir hinstreckte. »Geschenke einpacken ist nicht gerade meine Stärke, aber es muss reichen. Na los, mach es schon auf.«

Ich zog eine Augenbraue hoch und packte es aus. Als ich die Schachtel öffnete, schossen mir die Tränen in die Augen, und meine Brust zog sich ganz eng zusammen. Da lagen sie – meine Springerstiefel. Blitzblank, als hätten sie nie einen Schweinestall von innen gesehen.

»Wie hast du …?«, fragte ich.

Er grinste und zuckte mit den Schultern. »Ich habe sie stundenlang mit der Zahnbürste geschrubbt, bis ich einen Laden gefunden habe, der Schuhe reinigt. Die haben dann den schwierigen Teil übernommen, nachdem mir klar geworden war, dass ich es alleine nicht schaffen würde. Ich weiß, es ist ein bisschen dumm und billig, dir etwas zu schenken, das sowieso schon dir gehört, aber …«

Ich brachte ihn zum Schweigen, indem ich die Arme um ihn schlang. »Danke, Ian. Du kannst dir nicht vorstellen, wie viel mir das bedeutet. Das alles hier.«

»Du hast es verdient, Haze. Du hast es verdient, dass dir gute Dinge passieren.«

Die Party ging weiter, und ich bekam noch weitere Geschenke von Big Paw und Holly. Sie schenkten mir ein Handy, damit ich sie jederzeit anrufen konnte.

»Ich bin ja der Meinung, Handys sind Teufelszeug, aber Holly hat darauf bestanden«, knurrte Big Paw. »Und was die Dame will, bekommt sie auch. Also herzlichen Glückwunsch.«

Ich dankte ihnen, auch wenn ich ganz sicher nicht verdient hatte, was diese Familie alles für mich tat. Am Ende des Abends, als die Party vorbei war, zog Ian mich für eine letzte Überraschung nach draußen.

»Du hast schon genug getan«, sagte ich und fühlte mich schrecklich unwürdig.

»Ich habe nicht mal annähernd genug getan«, widersprach er. »Aber ich hoffe, das hier gefällt dir am besten. Schließ die Augen.« Ich tat, was er sagte, und er führte mich zu meinem letzten Geschenk. »Okay. Du kannst sie jetzt wieder aufmachen.«

Als ich die Augen aufschlug, schnappte ich überwältigt nach Luft, denn ich stand vor der alten, nun komplett renovierten Hütte.

»Was ist das?«

»Deine She-Shed«, erklärte er. »Ich habe mir gedacht, du könntest einen Ort brauchen, an dem du kreativ sein kannst. Ich weiß, wie viel dir das Schreiben bedeutet, also dachte ich, das hier wäre vielleicht nett. Und falls du mal eine sichere Zuflucht brauchst, um durchzuatmen und in die Sterne zu schauen …« Er ließ die Tür aufschwingen. Ich trat ein und sah mich überwältigt um. Das Dach war aus Glas, und als ich hinaufschaute, sah ich Duzende von Sternen am Himmel. Es gab ein hübsches großes Bett, auf dem ich liegen konnte, wenn ich wollte, und zwei Shawn-Mendes-Poster an den Wänden, die mich auflachen ließen.

»Das ist zu viel«, sagte ich und schüttelte ungläubig den Kopf.

»Du verdienst es.«

»Ich kann dir nicht genug für das alles danken.« Ich drehte mich um und sah ihn an. »Aber seit diese Typen damals vor der Hütte rumgestromert sind, habe ich irgendwie Angst, hier draußen zu sein.«

Ian biss sich auf die Lippe und vergrub die Hände in den Taschen. »Geständnis: Das waren James und ich. Wir wollten dich erschrecken, damit du ins Haus ziehst.«

Mir fiel die Kinnlade runter, und ich schlug ihm auf den Arm. »Ian Parker, willst du mich verarschen? Du hast mich zu Tode erschreckt!«

»Das war der Plan. Du warst so was von stur, und wenn ich es nicht geschafft hätte, dich ins Haus zu kriegen, hätte Big Paw mich über kurz oder lang rausgeschmissen. Außergewöhnliche Situationen erfordern nun mal außergewöhnliche Maßnahmen.« Er zuckte mit den Schultern. »Vertrau mir, die Hütte ich sicher.«

Ich verengte die Augen. »Ich möchte wirklich gerne wütend auf dich sein, aber das hier ist das Beste, was ich je gesehen habe. Also vergebe ich dir fürs Erste.«

Ich ging zum Bett, legte mich darauf und sah hinauf in die Sterne. Als ich neben mir auf die Matratze klopfte, kam Ian und legte sich zu mir.

Das Bett war schmal, und wir mussten uns ziemlich zusammenquetschen, damit er nicht herausfiel.

»Zeig mir mal dein Handy«, sagte er und griff danach. Er programmierte seine Nummer ein und schickte sich dann selbst eine Nachricht. »Jetzt kann ich dir nervige Nachrichten schicken, bis du die Augen verdrehst.«

»Juchhe«, sagte ich trocken. Aber insgeheim gefiel mir der Gedanke.

Ich nahm ihm das Handy aus der Hand und legte es beiseite. Sekunden später machte es »Bing«.

Ian: Haze?
Hazel: Ja?
Ian: Ich hoffe, du hattest einen schönen Geburtstag.

Hazel: Den besten, den ich je hatte.
Ian: Ich muss dir ein Geheimnis verraten.
Hazel: Was ist es?
Ian: Ich hab den Kuchen im Supermarkt geklaut.

Ich lachte laut auf und schlug die Hand vor den Mund, während ich mich umdrehte und ihn ansah. Himmel, wie peinlich war das denn? Uns Nachrichten zu schicken, während wir hier nebeneinanderlagen?

»Hast du nicht!«, rief ich flüsternd.

»Okay, nein, hab ich nicht. Ich hab drüber nachgedacht, aber es gab kein gutes Regal mit Nudelsoße, das ich hätte umwerfen können.«

»Du bist ein Idiot.«

»Und du bist wunderschön.«

Was?

Mein Blick sprang zu seinen Lippen, um mich davon zu überzeugen, dass die Worte gerade tatsächlich aus seinem Mund gekommen waren. Mein Herz schlug immer schneller, und ich konnte nicht mehr klar denken. Was hatte er gesagt? Und hatte er das wirklich zu mir gesagt? Unmöglich. Man hatte schon viel zu mir gesagt, aber *wunderschön* war noch nie darunter gewesen. Ich musste es mir also eingebildet haben. Es war unmöglich, dass Ian jemals so etwas gesagt und dann auch noch an mich gerichtet hatte.

»Ich hasse mich selbst, weißt du«, flüsterte er, »weil ich dich so mies behandelt habe, als wir uns zum ersten Mal begegnet sind. Ich war echt ein Arschloch, und das hattest du nicht verdient, Haze. Ich habe über dich geurteilt, ohne dich überhaupt zu kennen, und das war richtig scheiße von mir.«

»Du musst dich nicht immer dafür entschuldigen. Wir hatten beide unsere Vorurteile.«

»Ja, aber deine waren bloß eine Reaktion auf mein idiotisches Verhalten. Du bist nicht gleich zum Angriff übergegangen, so wie ich, und das tut mir leid. Ich werde mich auch weiterhin dafür entschuldigen, also nimm es einfach hin.«

Er rutschte ein wenig näher an mich heran und wärmte mich, sodass mein Herz weiterraste. In den letzten Nächten hatte ich, wenn wir eng aneinandergekuschelt im Bett gelegen hatten, sein hartes Glied an meinem Po gespürt, und allmählich konnte ich nachvollziehen, warum so viele Frauen so scharf auf ihn waren. Ein Ball aus Feuer erfüllte meinen Unterleib, und Schmetterlinge flatterten in meinem Bauch, doch ich gab mir alle Mühe, nicht daran zu denken, während er seine warme Haut an meine drückte.

»Ian?«

Er gähnte. »Ja?«

»Du bist mein absoluter Lieblingssänger.«

Er lachte leise. »Ich wette, das sagst du zu allen Jungs, die eine Party für dich organisieren, dir eine She-Shed bauen und die Kacke von deinen Stiefeln putzen.«

Ich lachte.

»Das mag ich«, flüsterte er. »Dein Lachen ist mein neuer Lieblingssound.«

Schmetterlinge, Schmetterlinge, oh diese Schmetterlinge.

Ich drehte mich auf die Seite und sah in seine braunen Augen. Und dann hinunter auf seine Lippen. Seine Lippen, über die alle paar Sekunden sein Atem floss. Seine rosa Lippen mit dem perfekten Amorbogen. Seine Lippen, die so weich aussahen.

So weich.

»Ian?«, fragte ich erneut.

»Ja?«

»Ich liebe eure neuen Songs. Sie sind perfekt.«

»Die verdanken wir allein dir. Ohne dich würde es sie nicht geben.« Er lächelte mich schläfrig an, nahm sein Handy und tippte.

Ian: Gute Nacht, Haze.
Hazel: Gute Nacht.

An diesem Abend schlief er vor mir ein, denn zum ersten Mal seit einer Ewigkeit fühlte sich wach zu sein nicht an wie ein Albtraum. Ich lag ganz still, während sein Körper mich wärmte, und dachte an alles, was in der letzten Woche passiert war.

Erstens: Ian hatte bei mir geschlafen, um meine Dämonen zu vertreiben.

Zweitens: Er hatte mir eine She-Shed gebaut, damit ich in die Sterne schauen konnte.

Drittens, viertens und fünftens: Er hatte auf mich aufgepasst, er hatte mir seine Geheimnisse verraten, und er hatte meinen gelauscht.

Und dann war da noch sechstens: Die Schmetterlinge, die er in meinem Bauch aufflattern ließ.

Oh ja.

Nicht zu vergessen die Schmetterlinge.

16. KAPITEL

HAZEL

»Ich habe genau zwei Worte für dich: *Sommer. Festival.*« Leah strahlte und wedelte aufgeregt mit den Händen in der Luft. Seit sie mich am Straßenrand aufgegabelt hatte, kam sie fast jeden Tag auf der Ranch vorbei, um mir Hallo zu sagen – und den Pferden. Normalerweise hätte ich versucht, sie von mir fernzuhalten, weil ich Angst hatte, andere Menschen zu nah an mich heranzulassen, aber Leah war wie ein Sonnenstrahl an einem wolkenverhangenen Tag. Ich konnte sie unmöglich meiden, selbst wenn ich es gewollt hätte.

»Ich glaube, *Sommerfestival* ist *ein* Wort«, erwiderte ich lachend und gab Dottie einen Apfel.

Leah verdrehte die Augen. »Sei nicht so besserwisserisch, Hazel. Dieses Wochenende findet das jährliche Festival mit einem großen Feuer unten am See statt, und du musst unbedingt mitkommen.«

»Werden da viele Leute sein?«

»Jede Menge!«

»Party und Tanzen und so?«

»Jede Menge Party und Tanzen!«

»Und du hast gesagt, jede Menge Leute, richtig?«

Sie sah aus, als wollte sie jeden Moment vor Aufregung explodieren. »Ja. Ja! Fast alle in der Stadt gehen zum Sommerfestival – ein Wort, nicht zwei.«

Ich lachte und schüttelte den Kopf. »Dann geh du und lass mich hier.«

Sie sah mich mit offenem Mund an. »Was? Auf gar keinen Fall. Du *musst* mitkommen, Hazel. Das wird super!«

»Ich bin eigentlich niemand, der gerne unter Menschen geht. So viele Leute auf einmal sind für mich eher ein Albtraum. Die einzigen Menschen, mit denen ich wirklich gerne zusammen bin, sind erfunden und leben in Büchern.«

Leah rollte mit den Augen und machte sich daran, Dottie zu striegeln. »Sei nicht albern. Es werden auch Jungs da sein. Echt heiße Jungs, braun gebrannt und scharf und echt süß. Oh Haze, du musst einfach mitkommen! Du musst! Denk einfach an Bikinis, Drinks, den ganzen Abend lang gute Musik …«

Ich wusste, dass Leah noch nicht viel Erfahrung mit mir als Freundin hatte, deshalb nahm ich es ihr nicht übel, aber das Letzte, was ich wollte, war mit irgendwelchen Fremden im Bikini rumzuhängen.

Leah musste meinen Blick richtig gedeutet haben. »Komm schon, Hazel. Du arbeitest so hart und gönnst dir so gut wie nie einen freien Tag. Denkst du etwa, ich sehe nicht, dass du selbst dann arbeitest, wenn du gar nicht eingeteilt bist? Du bist ein echt jugendlicher Workaholic, was das krasseste Oxymoron ist, das ich je gehört habe. Also entspann dich ein bisschen und komm mit.«

»Ich weiß nicht, Leah …«

Sie seufzte und warf ergeben die Hände in die Luft. »Schon gut, schon gut. Aber es ist echt schade. The Wreckage werden spielen und ich dachte, du würdest sie vielleicht sehen wollen.«

Ich richtete mich ein wenig auf. »Ian und die Jungs treten da auf?«

»Ja. Schon seit Jahren. Es ist sozusagen Tradition.« Sie lächelte wissend. »Willst du Ian nicht mal vor großem Publikum erleben? Ich meine, klar, er hat für dich auf deiner Party gesungen, aber ihn vor ein paar Tausend Leuten auftreten zu sehen, ist der Wahnsinn.«

»Du meinst, ob ich die ganze Band spielen sehen will? Nicht nur Ian.«

»Also, so wie deine Wangen glühen, seit ich ihn erwähnt habe, gehe ich davon aus, dass du dich ein wenig mehr für ihn interessierst als für meinen Bruder und die anderen beiden.« Sie zog die Augenbrauen hoch und lehnte sich ein wenig vor. »Und, ist es wahr?«

»Ist was wahr?«

»Stehst du auf Ian?«

»Was? Nein! Auf keinen Fall! Auf Ian? Ian Parker? Auf keinen Fall.« Oh mein Gott, mein ganzer Körper glühte, und ich klang alles andere als überzeugend. Wie oft erwischte ich mich dabei, dass ich am hellen Tag von seinen Augen träumte, von seinen Lippen, seinem Lächeln, seinem … »Wir wohnen nur zusammen, mehr nicht«, stieß ich hervor und hätte mir am liebsten Luft zugefächelt, um mein glühend rotes Gesicht zu kühlen.

Sie wackelte mit den Augenbrauen. »Ein Mitbewohner mit kleinen Extras, das wäre was, hm?«

»Nein, Leah, ganz sicher nicht«, log ich. »Und außerdem, selbst wenn ich auf Ian stehen würde – *was ich nicht tue* –, spielt er in einer vollkommen anderen Liga. Ich hätte nie auch nur den Hauch einer Chance.«

»Sei mir nicht böse, aber bist du wirklich so dumm?«

»Wie meinst du das?«

»Für ein kluges Mädchen, das weiß, dass Sommerfestival *ein* Wort ist, bist du ganz schön schwer von Begriff, Hazel. Ian ist verrückt nach dir.«

»Wie bitte?«

»Ich sehe doch, wie er dich ständig anschaut, und wenn du abends nicht bei der Probe dabei bist, redet er nur über dich, als wärst du der hellste Stern am Himmel. Er ist besessen von dir.«

Ich lachte. »Ist er nicht. Glaub mir, wenn Ian von mir besessen wäre, würde ich das wissen.«

»Tatsächlich? Du denkst also wirklich, ein Mann, der jede Nacht in Löffelchen-Stellung mit dir einschläft und dir eine She-Shed baut, würde nicht auf dich stehen? Ich meine, ich habe einen Freund und krieg vielleicht alle paar Tage mal einen Guten-Morgen-Gruß aufs Handy, und du bekommst eine komplette Hütte zu deinen Ehren! Er ist total in dich verliebt!«, rief sie.

»Hör auf, Leah. Ist er nicht.« Aber er hatte mir eine She-Shed gebaut. War das mehr als eine nette Geste von meinem Mitbewohner? Sollte Ian wirklich …?

Nein.

Er stand nicht auf mich. Ich war überhaupt nicht sein Typ. Ich hatte die Frauen gesehen, auf die er stand. Große Frauen mit Kurven, die nach teurem Parfüm rochen. Ich war niemand, der Ians Aufmerksamkeit auf sich zog. Ich war eher die, die sich im Schatten versteckte, nicht im Scheinwerferlicht posierte, und Ian stand auf den Scheinwerferlicht-Typ.

»Komm einfach am Wochenende mit und sieh selbst. Jetzt, da ich dir verraten habe, dass Ian verrückt nach dir ist, wirst du es sehr schnell selbst merken. Glaub mir. Nicht mal ein blinder Hund könnte es übersehen.«

Ich zögerte und warf dann ergeben die Hände in die Luft. »Meinetwegen. Ich komme mit, aber nur, um dir zu beweisen, dass du dich irrst. Ian sieht mich nicht so, wie du denkst.«

»Schon klar. Zwinker, zwinker. Du wirst schon sehen, Haze. Aber eins müssen wir vorher noch machen.«

»Und das wäre?«

Leah warf übermütig die Hände in die Luft und rief: »Eine Rundumerneuerung!«

Es waren noch ein paar Tage bis zum Sonnenwendfeuer, aber dank Leah ließ ich Ian nicht mehr aus den Augen. Und dabei kam ich zu einer schwerwiegenden Erkenntnis: Ian war echt scharf. Und sexy. Scharf sexy. Ich hatte keine Ahnung, was in den letzten Tagen mit mir los war, aber jedes Mal, wenn ich in seine Nähe kam, spielten meine Hormone verrückt. Mein Blick tanzte über seinen Körper, als wäre er das beste Steak auf dem Grill, und als wollte ich ihn mit Haut und Haaren vernaschen.

Es half auch nicht wirklich, dass ich in den letzten Nächten immer wieder aus schmutzigen Träumen erwachte, in denen er mich verführte. Jeden Abend, wenn wir uns zusammensetzten, um an seinen Songs zu arbeiten, musste ich mich ernsthaft zusammennehmen um nicht zufällig, oh, ihr wisst schon, über sein bestes Stück zu streichen.

Wenn es eine Dating-App für Ians einzelne Körperteile gegeben hätte, hätte ich nicht mehr aufgehört zu wischen, bis mir die Hand abgefallen wäre.

Komm wieder runter. Er ist bloß ein Freund.

Das sagte ich mir wieder und wieder, doch es fiel mir zunehmend schwerer, es auch zu glauben, wenn er abends zu mir ins Bett kroch und seine steinharten Bauchmuskeln an meinen Körper drückte. Allein ihm bei der Arbeit auf der Ranch zuzusehen, machte mich scharf. Ich hätte nie geglaubt, dass es so aufregend sein konnte, einen Mann mit freiem Oberkörper ein Pferd striegeln zu sehen.

Zugegeben, Pferde striegeln mag nicht unbedingt sexy klingen, aber mein Gott, es war das Schärfste, das ich in meinem Leben gesehen hatte.

»Willst du reiten?«, fragte Ian und sah mich an.

»Oh Gott, ja«, flüsterte ich mit tiefer Stimme, während mein Blick wie hypnotisiert über seinen Körper schweifte. Ich schüttelte den Kopf, um mich aus der Trance, in der ich mich befand, zu befreien, und ich versuchte zu verhindern, dass meine Haut nicht allzu sehr glühte. »Äh, was?«

Er lächelte mir zu, offenbar ohne eine Ahnung, wie gern ich meine Hand in seine Hose gleiten lassen wollte. »Willst du Dottie reiten?«, fragte er und klopfte der Stute auf den Rücken. »Ihr beide scheint ziemlich gute Freunde zu sein, aber ich habe dich noch nie auf ihr reiten sehen.«

Oh.

Das Pferd.

Er meinte, ob ich das Pferd reiten wollte.

Natürlich meinte er das.

»Ich … ähm … ich bin noch nie auf einem Pferd geritten, und ehrlich gesagt, macht mir schon die Vorstellung Angst.«

Er lachte. »Es ist nicht so schlimm, wie du denkst. Komm, ich helfe dir. Wir können zusammen reiten.«

»Du willst mich reiten?«, platzte ich heraus und schlug mir sofort in Gedanken gegen die Stirn. »Ich meine: mit mir. Du willst *mit mir* reiten?«

»Ich reite neben dir her und passe auf, dass Dottie nett zu dir ist.« Er schob sich an mir vorbei, wobei sein Arm meinen berührte, und ich brauche wohl nicht zu erwähnen, dass ich beinahe dahinschmolz. Jedes Mal, wenn dieser Mann in meine Nähe kam, spielte mein Körper verrückt, und ich konnte nur hoffen, dass Ian es nicht bemerkte.

Er holte Dotties Sattel und führte sie nach draußen. Dann kam er zurück in den Stall und holte Big Red für sich selbst. Draußen zeigte Ian mir, wie ich aufsteigen musste.

»Okay, also, hier steht der Tritt, der dir helfen wird, auf

Dotties Rücken zu kommen. Leg deine linke Hand an ihre Mähne und die rechte hinten an den Sattel. Dann stellst du den linken Fuß in den Steigbügel und schwingst das rechte Bein über den Sattel.«

Jaja, Ian. Sprich ruhig Pferdesprache mit mir.

Während er sprach, legte er die Hand auf meinen Steiß, um mir zu helfen. Als ich schließlich oben saß, fühlte ich mich, als hätte ich gerade ein Lebensziel erreicht – ich hatte mit Ians Hilfe ein Pferd bestiegen – und es überlebt.

»Gar nicht mal so schlecht«, sagte ich, auch wenn ich keine Ahnung hatte, was ich als Nächstes tun sollte. Ian ging zu Big Red hinüber und sattelte ihn, ganz wie der scharfe Rockstar-Cowboy, der er war. *Rockstar-Cowboy* klang nach einem ziemlich krassen Oxymoron, aber ich stand total darauf.

»Okay, halt dich fest und lass dir Zeit«, sagte Ian und brachte Big Red neben Dottie und mich. Er war so nah, dass er mir sofort helfen konnte, wenn ich ihn brauchte. Wir starteten langsam, was genau das war, was ich brauchte, denn in der Sekunde, in der Dottie sich in Bewegung setzte, kehrte meine Angst zurück.

»Bist du sicher, dass das hier sicher ist?«, fragte ich ängstlich.

»Absolut sicher. Vertrau mir, Süße, du bist in guten Händen. Rede einfach mit mir und denk nicht so viel darüber nach. Leichte Gedanken und sanfte Bewegungen. Du machst das großartig.«

»Okay, okay. Reden, reden. Worüber reden wir?«

»Irgendwas. Erzähl mir einfach, wonach dir gerade ist. Wie wäre es mit deinem Namen? Wie bist du dazu gekommen?«

Ich lachte leise, als ich daran dachte. »Lustige Geschichte. Als ich geboren wurde, hatte ich große haselnussbraune Augen. Mama sagt, sie hat sich sofort darin verliebt, aber sie hat nicht gewusst, dass die Augenfarbe von Babys sich mit der Zeit verändern kann. Sie hat mich also nach meinen haselnussbraunen Augen benannt, obwohl die mittlerweile grün sind.«

»Ich mag deine grünen Augen«, sagte er, und ich betete, dass mein unsichtbarer Frauenschwanz sich nicht gerade in Dottie hineinbohrte.

Da ich nicht wusste, was ich dazu sagen sollte, bedachte ich seine Bemerkung nur mit einem schmalen, unbehaglichen Lächeln. Ich hatte keine Ahnung, wie ich auf Komplimente reagieren sollte, vor allem nicht, wenn sie von Ian kamen. Wenn mir jemand gesagt hätte, der Mann, dem ich vor ein paar Wochen einen Blowjob vermasselt hatte, würde zu mir sagen, dass er meine Augen mochte, hätte ich ihm ins Gesicht gelacht.

Und jetzt saß ich mit knallroten Wangen da und hoffte, die Sonne würde mir als Entschuldigung dienen. Leider nicht.

»Wirst du immer gleich rot, wenn dir jemand ein Kompliment macht?«

»Keine Ahnung. Ich habe noch nicht viele Komplimente bekommen.«

Er betrachtete mich von oben bis unten und zog die Nase kraus. »Du fühlst dich nicht wohl, wenn jemand dir ein Kompliment macht, oder?«

»Überhaupt nicht.« Ich lachte. »Ich habe keine Ahnung, wie ich darauf reagieren soll, wenn jemand was Nettes zu mir sagt. Mir fehlt die Übung.«

»Tja, so ein Pech. Denn jetzt möchte ich dir nur noch mehr nette Sachen sagen, damit du dich unwohl fühlst, denn du siehst verdammt süß aus, wenn du nicht weißt, wie du auf ein Kompliment reagieren sollst. Dann wird die Farbe auf deinen Wangen noch intensiver, und es ist zum Anbeißen.«

Die Farbe meiner Wangen intensivierte sich wahrscheinlich noch ein wenig mehr. »Halt die Klappe, bester Freund«, murmelte ich und wusste genau, dass ich röter war als ein Red Delicious.

»Du hast ein wunderschönes Gesicht, Hazel Stone«, legte er nach. »Deine Augen erinnern mich an Sterne. Du hast eine perfekt geformte Nase, und ich habe noch nie so sexy Ohren gesehen.«

Ich lachte und zeigte ihm den Mittelfinger. Doch in der Sekunde, in der ich den Zügel in meiner linken Hand fallen ließ, musste Dottie sich vor irgendwas erschreckt haben, denn sie raste los, und ich voller Panik mit ihr.

»Oh Mist«, hörte ich Ian knurren, als er hinter uns her galoppierte.

Ich griff nach dem Zügel, den ich hatte fallen lassen, und hielt mich verzweifelt daran fest. »Dottie, Stopp!«, schrie ich in der Hoffnung, mein zukünftiges ehemaliges Lieblingspferd würde langsamer werden.

Während Dottie wie eine Irre davonraste, flog ich im Sattel auf und ab, und das, meine lieben Freunde, war der Moment, in dem Hazel Stone sich das Schambein brach. Sobald es mir gelungen war, Dottie zum Stehen zu bringen, war Ian an meiner Seite und half mir aus dem Sattel. Mein ganzer Körper war von Dotties Energieausbruch malträtiert, aber nichts – und ich meine wirklich: NICHTS – tat so weh wie meine Vagina.

»Heilige Scheiße, alles in Ordnung?«, fragte Ian voller Sorge. »So was hat Dottie noch nie gemacht. Es war, als hätte sie für einen Moment den Verstand verloren oder so. Alles in Ordnung, Hazel?«

Ich konnte nicht sofort antworten, weil ich zu sehr damit beschäftigt war, mich zu krümmen und mir die Hände auf die schmerzende Stelle zu drücken. Wisst ihr, was ich mir immer schon gewünscht habe? So was vom Reiten.

»Oh Mist, hat Dottie dich etwa da unten erwischt?«, fragte er.

»Ein echter Tiefschlag.« Ich nickte. »Ein hübscher, ordentlicher Stoß in die Eierstöcke.«

Ian zog die Augenbraue hoch, und ein teuflisches Grinsen spielte über seine Lippen. »Du weißt, was wir jetzt machen müssen, oder?«

»Nein, weiß ich nicht«, stöhnte ich, noch immer vor Schmerzen gekrümmt.

»Wir müssen sie kühlen.«

»Wen kühlen?«

»Deine Vagina.«

»Meine Vagina … was?«

»Wir müssen deine Vagina kühlen.«

Die Schmerzesröte in meinen Wangen verwandelte sich augenblicklich in Schamesröte. Ich richtete mich auf und sah ihn schockiert an. »Ian Parker, du wirst ganz bestimmt nicht meine Vagina kühlen!«

»Ich sage ja nur, dass es die beste Möglichkeit ist, den Schmerz zu stillen, und du willst ja bestimmt keine geschwollenen … ähm, du weißt schon … Lippen …« Jetzt war es an ihm, ein wenig rot zu werden. Wer hätte gedacht, dass der Playboy des Jahrhunderts schüchtern wurde, wenn die Rede auf meine entflammte Vagina kam?

»Also, wenn irgendwer mich da unten kühlt, dann ich selbst.«

»Nein, nein, ich kann das übernehmen. Dafür sind Mitbewohner schließlich da«, scherzte er.

Ich lachte verzweifelt auf. »Mitbewohner sind dazu da, sich gegenseitig die Genitalien zu kühlen?«

»Nur beste Mitbewohner versteht sich. Mitbewohner mit gewissen Vorzügen sozusagen.«

»Und die Vorzüge sind, mir einen Eisbeutel zwischen die Beine zu drücken?«

»Ja. Es ist ein hartes Los, aber irgendjemand muss es schließlich tun.«

Ich schüttelte den Kopf. »Und dieser Jemand bin ich. Wenn du mich jetzt entschuldigen würdest, ich muss ins Haus kriechen und in meinen eigenen Tränen baden.«

»Sei nicht albern. Ich trage dich.«

»Oh nein, das wirst du … Ian!«, kreischte ich, als er mich auf seine Arme hob. »Lass mich runter!«

»Das werde ich. Sobald wir am Haus sind.« Er winkte einem der Arbeiter und bat ihn, die Pferde für uns in den Stall zurückzubringen.

»Jetzt sofort!«, befahl ich, aber im Stillen dachte ich eher so was wie: *Oh ja, Ian. Trag mich zurück in unser Verlies und kühl meine Vagina und sag mir, dass ich schön bin und sing mir ins Ohr, während du mich mit dunkler Schokolade fütterst.*

Hatte ich schon Ians Brustmuskeln erwähnt?

Steinhart.

Ich schmollte den ganzen Weg zurück zum Haus und tat so, als wäre ich wütend, während ich mir im Stillen ernsthaft diese Mitbewohner-mit-gewissen-Vorzügen-Geschichte durch den Kopf gehen ließ. Sobald meine Vagina sich ein wenig beruhigt hatte, würde ich noch einmal darauf zurückkommen.

Im Haus angekommen, legte Ian mich auf das Sofa. »Warte hier.«

Ich wehrte mich nicht, denn ich war mir ziemlich sicher, dass ich mich nicht mal hätte bewegen können, wenn ich es gewollt hätte. Sobald er weg war, massierte ich vorsichtig die schmerzende Stelle zwischen meinen Beinen und stöhnte.

Bald darauf kehrte er mit einem schiefen Grinsen und einer Tüte tiefgefrorener Erbsen zurück. »Sorry, aber was anderes hatten wir nicht.«

Ich streckte ergeben die Hand danach aus und klatschte die Tüte erleichtert auf die pochende Stelle. »Oh Gott, ja«, stöhnte ich überwältigt von der angenehmen Kühle. *Sweet dreams are made of peas …*

Ian setzte sich auf den Couchtisch vor mir. Er lächelte immer noch. »Fühlt sich das gut an?«

Ich schloss die Augen und nickte. »Du hast ja keine Ahnung. Ich hätte nie gedacht, dass ich einmal von dem Tag träumen würde, an dem ich mir Erbsen zwischen die Beine drücke.«

»Wenn du willst, kann ich sie für dich festhalten«, bot er an. Ich öffnete die Augen und sah sein verschmitztes Grinsen. »Du weißt schon, in meiner Rolle als hilfsbereiter Mitbewohner.«

»Was bist du doch für ein selbstloser Kerl.«

»Ich nehme meine Pflichten als Mitbewohner nun mal sehr ernst«, erklärte er, den Blick auf die Erbsen gerichtet – beziehungsweise, nun ja, auf meine Vagina. Schwer zu sagen. »Du bist ziemlich gut geritten, bevor Dottie durchgegangen ist.«

»Ja, nicht wahr? Ich habe wirklich gedacht, Dottie und ich wären Freundinnen. Ich brauche wohl nicht zu erwähnen, dass ich fürs Erste nicht mit ihr rede.«

»So etwas habe ich noch nie bei ihr erlebt. Vielleicht wollte sie mir einen Gefallen tun, damit ich die Gelegenheit bekomme, dich ein wenig zu kühlen.«

Ich lachte. »Das hätte sie auch etwas angenehmer tun können.«

»Geht es dir wirklich gut? Ich hab echt ein schlechtes Gewissen, weil ich dich dazu überredet habe, mit mir auszureiten. Ich dachte, es wäre vielleicht eine nette Abwechslung. Außerdem hatten wir beide kaum Gelegenheit, mal was zusammen zu unternehmen, abgesehen von den Bandproben und der Arbeit auf der Ranch.«

Er wollte etwas mit mir unternehmen, abgesehen von Arbeit und Musik?

Das überraschte mich.

Ich fuhr mir mit der Hand durch die Haare und lächelte schwach. »Vielleicht sollten wir nächstes Mal einfach Eis essen gehen«, scherzte ich.

»Ich werd's mir merken. Verdammt, die Jungs werden mir die Hölle heißmachen, wenn sie hören, dass ich dich auf Dottie gesetzt habe und sie so mit dir umgesprungen ist. Du kannst dir nicht vorstellen, was sie mit mir gemacht haben, als sie mitbekamen, wie mies ich mich bei unserer ersten Begegnung verhalten habe. Sie lieben dich. Für sie bist du so was wie ihre Managerin. Ganz ehrlich, wenn du mal nicht dabei bist und sie mit neuen Ideen für unsere Songs kommen, heißt es nur: ›Aber das sollten wir zuerst Hazel vorspielen. Sie weiß, ob es gut ist oder nicht.‹ Keine Ahnung, wie du das gemacht hast, aber du hast sie alle um den Finger gewickelt.«

Ich lächelte. »Und was ist mit dir? Bist du auch um meinen Finger gewickelt?«

Seine dunklen Brauen senkten sich, und er beugte sich vor. Der Blick, mit dem er mich ansah, ließ eine Gänsehaut über meinen gesamten Körper wandern. »Ich bin so fest um deinen kleinen Finger gewickelt, dass du mir sagen könntest, ich soll im Schweinestall baden, und ich würde es wahrscheinlich tun.«

Ich biss mir auf die Unterlippe, die Hand noch immer auf die Erbsentüte gedrückt. »Ich weiß, ich sag immer, dass wir beste Freunde sind und so, aber wir sind wirklich Freunde, oder? Ich meine, wir sind nicht bloß Mitbewohner und Kollegen, nicht wahr?«

»Richtig. Du bist meine Freundin, Haze. Ich habe es nicht verdient, dein Freund zu sein, aber ich bin glücklich, es sein zu dürfen.«

Wirklich nur Freunde?, dachte ich stumm, ohne die Worte über meine Lippen kommen zu lassen. Ich veränderte meine Position auf dem Sofa ein wenig und räusperte mich.

Ians Blick glitt von meinen Augen hinunter zu den Erbsen. »Bist du sicher, dass ich dir nicht helfen soll? Es würde mich garantiert zu deinem allerbesten Freund machen, wenn ich dir da unten ein wenig helfen könnte.«

Ich schüttelte grinsend den Kopf. »Ich bin mir sicher, es gibt genug Frauen, denen du untenrum helfen könntest, wenn du wolltest. Auch wenn du schon eine Weile keine mehr mit nach Hause gebracht hast.«

Er wurde wieder ernst und zuckte mit den Schultern. »Irgendwie brauche ich das nicht mehr.«

»Oha? Wie kommt's?«, fragte ich, auch wenn ich mich ein wenig vor seiner Antwort fürchtete.

Er kniff irritiert die Augen zusammen, als wäre ich der dümmste Mensch auf diesem Planeten. »Komm schon, Haze«, flüsterte er und fuhr sich mit der Hand durch die Haare. »Das war jetzt nicht wirklich ernst gemeint, oder? Ich bin mir sicher, du weißt warum.«

Ich blinzelte. »Möglicherweise, aber …«

»Deinetwegen«, unterbrach er mich. »Ich will nicht, dass irgendeine andere Frau versucht, mich zu inspirieren. Weil ich dich habe.«

Ich sagte nichts, denn ich wusste nicht recht, ob ich träumte oder dank meiner pochenden Geschlechtsteile unter Wahnvorstellungen litt. Hatte Ian mir gerade wirklich gestanden, dass er Gefühle für mich hatte?

Mochte er mich so, wie ich ihn mochte?

Er schenkte mir ein kleines Lächeln und stand auf. Als er sich umdrehte, fragte ich: »Wo gehst du hin?«

»Ich glaube, wir haben noch ein bisschen Brokkoli im Eisfach. Vielleicht hab ich ja Glück und darf den zwischen deine Beine halten.«

Oh Ian.

Du darfst mir jederzeit Brokkoli zwischen die Beine halten.

17. KAPITEL

IAN

Es gab so einiges am Kleinstadtleben, das mir nicht gefiel, aber eines der besten Dinge in Eres war unser Sommerfestival. Jeden Sommer veranstalteten wir unten am See ein großes Fest mit Lagerfeuern. Alle Jungen und Junggebliebenen kamen, um zu tanzen, zu trinken und einfach Spaß zu haben. Der Nachthimmel erstrahlte mit unzähligen Lichterketten, die ein paar der Mädels in die Bäume gehängt hatten, und Musik dröhnte aus den Lautsprechern, wenn meine Freunde und ich gerade nicht spielten. Es war das beste Gefühl der Welt: Sommernächte und Lagerfeuer.

Alle waren total locker und entspannt, und man konnte sich fast schon darauf verlassen, dass die meisten von uns früher oder später im See landeten, einander betrunken mit Wasser bespritzten und den Sommer feierten. Auch wenn die Stadt ihre Probleme hatte, ließen wir es uns nicht entgehen, mit einem Bier in der Hand am See zu feiern.

»Wer zur Hölle ist das da neben Leah?«, rief Marcus, als Leah und ein paar ihrer Freundinnen auf den Festivalparkplatz fuhren. Für mich sahen die Mädels alle ganz normal aus. Nur eine von ihnen, in gelben Shorts und einem weißen bauchfreien Top, stach aus der Gruppe heraus. Ihre dunklen Haare waren zu einem Pferdeschwanz gebunden, und sie lachte und grinste mit den anderen, als gehörte sie dazu. Und, verdammt, es war Hazel.

Ihr Gesicht war nicht hinter Tonnen von Make-up verborgen, und ihre Haut leuchtete geradezu. Sie sah aus, als würde sie auf einer Wolke schweben, und ihre Selbstsicherheit war einfach unglaublich.

»Ich glaub's nicht«, sagte Eric, der in die gleiche Richtung starrte wie Marcus und ich. »Das kann unmöglich Hazel sein.«

»Ist sie aber.« Mir war die Kinnlade bis auf den Boden gefallen, und die Latte in meiner Jeans würde mir heute Abend noch Probleme bereiten, aber, heilige Scheiße, sie sah einfach umwerfend aus. Ich wollte sie in meine Arme ziehen und meinen Mund auf ihren drücken. Ich wollte meinen Körper an ihren pressen, um ihr zu zeigen, wie scharf sie mich machte.

Wie oft war ich in den letzten Nächten wach geworden und hatte gespürt, wie mein harter Schwanz sich an ihren Rücken gedrückt hatte. Ein paarmal hatte ich mich aus dem Bett schleichen und mich selbst darum kümmern müssen, wobei ich jedes Mal an Hazel gedacht hatte.

Sie sah einfach umwerfend aus an diesem Abend, aber das tat sie eigentlich immer. Nur dass sie diesmal tatsächlich Farbe trug. Gelbe Shorts, um genau zu sein. Kurze gelbe Shorts. Und ihr Po sah in Gelb einfach großartig aus. Ja, sie sollte definitiv mehr Farbe in ihre Garderobe bringen.

»Was sehen wir uns an?«, fragte James und folgte unserem Blick. »Heilige Scheiße!«

»Ja, oder?«, sagte Eric.

»Wie konnten meine Eltern Leah in diesen kurzen Shorts aus dem Haus gehen lassen?«, rief er und sah offensichtlich etwas ganz anderes als wir anderen drei.

Die Mädels kamen in unsere Richtung, und Marcus klopfte mir auf den Rücken. »Du möchtest vielleicht den Mund wieder zu machen, bevor sie sieht, dass du sie wie ein Raubtier anglotzt.«

Ich knappte den Mund zu, aber erst nachdem ich Marcus erklärt hatte, er solle sich verpissen.

»Hey Jungs«, grüßte Leah uns mit einem strahlenden Lächeln. »Was geht?«

»Was hier geht, ist, dass du nach Hause fährst und dir Pulli und Jogginghose anziehst«, fuhr James seine kleine Schwester an.

Leah verdrehte die Augen. »Wir haben fast dreißig Grad, James. Ich werde mir gar nichts überziehen. Außerdem bin ich über achtzehn. Ich kann anziehen, was ich will. Genau wie Hazel«, erklärte sie und lenkte das Gespräch so auf das stille Mädchen, von dem ich einfach nicht den Blick abwenden konnte. »Siehst sie nicht umwerfend aus heute Abend?« Leah lächelte.

»Tut sie«, sagte ich und sah, wie Hazels Wangen unter meinem Blick glühten. Aber ich konnte nicht anders, sie war einfach zu schön.

»Kommt schon, lasst uns was zu trinken besorgen. Ian, Hazel, warum schaut ihr nicht, ob ihr einen Platz für uns alle an einem der Feuer findet?« Leah klang exakt wie die Kupplerin, die ich in meinem Leben brauchte.

Ich wollte ein wenig Zeit nur mit Hazel allein haben, aber nicht nur mit ihr an einem der Lagerfeuer. Viel lieber wollte ich sie mit nach Hause nehmen und mit der Schwellung in meiner Hose bekannt machen.

Ich sah sie mit einem schiefen Lächeln an und gab mir alle Mühe, diesen Gedanken aus meinem Kopf zu vertreiben. Als die anderen davongingen, nickte ich ihr zu und sagte: »Du siehst toll aus.«

Sie biss sich auf die Unterlippe, und verdammt, das wollte ich auch. »Sagst du das jetzt wieder, damit ich mich unwohl fühle?«

»Nein, diesmal meine ich es ernst.«

Sie lächelte, und ich liebte es. »Komm, lass uns schauen, ob wir irgendwo einen Platz finden.«

Den restlichen Abend verbrachte ich damit, Hazel bei jeder Gelegenheit anzusehen, die sich mir bot. Ich konnte nicht genau sagen warum, aber in ihrer Nähe fühlte ich mich wie der letzte Depp. Ich stolperte über meine eigenen Worte und redete nur Unsinn. Diese Frau machte mich verrückt, und sie schien es nicht mal zu bemerken.

Zum Glück ließ die Band mich nie lange genug mit ihr allein, um mich allzu sehr zu blamieren. Gemeinsam saßen wir um das Feuer herum und genossen den Duft der Sommernacht in Eres.

Die Jungs hatten Hazel in den letzten Wochen ins Herz geschlossen und sahen in ihr fast so etwas wie die Mutterglucke der Band. Seit Kurzem nannten sie sie sogar »Momanager«. Die Kris Jenner von The Wreckage.

Hin und wieder rief Hazel: »Ihr macht das großartig, ihr Süßen«, und die Jungs wurden knallrot vor Freude.

Aber so war Hazel nun einmal, sie kümmerte sich um andere Menschen. Sie scheute keine Mühen, um Grams zu helfen, wann immer sie Hilfe brauchte, und übertraf sich selbst bei der Arbeit auf der Ranch. Sie arbeitete härter als die meisten anderen von Big Paws Leuten. Als ich sie einmal fragte, warum sie das tat, erklärte sie: »Um deinen Großeltern ein wenig von dem zurückzugeben, was sie für mich getan haben.«

Nun verbrachten wir den Abend am Feuer, und jeder von uns gab seine peinlichsten Geschichten zum Besten, um zu sehen, wer Hazel am meisten zum Lachen bringen konnte.

»Kein Scheiß«, rief Marcus und nahm einen Schluck aus der Wodkaflasche. »Ian hat mal komplett stoned Big Paws handgeschnitzten Briefkasten angezündet. Und als er bemerkte, dass das geliebte Stück gleich in Schutt und Asche liegen würde, hat er seinen Willy rausgeholt und versucht, das Feuer auszupinkeln.«

Hazel kriegte sich vor Lachen nicht mehr ein.

»Zum Glück hatte er vorher 'ne Tonne Limo getrunken. Er hat bestimmt zehn Minuten lang gepinkelt, bis er gerafft hat, dass er das Feuer so nicht auskriegen würde. Ich schwör euch, er hat seinen Peter Pan hin und hergeschwenkt, als würde er Tinker Bell suchen.« Marcus lachte amüsiert vor sich hin.

»Und Big Paw hat immer noch keine Ahnung, dass es Ian war?«, fragte Hazel.

»Nein. Wir haben einen Pakt geschlossen, es niemals zu verraten. The Wreckage hat ein paar Geheimnisse, die wir niemandem erzählen dürfen«, erklärte Eric mit der Kamera in der Hand. Er blickte darauf und schaltete sie ab. »Ich werde das später rausschneiden.«

Hazel lachte. »Du hast immer eine Kamera in der Hand, oder?«

Eric nickte. »Wenn ich nicht Keyboard spielen würde, würde ich wahrscheinlich Videos drehen oder irgendwas mit Computern machen. Ich hab Glück, dass ich im Moment alles davon machen kann. Stellt euch mal vor, mit dem ganzen Material, das ich mittlerweile habe, kann ich eines Tages eine echt geile Doku über uns drehen, die wir dann an Netflix verkaufen. Ihr werdet schon sehen, so, wie ich meine Aufnahmen mache …«

»Hör auf, sie mit deinem Nerdkram zuzutexten, Eric! Du wirst sie noch zu Tode langweilen«, sagte Marcus und trank noch einen Schluck Wodka.

»Oh, nein, nein! Ich finde es kein bisschen langweilig. Im Gegenteil, ich finde es sehr interessant«, sagte Hazel und bedachte Eric mit einem strahlenden Lächeln. Ich wünschte, sie würde mich mit diesem Lächeln ansehen. Mit diesen Lippen, mit dieser Zunge, die manchmal über ihre Unterlippe glitt.

Verdammt. Diese Lippen. Ich fragte mich, wie sie wohl schmeckten.

Ich schüttelte den Kopf und versuchte meinen Schwanz wieder runterzufahren, der offenbar fest entschlossen war, bei dem Gedanken an Hazels Lippen noch weiter zu wachsen. Also konzentrierte ich mich lieber darauf, wie glücklich und entspannt sie an diesem Abend wirkte. Hazel verbrachte viel zu viel Zeit damit, über das Leben nachzugrübeln. Jede Woche schrieb sie an ihre Mutter, ohne jemals eine Antwort zu erhalten. Sie überlegte, wie es Jean wohl ging, und zählte die Tage bis zur Geburt des Babys.

»Sie müsste mittlerweile im siebten Monat sein«, hatte sie vor ein paar Tagen zu mir gesagt. »In ein paar Wochen bin ich kein Einzelkind mehr, ist das nicht verrückt?«

Der Schmerz in ihren Worten machte mich traurig, denn sie waren voller Schuldgefühle. Deshalb freute ich mich jedes Mal, wenn Hazel eine Gelegenheit fand zu lachen, so wie an diesem Abend. Sie war so schön, wenn sie lächelte, und ich war mir sicher, dass sie keine Ahnung hatte, wie schwer es mir fiel, nicht jede Sekunde in ihrer Nähe zu verbringen.

»Heilige Scheiße!«, rief Marcus und sprang von seinem Klappstuhl auf. Sein Handy klebte förmlich an seiner Hand, während er mit weit aufgerissenen Augen draufstarrte. »Heilige Scheiße!«, wiederholte er, und alle sahen ihn an.

»Was ist?«, fragte James.

»Max. Fucking. Rider. Hat. Uns. Geschrieben«, sagte Marcus, und James, Eric und ich fuhren augenblicklich auf.

»*Heilige Scheiße!*«, riefen wir und sprangen auf die Füße.

Hazel sah uns fragend an. »Wer ist Max Rider?«

»Das ist nicht Max Rider«, korrigierte Marcus sie. »Das ist

Max Fucking Rider. Der Manager, der aus ganz normalen, unbekannten Künstlern Megasuperstars macht. Er ist so was wie der Gott des Musikbusiness. Er erschafft wahre Meisterwerke.«

»Was schreibt er?«, rief ich nervös.

Marcus räusperte sich und las: »»Max hier. The Wreckage, hm? Hübscher Name. Hab mir ein paar von euren Tracks auf YouTube und Instagram angehört. Ich glaube, ihr habt was drauf. Es ist ein bisschen kurzfristig, aber ich hab nächsten Freitag in L. A. ein paar Minuten für ein Treffen. Könnt ihr ein paar neue Sachen mitbringen, damit ich sie mir anhören kann? Meine Assistentin ist in CC. Sie gibt euch weitere Infos über Ort und Zeit. Wir sehen uns. MR««

»Oh mein Gott, ich hab mir grad in die Hose gewichst«, seufzte Marcus und presste sich die Hand auf die Brust, als hätte er einen Herzinfarkt.

»Heilige Scheiße«, keuchte James und lief aufgekratzt auf und ab. »Wir müssen da hin! Das ist der Moment, der alles entscheidet. Wir fliegen nächste Woche nach L. A., und wenn die Hölle zufriert.«

Hazel freute sich genauso sehr wie wir, denn sie spürte, wie viel diese Mail uns bedeutete.

»Das ist es«, sagte ich zu ihr und umarmte sie. Umarmte alle. »Das ist der Moment, der unser Leben verändern wird.«

Wir betranken uns weiter und tanzten die ganze Nacht, während wir die Trommeln schlugen und den Mond anheulten wie die Tiere, die wir in dieser Nacht waren. Als die Jungs sich auf den Heimweg machten, stolperten auch Hazel und ich zum Haus zurück. Sie sang meinen Song und schaukelte dabei fröhlich hin und her. Hazel Stone war das süßeste betrunkene Mädchen der Welt. Und als meine Verse über ihre Lippen kamen?

Wurde ich beinah verrückt, weil es so sexy war.

Sie ging in ihr Zimmer, und ich folgte ihr, ohne mir die Mühe zu machen, mich in meinem Zimmer umzuziehen.

Sie drehte sich zur Tür. »Hey Ian!«, rief sie, ohne zu wissen, dass ich direkt hinter ihr stand. Sie stieß gegen mich und schlug kichernd die Hand vor den Mund. »Tut mir leid. Ich wusste nicht, dass du so nah bist.«

Ich trat noch näher.

Sie wich nicht zurück.

»Tut mir leid«, murmelte ich.

»Tut mir leid«, antwortete sie.

Wir wussten nicht mal, wofür wir uns entschuldigten. Für unsere Nähe? Dafür, dass wir betrunken waren?

Für unsere Herzen?

Verdammt, ich wollte sie so gerne küssen, dass es körperlich wehtat. Ich war betrunken und irgendwo da oben auf Wolke sieben, und Hazel Stone war die schönste Frau auf der ganzen gottverdammten Welt, und ich wollte ihre Lippen küssen.

Sie legte ihre Hände auf meine Brust und sah mir tief in die Augen.

Spürte sie es?

Spürte sie, wie mein Herz schlug, und dass es für sie schlug?

»Ich bin so stolz auf dich, Ian. Du hast es verdient. Du hast all das verdient.«

»Ich möchte unsere Songs mitnehmen«, gestand ich. »Ich möchte ihm die Songs vorspielen, die du mit mir zusammen geschrieben hast.« In den vergangenen Monaten hatte Hazel mir geholfen, Dutzende Songs zu schreiben. Mit ihr zusammen zu sein, gemeinsam mit ihr zu arbeiten, war für mich wie selbstverständlich geworden. Auf Außenstehende wirkten wir wahrscheinlich wie absolute Gegensätze.

Aber für mich ergaben wir absolut Sinn.

Sie inspirierte mich auf eine Art und Weise, die ich noch nie erlebt hatte. Sie brachte mich dazu, Songs zu schreiben, wie ich es mir nie hätte vorstellen können. Sie forderte mich immer wieder aufs Neue heraus. Sie war mein Coach. Sie war meine Muse. Meine Musik.

Sie war … näher.

Sie war jetzt viel näher als wenige Sekunden zuvor. Hatte ich sie zu mir herangezogen? War sie von selbst näher gekommen? Wie waren meine Hände auf ihrem Steiß gelandet? Wieso versuchte sie nicht, sie wegzuschieben?

»Geständnis: Ich will dich«, hauchte ich, mir vollkommen bewusst, dass ich gerade eine Abfuhr riskierte. Aber ich war betrunken und mutig genug, es trotzdem zu wagen.

»Geständnis.« Sie schluckte trocken. »Ich will dich auch.«

»Du bist betrunken«, flüsterte ich.

»Ja«, antwortete sie. »Du aber auch.«

»Ja.«

Ihr Blick glitt von meinen Augen zu meinem Mund und wieder nach oben. »Spiel die Songs. Es sind deine.«

»Unsere«, widersprach ich. »Es sind unsere Songs.«

»Aber es ist *deine* Zukunft. Ich würde dir jeden Vers geben, den ich in mir trage, um deine Träume wahr werden zu lassen, Ian.«

Mein Blick wanderte zu ihren Lippen. Und blieb dort. »Das Einzige, wovon ich gerade träume, ist dich zu küssen, Haze. Ich möchte mit dir in diesem Bett liegen und dich küssen, bis die Sonne aufgeht.«

»Manchmal, wenn ich wach werde und du noch schläfst, möchte ich mich vorbeugen und dich küssen. Ich will dich mehr, als ich jemals irgendetwas gewollt habe, Ian, und das macht mir Angst. Ich habe mir noch nie so sehr gewünscht, jemanden zu küssen, wie dich.«

»Geht mir genauso«, gestand ich. »Und jetzt sind wir betrunken und sagen Dinge, die wir normalerweise nie sagen würden.«

Sie lächelte, und ich liebte ihr Lächeln. Verdammt, wie ich es liebte. Wenn ich für den Rest meines Lebens nur noch Hazels Lächeln ansehen dürfte, wäre ich der glücklichste Mensch auf der Welt.

»Vielleicht sollten wir schlafen gehen«, sagte sie und wies mit dem Kinn auf ihr Bett. »Und schauen, wie die Dinge morgen aussehen, wenn wir wieder nüchtern sind.«

»Okay.«

Ich zog T-Shirt und Hose aus, sodass ich nur noch meine Boxershorts trug, und wandte mich ab, als Hazel in ihren Pyjama schlüpfte.

Wir legten uns hin, und unsere Körper schmiegten sich aneinander, als wären sie dazu bestimmt, miteinander zu verschmelzen. Ohne nachzudenken, küsste ich sie auf die Stirn und ließ meine Lippen dort noch ein wenig länger ruhen. Meine Lippen auf ihrer Haut, die den winzigen Geschmack aufsogen, der mir gestattet war.

Sie schloss die Augen, schob sich noch näher an mich heran und verschränkte ihre Beine mit meinen. Stirn an Stirn lagen wir da, und ihre kleinen, flachen Atemzüge strichen über meine Haut.

»Du bist mein bester Freund«, sagte sie leise, und ihre Worte trafen mich tief. »Ich weiß, dass die Jungs aus der Band deine besten Freunde sind, und ich weiß, dass ich ihren Platz niemals einnehmen könnte, aber für mich bist du es, Ian. Du bist mein bester Freund. Ich hatte noch nie einen besten Freund, aber du sollst wissen, dass du es bist, und ich bin so stolz, dass deine Träume wahr werden. Das hier ist erst der Anfang. Eines Tages werdet ihr berühmt sein. Du wirst ein Star sein.«

»Und du bist alle Sterne«, flüsterte ich. Ihr Mund war so nah, dass unsere Lippen, wenn ich mich auch nur einen Zentimeter nach vorne bewegte, aufeinandertreffen würden. Oh Mann, das war so was von kitschig – und es war mir so was von egal. In Hazels Gegenwart wollte ich der kitschigste Depp der Welt sein. »Du bist mein Licht, meine Muse, meine Inspiration. Haze. Du bist jeder verdammte Stern am Himmel. Du bist meine Galaxie.«

Ihre Lippen verzogen sich zu einem Lächeln, und sie schloss die Augen und rutschte noch ein winziges Stück näher, um den Kopf an meine Brust zu legen. Ich atmete ein und aus und dachte, wie lebendig ich mich mit ihr in meinen Armen fühlte. Mein Herz, von dem ich geglaubt hatte, dass es an dem Tag gestorben war, an dem meine Eltern mich verlassen hatten, funktionierte wieder einwandfrei, und das alles wegen einer Frau, die keine Angst davor gehabt hatte, mich so lange zu triezen, bis es wieder aufgewacht war.

In dieser Nacht schliefen wir betrunken miteinander verschlungen in einem Meer aus Wünschen und Träumen und Hoffnungen.

Was, wenn Hazel und ich wirklich füreinander bestimmt waren? Was, wenn unsere Puzzleteile perfekt zusammenpassten? Was, wenn alles, was wir uns je gewünscht hatten, direkt vor uns, auf der anderen Seite unserer Angst lag?

»Ian. Ian, wach auf«, flüsterte Hazel und stieß mich sanft an.

Ich öffnete vorsichtig die Augen und sah, dass ein schmaler Lichtstrahl durch das Fenster hereinfiel. Mein Kopf schmerzte vom Alkohol. »Was ist los?«, murmelte ich müde. Ich blickte noch einmal zum Fenster. Die Sonne war noch nicht mal richtig aufgegangen.

Dann sah ich zu Hazel, die wiederum mich ansah.

»Bist du noch betrunken?«, fragte sie und kaute auf ihrer Unterlippe.

»Nein. Hab nur ziemliche Kopfschmerzen.«

»Ja, ich auch.«

Ich zog fragend eine Augenbraue hoch. »Hast du mich geweckt, um mir zu sagen, dass du Kopfschmerzen hast? Soll ich dir eine Schmerztablette holen?« Ich wollte schon aufstehen, doch sie legte mir eine Hand auf den Arm.

»Nein. Ich hab dich geweckt, weil ich jetzt nüchtern bin und dich immer noch küssen will.«

Ich setzte mich auf, und wahrscheinlich trat ein verschlafenes, etwas dümmliches Lächeln auf meine Lippen. »Ach ja?«

»Ja. Was ist mit *dir?*«

»Haze, ich will dich seit Wochen küssen. Mit Alkohol, ohne Alkohol, ich … ich will nur …«

Sie beugte sich vor und legte ihre Lippen auf meine. Okay, sie hatte angefangen, aber jetzt übernahm ich die Führung. Meine Hände umfassten ihren Körper, und ich zog sie enger an mich, während ich sie voller Lust, voller Begierde und Verlangen küsste. Meine Zunge öffnete ihre Lippen und glitt in ihren Mund, schmeckte sie, und ich hoffte inständig, dass das hier kein Traum war, denn es musste einfach wahr sein.

Ihre Küsse schmeckten wundervoll, und Wärme erfüllte meine Brust. Sie zog mich noch enger an sich, küsste mich härter und ließ ihre Zunge mit meiner tanzen.

Ich spürte ihr Verlangen, ihre Gier, und sehnte mich umso mehr nach ihr. Unsere Körper pressten sich aneinander, und sie musste meinen harten Schwanz an ihrem Oberschenkel spüren, doch sie schob ihn nicht weg, und ich versuchte gar nicht erst, ihn zu verstecken. Sie sollte wissen, was sie mit mir machte, wie mein Körper auf ihre Berührungen reagierte, auf ihre Küsse, auf sie.

Wenn der Himmel ein Kuss war, dann existierte er an Hazels Lippen.

Sie knabberte sanft an meiner Unterlippe und legte sich auf ihr Kissen zurück. Ich legte mich neben sie. Unsere Brustkörbe hoben und senkten sich, während wir wieder zu Atem kamen. Hazel sah mich mit weit aufgerissenen Augen unverwandt an.

Ihre Wangen röteten sich, und sie strich sich die Haare hinter die Ohren. Dann öffnete sie die Lippen und nickte. »Noch mal?«, flüsterte sie.

Ja, verdammt …

Noch mal.

18. KAPITEL

IAN

»Mir ist kotzübel«, stöhnte Marcus, als wir auf Max Riders Haus zugingen. Wir waren am Vorabend in Los Angeles gelandet, und keiner von uns hatte in der Nacht ein Auge zugetan. Wir waren wie Fünfjährige an Weihnachten, die aufgeregt darauf warteten, dass ihre Träume wahr wurden.

Ich selbst war wie benommen, als wir über den Weg zu Max' Haustür liefen. Wir würden tatsächlich den Starmaker in seiner Villa besuchen, um mit ihm über unsere Musik zu reden. Was war das für ein Leben? Wie waren wir Kleinstadtjungs nur zu einem Termin bei Max Fucking Rider gekommen?

Grams meinte, es wäre Schicksal.

Hazel nannte es Talent.

Big Paw verdammt harte Arbeit.

Was auch immer es war, ich war dankbar dafür. Jetzt betete ich nur, dass wir diese Gelegenheit nicht vergeigten.

Max' Assistentin Emma empfing uns und führte uns ins Studio, denn Max Fucking Rider hatte ein verdammtes Musikstudio in seinem Haus. Wir warteten eine Weile, vielleicht eine Stunde oder wo, still wie die Mäuschen, als hätten wir Angst, wenn wir auch nur ein Geräusch von uns gaben, würde sich *puff* der ganze Traum in Luft auflösen.

»Schwitzt hier noch jemand wie ein Sumoringer?«, murmelte Marcus und lockerte die Krawatte, zu der Eric uns alle genötigt hatte. »Ich schwör euch, meine Eier sind klatschnass. Mein Schwanz fühlt sich an wie 'ne Wasserrutsche.«

»Zu viel Information, Marcus«, sagte James.

»Ich finde, es war sehr geschmackvoll ausgedrückt«, erklärte eine Stimme hinter uns, und wir drehten uns erschrocken um.

Da stand er, in all seiner Pracht. Max Fucking Rider hatte unser Gespräch über Marcus' Sumpfarsch mit angehört.

Wenn das kein perfekter erster Eindruck war, waren wir echt am Arsch.

Wir sprangen auf und starrten ihn mit offenem Mund an, bevor wir alle gleichzeitig wie die letzten Deppen anfingen, ihn zu begrüßen und zu sabbeln, wie erfreut und geehrt wir uns fühlten und all so 'n Mist.

»Wie schön, Sie kennenzulernen!«, sagte James.

»Wir freuen uns, dass Sie die Zeit für uns gefunden haben«, erklärte Eric.

»Sie haben keine Vorstellung, wie viel es uns bedeutet«, platzte ich heraus.

»Krass, geile Schuhe«, stöhnte Marcus verzückt.

Den Kerl konnte man echt nirgendwo mit hinnehmen.

»Okay, okay, genug geschleimt. Reden wir übers Geschäft.« Max setzte sich in seinen überdimensionalen Drehstuhl vor der Sound-Anlage und betrachtete uns. Er verschränkte die Hände und nickte knapp. »Ich denke, ihr habt was.«

OhmeinGottwirhabenwas!

»Was nicht heißt, dass da nicht noch jede Menge Arbeit drinsteckt. Was ich gehört habe, war gut, aber nicht … geil. Die Magie fehlt. Ich habe euch aus zwei Gründen gebeten herzukommen. Erstens wollte ich sehen, ob ihr es tatsächlich so kurzfristig durchzieht. Denn um mit mir zu arbeiten, müsst ihr es wirklich wollen.«

»Oh, und ob wir es wollen!«, rief Marcus. »Mehr als alles andere, verdammt.«

Hör auf zu fluchen, Marcus.

»Gut. Und zweitens höre ich Bands lieber live. Online kann jeder gut klingen, aber live performen zu können, als Einheit, das unterscheidet die Spreu vom Weizen. Also, dann mal los.« Er wies auf Schlagzeug, Bassgitarre, Keyboard und Mikrofon, die vor uns standen. »Spielt für mich. Und nicht die Tracks, die ich schon gehört habe. Ich will was Besseres. Gebt mir das Beste, das ihr draufhabt. Beeindruckt mich!«

Wir atmeten tief durch und traten dann an die Instrumente. Doch vorher stellten wir uns noch einmal zusammen, und James übernahm unseren Pep Talk. So machten wir es vor jedem unserer Auftritte, und wenn es einen Moment gab, in dem wir James' Hippie-Hokuspokus brauchen konnten, dann jetzt.

Wir hielten uns an den Händen und senkten die Köpfe.

»Wir wollen Wellen der Liebe, des Lichts und der Energie ins Universum schicken, um ihm dafür zu danken, dass es uns heute hierher geführt hat. Dieser Ort, diese Erfahrung ist etwas Besonderes für uns alle, mehr, als wir uns jemals hätten wünschen können, und mehr, als wir verdienen. Aber wir schwören, dass wir gut mit diesem Geschenk umgehen werden. Wir geben unsere Musik, damit sie heilen kann. Wir geben unsere Musik, damit sie andere Menschen inspirieren kann. Wir geben unsere Musik, um diese beschissene Welt ein wenig besser zu machen. Gestern, heute und morgen. Für immer«, sagte James.

Ich drückte die beiden Hände, die ich hielt, und sie drückten zurück, als wir gemeinsam wiederholten: »Für immer.«

Das war der Pakt, den wir als Kinder geschlossen hatten: füreinander da zu sein, in alle Ewigkeit.

Danach gingen wir auf unsere Plätze. Ich nahm das Mikro, und wir fingen an zu spielen. Wir spielten fünf Songs. Max hörte mit ausdrucksloser Miene zu, die Augen hinter einer Sonnenbrille verborgen, und jedes Mal, wenn ein Stück zu Ende war, wedelte er mit der Hand und sagte: »Das nächste.«

Als er uns endlich bedeutete, dass wir aufhören konnten, holten wir alle tief Luft. Wir waren fix und fertig, und zugleich bereit, die ganze Nacht durchzuspielen, falls es notwendig wäre.

»Okay, kommt wieder her.«

Nass geschwitzt vor Anstrengung und Nervosität, standen wir vor ihm. Noch immer verriet er mit keiner Miene, was er dachte. Ich konnte nicht sagen, ob er ganz okay fand, was er gehört hatte, oder ob er begeistert war. Bis er die Sonnenbrille abnahm und uns mit einem schiefen Lächeln betrachtete.

»Wo zum Teufel habt ihr denn diese Goldstücke ausgegraben?«, fragte er.

Mein Herz explodierte, und ich hoffte, dass er es nicht bemerkte.

»Das hatte gerade nichts mit dem zu tun, was ich auf Instagram gehört habe. Das hier ist wahre Magie. Leidenschaft. Die lebende, atmende, wahre Art von Musik, wie ich sie suche. Was ist passiert?«

James grinste und stieß mir gegen den Arm. »Ian hat sich von einer Frau inspirieren lassen.«

»Es sind doch immer die Frauen«, murmelte Max und schüttelte den Kopf. »Ich gehöre nicht zu den Leuten, die irgendeinen Scheiß verzapfen oder ihre Zeit vergeuden, also glaubt mir, wenn ich euch sage, dass ihr das gewisse Etwas habt. Selbst euer kitschiger kleiner Pep Talk eben gehört dazu. Ihr versucht nicht, euch gegenseitig in den Schatten zu stellen. Ihr strahlt alle vier, weil ihr ein Team seid. Ihr gehört wirklich zusammen, was nur wenige Bands von sich behaupten können. Ihr könntet locker die nächsten Maroon 5 werden.«

Wir sahen uns an, alle ein wenig ernüchtert von seinen letzten Worten.

Die nächsten Maroon 5.

Ich wusste, was die anderen dachten, und so räusperte ich mich und sagte: »Bei allem Respekt, Mr Rider, aber wir möchten nicht die nächsten Maroon 5 sein. Wir möchten die ersten The Wreckage sein.«

Er verzog minimal das Gesicht, und seine Brauen senkten sich. Falls es einen undurchschaubaren Menschen auf dieser Welt gab, dann war es Max. Fucking. Rider. Wenn er erfreut war, dann zeigte er es nicht. Und wenn er wütend war, war auch das unmöglich zu erkennen. Sein Verstand arbeitete rasend schnell, und wenn er einen Entschluss gefasst hatte, dann blieb er dabei.

Mir wurde ein wenig übel bei dem Gedanken, dass ich mir mit meinem Widerspruch gerade selbst ins Knie geschossen hatte. Wenn er wollte, dass wir die nächsten Maroon 5 wurden, dann sollten wir uns gefälligst darüber freuen. Meine Antwort hätte lauten sollen: *Ja, Mr Rider. Was auch immer Sie sagen, Mr Rider. Wenn es nötig ist, werden wir Ihnen einen blasen, Mr Rider.*

Wenn es nötig gewesen wäre, wäre ich bereit gewesen, das ultimative Opfer zu bringen und auf die Knie zu gehen, um Max Fucking Rider den Schwanz zu lutschen.

Opfer dich für die Band, Ian.

Nervös trat ich von einem Bein auf das andere und räusperte mich.

Max setzte die Sonnenbrille wieder auf und erhob sich aus seinem Stuhl. »Ich denke, das war's für heute, Jungs.«

Er wandte sich zum Gehen, und ich fühlte mich, als hätte man mir einen Schlag in den Magen verpasst.

»Warten Sie, Mr Rider …«, begann ich.

»Ich hoffe, ihr seid bereit, euer Kleinstadtleben hinter euch zu lassen«, unterbrach er mich. »Denn wir werden so bald wie möglich damit beginnen, euch zu den ersten The Wreckage zu machen.«

Und einfach so wurden unsere Träume wahr.

19. KAPITEL

IAN

»Erzähl es noch mal«, bat Hazel, als ich abends auf meinem Bett saß und ihr am Telefon schilderte, was am Nachmittag bei Max Rider passiert war. Die anderen drei waren im anderen Hotelzimmer und feierten.

Max wollte, dass wir in zwei Wochen startklar zurückkamen, um uns den Arsch aufzureißen. Es ging alles so schnell, ich konnte noch gar nicht begreifen, was da auf uns zukam.

Es fühlte sich an wie ein abgefahrener Traum, und ich hatte höllische Angst, jeden Moment wieder daraus zu erwachen.

Ich lachte in den Hörer. »Ich habe es dir schon dreimal erzählt.«

»Ich weiß, aber es ist so schön, die Freude und Aufregung in deiner Stimme zu hören.«

Ich konnte es kaum erwarten, nach Eres zurückzufliegen und sie zu küssen. Immer, wenn ich gerade nicht an Musik dachte, dachte ich an Hazel und ihre vollen Lippen. Es musste etwas bedeuten, dass sie die erste Person war, mit der ich die Neuigkeit hatte teilen wollen. Sie war die Erste, die mir in den Sinn gekommen war. Sie war … mein Lieblingsmensch.

»Du bist meine beste Freundin«, flüsterte ich, und mich überlief eine Gänsehaut.

Noch schlimmer wurde es, als sie antwortete: »Du bist mein bester Freund.«

Die nächsten Worte, die mir in den Sinn kamen, sprach ich nicht laut aus, denn es wäre zu viel und zu verwirrend gewesen, aber ich liebte sie. Ich liebte sie so sehr, und ich wusste nicht, ob ich sie als Freund liebte oder als Mann, aber im Grunde spielte das auch keine Rolle.

Denn Liebe war etwas Gutes, egal, in welcher Form. Hazel hatte mich das gelehrt, indem sie mich dazu gebracht hatte, mich mit meinen Gefühlen auseinanderzusetzen. Sie hatte die Liebe, die ich noch in mir getragen und von der ich geglaubt hatte, sie wäre komplett verschwunden, nachdem meine Eltern mich verlassen hatten, wieder zum Leben erweckt. Liebe war etwas Gutes, und Hazel Stone war verdammt gut für mich. Sie war das Beste, das mir jemals passiert war, und ich liebte sie so sehr, dass es mir ein wenig Angst machte.

Die letzten Menschen, die ich so geliebt hatte, waren meine Eltern gewesen, und die hatten sich von mir abgewandt. Liebe fühlte sich gut an, aber sie beinhaltete immer auch die Angst, dass sie eines Tages einfach so wieder verschwinden könnte. Ich konnte es Hazel noch nicht sagen. Ich würde das mit der Liebe für mich behalten und so lange festhalten, wie ich es konnte.

»Geständnis«, sagte sie, als ich mich auf mein Kissen sinken ließ und eine Hand hinter den Kopf schob. »Ich habe nicht besonders gut geschlafen, weil du nicht neben mir gelegen hast.«

»Geständnis: Ich vermisse dein Lächeln.«

»Geständnis: Ich vermisse dein Lachen.«

»Geständnis …« Sie atmete tief ein und langsam wieder aus, während jedes Wort einzeln über ihre Lippen kam: »Ich … vermisse … dich.«

»Ich vermisse dich mehr.«

»Unmöglich.«

»Möglich.«

»Können wir weiterknutschen, wenn du zurückkommst?«, fragte sie.

Ich lachte. »Hazel, wenn ich zurückkomme, werden wir nichts anderes tun. Im Schweinestall. Im Haus. In der Scheune. Auf der Straße. Ich werde dir alle Küsse stehlen, die ich kriegen kann, bevor ich wieder nach L. A. fliege.«

Sie schwieg einen Augenblick. »Du ziehst echt nach Los Angeles, hm? Es passiert also wirklich.«

Erst jetzt wurde mir bewusst, dass wir tatsächlich nach Los Angeles gehen würden. Und dass unser Leben sich für immer verändern würde. Mist.

»Dir ist schon klar, wie gigantisch das alles ist, oder? Das ist die größte Chance deines Lebens, und es ist Max Rider«, rief sie voller Dramatik und klang dabei irgendwie aufgeregter als ich selbst.

Wir redeten, bis Marcus und James zurückkamen. Als die beiden eingeschlafen waren, schrieb ich Hazel eine Nachricht und fragte, ob ich sie wieder anrufen durfte. Sie schrieb »Natürlich«, und so schlief ich in dieser Nacht, das Handy am Ohr, gemeinsam mit ihr ein, auch wenn wir viele Meilen voneinander entfernt waren.

Erst als ich ihre langsamen, ruhigen Atemzüge hörte, ließ auch ich meine Augen zufallen.

20. KAPITEL

HAZEL

Während die Jungs sich in Los Angeles den Schlüssel zu ihren Träumen abholten, kämpfte ich in Eres gegen meine Albträume. In der Hoffnung zu erfahren, wie es Mama ging, hatte ich ihr einen Brief nach dem anderen geschrieben. Ich erwartete, dass man sich im Gefängnis um die schwangeren Insassen kümmerte, doch alles, was ich über dieses Thema in Erfahrung bringen konnte – mithilfe von Netflix-Dokus über Gefängnisse, bei denen ich während jeder Folge heulte wie ein Schlosshund –, machte mir schreckliche Angst.

Bekam sie ihre Vitamine? War das Kind trotz ihres Drogenkonsums gesund? Würde es wirklich bei Charlie leben, sobald er entlassen wurde?

Soweit ich wusste, war Charlie noch im Gefängnis, und dafür war ich dankbar. Nicht dankbar allerdings war ich dafür, dass ich nicht wusste, wie es meiner Mutter ging. Ob sie versorgt war, ob sie Angst hatte.

Natürlich hatte sie Angst. Wie hätte sie keine Angst haben können?

Als meine eigenen Ängste zu groß wurden und eine schreckliche Vorstellung nach der anderen meine Gedanken erfüllte, nahm ich all meinen Mut zusammen und klopfte an Garretts Tür.

Ich trug eins von Ians riesigen Sweatshirts und hatte mir die

Kapuze über den Kopf gezogen. Seit er fort war, schlief ich jede Nacht in einem seiner Pullis. Sie rochen nach ihm, und so fühlte es sich fast so an, als würde er neben mir liegen.

Nervös sah ich mich immer wieder um und hoffte inständig, dass niemand mich bemerkte. Schließlich hatte ich Garretts Worte nicht vergessen.

Weißt du, was mit Verrätern passiert?

Missmutig öffnete er die Fliegengittertür seines Wohnwagens. Eine Zigarette hing ihm zwischen den Lippen, und er stieß eine dicke Rauchwolke aus. »Du hast echt Nerven, hier aufzutauchen«, knurrte er.

»Ja, ich weiß, aber ich wusste nicht, was ich sonst tun sollte. Ich habe meiner Mutter geschrieben, aber sie beantwortet keinen meiner Briefe. Sie will nicht, dass ich sie besuche, und ich mache mir große Sorgen um sie.«

»Ach ja? Du machst dir Sorgen um deine Mutter, die du selbst hinter Gitter gebracht hast? Wie aufmerksam von dir«, bemerkte er sarkastisch und blies mir den Rauch ins Gesicht. Er sah ziemlich fertig aus – als würde er deutlich mehr Drogen nehmen als sonst. Als wir noch zusammen gewesen waren, hatte er nie so fertig ausgesehen. Auch schien er Gewicht verloren zu haben, denn seine Jeans hingen ihm tief auf den Hüftknochen. Hatte er in letzter Zeit überhaupt was gegessen? Hatte er sich auch nur im Mindesten um sich selbst gekümmert?

Ich schluckte und bemühte mich, den Gedanken beiseitezuschieben.

Nicht mehr meine Baustelle.

Ich verzog das Gesicht. »Ich möchte nur wissen, ob es ihr gut geht. Hast du Kontakt zu ihr?«

»Als wenn ich dir einen Scheiß erzählen würde.«

»Bitte, Garrett.« Wenn es sein musste, würde ich ihn sogar anflehen. Ich brauchte Antworten auf die Fragen, die Tag und

Nacht durch meine Gedanken kreisten. »Ich möchte nur wissen, ob es dem Baby gut geht, und was mit ihm passiert, wenn es auf die Welt kommt, weil ich nicht weiß, ob Charlie bis dahin raus ist und sich kümmern kann. Weißt du etwas darüber, Garrett? *Weißt du irgendwas?*«

Garrett sah mich mit einem Grinsen an, das mir einen eiskalten Schauer über den Rücken jagte. »Schon möglich.«

»Bitte«, flehte ich. Mir war egal, wie verzweifelt ich klang. Wenn er wollte, dass ich vor seinem verflixten Wohnwagen auf die Knie fiel und vor ihm im Staub kroch, dann konnte er das haben.

»Du solltest zusehen, dass du hier wegkommst, bevor ich gewissen Leuten erzähle, dass du hier bist«, warnte er, und vor Angst zog sich meine Brust zusammen.

Ich wich einen Schritt zurück. »Okay. Aber bitte, kannst du einfach nur dafür sorgen, dass es dem Baby gut geht? Ich weiß, dass du mich hasst, das kann ich verstehen. Ich hasse mich selbst genug für uns beide. Aber wenn du auch nur einen Funken Mitgefühl für das Baby hast, dann, bitte, sorge dafür, dass sich jemand um es kümmert. Du weißt, wie es ist, in dieser Gegend aufzuwachsen, Garrett. Du hattest Glück, denn deine Mom ist eine gute Mom, aber du weißt selbst, was für ein Leben die meisten Kinder hier führen. Du kennst die Welt, in der ich groß geworden bin. Dieses Kind verdient mehr als das.«

Und mit diesen Worten drehte ich mich um und ging davon.

»Hazel.« Ich blieb stehen und sah ihn an. Garrett stand hoch aufgerichtet in der Tür, noch immer die Kippe zwischen den Lippen. »Es ist ein Mädchen.«

Ich atmete leise aus, während eine Welle der Emotionen über mich hinwegrollte. »Ich weiß. Sie hat es mir gesagt.«

Er drückte die Kippe am Geländer aus und schnippte sie

auf die Schotterpiste. »Sie hasst es, schwanger zu sein, und die Schwangerschaft scheint ihr auch echt zuzusetzen, aber es geht ihr gut. Meine Ma und ich waren letzte Woche bei ihr.«

»Braucht sie irgendwas? Geld? Lippenbalsam? Irgendwas?«, platzte ich heraus, und mein Herz schlug mit jeder Sekunde schneller.

Er zuckte mit den Schultern. »So was braucht jeder. Wenn du willst, kannst du es bei mir vorbeibringen, bevor wir in zwei Wochen wieder hinfahren. Und Ma wird sich erst mal um das Baby kümmern.«

Sadie kümmerte sich um das Baby.

Das kleine Mädchen.

Meine Schwester.

Das war gut. Sadie hatte selbst so ihre Macken, aber eine schlechte Mutter war sie nicht. Ich erinnerte mich, wie sehr ich mir früher immer gewünscht hatte, meine Mutter würde wenigstens ein paar von den Dingen tun, die Sadie für Garrett getan hatte. Sie war mit ihm in den Park gegangen. Ins Kino gefahren. Hatte ihm jedes Jahr ein Weihnachtsgeschenk gekauft. Ich wollte lieber nicht wissen, woher sie das Geld für all das gehabt hatte, aber jeden Cent, den sie besaß, hatte sie in ihr Kind gesteckt.

Erleichterung durchflutete mich.

»Ich bringe dir die Sachen vorbei. Danke, Garrett.«

»Wie auch immer. Und jetzt verschwinde.« Er griff nach seiner Zigarettenschachtel und zog die nächste Kippe heraus. »Ich will dein scheiß hässliches Gesicht nicht mehr sehen.«

Ich sagte nichts mehr und kehrte ein wenig ruhiger zu Ians Haus zurück, während Garretts Worte in Dauerschleife durch meine Gedanken kreisten.

Als ich vor dem Haus ankam, sah ich Ians Pick-up in der Einfahrt stehen und lief hinein.

Er war zu Hause! Ian war zurück, und ich musste ihm so viel erzählen, so viel mit ihm teilen. So viele Küsse, um all die verlorene Zeit wieder aufzuholen. Ich lief durchs ganze Haus, konnte ihn aber nirgendwo finden.

Also ging ich in mein Zimmer, um mich umzuziehen, und als ich die Tür öffnete, musste ich lächeln, denn da saß er auf meinem Bett und wartete auf mich.

»Hi«, sagte er und stand auf.

»Hi.«

»Noch mal?«, fragte er und zog eine Augenbraue hoch. Ich wusste genau, worauf er anspielte.

Ich ging zu ihm, schlang die Arme um ihn und stellte mich auf die Zehenspitzen, um an seine Lippen zu reichen und ihn zu küssen.

Noch mal.

Wie sehr wünschte ich mir, eine Fernbedienung zu haben, mit der ich die Zeit anhalten könnte. Mit der ich all die wunderschönen Momente festhalten und zurückspulen könnte, um den besten Teil noch einmal zu erleben. Die folgenden zwei Wochen mit Ian und dem Rest der Band vergingen viel zu schnell. Ich versuchte so viel Zeit wie möglich mit ihnen zu verbringen, doch das Wissen, dass sich in wenigen Tagen alles ändern würde, war mir unerträglich.

Wie sehr wünschte ich mir, dass die Dinge anders gewesen wären. Dass ich mehr Zeit gehabt hätte, um mit James Wortklaubereien zu betreiben. Mehr Zeit, um mit Eric über seine Leidenschaft für die sozialen Medien zu reden. Mehr Zeit, um Marcus' schlechte Witze zu hören.

Ich wünschte mir mehr Küsse mit Ian. Mehr von allem mit ihm.

In einer Welt, in der wir beide geblieben wären, wo wir waren, wäre ich morgen seine Frau geworden. Doch die traurige Wahrheit lautete: Es gab kein Morgen für uns. Es gab nur das Heute.

Big Paw und Holly hatten für die Jungs eine Abschiedsparty in der Scheune organisiert, und die ganze Stadt war gekommen. Die beiden waren bekannt für ihre Partys, und da es Essen und Trinken umsonst gab, kamen sie alle.

Big Paws und Hollys Partys waren wie ein frischer Luftzug in einer ansonsten verderblichen Stadt.

Seit etwa zwanzig Minuten lief ich zwischen den Gästen herum und suchte Ian.

»Hier wirst du ihn nicht finden«, sagte eine Stimme hinter mir.

Ich drehte mich um und lächelte James zu, der eine Dose Limo in der Hand hatte. »Wo ist er?«, fragte ich.

»Er wartet auf dich.«

»Aber wo?«

Er lächelte. »An dem Ort, von dem wir dich vor vielen Wochen vertrieben haben. Tut mir übrigens echt leid.«

Ich lachte.

Die Hütte.

James legte mir eine Hand auf den Arm und lächelte mich noch einmal an. »Hazel, danke für alles, was du für diese Band getan hast. Für Ian. Ich weiß nicht mal, ob wir diese Chance ohne dich überhaupt bekommen hätten.«

»Ihr wart auch ohne mich gut genug.«

»Ja, aber du hast uns noch besser gemacht. Du hast *ihn* besser gemacht. Also danke. Ich habe ihn noch nie ernsthaft verliebt gesehen. Steht ihm gut.«

Mein Herz setzte aus.

Liebe?

Ian liebte mich?

James musste die Panik in meinen Augen gesehen haben, denn er blickte zur Seite und ruderte zurück. »Ich meine, ähm, ich meine damit, dass er dich mag. Ich meine … was ich sagen wollte … ach Mist. Fettnäpfchen. Jedenfalls, Ian ist drüben in der Hütte.«

»Danke, James.«

»Kein Thema. Und Hazel?«

»Ja?«

»Könntest du es für dich behalten, dass Ian in dich verliebt ist? Ich wollte es nicht rausposaunen, bevor er es dir selbst sagt. Mist. Ich will den Moment für ihn nicht ruinieren, wann auch immer er stattfindet.«

»Vielleicht findet er ja gar nicht statt«, erwiderte ich.

»Vertrau mir …« – er schüttelte den Kopf –, »… er wird stattfinden. Wart's einfach ab. Und bitte tu dann so, als wärst du überrascht, okay? Aber nicht zu überrascht. Normal überrascht. Nicht zu viel und nicht zu wenig.«

Ich nickte lachend. »Versprochen. Hat er es dir bei Confession Time erzählt?«

James legte die Stirn in Falten und sah mich irritiert an. »Confession Time?«

»Du weißt schon, das Spiel, das ihr beide immer beim Stallausmisten spielt. Damit die Zeit schneller vergeht.«

»Ähm … ich habe keine Ahnung, wovon du redest.«

Er schien wirklich keine Ahnung zu haben, und prompt flatterten Schmetterlinge in meinem Bauch.

Oh Ian, du und deine Lügen, nur um mich besser kennenzulernen.

21. KAPITEL

IAN

Die Leute sagten immer, dass man sein Zuhause vermisste, sobald man weg war, aber das glaubte ich nicht. Ich würde diesen Ort nicht vermissen – keine Sekunde. Ich würde die Arbeit im Schweinestall nicht vermissen, oder die ganzen kleinkarierten, engstirnigen Menschen in dieser Stadt. Ich würde weder den Mist noch das Heuschaufeln vermissen, nichts von dem, was Eres ausmachte. Aber ich würde ein paar Menschen vermissen.

Drei, um genau zu sein.

Ich würde Grams vermissen, und ihr Essen. Und wie sie immer noch regelmäßig vorbeikam, um meine Wäsche zu falten, auch wenn ich ihr sagte, dass ich es alleine konnte. Mir würden ihre Umarmungen und ihr Trost fehlen. Und ihre weisen Worte. Ihre positive Ausstrahlung. Ihre täglichen Dosen Liebe.

Und ich würde Big Paw vermissen, vermutlich sogar seine Angewohnheit, mich wegen irgendwelcher Kleinigkeiten zur Sau zu machen. Mir würde seine raue, väterliche Art fehlen, und sein Fast-Lächeln, wenn ich irgendwas getan hatte, das ihn stolz machte. Ich würde seine ihm eigene Denkweise vermissen, und seine raubeinige Art, mir seine Liebe zu zeigen.

Und Hazel. An ihr würde ich alles vermissen. Selbst die Dinge, die ich noch gar nicht entdeckt hatte.

Ich saß in der Hütte und starrte in die Sterne hinauf. Nur wenige Hundert Meter entfernt stand die Scheune, in der laut gefeiert wurde. Ich hatte meiner Großmutter gesagt, dass wir keine Abschiedsparty wollten, also hatten sie und Big Paw eine gigantische Abschiedsparty für uns organisiert.

»Hast du vor, den ganzen Abend hier zu sitzen und zu grübeln, oder kommst du mit in die Scheune, um zu feiern, dass du endlich aus diesem Kaff rauskommst?«, fragte eine Stimme.

Ich sah zur Tür, wo Hazel in schwarzen Shorts und einem meiner Kapus stand. Ihre Schenkel waren weich und kräftig, und verdammt, ich wollte mich zwischen ihnen vergraben und eine Weile da unten bleiben. Sie trug ihre schwarzen Glücksschuhe. Meine Schuhe. Und es bestand kein Zweifel, dass sie ihr sehr viel besser standen als mir.

»Du weißt, dass mich diese Party nicht interessiert«, antwortete ich. »Ich hätte meinen letzten Abend lieber mit den Menschen verbracht, die mir wirklich wichtig sind.«

»Wem zum Beispiel?«

Ich lächelte ihr vieldeutig zu, und ihre Wangen röteten sich, als sie zurücklächelte.

Diese verdammten küssbaren Wangen.

»Wieso kommst du nicht mit raus und verbringst ein wenig Zeit mit mir? Ich hab Lust zu schaukeln.«

Ich stand auf und trat zu ihr nach draußen.

Sie ging zu der alten Reifenschaukel zwischen zwei alten Eichen hinüber. Direkt hinter der Schaukel stand ein Wunschbrunnen, der schon vor meiner Geburt stillgelegt worden war. Doch nach wie vor kamen Leute her und warfen, in der Hoffnung, dass ihre Wünsche wahr wurden, Münzen in den Brunnen.

Hazel griff in die Tasche und zog zwei Münzen hervor. »Glaubst du an Magie?«, fragte sie.

»Seit ich dir begegnet bin, jeden Tag ein wenig mehr.«

Sie gab mir eine Münze. »Dann wünsch dir was. Und wünsch dir was Gutes. Ich habe von diesem Wunschbrunnen gehört. Die Leute haben sich Geld und Kinder und Ehen gewünscht, und alles ist wahr geworden.«

Ich wollte die Münze in den Brunnen werfen, doch Hazel kam mir zuvor. »Warte, Ian! Du darfst sie nicht einfach so reinwerfen. Du musst dir Zeit lassen und sichergehen, dass du deinen Wunsch klar und unmissverständlich formulierst. Du hast nur eine Chance, es richtig zu machen. Also sorg dafür, dass dein Wunsch auch wirklich zählt.«

Ich sah sie mit einem schiefen Lächeln an und schnippte meine Münze in den Brunnen.

Sie runzelte die Stirn, drückte ihre Münze ans Herz, schloss die Augen und kehrte das Gesicht Richtung Mond. Es war ein Sichelmond. Wenn ihr mich vor ein paar Monaten gefragt hättet, was der Unterschied zwischen Vollmond, Neumond und Sichelmond war – zunehmend oder abnehmend –, hätte ich euch für verrückt erklärt.

Aber solche Dinge wusste ich nun, dank Hazel und ihres faszinierenden Verstands.

Sie legte die Münze an ihre Lippen, öffnete die Augen und warf sie in den Brunnen. Dann wirbelte sie herum und sah mich an. »Ich wette, mein Wunsch wird früher in Erfüllung gehen als deiner, weil ich mir Zeit gelassen habe.«

»Was hast du dir denn gewünscht?«

»Man darf seinen Wunsch nicht verraten, sonst geht er nicht in Erfüllung.« Sie kniff die Augen zusammen. »Was hast du dir gewünscht?«

»Oh nein. Du wirst mir meinen Wunsch nicht versauen.«

Wir gingen zu den Schaukeln und redeten nicht viel. Hazel sah mit großen Augen zu den Sternen hinauf. Hin und wieder schloss sie die Augen, und ich hätte schwören können, dass sie noch mehr Wünsche wünschte.

»Hörst du diesen Song, Ian?«, fragte sie, während sie auf ihrem Reifen hin und her schwang.

»Ja, ich höre ihn.«

»Es ist einer meiner Lieblingssongs.«

»Ja? Wie heißt er?«

Sie zuckte mit den Schultern. »Keine Ahnung. Aber ich erkenne es am Beat.«

Ich lachte. »Manchmal bist du echt seltsam.«

»Ich bin immer seltsam.« Plötzlich sprang Hazel von ihrem Reifen und streckte die Hand aus. »Komm, tanz mit mir.«

»Was? Nein. Das ist ein langsames Lied. Ich tanze nicht zu langsamen Liedern.«

»Tanzt du zu schnellen Liedern?«

Ich schwieg einen Augenblick. »Nein.«

»Ian Parker. Wenn du nicht sofort herkommst und mit mir tanzt, erzähle ich allen, dass du Big Paws Briefkasten angezündet hast.«

Ich zog die Augenbrauen hoch. »Das würdest du nicht wagen.«

Sie schob die Zunge in ihre Wange und stemmte die Hände in die Hüften. »Willst du es drauf ankommen lassen?«

»Das verstößt gegen die Wolfsrudel-Regel.«

»Nun, zum Glück bin ich kein Rudelmitglied.«

Ich lachte. »Nach den letzten Monaten bist du wahrscheinlich sogar mehr Mitglied als ich. Du würdest es Big Paw niemals verraten.«

»Willst du wetten?«

Ich musterte sie aus zusammengekniffenen Augen, und sie gab meinen Blick zurück.

Sie bluffte.

Sie muss einfach bluffen.

Ich schüttelte den Kopf. »Welche Rolle spielt das überhaupt? Morgen bin ich ohnehin hier weg.«

»Du glaubst wirklich, Big Paw würde dir nicht hinterherkommen und in den Allerwertesten treten, weil du seinen Briefkasten auf dem Gewissen hast?«, fragte sie.

Mhm, wo sie recht hat …

Er würde es wahrhaftig tun. Er hatte diesen Briefkasten vor fünfundzwanzig Jahren selbst geschnitzt. Dieser Briefkasten war älter als ich, und er hatte Big Paw garantiert auch sehr viel seltener verärgert als ich.

Ich stand ebenfalls von der Schaukel auf und zeigte mit dem Finger auf Hazel. »Aber wenn ich mit dir tanze, darfst du die Sache mit dem Briefkasten nie wieder gegen mich verwenden.«

»Einverstanden.«

»Versprochen?«

Sie hob die rechte Hand. »Großes Indianerehrenwort.«

Wenn sie in diesem Augenblick nicht so nervig gewesen wäre, hätte ich sie beinah für süß gehalten.

Wen wollte ich damit verarschen? Sie war nicht nur süß, sie war wunderschön.

»Ich führe«, erklärte ich.

»Natürlich«, antwortete sie und reichte mir ihre Hand.

Widerstrebend nahm ich sie, und dann tanzten wir zu dem langsamen Lied, das sie nicht kannte, von dem sie aber sicher war, dass es ihr neues Lieblingslied sein würde.

»*Autsch!*« Sie sprang zurück. Ich hatte ihr auf den Fuß getreten.

»Entschuldige«, murmelte ich. »Ich habe dir doch gesagt, dass ich zu langsamen Liedern nicht tanzen kann.«

Sie nahm wieder Position ein und trat näher. »Schon okay. Übung macht den Meister.«

Wir tanzten weiter, und Hazel legte den Kopf an meine Schulter. Während wir sanft hin und her schaukelten, summte sie das Lied mit, als würde sie jedes Wort kennen.

»Siehst du?«, flüsterte sie. »Ist es nicht schön?«

Ich antwortete nicht, doch ich musste zugeben, dass es gar nicht so schlecht war. Auch wenn ich so manches in Eres hasste, mit Hazel zu tanzen gehörte ganz sicher nicht dazu.

»Macht es dir Angst, Ian? Von zu Hause fortzugehen?«

»Nein«, antwortete ich schnell. Die Stadt zu verlassen und nach Los Angeles zu ziehen, um meinen Traum zu verwirklichen, hatte nichts Angsteinflößendes für mich. Das Einzige, was mir Angst gemacht hatte, war in diesem Kaff festzusitzen und meine Träume niemals in Erfüllung gehen zu sehen.

Wenn ich Eres morgen nicht verließ, würde ich vermutlich niemals von hier wegkommen.

»Dann werde ich für dich Angst haben«, sagte sie und hielt mich noch fester. Und ich ließ es zu, denn in den nächsten fünfzehn Stunden wollte ich nichts anderes tun, als sie fest in meinen Armen zu halten. »Ich möchte einfach nicht, dass du dich selbst verlierst, weißt du. So viele Menschen ziehen los, um ihren Traum von Hollywood zu verwirklichen, und verlieren sich dabei selbst.«

»Was weißt du denn über Leute, die nach Hollywood gehen, um ihren Traum wahr zu machen? Niemand, den wir kennen, hat jemals getan, was die Band und ich machen.«

»Ich weiß. Aber ich habe genug Filme gesehen, um zu wissen, dass Hollywood Menschen verändert.«

Schon möglich.

Aber nicht mich.

Ich wollte bloß meine Musik vor größerem Publikum spielen als vor den paar alten Leuten dort drüben in der Scheune.

»Ich werde schon zurechtkommen«, erklärte ich.

»Gut. Denn ich mag dich so, wie du bist. Weißt du was, Ian?«

»Was?«

Hazel sah mit feucht glänzenden Augen zu mir hoch und schüttelte ganz leicht den Kopf. »Manchmal denke ich daran, dass du bald nicht mehr da sein wirst, und dann schmerzt mein Herz ganz fürchterlich.«

»Komm schon, Hazel. Nimm's nicht so schwer. Ich komme ja wieder.«

»Nein, das wirst du nicht«, flüsterte sie und legte den Kopf wieder an meine Schulter.

Ich sagte nichts, denn sie hatte wahrscheinlich recht. Und wenn ich irgendwann zurückkehrte, wäre sie selbst womöglich fortgegangen, um ihren eigenen Träumen zu folgen.

»Ich werde dich schrecklich vermissen, Ian«, gestand sie.

Wir tanzten weiter zwischen den Reifen, und Hazel lächelte mich an. Au Mann, wie sehr mir dieses Lächeln fehlen würde.

Als Nächstes kam ein schnellerer Song, doch wir tanzten langsam weiter.

Sie sah zu mir hoch und lächelte, doch diesmal trauriger. »Noch mal?«

Ich küsste sie.

Ich küsste sie langsam und zärtlich und ließ meine Lippen auf ihren, weil ich zu viel Angst davor hatte, sie loszulassen.

»Haze …«, flüsterte ich und sah ihr in die Augen. Ich empfand so unendlich viel für sie und wollte ihr sagen, was mir durch den Kopf ging. Sie sollte wissen, dass jede Faser meines Seins von Liebe erfüllt war und diese Liebe allein ihr gehörte. Doch ich hatte Angst. Denn ich würde am nächsten Morgen fortgehen. Schon am nächsten Morgen würde ich nichts mehr für diese Liebe tun können.

Sie sah mich an und nickte. »Ich weiß, Ian«, sagte sie leise, als könnte sie meine wirren Gedanken lesen. »Ich auch.«

Ihr Kopf lag wieder an meiner Schulter, und wir tanzten den ganzen Abend. Dann brachte ich sie in ihr Zimmer und hielt sie ein letztes Mal in meinen Armen.

Wir legten uns in ihr Bett, und ich schloss langsam die Augen, riss sie jedoch wieder auf, als ich spürte, wie eine Hand über meine Boxershorts strich. Wenn es etwas gab, das einen müden Mann augenblicklich wieder munter machte, dann eine Hand an seinem Schwanz.

Ich hob den Kopf ein wenig, um Hazel anzusehen und festzustellen, ob sie mich zufällig im Schlaf berührt hatte. Doch sie streichelte mich weiter und sah mich dabei mit offenen Augen an. Sie strich über den Bund meiner Boxershorts und zog ihn ein wenig nach vorn, bis sie genug Platz hatte, um ihre Hand hineinzuschieben. Sie umfasste meinen Schwanz und begann langsam auf und ab zu streichen, ohne den Blick von mir zu wenden. Ihr Griff wurde ein wenig fester, und ich stöhnte unter ihrer sanften Berührung.

Sie zog die Hand aus meiner Hose und leckte über ihre Handfläche, saugte an jedem einzelnen Finger, bis ihre Hand ganz feucht war, bevor sie sie wieder zurückschob. Ihre Bewegungen wurden jetzt schneller. Mein Schwanz wuchs in ihrer Hand, während sie über meine Eichel und dann den Schaft hinunterglitt. Und jedes Mal fühlte es sich an, als würde mein Verstand explodieren.

»Haze … genau … so«, seufzte ich, unfähig die Augen offen zu halten, als mich ein wohliger Schauer überkam.

Sie setzte sich auf, zog die Boxershorts langsam über meine Beine nach unten, warf sie zur Seite und kniete sich auf den Boden vor das Bett.

»Dreh dich ein Stück«, sagte sie. »Etwas mehr zu mir.«

Ich tat, was sie wollte, während mein Herz noch immer raste wie bei einem Kind am Weihnachtsmorgen. Sie massierte mich weiter mit festen Strichen und brachte den Mund näher an meinen Schwanz. Ihr heißer Atem strich über die Innenseiten meiner Schenkel, als sie ganz leicht meine Haut küsste. Ihre Zunge glitt heraus und umkreiste meine Eichel, sodass wohlige Schauer über meinen Rücken jagten.

Fuck, fuck, fuck.

Jetzt nahm sie mich in den Mund, saugte lange und fest an meinem Schwanz und ließ dabei ihre Hand mit den Lippen auf und ab gleiten. Ihre Zunge malte Achten über seine Wurzel, und ich musste die Hände vors Gesicht schlagen, um nicht laut aufzuschreien. Ohne den Rhythmus zu verändern, nahm sie mich ganz in sich auf. Dabei legte sie die freie Hand unter meinen Bauch und drückte sanft. Wenn sie nicht sofort damit aufhörte, würde ich in Hazel Stones Mund kommen. Meine Füße tippten auf den Boden, und mein ganzer Körper hob sich von der Matratze, so nah war ich dem Höhepunkt.

»Stopp, stopp, stopp«, befahl ich und entwand mich ihrem Griff.

Sie sah mich verwirrt an. »Entschuldige. War das …«

»Verdammt, Haze«, murmelte ich und schüttelte den Kopf. »Es war unglaublich. Aber ich möchte dich zuerst schmecken.« Ich zog sie vom Boden hoch und legte sie auf ihr Bett. »Ich möchte jeden Zentimeter von dir schmecken.«

»Oh?« Ihre Wangen wurden knallrot. »Was soll ich tun?«

»Ganz einfach. Zieh die Hose aus.«

22. KAPITEL

HAZEL

Ich war noch nie von einem Mann geleckt worden. Garrett und ich hatten bloß ein wenig miteinander rumgemacht, und ich hatte ihm hin und wieder einen Hand- oder Blowjob gegeben, aber er hatte nie irgendetwas mit mir gemacht. Er hatte erklärt, dass er es eklig fände und nicht gern da unten zugange wäre.

Ich hatte nicht weiter darüber nachgedacht, denn es war mir egal gewesen. Schließlich gab es genügend Möglichkeiten, es mir selbst zu besorgen, ohne einen dummen Jungen, der zu kindisch war, um eine zu Frau befriedigen.

Aber mit Ian gab es keine Probleme. Seelenruhig zog er mir Schlafanzughose und Höschen aus und betrachtete meinen Körper, wie Garrett es niemals getan hatte – voller Ehrfurcht.

Er zog mir mein Shirt über den Kopf, bis ich nur noch im BH dasaß, beinahe splitternackt vor dem einzigen Mann, der jemals Macht über meinen Herzschlag besessen hatte. Und dann ließ er seine Lippen über jeden Quadratzentimeter meiner Haut gleiten. Über all die Stellen, die ich mochte, und auch über alle, die ich lieber verborgen hätte. Seine Zunge tanzte meinen Hals hinunter, folgte den Kurven meiner Brüste und der Wölbung meines Bauchs und glitt über meine Hüften zu meinen Schenkeln hinunter.

Ein Ball aus Hitze sammelte sich in meinem Unterleib, als Ian meine Beine spreizte. Sein Atem strich über meine Klitoris, während ich mich nach hinten sinken ließ und vor lustvoller Erwartung immer schwerer atmete. Er schob zwei Finger in mich hinein und öffnete mich ein wenig, indem er mit ihnen ein V formte. Und direkt in dieses V legte er seine Zunge und begann mich zu lecken und an meiner Klitoris zu saugen, während ich vor Lust aufschrie.

Oh mein Gott …

Wie machte er das nur? Wie konnte er seine Zunge gleichzeitig langsam und schnell, auf und ab, tief und tiefer gleiten lassen?

Oh mein Gott, Ian vergrub sich in mir, während ich klitschnass wurde von seinen Wünschen, seiner Begierde, seiner Lust. Er ließ beide Finger in mich hineingleiten und krümmte sie, womit er mich immer weiter Richtung Höhepunkt trieb. Ich wusste nicht, wie lange ich es noch würde aushalten können, ob ich überhaupt in der Lage sein würde, mich zurückzuhalten.

»Gib mir alles von dir«, flüsterte er und sah mir tief in die Augen. Er ließ einen dritten Finger zu den anderen beiden gleiten, bewegte sie in mir wie ein Zauberer und erfüllte mich mit seiner mystischen Macht. »Ich will dich ganz schmecken. Lass los, Haze. Lass los«, befahl er, bevor er mit der Zunge zu meiner Vagina zurückkehrte und mich hart und tief leckte. Meine Finger krallten sich in die Laken, und meine Hüfte hob sich von der Matratze und presste sich gegen seinen Mund. Meine Beine begannen zu zittern, als er das Tempo noch einmal erhöhte. Rein, raus, rein, raus, lange, feuchte Striche mit seiner Zunge.

»Ian!«, schrie ich, doch ich brachte kein weiteres Wort hervor, als ich mich seiner Zunge ergab. Er leckte und leckte, saugte an mir wie ein durstiges Tier, als wollte er keinen einzigen Tropfen vergeuden. Als er fertig war, setzte er sich auf und sah mich grinsend an. Sein Gesicht glänzte von meinen Körpersäften, und ich wurde rot, als ich zusah, wie er sich die Lippen ableckte. Dann fiel mein Blick auf seinen harten Schwanz, den er mit langsamen Bewegungen massierte. Wie gebannt folgte ich seiner Hand, die an seinem eindrucksvollen Schaft auf und ab strich, und erneut erfüllte mich eine Welle der Lust.

»Nimm mich«, flüsterte ich und stützte mich auf die Unterarme.

Er sah mich an. »Haze …«

»Nimm mich«, wiederholte ich nickend. »Bitte, Ian. Ich will dich so sehr, jetzt, hier … bitte …«

Er stand auf und kam zu mir aufs Bett. Sein Körper verharrte über meinem, und er küsste mich leidenschaftlich, sodass ich mich selbst an seinen Lippen schmecken konnte. Unsere Zungen tanzten, und er küsste mich, als wollte er mir ein Geheimnis verraten, das ich eines Tages verstehen würde.

»Wenn wir das machen, Hazel, können wir nicht mehr so tun, als gehörten wir nicht zusammen«, sagte er. »Wenn ich jetzt in dich eindringe, gehörst du mir.«

»Und du gehörst mir«, flüsterte ich an seinen Lippen und legte meine Hände auf seine Brust. »Du gehörst mir.« Tatsächlich hatte er schon immer mir gehört. Ich hatte bloß noch auf den Tag gewartet, an dem ich auch ihm gehörte.

Er rieb mit seinem harten Schwanz über meine Vagina. »Wenn es wehtut, sag es mir, dann höre ich auf, okay?«

»Okay«, log ich, denn ich hatte nicht vor, Ian davon abzuhalten, in mich einzudringen und mich von innen zu erfüllen.

Er griff zum Nachttisch, holte ein Kondom aus seinem Portemonnaie, und ich sah mit großen Augen zu, wie er es überzog. Mit kräftigen Bewegungen strich er ein paarmal über seinen Schwanz, bevor er ihn wieder an mir rieb. Dann glitt er in mich hinein.

Ich schnappte nach Luft, als er tief in mich eindrang. Zu meiner Überraschung schmerzte es weit weniger, als ich erwartet hatte. Es dauerte ein paar Sekunden, bis ich mich an dieses neue Gefühl gewöhnt hatte, doch als ich mich entspannte und Ian erlaubte, tief in mich hineinzustoßen, stöhnte ich auf, denn es war … unglaublich …

Gut.

Als seine Hüften gegen meine stießen, fühlte es sich an, als würde ich gleich zum zweiten Mal kommen. Er nahm meine Handgelenke und hielt sie über meinem Kopf fest, während er hart in mich hineinstieß, langsam wieder herausglitt und meine Lust immer weiter steigerte.

Jedes Mal, wenn er sich langsam zurückzog und dann hart in mich hineinstieß, erbebte ich. Jeder einzelne Muskel an Ians Körper straffte sich und zeigte sich in einem ganz neuen Licht, während er mich auf dem Bett festnagelte.

»Ian … ich … ich …« *Schrei.* Ich zog meine Hand aus seiner und griff nach dem nächstliegenden Kissen, um es mir auf den Mund zu drücken, während ich unter dem besten Orgasmus meines Lebens aufstöhnte. Mein gesamter Körper erbebte, und Ian hörte nicht auf. Härter, schneller, tiefer …

»Haze«, stöhnte er. »Haze, ich … ich …«

»Bitte«, flehte ich. Er sollte sich genauso gut fühlen wie ich, sollte in mir explodieren, sich in mir verlieren. Ich wollte dafür verantwortlich sein, dass er vor Glückseligkeit die Augen verdrehte.

Und als es geschah, als sein Körper über meinem erschauerte, war es auch um mich geschehen. Er schloss die Augen, während er förmlich in mir explodierte, und mein Herz raste vor Stolz, vor Staunen, vor Liebe.

Oh mein Gott, ich liebte ihn.

Verschwitzt und atemlos ließ er sich auf mich herabsinken. Schweigend glitt er aus mir heraus und rollte sich zur Seite.

»Heilige …«, murmelte er.

»… Scheiße«, beendete ich seinen Satz und kicherte.

»Du verstehst das nicht. Das war … das gerade … das war …« Er seufzte erneut und rieb sich mit der Hand übers Gesicht. »So habe ich es noch nie erlebt, Haze. Es hat sich noch nie so gut angefühlt.« Er beugte sich über mich und küsste mich auf die Wange. »Das war mehr als nur Sex. Tiefer. Es hat sich angefühlt wie …« Er verstummte. Aber ich wusste genau, was er dachte.

Es hatte sich angefühlt wie Liebe.

Ian sah mich an und lächelte. »Es hat mir gefallen, wie du meinen Namen ins Kissen geschrien hast.«

»Und mir hat gefallen, wie du …« – ich schwieg und zog die Nase kraus – »… alles gemacht hast.«

Er setzte sich auf, zog das Kondom ab und warf es in den Abfalleimer. Dann saß er nackt auf der Bettkante, noch immer ein wenig atemlos. Er nahm meine Hand und legte sie auf sein Herz. »Spürst du, was du mit mir machst, Haze? Mit dir überschlägt sich mein Herz.«

Ich liebte dieses Gefühl. Ich liebte es, dass er mir so viel Macht über sich einräumte, und ich liebte es, dass er so viel Macht über mich besaß.

Wir legten uns nebeneinander, noch immer nackt und entblößt – nicht allein unsere Körper, sondern auch unsere Herzen.

»Ich vermisse dich jetzt schon«, sagte er und legte die Lippen an meine Stirn.

»Ich vermisse dich mehr.« Ich biss mir auf die Unterlippe. »Können wir das noch mal machen, wenn du zurückkommst?«

Er lachte leise. »Und noch mal. Und noch mal. Schließlich gehörst du mir.«

Und du gehörst mir, Ian Parker.

Ganz und gar mir.

23. KAPITEL

IAN

In dieser Nacht schlief ich genau drei Stunden, aber das störte mich nicht. Ich hätte auch diese drei Stunden noch hergegeben, wenn Hazel nicht vor mir eingeschlafen wäre.

Am nächsten Morgen halfen sie und meine Großeltern mir, meine Koffer hinten auf Big Paws Pick-up zu laden, und als alles bereit war, hatte ich einen dicken Kloß im Hals. Ich hatte keine Ahnung, wie gut ich im Abschiednehmen war, denn bisher hatte ich noch nie Abschied nehmen müssen. Meine Eltern hatten mir keine Gelegenheit gegeben, mich von ihnen zu verabschieden, und seitdem waren alle um mich herum immer bei mir geblieben.

Das war das Gute am Leben in einer Kleinstadt: Man musste sich nie von den Menschen verabschieden, die einem am meisten bedeuteten – bis dass der Tod einen schied.

Aber nun musste ich es tun. Ich musste meiner Familie Lebewohl sagen und stellte bald fest, dass ich noch nicht bereit dazu war. Ich fühlte mich, als hätte jemand die Hände um meinen Hals gelegt und würde mit jedem Atemzug ein wenig fester zudrücken.

»Ich werde den Anfang machen«, erklärte Grams. In ihren Augen schwammen Tränen. Sie trat zu mir und schloss mich in ihre Arme. »Vergiss nicht, die Kontaktlinsen nachts rauszunehmen, ja? Sonst kannst du blind werden.«

»Jawohl, Ma'am.«

»Und bei der Liebe Gottes, bitte trenne die weiße von der bunten Wäsche, bevor du sie in die Maschine steckst. Und bitte, bitte, bitte, denk daran, regelmäßig zu waschen. Schmeiß nicht alles einfach in die Ecke, bis du nur noch eine Unterhose übrig hast«, ermahnte sie mich streng.

Ich lachte. »Ja, Ma'am.«

»Und eins noch.« Sie legte die Hände an meine Wangen. »Wenn du uns brauchst, rufst du an. Tag oder Nacht, du rufst an. Okay?«

»Okay. Versprochen.«

Sie beugte sich vor, gab mir einen Kuss auf die Wange und tätschelte sie zärtlich. Das war ihre Art, »die Küsse festzuklopfen«, wie sie immer sagte. »Okay, gut.«

Nun drehte ich mich zu Hazel um, die ein wenig abseitsstand.

Ich rieb mir die linke Schulter. »Bist du sicher, dass du nicht doch mit zum Flughafen kommen willst, Haze? Oder sogar mit nach L.A.?«, fragte ich, nur halb im Scherz. Ich musste immer wieder an unsere gemeinsame Nacht denken und wünschte mir nichts sehnlicher, als noch mehr solcher Nächte mit ihr zu verbringen. In einer perfekten Welt würde ich nach einem Tag im Studio nach Hause kommen, sie mit mir unter die Dusche ziehen und unter dem heißen, dampfenden Wasserstrahl lieben. Und in der Küche. Im Wohnzimmer. Im Esszimmer. An jedem erdenklichen Ort.

»Führe mich nicht in Versuchung«, sagte sie. »Wenn ich mit dir nach L.A. gehen würde, würde ich wahrscheinlich nie mehr zurückkehren wollen.«

»Also … gut, dann sagen wir wohl einfach …«

»Nicht, Ian«, unterbrach sie mich und schloss die Augen. »Sag nicht Lebewohl, okay? Nimm mich einfach in den Arm.«

Das tat ich, und sie hielt mich so fest wie niemals zuvor.

»Die letzte Nacht war perfekt«, flüsterte ich ihr ins Ohr.

»Perfekt, perfekt«, antwortete sie und löste sich ein wenig aus unserer Umarmung. »Du rufst mich an«, befahl sie. »Wann immer du kannst.«

»Versprochen. Wenn du willst, kannst du meinen Wagen nehmen, solange ich weg bin.«

Ich lachte, als ich hörte, wie Big Paw Grams fragte: »Seid wann sind die beiden so dicke miteinander?«

»Du kriegst wirklich nie was mit, Harry. Nicht mal die Dinge, die sich direkt vor deiner Nase abspielen«, antwortete sie.

Big Paw kratzte sich mürrisch den Bart. »Wenn wir in ein paar Stunden am Flughafen sein wollen, müssen wir langsam los.«

Es war eine lange Fahrt bis zum nächsten Flughafen, was bedeutete, dass wir uns früher auf den Weg machen mussten, als mir lieb war.

Ein wenig mehr Zeit mit Hazel und Grams hätte nicht geschadet.

Wieso hatte ich schon Heimweh, bevor ich überhaupt weg war?

Ich nickte Big Paw zu und nahm Grams und Hazel ein letztes Mal in den Arm.

Dann öffnete ich die Beifahrertür und schickte mich an, in die Fahrerkabine zu klettern.

»Ian, warte!«

Ich drehte mich um und sah Hazel auf mich zulaufen.

Sie stürzte sich in meine Arme und presste ihre Lippen auf meine. Ich küsste sie leidenschaftlich und wollte sie nie wieder loslassen.

»Ich werde dich so schrecklich vermissen Ian. Vergiss uns nicht, wenn du groß rauskommst, okay?«

»Wie könnte ich euch jemals vergessen? Und außerdem werde ich dich jeden Morgen und jeden Abend anrufen«, versprach ich.

Sie biss sich auf die Unterlippe. »Ich kann mir nicht vorstellen, dass das so funktioniert, Ian. Du wirst so mit deinem neuen Leben beschäftigt sein, und …«

»Wir werden uns die Zeit für die wichtigen Dinge nehmen«, unterbrach ich sie. »Und du bist wichtig.«

Sie senkte den Kopf, und als sie wieder aufblickte, sah ich das Lächeln, das ich so an ihr liebte. Wieder küsste ich sie. Zum ersten Mal in meinem Leben war die Musik nicht mehr das Einzige, das mir wirklich etwas bedeutete.

»Danke, Haze.«

»Wofür?«

»Dass du mir beigebracht hast, wieder zu fühlen.«

»Was zum Teufel war das denn?«, bellte Big Paw.

Grams wedelte seinen barschen Ton einfach fort. »Sei still, alter Mann. Lass die Kinder Kinder sein. Ich erinnere mich da an einen Jungen, der mich früher auch so geküsst hat.«

»Wer war das?«, knurrte Big Paw. »Dem werde ich gehörig in den Arsch treten.«

Grams lachte und schüttelte den Kopf. »Pst. Aber jetzt los, bevor du noch seinen Flug verpasst und er zurückkommen und Hazel noch einmal küssen muss.«

Ihre Worte zündeten ganz offensichtlich, denn Big Paw ließ den Motor an.

Ich starrte in den Außenspiegel, bis ich die beiden winkenden Frauen nicht mehr sehen konnte.

Die Fahrt zum Flughafen verlief schweigsam. Weder Big Paw, noch ich waren große Redner, aber das Schweigen störte mich nicht. Ich war zu sehr damit beschäftigt, darüber nachzudenken, was geschehen war und was mich erwartete. Am

Flughafen half Big Paw mir, meine Koffer von der Ladefläche zu hieven. Ich nahm meinen Gitarrenkoffer und stellte ihn auf den Bordstein, um mich von meinem Großvater zu verabschieden.

Big Paw kratzte sich wieder den Bart. »Hör zu, Ian, ich bin nicht so gut mit Worten wie deine Großmutter. Sie ist viel emotionaler als die meisten anderen Menschen, und, nun ja, sie findet auch immer die richtigen Worte. Aber so bin ich nicht, also werde ich einfach sagen, was ich sagen muss, und Ende.«

Er richtete das Basecap auf seinem Kopf und schob die Hände in die Taschen. Dann räusperte er sich. »Du bist mir schon auf den Zwirn gegangen, seit du ein kleiner Junge warst.«

Nicht ganz die Abschiedsworte, auf die ich gehofft habe.

»Es ist wahr.« Er nickte. »Du hast verdammt noch mal auf meinen Nerven rumgetrampelt. Deine gesamte Kindheit hindurch hast du mich in den Wahnsinn getrieben. Du hast nie das getan, was du solltest, und du bist für jedes einzelne graue Haar verantwortlich, das ich auf dem Kopf habe.«

»Soll das eine aufmunternde Abschiedsrede werden? Denn …«

»Halt den Mund und lass mich ausreden«, fuhr er mich an.

»Jawohl, Sir.«

Er trat von einem Fuß auf den anderen und drückte Daumen und Zeigefinger in die Innenwinkel seiner Augen. Als er mich ansah, waren seine Augen feucht. Ich hatte meinen Großvater noch nie weinen sehen. »Ich wollte dir nur sagen, dass du all das von mir hast. Die guten und die schlechten Eigenheiten. Du bist ein Spiegelbild deines alten Großvaters, Ian, und ich würde mir dich niemals anders wünschen als so, wie du bist. Also, flieg nach Los Angeles und zeig's ihnen, okay? Geh ihnen auf die Nerven wie der verdammte Teufel, der du bist. Provozier sie. Nerv die ganze Welt, bis dein Traum in Erfüllung geht.

Und wenn du ihn hast, halt ihn fest. Wage es nicht, dich auch nur ein einziges Mal zu diesem verfluchten Nest hier umzublicken, bis du es wirklich brauchst, aber wenn du zurückblickst, werden wir hier sein und auf dich warten.«

Verdammt …

Jetzt war ich es, der heulte.

Ich nickte schniefend. »Ja, Sir. Versprochen.«

»Gut. Und jetzt komm. Bringen wir den sentimentalen Scheiß hinter uns.« Er zog mich in seine Arme, und ich hielt ihn fest und vermisste ihn schon, bevor ich ihn überhaupt losgelassen hatte. »Ich bin stolz auf dich, mein Sohn«, sagte er leise, bevor er mich losließ. »Und jetzt geh und werde Rockstar.«

Ich nahm meine Gitarre und meine Koffer. Als ich durch die Tür in den Flughafen trat, wollte ein kleiner Teil von mir sich noch einmal umdrehen, aber ich tat es nicht.

Zurückzublicken war keine Option. Von hier an würde ich nur noch nach vorne schauen.

24. KAPITEL

HAZEL

Die Blätter der Bäume färbten sich bunt, und es dauerte nicht lange, bis der Sommer die Bühne für den Herbst freigab. In den folgenden Wochen gab ich mir alle Mühe, mich mit der Arbeit auf der Ranch zu beschäftigen.

Als Big Paw mich in sein Büro rief, war ich genauso nervös wie beim ersten Mal. Obwohl wir uns in den letzten Monaten durchaus nähergekommen waren – auf Big-Paw-Art, versteht sich, was sich nicht sonderlich nah anfühlte –, machte er mir noch immer ein wenig Angst.

»Setz dich, Hazel«, sagte er auf seine typisch barsche Art und kaute auf seiner Zigarre herum.

Ich nahm Platz und räusperte mich. »Wenn du mich wegen der Hühner gerufen hast, die aus ihrem Gehege ausgebrochen sind … ich übernehme die volle Verantwortung. Der neue Mitarbeiter hat das Tor offen gelassen, aber nur, weil ich ihm nicht gesagt habe, dass er es schließen sollte.« Die Worte sprudelten über meine Zunge, meine Hände waren schweißnass.

»Es geht nicht um das verdammte Hühnergehege«, brummte er.

»Oh.« Ich setzte mich auf meinem Stuhl zurecht und rieb mir die Hände an der Hose. »Warum wolltest du mich dann sprechen?«

»Ich habe deine Mutter vor ein paar Tagen gesehen.«

»Entschuldige, wie bitte?«

Er lehnte sich in seinem Sessel zurück und rieb sich das Kinn. »Ich bin ins Gefängnis gefahren, um mit ihr zu reden und zu sehen, ob es ihr gut geht. Sie sagt, sie hat deine Briefe bekommen, aber nach eurem letzten Gespräch hat sie ein zu schlechtes Gewissen, um dir zu antworten. Sie war zu dem Zeitpunkt immer noch auf Entzug, und ich glaube, sie hat ein paar Dinge gesagt, die sie nicht so gemeint hat.«

»Wie … Moment … was? Woher kennst du meine Mutter überhaupt?«

Er zog die Stirn kraus und verschränkte die Hände. »Holly und ich haben immer wieder Pflegekinder bei uns aufgenommen. Jean war selbst noch ein Kind, als sie in diese Gegend kam. Sie war schwanger und vollkommen verängstigt – nicht viel anders als heute. Wir haben sie aufgenommen, und ich habe mein Bestes gegeben, um für sie zu sorgen. Holly und ich, wir beide haben das. Sie war ein tolles Mädchen. Still, aber stark. Und sie hatte Träume. Sie sprach davon, dass sie aufs College gehen und einen Abschluss machen wollte. Dass dein Leben besser werden sollte, als ihres es gewesen war. Und sie sagte immer wieder, wie sehr sie dich liebte. Sie hatte Träume für euch beide – aber sie kam aus einer zerrütteten Familie. Sie hatte viele emotionale Wunden.« Er verzog finster das Gesicht, und ich hätte am liebsten losgeheult. »Sie, ähm … sie hat sich mit meiner Tochter angefreundet – Ians Mutter –, was das Schlechteste war, das ihr passieren konnte, fürchte ich. Bis heute gebe ich mir selbst die Schuld daran.«

»Woran?«

»Ich weiß es nicht«, sagte er leise, senkte den Kopf und nahm die Zigarre aus dem Mund. »An allem. Ich wusste damals nicht, dass meine Tochter und ihr Freund bereits Drogen nahmen. Sie hatten einen drei Jahre alten Sohn, und ich dachte, sie bräuchten einfach ein wenig Zeit, um sich in ihre neue Rolle als Eltern einzufinden. Nach deiner Geburt hast du ein paar Monate bei uns gewohnt, bis deine Mutter beschloss, zu meiner Tochter ins Farmhaus zu ziehen. Damals hat sie über meine Sarah auch Charlie kennengelernt.«

Fassungslos lehnte ich mich auf meinem Stuhl zurück. Ich hatte schon einmal in dem Haus auf der Farm gelebt? Mit meiner Mutter? Meine Mutter hatte Charlie über Ians Eltern kennengelernt?

Meine Gedanken rasten mit Überschallgeschwindigkeit. Ich hatte unendlich viele Fragen, aber ich wusste nicht mal, wo ich anfangen sollte. Big Paw musste mir meine Verwirrung angesehen haben, denn er richtete sich auf, und für einen kurzen Moment sah ich die Schuldgefühle in seinem Gesicht aufblitzen.

»Ich gebe mir die Schuld für so vieles, was deiner Mutter im Laufe der Jahre passiert ist. Wer weiß, wie euer Leben heute aussehen würde, wenn sie sich nicht mit Sarah angefreundet hätte? Sie hätte einen Collegeabschluss. Sie hätte etwas aus sich gemacht. Sie wäre niemals mit Charlie in Kontakt gekommen.«

»Vielleicht.« Ich zuckte die Schultern. »Vielleicht wäre ihre Situation heute aber auch noch schlimmer. Vielleicht wäre sie gestorben, wenn ihr sie nicht bei euch aufgenommen hättet. Big Paw, du bist nicht für die Entscheidungen verantwortlich, die deine Tochter oder meine Mutter getroffen haben. Du bist nicht derjenige, der diese Last zu tragen hat.«

»Warum fühlt es sich dann so verdammt schwer an auf meinem Rücken?«

Ich lächelte und legte meine Hand auf seine, die auf dem Schreibtisch lag. »Weil dein Herz so groß ist, dass du dir die Schuld für die Tragödien anderer Menschen gibst.«

Sein Blick wanderte zu meiner Hand, die auf seiner lag, und er sah mich streng an. Ich zog sie langsam wieder zurück.

Okay, offensichtlich sind wir noch nicht so weit, dass wir uns berühren, wenn wir uns trösten wollen. Schon verstanden.

»Alles, was ich damit sagen will, ist: Meine Mutter hat Entscheidungen getroffen, die sich auf ihr Leben ausgewirkt haben. Ihr habt sie bei euch aufgenommen, als sie ein Zuhause brauchte, und das ist mehr, als die meisten Menschen getan hätten. Zudem habt ihr mich aufgenommen.« Ich schwieg und kniff die Augen zusammen. »Sollte das eine Art Wiedergutmachung für das sein, was mit meiner Mutter passiert ist?«

Er nickte langsam. »Ich schuldete dir was. Du solltest die Chance bekommen, etwas aus deinem Leben zu machen, so wie deine Mutter es wollte, aber sie hatte nie die Gelegenheit, sie dir zu geben.«

Für einen großen mürrischen Mann war Big Paw der netteste Mensch dieser Welt. Ich konnte verstehen, warum Holly sich in ihn verliebt hatte. Hinter seiner massigen, abweisenden Erscheinung steckte der weichste Kern. Ian musste es von ihm geerbt haben. Die beiden waren wie Saure Zungen – extrem sauer, bis ihr süßes Innenleben zum Vorschein kam.

»Ich werde Sie nicht enttäuschen, Sir.«

Er lüpfte eine Augenbraue und sah mich an.

Ich räusperte mich. »Ich meine, Big Paw. Ich werde dich nicht enttäuschen, Big Paw.«

»Gut. Das bringt mich zum nächsten Thema: deine Arbeit hier auf der Ranch. Gefällt dir dein Job?«

»Ja. Mehr als ich es ausdrücken kann.« Zum ersten Mal in meinem Leben hatte ich das Gefühl, irgendwo hinzugehören. Ich hatte nie Zeit gehabt, große Träume zu träumen, denn ich glaubte, dass solche Träume nur etwas für diejenigen waren, die nicht aus einer Welt wie meiner kamen. Doch die Arbeit auf der Ranch hatte meine Meinung geändert. Ich hatte nie geglaubt, dass es mir wirklich gefallen würde, aber hier war ich, redete mit Pferden, fing Hühner ein und liebte jede einzelne Sekunde.

»Gut. Gut. Ich mach's kurz, deine Arbeitseinstellung übertrifft die aller anderen, die vor dir hier angefangen haben, einschließlich die meines Enkels. Du gehst weit über das übliche Maß hinaus, und das auch noch mit einem Lächeln im Gesicht. Und du bist jederzeit bereit, anderen zu helfen, was in meinen Augen besonders wichtig ist. Ich brauche gute Leute, die sich nicht scheuen, einander zu helfen. Deshalb möchte ich dir eine Beförderung anbieten. Ich möchte, dass du Ians alten Posten übernimmst.«

Ich riss die Augen auf. »Was? Im Ernst?«

»Ja. Du bist perfekt für diese Position, und du zeigst wahre Führungsqualitäten. Wenn du es wirklich willst, wirst du hier noch weiter nach oben kommen.«

»Ich fühle mich geehrt, Big Paw, und ich schwöre, ich werde härter arbeiten als je zuvor, um dir zu beweisen, dass du deine Entscheidung nicht bereuen wirst.«

»Das glaube ich sofort. Aber es gibt eine Bedingung.«

»Und die wäre?«

»Du musst dich für ein Collegeprogramm einschreiben, egal, ob am Community College draußen vor der Stadt oder online. Du musst aufs College gehen, Hazel. Du bist mehr als bloß ein Kleinstadtmädchen. Du kannst einen Abschluss machen, der dir den Weg in die Zukunft weisen wird. Und mach dir keine Gedanken über die Kosten. Holly und ich werden das übernehmen. Wenn du dir zum Beispiel vorstellen könntest, einmal eine Ranch zu führen, dann wäre ein Abschluss in Wirtschaft nicht schlecht. Ich will, dass du alle Chancen bekommst, die deine Mutter verpasst hat. Ich will, dass du mehr bekommst.«

In diesem Moment verstand ich, dass Big Paw mich tief in

seiner Seele wirklich mochte. Und er glaubte an meine Zukunft, was mir die Tränen in die Augen trieb. Doch ich weinte nicht, denn ich wusste, wie unangenehm Big Paw so etwas war. Bei Holly konnte man weinen, aber vor Big Paw blieb man stark. So funktionierte das mit Ians Großeltern. Den Großeltern von ganz Eres.

Ich schüttelte Big Paw die Hand und stand auf, um wieder zurück an die Arbeit zu gehen. Gleich heute Abend, würde ich mich an den Computer setzen und nach einem College suchen.

»Danke noch mal, Big Paw. Das wird mein Leben verändern.«

»Das hoffe ich. Du bist ein klasse Mädchen, Hazel. Vergiss das nicht.«

Ich lächelte und wandte mich zum Gehen, noch immer ganz erfüllt von Big Paws Kompliment. Doch er rief mich noch einmal zurück.

»Warte, Hazel. Zwei Dinge noch, bevor du gehst.«

»Ja?«

»Die Briefe an deine Mutter … schreib ihr weiter Briefe. Sie liest sie. Sie hat bloß das Gefühl, dass dein Leben ohne sie und ihre Sünden besser ist. Aber diese Briefe … ich glaube, sie helfen ihr, nicht durchzudrehen. Schreib weiter.«

»Das werde ich. Und das Zweite?«

Seine Brauen zogen sich zusammen, und er verschränkte die Hände. »Mein Enkel, Ian … er bedeutet dir etwas, oder?«

»Ja Sir – *Big Paw*.«

»Tu mir einen Gefallen und versuch ihm nicht wehzutun. Nachdem seine Eltern ihn verlassen haben, hat er Jahre gebraucht, um sich wieder jemandem gegenüber zu öffnen. Und ich weiß, dass es sehr viel mit dir zu tun hat. Wenn er dir also etwas bedeutet, dann meine es ernst mit ihm. Ich glaube nicht, dass er einen weiteren Verlust ertragen könnte.«

Ich gab ihm mein Wort. Ehrlich gesagt, jagte die Vorstellung, dass es mit uns – was auch immer wir waren – nicht funktionieren könnte, mir ohnehin schreckliche Angst ein. Zum ersten Mal in meinem Leben fühlte ich mich, als würde jemand meine Narben sehen und mich trotzdem schön finden. Jedes Mal, wenn ich an Ian dachte, schlug mein Herz Purzelbäume. Ganz sicher würde ich niemals etwas tun, was unser Happy End gefährden könnte.

Je härter ich auf der Ranch arbeitete, desto weniger Zeit hatte ich, daran zu denken, dass Ian mich nicht länger jede Nacht in seinen Armen hielt. Ich schlief weiterhin in seinen Pullis und wünschte mir, ich würde stattdessen seine Haut an meiner spüren. Außerdem hatte er mir seinen Pick-up überlassen, was mir sehr gelegen kam, wenn ich eine Runde drehen musste, um wieder einen klaren Kopf zu bekommen.

Wie versprochen, telefonierten wir jeden Tag. Trotz der zwei Stunden Zeitverschiebung und Ians vollgestopften Aufnahmetagen rief er jeden Morgen und Abend an.

Und wir schrieben uns jeden Tag unzählige Nachrichten. Ich war mir sicher, dass sein Leben im Augenblick einem Wirbelsturm glich. Die Band wurde immer häufiger in allen erdenklichen Medien besprochen. Sie hatten ihre erste EP mit drei ihrer Songs veröffentlicht, und sie war gut angekommen.

Ich folgte ihnen auf fünf Instagram-Accounts – jeweils eins für jeden der vier Jungs, und ein Haupt-Account für die Band –, und ich hätte gelogen, wenn ich behauptet hätte, dass ich die App nicht jeden Tag eine Million Mal aufrief, um nachzuschauen, ob es etwas Neues gab.

»Rihanna ist in echt genauso unglaublich, wie sie wirkt, und die Gerüchte sind wahr. Sie riecht einfach fantastisch«, sagte Ian einmal, als er spät abends anrief, als ich schon im

Bett lag. Es war nach zwei Uhr morgens in Eres, also kurz nach Mitternacht bei ihm. Die Jungs hatten einen vollgepackten Terminplan mit Radio-Interviews und Fernsehauftritten, um ihre neue Single zu promoten, die in Kürze rauskommen sollte.

Ich lachte. »Du hättest sie fragen sollen, ob sie mir einen von ihren neuen Fenty-Eyelinern geben kann. Ich will ihn unbedingt mal ausprobieren.«

»Das hättest du mir früher sagen müssen, dann hätte ich sie gefragt!«

Ich lachte. »Wo hast du sie überhaupt getroffen?«

»Wir sind gerade aus dem Aufnahmestudio gekommen, als sie zu einem Meeting aufkreuzte. Ich bin mir sicher, sie hatte keine Ahnung, wer wir sind, aber sie hat ›Hi‹ gesagt. Hazel, stell dir vor, Rihanna hat hi zu uns gesagt. Es wird immer krasser.«

Ich hielt mir gähnend die Hand vor den Mund und drehte das Handy ein wenig zu Seite, damit Ian es nicht hörte, denn jedes Mal, wenn er mich beim Gähnen erwischte, beendete er den Anruf auf der Stelle.

»Sieht so aus, als hätten jede Menge Groupies vor dem Radiosender auf euch gewartet. Ich habe die Bilder gesehen, die Marcus hochgeladen hat.«

»Echt krass, oder? Wer hätte gedacht, dass diese Kleinstadtjungs so viel Aufmerksamkeit bekommen würden? Da draußen standen Hunderte von Leuten und haben unsere Namen geschrien.«

»Vergiss nur nicht, dass ich deinen Namen zuerst geschrien habe«, scherzte ich.

»Ich kann es kaum erwarten, dich ihn wieder schreien zu hören. Du sollst so laut schreien, dass das ganze Land dich hören kann.«

Ich grinste und dachte wieder daran, wie ich mir ein Kissen auf den Mund gepresst hatte. Doch dann spürte ich ein seltsam nervöses Ziehen im Bauch. »Sieht nach ’ner Menge weiblicher Fans aus.«

»Ja. Marcus und Eric kriegen sich gar nicht mehr ein.« Er schwieg einen Augenblick. »Du bist doch nicht … eifersüchtig, oder?«

Ich wusste, dass ich keinen Grund hatte, eifersüchtig zu sein. Ich vertraute Ian. Doch den tollwütigen Fans, die sich einen Dreck um Ians Privatleben scherten, traute ich kein bisschen. Für sie war er Ian Parker, der aufsteigende Star am Rockhimmel, der so scharf war, dass ihm die Frauen reihenweise zu Füßen lagen. Doch für mich war er mein Ian. Der Kleinstadtjunge, der seine Tage damit verbracht hatte, mit mir Mist zu schaufeln und abends in der Scheune Musik zu machen.

»Du brauchst dir keine Gedanken zu machen, Hazel. Ich meine es ernst. Klar, hier sind jede Menge Mädchen, aber ich denke eigentlich nur daran, wie sehr ich mir eine Pause wünsche, um zu dir zu fliegen. Unser Presseagent will unbedingt, dass wir die nächsten Monate nonstop so weitermachen, um die Welle mitzunehmen, die wir gerade reiten, und Max macht mächtig Druck, uns nur auf die Musik zu konzentrieren. Keine Ablenkungen. Er hat gesagt, wenn er mich noch einmal im Studio am Handy erwischt, macht er es kaputt.«

Ich kaute auf meiner Unterlippe. »Ich hoffe, ich bin keine zu große Ablenkung. Ich werde mich bemühen, nicht mehr so oft zu schreiben.«

»Nein. Bitte. Schreib mir weiter. Schreib mir alles. Manchmal kann ich nicht sofort antworten, aber ich werde antworten, Haze. Versprochen. Ich möchte von dir hören. Du bist so was wie mein Kompass. Ich will mich nicht in dieser Welt verlieren. Du bist meine Straßenkarte nach Hause.«

Ich lächelte und zog mir seinen Kapu, auf den ich immer ein bisschen von seinem Parfüm spritzte, an die Nase, um seinen Geruch einzuatmen. Mein Gott … ich war süchtig nach ihm.

»Wo wir gerade davon sprechen … heute haben mir die Leute jede Menge Komplimente gemacht, die mir zu Kopf gestiegen sind«, sagte er. »Und damit mein Ego sich nicht allzu sehr aufbläst, möchte ich dich bitten, mir ein paar meiner Fehler vorzuhalten.«

Ich lachte. »Oh je. Bist du sicher? Das würde die ganze Nacht dauern.«

»Nur zu. Mach's kurz und schmerzhaft.«

»Du furzt im Schlaf«, sagte ich. »Und es stinkt. Wie faule Eier, schlimmer als Schweinemist. Richtig schlimm.«

»Oh, wow. Okay, das war schnell.«

»Du spülst nicht immer ab, wenn du auf dem Klo warst. Und du steckst das Toilettenpapier falschrum auf den Halter, wie ein Höhlenmensch. Manchmal kommst du so schnell vom Klo, dass du dir kaum die Hände gewaschen haben kannst, sodass ich am liebsten den HCT machen würde.«

»HCT?«, fragte er.

»Hände-Check-Test. Du weißt schon, wenn jemand vom Klo kommt und du ihm oder ihr die Hand schüttelst, um zu sehen, ob sie kalt und nass ist. Man kann auch dran riechen, um festzustellen, ob sie nach Seife riechen. Dann weiß man, dass derjenige sich die Hände ordentlich gewaschen hat.«

Er lachte. »Sag nicht, du läufst durch die Gegend und riechst an den Händen anderer Leute.«

»Ähm, nein. Aber wundere dich nicht, wenn ich es bei dir mache, wenn wir uns nächstes Mal sehen.«

»Und woher kennst du den HCT?«

»Meine Mom hat ihn immer gemacht, als ich klein war. Ich habe immer gelogen und behauptet, ich hätte mir die Hände gewaschen. Also hat sie den HCT erfunden, damit ich aufhörte.« Ich schwieg einen Augenblick. Mein Magen zog sich ein wenig zusammen, und ich gab mir alle Mühe, die Erinnerungen an meine Mama zu verdrängen. Es gab so wenige gute Erinnerungen, dass ich jedes Mal, wenn mir eine in den Sinn kam, am liebsten losgeheult hätte. Natürlich wollte ich mich an die guten Dinge mit Mama erinnern, aber dann vermisste ich sie jedes Mal nur noch mehr.

»Wie geht es ihr?«, fragte Ian, dem mein Schweigen nicht entgangen war.

»Oh, du weißt schon. So gut es eben gehen kann. Garrett gibt mir tatsächlich regelmäßig ein Update, ich kann es kaum glauben. Sie müsste bald das Baby bekommen.«

»Und was fühlst du bei alldem?«

Zu viel. Ich fühle zu viel.

Ich rollte mich zu einer kleinen Kugel zusammen. »Du schnarchst beim Schlafen wie ein Rhinozeros. Und wenn du dir die Zehennägel schneidest, lässt du die Splitter überall rumliegen, sogar in der Küche. Und habe ich schon erwähnt, dass du das Toilettenpapier falschrum aufhängst?«

Er lachte. »Okay, okay. Wir reden also nicht mehr über deine Mutter, schon kapiert. Aber das mit dem Toilettenpapier stimmt nicht.«

»Doch. Du hängst das Toilettenpapier so, dass es vorne runterhängt. Das ist falsch.«

»Nein«, widersprach er. »So kann man es besser abziehen. Es erleichtert den Zugriff.«

»Falsch, falsch, falsch«, gähnte ich. Es hatte mich einfach überkommen, und ich schlug eilig die Hand vor den Mund.

»Oh Mist. Es ist fast drei Uhr morgens bei dir, nicht wahr? Geh schlafen, Hazel.«

»Ich bin nicht müde.« Ich gähnte erneut.

»Du lügst. Ich melde mich morgen früh, bevor du zur Arbeit gehst. Schlaf gut. Und … Haze?«

»Ja?«

»Du schnarchst wie ein Elefant mit einer Erdnuss in der Nase.«

Ich kicherte. »Gute Nacht, Ian.«

»Gute Nacht.«

Er legte auf, und wenige Minuten später meldete mein Handy eine Nachricht.

Ian: Hier ist ein bisschen Lektüre für deine nächste Klositzung.

Es folgten fünf Artikel darüber, warum man das Toilettenpapier mit dem Abriss nach vorne hängen sollte.

Hazel: Ich könnte auch einen Artikel darüber finden, dass Bigfoot tatsächlich existiert, wenn du darauf bestehst. Und die Wahrheit über den Weihnachtsmann.
Ian: Bigfoot ist echt. Genau wie der Weihnachtsmann. Du solltest wirklich anfangen, alles zu glauben, was im Internet steht. Im Moment geht zum Beispiel ein Artikel darüber rum, dass ich einen gigantischen Schwanz habe. Glaube daran, Hazel.

Keine Sorge, Ian. Auf diesem Gebiet habe ich genügend Beweise gesammelt.

Hazel: Gigantisch liegt im Auge des Betrachters.
Ian: Ich lade dich ein, ihn genau zu betrachten, wenn ich dich das nächste Mal sehe.
Ich lächelte.

Hazel: Gute Nacht, du Spinner.
Ian: Haze?
Hazel: Ja?
Ian: Weißt du, was ich gerade denke?
Hazel: Ja. Ich auch.
Ian: Gut. Gute Nacht.

Ich wusste immer, was er dachte, auch wenn er es nie aussprach.

Ich liebe dich auch, Ian Parker.

Bevor ich die Augen schloss, öffnete ich Spotify und ließ die Songs von The Wreckage in Endlosschleife laufen, um dabei einzuschlafen. Auch wenn ich keine Ahnung hatte, wann ich Ian wiedersehen würde, zählte ich bereits die Tage. Und so wie jedes andere Mädchen auf diesem Planeten stellte ich mir vor, die Liebeslieder, die er sang, wären für mich geschrieben worden.

Am nächsten Morgen weckte mich eine Nachricht auf meinem Handy. Ich sah sofort nach, weil ich dachte, dass sie von Ian kam, doch es war Garretts Name, der auf dem Display aufleuchtete.

Garrett: Baby ist früher gekommen. Liegt auf der neonatalen Intensivstation oder so ähnlich. Sieht nicht gut aus.

Ich sprang aus dem Bett. Atemlos schlüpfte ich in irgendwelche Klamotten und lief aus dem Zimmer, während ich auf dem Handy herumtippte.

Hazel: Welches Krankenhaus?
Garrett: St. Luke's. Ca. 3 Std. Fahrt.
Hazel: Sind du und deine Mom da?

Garrett: Nee. Hab diese Woche kein Geld für Sprit.
Hazel: Bin unterwegs.
Garrett: Sie werden dich wahrscheinlich gar nicht zu ihr lassen.
Hazel: Ich bin ihre Schwester. Bin unterwegs.
Garrett: Dachte, du solltest wissen, dass wir das Kind nicht nehmen werden.

Was?

Hazel: Wie meinst du das? Warum nicht?
Garrett: Deine Mom will es zur Adoption freigeben.
Nein …

Wieder und wieder las ich Garretts Worte, als könnte ich sie damit ungeschehen machen.

Ich rannte zu Big Paws und Hollys Haus hinüber, wo die beiden bei ihrem Morgenkaffee saßen und über ein Kreuzworträtsel stritten.

»Hey, ähm, meine Mom, sie …« Mein Gott. Ich konnte nicht mal mehr richtig sprechen.

»Langsam, Liebes. Was ist passiert?«, fragte Holly.

»Meine Mom hat das Baby bekommen, aber es liegt auf der Intensivstation. Das Krankenhaus ist drei Stunden von hier entfernt, und ich m-muss dahin.« Meine Fingernägel gruben sich in meine Handflächen. »Aber ich fürchte, ich bin zu zittrig, um selbst zu fahren.«

Big Paw erhob sich und murmelte irgendetwas vor sich hin, während er nach seiner Trucker-Kappe griff und sie aufsetzte. »Na dann los. Fahren wir.«

Holly stand auf und ging zum Kühlschrank. »Ich packe ein bisschen was zu essen ein, und dann fahren wir los.« Sie holte ein wenig Obst und ein paar Frühstücks-Sandwiches heraus, die sie am Vortag vorbereitet hatte. Dann kam sie zu mir und sagte mit einem breiten Lächeln: »Keine Sorge, Hazel. Alles wird gut.«

»Wie kannst du das wissen? Wie kannst du sagen, dass alles gut wird? Sie liegt auf der Intensivstation. Ich weiß nicht sehr viel darüber, aber ich weiß, dass es nichts Gutes bedeutet. Und ... wenn Mama nicht bei ihr sein kann ... ist sie ganz allein. Sie ist da ganz allein, und es bricht mir das Herz.«

»Ich weiß, das ist ziemlich viel auf einmal, aber im Augenblick wird sie jede Menge Ärzte haben, die sich um sie kümmern. Und ich bin mir sicher, die Krankenschwestern beobachten jede ihrer Bewegungen. Sie ist nicht allein, und schon bald wird ihre Schwester bei ihr sein, und alles wird gut. Du musst nur fest daran glauben.«

Ich antwortete nicht, denn es fiel mir schwer, an das Gute zu glauben. Schließlich war ich in einer Welt aufgewachsen, in der ein solcher Glaube nie wirklich existiert hatte.

Die Fahrt verlief schweigend, abgesehen von dem Sportsender im Radio, und Big Paw, der hin und wieder etwas vor sich hin murmelte, als könnten die Gäste in der Talkshow seine Beschwerden über die miserablen Baseballspiele am Vorabend hören.

Holly saß auf dem Beifahrersitz und strickte etwas, an dem sie schon eine Weile arbeitete, und ich saß schweigend auf der Rückbank und knibbelte an meinen Fingernägeln. Ian hatte mir ein paarmal geschrieben, aber ich hatte noch nicht die Kraft gefunden, ihm zu antworten. Noch war ich zu sehr mit meinen eigenen Gedanken beschäftigt.

Wie konnte Mama nur glauben, meine kleine Schwester zur Adoption freizugeben, wäre die richtige Entscheidung? Meine aktuelle Lebenssituation war sicher nicht perfekt, aber ich konnte mir nicht vorstellen, irgendwo da draußen eine Schwester zu haben, die nicht Teil meines Lebens sein würde. Ich musste darum kämpfen, sie irgendwie in meinem Leben zu behalten.

Als wir das Krankenhaus erreichten, gestattete man uns Gott sei Dank, meine kleine Schwester zu sehen. Sie hatte noch keinen Namen und hing an Millionen von Maschinen. Winzige Schläuche führten in ihren Körper, und sie atmete mit kleinen flatternden Atemzügen, während ihr Brustkorb sich unentwegt hob und senkte.

»Sie ist eine Kämpferin«, sagte die Krankenschwester. »Sie hat einiges durchgemacht, aber sie kämpft wie der Teufel.«

»Sie ist so klein«, flüsterte ich und starrte auf das Neugeborene. Sie war wunderschön. Selbst mit all den Schläuchen und den irritierenden Geräuschen der Maschinen war sie einfach wunderschön.

Ich fragte mich, ob sie wohl ebenfalls mit haselnussbraunen Augen ins Leben gestartet war. Und ob sie wusste, dass sie nicht länger allein war.

»Würden Sie mich wohl einen Moment nach draußen begleiten?«, fragte Big Paw die Krankenschwester, und seine Stimme klang dunkel und schwer.

»Natürlich.«

Die beiden gingen hinaus, während Holly bei mir blieb. Sie legte ihre Hände auf meine Schultern und musste spüren, wie sehr ich zitterte.

»Sie darf nicht zur Adoption freigegeben werden«, sagte ich. »Das darf einfach nicht passieren. Sie ist die Einzige, die ich noch habe … die einzige Verbindung zu meiner Familie, Holly. Ich habe so viel verloren, und ich kann nicht auch noch sie verlieren. Ich darf meine Schwester nicht verlieren.«

»Pst, Liebes. Alles wird gut.«

Ich wünschte, sie würde aufhören, das zu sagen, denn im Augenblick sah es alles andere als gut aus. Alles war so verworren, und ich konnte mir nicht vorstellen, wie auch nur ein einziges all dieser Probleme allein mit positivem Denken gelöst werden sollte.

Wir setzten uns an das Bett, während Big Paw draußen mit der Krankenschwester sprach. Holly hatte die Arme um mich gelegt, doch ich konnte nicht aufhören zu zittern. Mein Handy meldet sich einige Male, während wir dort saßen.

Ian: Alles in Ordnung?
Ian: Ghosting passt nicht zu dir.

Wieder und wieder las ich seine Worte, bis ich schließlich aufstand. »Bin sofort wieder da, Holly.«

»Lass dir Zeit, Liebes. Und bestell ihm liebe Grüße«, antwortete sie.

Ich ging ins Treppenhaus, wo ich Ians Nummer eintippte und spürte, wie ein Gefühl der Ruhe mich überkam, als ich seine Stimme hörte.

»Hey Haze. Was ist los?«

25. KAPITEL

IAN

»Meine kleine Schwester ist da und liegt auf der Intensivstation. Es geht ihr nicht gut, aber die Schwestern sagen, sie kämpft und könnte es schaffen«, sagte Hazel leise und beherrscht.

»Und wie geht es dir?«

An ihrer Stimme konnte ich hören, dass es ihr nicht gut ging. Jetzt verstand ich, warum sie am Morgen nicht auf meine Nachrichten geantwortet hatte. Sie hatte jetzt eine kleine Schwester, die um ihr Leben kämpfte.

»Keine Ahnung. Meine Mom hat vor, sie zur Adoption freizugeben, statt sie bei Garrett und seiner Mutter zu lassen. Das bricht mir das Herz. Ich weiß, es klingt albern, aber dieses kleine Mädchen ist die einzige Familie, die ich noch habe ... und jetzt wird sie vielleicht bei jemand anderem aufwachsen.«

»Denk jetzt nicht so viel darüber nach. Versuche dich erst mal nur darauf zu konzentrieren, dass es dem Baby besser geht, okay?«

Sie schniefte. »Ja, okay.«

»Wie heißt sie?«

»Sie hat noch keinen Namen.«

»Okay. Erzähl mir von ihr. Wie sieht sie aus? Erzähl mir die guten Sachen, Haze. Sogar in den schlechten Teilen einer Geschichte gibt es immer etwas Gutes. Was ist das Gute?«

»Sie hat jede Menge Haare«, sagte sie, und ich hörte, wie ihre Stimme sich ein wenig veränderte, während sie nach etwas Gutem suchte.

»Ja?«

»Mhm. Schwarz wie die Nacht. Und dick. Mama hat immer gesagt, ich hätte kein einziges Haar auf dem Kopf gehabt, bis ich fast zwei Jahre alt war. Aber meine Schwester hat jede Menge Haare.«

»Was noch?«

»Die Krankenschwester sagt, ihre Werte werden besser. Wenn ich daran denke, was meine Mom vor der Schwangerschaft alles gemacht hat, wundert es mich, dass sie nicht noch mehr Probleme hat. Sie ist eine Kämpferin.«

»Das muss sie von ihrer großen Schwester haben.«

Sie lachte leise, wurde aber gleich wieder ernst. »Was soll ich nur tun, Ian? Was soll ich tun, wenn man sie einfach fortbringt?«

»Hey, komm. Alles wird gut.«

»Du klingst genau wie deine Großmutter.«

»Ich habe zwanzig Jahre lang mit ihr zusammengewohnt, und bisher hatte sie immer recht. Hab einfach ein wenig Hoffnung. Du brauchst gar nicht viel, nur genug, um dich bis morgen zu tragen.«

»Ian, verdammt! Wir brauchen dich hier drinnen!«, brüllte Max, der aus dem Studio gestürmt kam und mich draußen auf dem Bordstein sitzen und mit Hazel telefonieren sah.

Mist.

»Du hast gesagt, du gehst aufs Klo, und jetzt finde ich dich hier an deinem verdammten Telefon.«

Mist, Mist, Mist.

»Haze? Ich muss auflegen. Wir sprechen später, okay?«

»Okay. Bis dann.«

Ich legte auf und drehte mich um, wo ein extrem wütender Max Rider stand. »Tut mir leid«, sagte ich.

»Du verstehst offenbar nicht, welche Möglichkeit euch hier gerade eingeräumt wird, Ian. Millionen von Menschen würden alles tun, um in dieses Studio zu dürfen, und du hockst hier und verschwendest verdammt noch mal die Zeit und das Geld von uns allen, bloß um mit irgendeinem Mädchen zu telefonieren.«

»Sie ist nicht *irgendein* Mädchen«, widersprach ich. »Sie ist *das* Mädchen, und sie braucht mich.«

Max betrachtete mich von oben bis unten. »Komm schon, Junge. Du stehst kurz davor, dein Leben für immer zu verändern, und du riskierst das alles für eine Liebesgeschichte? Wach auf. Da drin warten drei Bandmitglieder darauf, dass du dieser Sache hier genauso viel Respekt entgegenbringst, wie sie es tun. Du bist der Leader dieser Band, richtig?«

Ich verzog das Gesicht. »Ja.«

»Dann hör auf, dich wie ein kleines Kind zu benehmen, und werde verdammt noch mal erwachsen. Es ist kein Scheiß, wenn die Leute dir sagen, dass ihr so eine Chance im Leben nicht zweimal bekommt. Setz es nicht für irgendein Kleinstadtmädchen aufs Spiel.«

Meine Hände ballten sich zu Fäusten, wie jedes Mal, wenn Max über Hazel sprach, als wäre sie bloß ein Teil meiner Vergangenheit, während ich verzweifelt überlegte, wie ich sie in meine Zukunft herüberziehen konnte. Aber ich sagte nichts, denn von außen betrachtet hatte er ja recht. The Wreckage hatte eine Chance bekommen, von denen Millionen nur träumen konnten, und Eric, James und Marcus verließen sich darauf, dass ich alles gab, genau wie sie.

»Entschuldige, Max. Ich schwöre dir, ich bin voll dabei.«

Er starrte mich aus schmalen Augen an, als wäre er nicht

ganz überzeugt, doch dann sagte er: »In Ordnung. Dann lass uns reingehen und arbeiten.«

Er hielt die Hand auf.

»Was?«

»Tu nicht so, Ian. Gib mir dein Handy. Du hast ab sofort Handyverbot im Studio.«

Es war schon weit nach Mitternacht, als wir in unsere Wohnung zurückkehrten. Ich war mir sicher, dass Hazel schon schlief. Bis Max mir endlich mein Handy zurückgegeben hatte, hatte ich Dutzende Nachrichten von ihr bekommen. Sie entschuldigte sich ein paarmal, weil ich ihretwegen Ärger bekommen und sie mit ihrem Anruf meine Zeit vergeudet hatte. Ihrer Schwester ging es ein wenig besser, aber sie behielten sie wachsam im Auge. Und sie machte mir ein Geständnis.

Hazel: Geständnis: Ich wünschte, du wärst hier. Ich weiß, es ist egoistisch, und unmöglich, aber ich wünsche es mir trotzdem, Ian. Ich wünschte, du wärst hier, um mich fest in den Arm zu nehmen.

Ich schrieb ihr zurück und versuchte meine furchtbaren Schuldgefühle zu verdrängen, weil ich nicht für sie da sein konnte.

Ian: Es ist schon spät, und ich weiß, dass du wahrscheinlich schon schläfst. Jedenfalls hoffe ich es. Aber ich wollte dir sagen, dass ich dich liebe, Hazel. Ich hatte nicht vor, es dir auf diese Weise zu sagen. Ich wollte warten, bis wir uns sehen und ich dich in meinen Armen halten kann, doch irgendwie scheint das Leben einen immer davon abzuhalten, dort zu sein, wo man am liebsten wäre. Aber du sollst wissen, dass ich dich liebe. Ich weiß, dein Leben ist im Augenblick nicht besonders schön, und ich wünschte, ich könnte dir die größte Last abnehmen und auf meinen Rücken laden. Ich wünschte, ich könnte dich in meinen Armen halten. Ich wünschte, ich könnte dich küssen. Ich wünschte, ich könnte an deiner Haut flüstern, dass ich dich liebe, und deine Sorgen fortwischen. Aber im Augenblick bleiben mir nur diese Nachrichten. Ich liebe dich, Hazel Stone. Alles wird gut werden.

Ich drückte auf »Senden«, und kurz darauf klingelte zu meiner Überraschung mein Handy. Als ich Hazels Name auf dem Display sah, nahm ich den Anruf sofort an.

»Du solltest schlafen«, sagte ich und ließ mich auf mein Bett sinken.

»Du auch«, erklärte sie. »Aber als ich deine Nachricht gelesen habe, musste ich einfach mit dir sprechen. Ich muss es von dir hören … auch wenn ich dich dabei nicht sehen kann, muss ich es von deinen Lippen hören. Bitte …«

Sie klang vollkommen erschöpft, als würde sie bereits schlafen und im Traum zu mir sprechen.

»Ich liebe dich«, flüsterte ich. »Ich liebe dich, ich liebe dich, ich liebe dich.«

Ihr Seufzer war so leise, doch ich drückte mein Handy fest gegen mein Ohr, als sie antwortete und die Worte sagte, von denen ich so sehr gehofft hatte, dass sie sie eines Tages fühlen würde. »Ich liebe dich auch.«

»Wieso klingst du so traurig?«

»Weil ich mittlerweile lange genug lebe, um zu wissen, dass Liebe nicht immer genug ist. Deshalb wollte ich das alles gar nicht erst anfangen. Deshalb hatte ich solche Angst, diese Grenze mit dir zu überschreiten. Dein Leben ist so schnell geworden, Ian, und dir und den Jungs passieren so viele wundervolle Dinge. Ihr habt so hart dafür gearbeitet, um dorthin zu kommen, wo ihr jetzt seid, und es wird noch so viel mehr kommen. Alles verändert sich in Warp-Geschwindigkeit, und ich freue mich so für euch, aber ich bin nicht Teil dieser Welt. Im Augenblick fühlt mein Leben sich eher an, als würde es rückwärtslaufen, nicht vorwärts. Oder zumindest stillstehen. Wir befinden uns auf unterschiedlichen Zeitsträngen, und ich möchte nicht, dass du versuchst, deine Welt langsamer zu drehen, damit ich noch mitkomme.«

Ich setzte mich ein wenig auf. »Du bist überwältigt und müde.«

»Hast du Ärger bekommen, weil du mit mir telefoniert hast?«, fragte sie.

»Haze ...«

Sie atmete tief ein. »Vielleicht hast du recht. Vielleicht bin ich einfach müde. Es war ein langer Tag, und ich sollte jetzt schlafen.«

»Ja, okay. Ich rufe dich morgen früh wieder an.«

»Schon okay«, sagte sie. »Das brauchst du nicht.«

»Ich rufe dich morgen früh wieder an«, wiederholte ich. »Ich liebe dich.«

Sie atmete tief aus. »Ich liebe dich auch.«

Ich hatte nicht gewusst, dass es sich so traurig anfühlen konnte, jemanden zu lieben.

26. KAPITEL

HAZEL

»Ich will sie haben«, erklärte ich entschlossen, während ich im Wartezimmer des Krankenhauses auf und ab lief. Es war unser dritter Tag hier, und meine Schwester erholte sich überraschend gut von dem Trauma, das sie durchlebt hatte.

Holly und Big Paw ließen sich mit verschränkten Händen und zerknirschten Gesichtern auf Metallstühle sinken.

»So einfach ist das nicht, Hazel«, sagte Holly und schüttelte den Kopf. »Es gibt Gesetze und Regularien …«

»Ist mir egal. Ich will sie. Ich will meine Schwester. Ich bin absolut in der Lage, mich um sie zu kümmern; ich weiß es. Bitte tut, was ihr damals für meine Mutter getan habt, und für eure anderen Pflegekinder. Oder helft mir wenigstens, dass ich sie zu mir nehmen kann. Um alles andere kümmere *ich* mich, ich verspreche es euch.«

»So einfach ist das nicht«, wiederholte Big Paw Hollys Worte, was mich vollends in Rage brachte.

»Doch, ist es.«

»Die Situation ist anders als damals. Das hier ist ein neugeborenes Baby, Hazel. Von einer Mutter, die ihr Kind abgeben will …«

»Das würde sie nicht, wenn sie wüsste, dass ich sie nehmen will. Sie würde wollen, dass wir zusammenbleiben. Sie würde niemals ihre beiden Mädchen voneinander trennen.«

»Hazel …«, begann Holly, doch ich unterbrach sie.

»Nein.« Ich straffte die Schultern und schlang die Arme um meinen Oberkörper. »Nein. Ihr habt es versprochen. Ihr habt geschworen, dass alles gut wird. Es muss also einen Weg geben. Es muss irgendeinen Weg geben, dass dieses kleine Mädchen bei mir bleiben kann. Sie ist alles, was ich noch an Familie habe. Ich kann euch dafür bezahlen, dass ihr mich mit den richtigen Leuten in Kontakt bringt.«

»Du weißt verdammt gut, dass es hier nicht um Geld geht, junge Dame«, fuhr Big Paw mich an, als wäre er zutiefst verletzt, dass ich so etwas überhaupt denken konnte. Aber was sollte ich tun? Meine Gedanken drehten sich, und die Verzweiflung verschlang mich.

»Was ist es dann?«, rief ich.

»*Du*«, gab er zurück und zeigte auf mich. Er stand auf, und jetzt war er es, der im Raum auf und ab marschierte. »Du und deine Zukunft, Hazel. Du hast die ganze Welt vor deiner Nase.« Er schnippte mit den Fingern. »Sie ist zum Greifen nah, und ich weigere mich zuzulassen, dass du all das einfach wegwirfst. Du hast so hart dafür gearbeitet, nicht so zu enden – ein Kind großzuziehen, wo du selbst noch ein halbes Kind bist. Dein ganzes Leben lang hast du dich um andere gekümmert, um deine Mutter. Du hattest nie eine Chance, selbst ein Kind zu sein. Ich weigere mich, das zu tun. Ich weigere mich, dir diese winzige Chance auf ein gutes Leben zu nehmen, nur damit du dich wieder um jemand anderen kümmerst. Ich habe gesehen, was passiert, wenn ein junger Mensch gezwungen ist, sich um ein Kind zu kümmern, obwohl er noch nicht bereit dazu ist. Ich habe zusehen müssen, wie meine eigene Tochter zerbrochen ist und sich selbst die Chance genommen hat, etwas aus ihrem Leben zu machen. Ich werde nicht zulassen, dass es dir ebenso geht. Ich verbiete dir, deine Chance auf eine Zukunft einfach wegzuwerfen.« Er hatte Tränen in den Augen, und seine Stimme versagte, während er sprach.

Ich hatte Big Paw noch nie so gesehen, und ich wusste, dass seine Worte tief aus seiner Seele kamen.

Er schniefte ein wenig, und ich stand da und sah den Riesen an, der sich so sehr bemüht hatte, stark zu bleiben.

»Big Paw …«, sagte ich leise und schüttelte den Kopf. »Bei allem Respekt, ich bin nicht deine Tochter. Ich würde niemals die Mutterrolle annehmen und dann vor ihr davonlaufen. Ich würde weder dich noch meine Schwester jemals im Stich lassen. Ich würde hierbleiben und mich mit allem, was ich habe, dafür einsetzen. Ich weiß, dass es wichtig ist, meinen Weg zu finden, und ich werde daran arbeiten – versprochen. Aber es gibt eine Sache, die ich mir immer gewünscht habe.«

»Und was ist das?«

»Eine Familie.«

Holly runzelte die Stirn. »Aber Liebes, du bist doch noch so jung.«

»Vielleicht an Jahren, aber nicht an Erfahrung. Bitte, ihr beide. Helft mir, eine Lösung zu finden. Helft mir wenigstens rauszufinden, ob es möglich wäre. Sonst werde ich mir den Rest meines Lebens vorwerfen, dass ich nicht alles gegeben habe, um wenigstens das bisschen Familie zu behalten, das mir noch geblieben ist.«

Die beiden schwiegen lange und sahen sich an. Sie hatten eine unglaublich machtvolle Art, miteinander zu kommunizieren, ohne ein einziges Wort zu sagen. Big Paw klopfte mit der Faust immer wieder gegen seine Lippen, und Holly rieb sich mit der Handfläche über die Wange.

»Ich werde nichts versprechen«, knurrte Big Paw schließlich und sah mich an. »Ich habe so etwas noch nie gemacht, aber ich weiß, dass es nicht einfach werden wird.«

»Das ist okay«, erwiderte ich eifrig. Ich war bereit, alles zu tun, um für meine kleine Schwester sorgen zu dürfen. Ich würde jede Hürde nehmen und mir buchstäblich ein Bein ausreißen, wenn es bedeutete, dass ich meine kleine Schwester zu mir nehmen könnte.

»Und du wirst aufs College gehen. Egal, was passiert, du wirst einen Abschluss machen.«

»Ich kann mich für ein Online-Studium einschreiben«, versprach ich. »Ich werde alles tun, was nötig ist. Ich schwöre es dir, Big Paw.«

Er sah mich finster an, doch ich wusste, dass er es nur tat, weil er beschlossen hatte, mir zu helfen. »Ihr Frauen bringt mich noch ins Grab«, brummte er dann.

Ich lief zu ihm, schlang die Arme um seinen Körper und drückte ihn so fest, dass ich ihm vermutlich die Luft aus den Lungen presste. »Danke, Big Paw.«

»Hab noch gar nichts getan.«

»Trotzdem danke. Für alles, was du für mich getan hast.«

Er schenkte mir ein halbes Lächeln, und ich sage euch, es war das erste Mal, dass ich seine Lippen so etwas für jemand anders als Holly tun sah. »Sollten wir es mit Gottes Hilfe tatsächlich schaffen, weigere ich mich, auch nur eine einzige Windel zu wechseln.«

»Oh Harry. Du wirst alles wechseln, was wir dir auftragen«, erklärte Holly.

Big Paw grummelte noch ein wenig vor sich hin, denn er wusste, dass sie recht hatte. Dann setzte er sich wieder auf seinen Stuhl und deutete auf den Korridor hinaus. »Geh und sieh nach deiner Schwester. Wir kommen gleich nach.«

Ich verließ das Wartezimmer und ging den Korridor hinunter. Bevor ich die Intensivstation betrat, wusch ich mir gründlich die Hände. Sie hatten meine Schwester innerhalb der Station verlegt. Mittlerweile war sie nicht mehr an so viele Maschinen angeschlossen, und ihr Inkubator hatte Öffnungen, durch die man ihre Händchen halten konnte.

Ich trat zu ihr und lächelte, als ich sie dort liegen und schlafen sah. Sie war so klein, aber so stark, so eine Kämpferin.

Meine Hand schob sich in den Inkubator, und ich legte einen Finger in ihre Handfläche, damit sie danach greifen konnte. Ihre Finger waren eisig, und ich gab mir alle Mühe, sie zu wärmen. Ich schniefte ein wenig, als sie hin und her zappelte und winzige Laute von sich gab. Viele Kinder auf der Station weinten stundenlang. Nicht so meine Schwester. Sie gab kaum ein Geräusch von sich. Wenn ich es nicht besser gewusst hätte, hätte ich vielleicht gar nicht gemerkt, dass direkt vor mir ein Baby lag.

»Hey Süße«, flüsterte ich und sah auf den kleinen Engel hinunter. »Du kennst mich nicht, aber du wirst mich schon sehr bald kennenlernen. Ich bin deine große Schwester, die sich um dich kümmern wird, wenn du hier rauskommst. Das ist sicher nicht, was du erwartet hast. Auch ich habe nicht damit gerechnet, dass mein Leben so eine Wendung nehmen würde. Aber so ist das im Leben. Manchmal ändert es sich einfach, ohne uns vorher um Erlaubnis zu fragen. Und deshalb müssen wir beide zusammenhalten, okay? Denn wenn das Leben eine unerwartete Wendung nimmt, ist es einfacher, wenn man jemanden an seiner Seite hat, an dem man sich festhalten kann. Also halt dich an mir fest, Schwester. Ich passe auf dich auf.« Vielleicht bildete ich es mir nur ein, aber es fühlte sich an, als wäre ihr Griff um meinen Finger ein wenig fester geworden. Ich hielt weiterhin ihre Hand, und endlich öffnete sie die Augen. Seit Tagen wartete ich darauf, dass sie mich ansah, dass ich ihre Augen sehen durfte.

Ihre wunderschönen haselnussbraunen Augen.

»Sie ist genauso schön wie ihre Schwester«, sagte eine Stimme hinter mir. Ich erstarrte und zog meine Hand aus dem Inkubator. Seine Stimme war tief und rauchig und gehörte mir.

Mit offenem Mund schlug ich die Hand vor die Brust und sah ihn an. Ian hatte tiefe Ringe unter den Augen, und sein Haar war zerzaust, als hätte er es seit Tagen nicht mehr gekämmt. Aufrecht und entspannt stand er da, die Hände in den Taschen seiner Jeans vergraben. Seine Augen strahlten, als er mich ansah, und um seine Lippen spielte ein winziges Lächeln.

Schwermut senkte sich in meinen Bauch, während mein Herz schneller schlug. »Was machst du denn hier?«

»Ach, komm schon, Haze«, sagte er leise und zog mich in seine Arme. »Ich denke, das weißt du.«

Ich schmolz in seine Umarmung, als wäre er die Sonne und ich ein Eiswürfel. Meine Hände legten sich auf seine Brust, und ich betete, dass ich mir seine Anwesenheit nicht nur einbildete.

»Du bist wirklich hier?«, fragte ich.

»Ich bin wirklich hier.« Er küsste mich auf die Stirn, und ich verliebte mich noch viel mehr in ihn. »Tut mir leid, dass ich so spät komme.«

»Aber wie …? Ich dachte, dein Terminplan für die nächsten Wochen ist komplett voll.«

»Ich hab noch eine Lücke gefunden.«

»Ian …« Der Gedanke, dass er mich über die Musik gestellt haben könnte, gefiel mir gar nicht, denn genau davor hatte ich die größte Angst: dass er seine Träume aus den Augen verlieren könnte, weil ich seinen Blick trübte.

»Pst, Haze. Es ist okay. Glaub mir. Ich habe eine Lösung gefunden. Wir haben einen Tag frei, und da bin ich sofort ins Flugzeug gestiegen. Ich fliege heute Abend wieder zurück, aber ich konnte mir einfach nicht vorstellen, nicht hier zu sein, wenn du mich brauchst.«

»Du bist nur für ein paar Stunden gekommen?«, fragte ich. »Du musst vollkommen erledigt sein.«

»Ja, aber das war es mir wert. Und jetzt stell mich deiner Schwester vor.« Er wollte an ihr Bett treten, doch ich verstellte ihm wie eine echte Helikopter-Mama den Weg.

»Warte! Du musst dir die Hände waschen, bevor du sie anfassen darfst.«

Er grinste und hielt die Hände hoch. »Hab ich schon. Die Schwester hat mir alles erklärt. Nur zu, mach den HCT.«

Als ich mich vorbeugte, roch ich die Krankenhausseife an seinen Händen. Dann lächelte ich und sagte: »Okay, du darfst.«

Wir stellten uns rechts und links neben den Inkubator und schoben die Hände durch die Löcher. Ian nahm ihre linke Hand, ich ihre rechte, und es sah beinahe aus, als würde sie lächeln. Natürlich wusste ich, dass es kein richtiges Lächeln sein konnte und sie vermutlich bloß Blähungen hatte oder so, aber ihre Mundwinkel zogen sich nach oben, und ein Glücksgefühl durchströmte mich. Zum ersten Mal seit Tagen entspannte ich mich ein wenig.

»Ich will mit dir schimpfen, weil du hier bist, und gleichzeitig will ich dich küssen, weil du hier bist«, flüsterte ich, als Ian und ich im Hotelzimmer lagen. Big Paw, Holly und ich hatten in den letzten Tagen im Hotel übernachtet, um in der Nähe zu sein, falls irgendetwas passierte. Die beiden saßen in ihrem Zimmer und recherchierten, während ich jede Sekunde mit Ian in mich aufsog.

In etwa zwei Stunden musste er schon wieder los, und ich wollte mich um ihn herumwickeln und ihn für immer festhalten.

»Dann küss mich lieber. Das ist eindeutig die bessere Wahl.«

Ich lächelte, was wiederum ihn zum Lächeln brachte.

»Genau das hat mir gefehlt, Haze. Dein Lächeln. Du hast mir neulich Nacht am Telefon ganz schön Angst gemacht, als du meintest, mein Leben würde vorwärtsrasen und deins stillstehen. Es klang, als hättest du Zweifel, und ich habe richtig Panik bekommen.«

»Ich weiß, entschuldige. Aber wenn ich ehrlich bin, fühlt es sich immer noch so an. Und wenn ich mich tatsächlich um meine Schwester kümmern darf, wird sich mein Leben noch einmal radikal verändern. Aber so hast du dir unsere Beziehung ganz sicher nicht vorgestellt, und ich möchte deinen Träumen auf keinen Fall im Weg stehen. Du musst gerade Vollgas geben, denn ihr steht kurz davor abzuheben.«

»Gib mir einfach eine Chance, dir zu beweisen, dass wir es hinkriegen, okay? Gib uns nicht so schnell auf, Hazel. Ich weiß, dass es funktionieren kann.«

Die Schmetterlinge in meinem Bauch schlugen mit den Flügeln, als er meine Hände in seine nahm. »Ich werde nirgendwo hingehen Ian, ich verspreche es. Ich bin hier. Ich bin nur vorsichtig und realistisch.«

»Gut, dann hör auf damit«, lachte er und küsste meine Handflächen. »Träum einfach ein bisschen mit mir.«

Ich wollte ihm widersprechen und sagen, dass wir nicht in einer Traumwelt leben konnten, aber schon in wenigen Stunden würde er wieder fort sein, und ich wollte nicht, dass er mit einem schlechten Gefühl nach L.A. flog. Also küsste ich ihn.

Er erwiderte meinen Kuss und zog eine Augenbraue hoch. »Also, wegen der Sache mit dem Schreien …«, begann er mit einem schlauen Lächeln.

»Okay.« Ich kicherte. »Zieh dich aus.«

Für ein paar Stunden gestattete ich mir, von einer Welt zu träumen, in der er er und ich ich sein konnte, und das allein genügte.

Am nächsten Tag fuhren Big Paw, Holly und ich zurück nach Eres. Es fiel mir unendlich schwer, meine Schwester allein zu lassen, aber wir mussten zurück, um mehr Informationen zu besorgen. Big Paw sagte, dass es sehr helfen würde, wenn wir Charlie dazu bewegen konnten, mir das Sorgerecht zu übertragen, aber ich konnte mir kaum vorstellen, dass uns das gelingen würde. Charlie würde der Frau, die dafür verantwortlich war, dass er hinter Gittern saß, niemals freiwillig etwas geben.

Doch ich war bereit, alles zu versuchen.

Im Radio lief ein Song von The Wreckage, und wir drei rasteten förmlich aus vor Begeisterung.

»Ist es zu glauben?«, rief Big Paw und schlug sich mit der Hand auf den Oberschenkel. »Ian hat es tatsächlich geschafft, hm?«

»Ja, das hat er.« Holly strahlte.

Big Paw drehte die Lautstärke hoch, und ich sang jedes Wort mit, als hätte es jemand in mein Hirn gebrannt. Ians Stimme im Radio zu hören, gab mir ein seltsames Gefühl der Hoffnung. Vielleicht hatten er und Holly ja recht. Vielleicht würde am Ende tatsächlich alles gut werden. Und wenn es so aussah, als würde es nicht gut ausgehen, war es vielleicht einfach noch nicht zu Ende. Ich hatte genug Hoffnung gehabt, um den gestrigen Tag zu überstehen, und ich würde genug Hoffnung haben, um durch den morgigen Tag zu kommen.

Geduld hieß das Spiel, das wir spielten, und ich war fest entschlossen, die beste Spielerin zu sein.

27. KAPITEL

HAZEL

Hazel: Geständnis: Ich habe eure Songs in Dauerschleife gehört.
Ian: Geständnis: Jedes Mal, wenn ich ein Liebeslied singe, singe ich es für dich.

Big Paw, Holly und ich hatten alle Hebel in Bewegung gesetzt, um meine kleine Schwester nach Hause zu holen. Zu unserem Glück besagten zahlreiche Gesetze, dass ein Kind vorzugsweise in die Obhut eines Familienangehörigen übergeben werden sollte, was mir ein wenig Hoffnung gab.

Trotzdem brauchte ich mehr Informationen, und zwar ausgerechnet von den Menschen, die nicht besonders scharf darauf waren, sich mit mir zu unterhalten.

Garretts Blick sagte mir, dass er es satt hatte, ständig von mir ausgefragt zu werden, aber es gab niemanden, an den ich mich sonst hätte wenden können, um mehr über Charlie zu erfahren. Ich wusste, dass die beiden in Kontakt standen, und ich musste einen Weg finden Charlie davon zu überzeugen, das kleine Mädchen mir zu überlassen.

»Hör zu, Hazel. Ich hab dir schon mehr gegeben, als du verdient hast, und langsam reicht es mir, dass du ständig hier aufkreuzt und irgendwelche Forderungen stellst.« Sein Atem roch nach Whiskey, seine Augen waren blutunterlaufen. Er war eindeutig betrunken, denn er schwankte massiv von einer Seite zu anderen, und er stand zudem unter dem Einfluss irgendeiner Droge. Je mehr sich alles veränderte, desto mehr blieb alles, wie es war.

»Das ist keine Forderung, Garrett; es ist eine Bitte. Ich möchte, dass du versuchst, Charlie davon zu überzeugen, meine Schwester bei mir aufwachsen zu lassen. Ich kann mir nicht vorstellen, dass sie im Haus eines Fremden leben soll, obwohl sie eine Familie hat.«

»Im Unterschied zu einer Pflegefamilie hast du dem Kind doch überhaupt nichts zu bieten. Du bist bloß beschissen selbstsüchtig, das ist alles.«

»Mag sein. Aber ich bin nicht allein. Big Paw und Holly würden mir helfen. Wir haben eine ganze Familie, die nur darauf wartet, diesem kleinen Mädchen ins Leben zu helfen, und sie verdient es, bei ihrer Familie aufzuwachsen.«

»Vergiss es, Hazel. Vergiss den ganzen Mist«, murmelte er und wandte sich ab, um wieder reinzugehen.

Ich hielt ihn am Arm fest. »Garrett, warte. Bitte. Ich verstehe das nicht. Ich weiß, du hasst mich aus vielerlei Gründen, und das kann ich durchaus nachvollziehen. Aber ich weiß auch, dass du mich kennst. Und du weißt, wie wichtig mir die Familie ist. Wenn du nur mit Charlie reden könntest und …«

»Es würde nichts bringen«, fuhr er mich an.

»Vielleicht ja doch.«

»Glaub mir, würde es nicht. Charlie kann nichts für das Kind tun.«

Ich kniff die Augen zusammen. »Natürlich kann er das. Als sein Vater …«

»Verdammt, Hazel! Schalt mal dein Hirn ein, okay?« Garretts Ausbruch ließ mich ein wenig zurückweichen. »Es ist nicht sein Kind, verdammt. Okay? Also vergiss es. Vergiss die Kleine.«

Mein Magen zog sich schmerzhaft zusammen, und panische Angst überkam mich. »Was hast du da gerade gesagt?«

»Ich habe gesagt, du sollst es vergessen.«

»Nein.« Ich fuhr mir mit beiden Händen durch die Haare. »Du hast gesagt, Charlie ist nicht der Vater.«

Er senkte die Brauen und rieb sich mit dem Daumen die Nase. »Was? Nein, hab ich nicht.« Dann zog er die Nase kraus und sah mich verwirrt an.

»Doch, hast du. Du hast gesagt, Charlie ist nicht der Vater.«

»Scheiße«, murmelte er und rieb sich mit den Händen übers Gesicht. »Hör zu, du musst jetzt gehen, Hazel.« Er wollte die Tür zuschlagen, aber ich schob meinen Fuß dazwischen.

»Garrett«, flehte ich. »Bitte.«

Er seufzte und warf die Hände in die Luft. »Es wird dir nicht gefallen.«

»Schon okay. Ich will einfach nur wissen, was los ist.«

Mit einem finsteren Blick schob er die Hände in die Taschen und lehnte sich gegen den Türrahmen. »Charlie kann keine Kinder kriegen. Er hat sich schon vor Jahren operieren lassen, damit das nicht passiert. Er meint, er kann sich nicht ums Geschäft kümmern, wenn ihm kleine Scheißer zwischen den Beinen rumlaufen. Du wärst schon nervig genug.«

Was?

»Wer ist dann der Vater?«

Seine Unterlippe zuckte, und er schüttelte den Kopf. »Hör zu, Hazel, ich verstehe, wieso du denkst, dass du das wissen willst, aber …«

»Sag es mir.«

Er senkte den Kopf und murmelte: »Ich.« Und mit einem Mal war alles anders. »Wieso glaubst du, bin ich die letzten Monate immer wieder zu ihr gefahren?«

Mein Brustkorb zog sich zusammen, und alle Luft entwich aus meinen Lungen. Ich taumelte zurück. »Was?«

»Ich wollte nicht, dass so was passiert, okay? Irgendwann haben deine Mom und ich mal abends zusammen was eingeschmissen. Du warst in der Bücherei und hast gelernt oder so 'n Scheiß, und, na ja, eins führte zum anderen, und so weiter …« Er verstummte, während ich versuchte, mit meinen eigenen Gedanken Schritt zu halten. Damit hatte ich ganz sicher nicht gerechnet.

Meine Mutter hatte mit meinem Ex geschlafen.

Wenn das nicht verstörend war, dann wusste ich nicht, was verstörend bedeutete. Aber in all dem Durcheinander gab es auch einen Lichtblick. Charlie war nicht der Vater. Ich brauchte nicht seine, ich brauchte Garretts Zustimmung.

Obwohl ich ihm vor Wut am liebsten die Faust ins Gesicht gerammt hätte, riss ich mich zusammen, denn ich brauchte immer noch seine Hilfe.

»Du willst das Kind nicht behalten?«, presste ich durch meine zusammengebissenen Zähne.

»Verdammt, Hazel. In meinem Leben ist kein Platz für ein Kind. Meine Mom wollte sie nehmen, na ja, du weißt schon … von wegen Verantwortung und so, aber deine Mom und ich haben beschlossen, dass es am vernünftigsten ist, dem Kind eine echte Chance im Leben zu geben.«

»Mit mir«, sagte ich und legte eine Hand auf meine Brust. »Sie kann bei mir eine echte Chance bekommen, Garrett. Ich will sie nicht einfach nur – ich brauche sie. Sie ist meine Familie.«

Er senkte erneut den Kopf und trat mit den Füßen in den Staub. Ich wusste, dass er betrunken und high war, aber irgendwo musste doch etwas in ihm verstehen, dass ich die Richtige für seine Tochter war.

»Ich nehme keine Drogen und trinke kaum Alkohol, von jetzt an gar nicht mehr. Mein ganzes Leben lang habe ich mich um meine Mom gekümmert, und um dich, wenn du es nicht selbst konntest, Garrett. Ich war immer für dich da, selbst wenn ich es nicht hätte sein sollen, aber so bin ich nun mal. Ich kümmere mich um die Menschen, die mir etwas bedeuten. Und ich werde mich immer um sie kümmern.«

Er rieb sich mit der Hand unter der Nase und zuckte mit den Schultern. »Du willst das echt, was?«

»Ja, ich will das echt.«

Er kniff ein Auge zu, weil die Sonne ihm ins Gesicht schien. »Und du hasst mich nicht deswegen?«

»Oh, glaub mir, ich hasse dich. Aber … hier geht es nicht um dich oder mich. Hier geht es um sie, und meine Gefühle für dich werden mich nicht daran hindern, für sie zu sorgen.«

Er blies eine Rauchwolke aus und nickte. »Meinetwegen. Wie du willst. Sag mir einfach, was ich tun muss.«

Ich hatte nicht gewusst, dass mein Herz so gebrochen und zugleich so geheilt sein konnte, und das durch diese wenigen Worte. »Du musst einen Vaterschaftstest machen, und wir müssen alles schriftlich festhalten.«

»Was immer du willst. Sag mir einfach, was ich tun muss, und wann.«

Ich nickte und dankte ihm. Als ich mich umdrehte und wegging, rief Garrett mir noch einmal hinterher.

Er wirkte erschöpft, wie so viele, mit denen ich aufgewachsen war. Sein Haar wurde dünner, seine Zähne waren gelb, und er folgte einem Weg in ein Leben, das ich mir nie für uns gewünscht hatte. Er sah so viel älter aus, als er es war, und für eine Sekunde tat er mir leid.

Jahrelang hatte ich mir so sehr gewünscht, Garrett davor

bewahren zu können, sich selbst zu zerstören, aber ich lernte schnell, dass man niemanden retten konnte, der nicht gerettet werden wollte. Alles, was einem blieb, war das Licht anzulassen und zu hoffen, dass er sich selbst rettete und den Weg nach Hause fand.

»Rosie«, sagte er und strich sich die fettigen Haare aus dem Gesicht. »So hieß meine Großmutter.«

Ich nickte. »Danke, Garrett. Pass auf dich auf.«

Er sagte nichts mehr, und ich ging zu Ians Wagen und fuhr nach Hause.

Nach Hause, an den Ort, der bald auch das Zuhause meiner kleinen Schwester sein würde.

Der kleinen Miss Rosie.

Sobald der Papierkram erledigt war und wir mit zahllosen Sozialarbeitern gesprochen hatten, durften wir Rosie mit nach Hause nehmen. Noch war rechtlich zwar nicht alles endgültig geklärt, und es gab noch unendlich viele Hürden, Gerichtstermine und Prozeduren, die uns erwarteten, doch erst einmal war Rosie bei uns.

Ihre Wiege stand in meinem Schlafzimmer, und obwohl sie im Krankenhaus nicht viel geschrien hatte, schien dieses kleine Mädchen, sobald sie in ihrem neuen Zuhause angekommen war, ihre Lungen zu entdecken. Die ersten Tage und Nächte waren die Härte. Ich hatte versucht, mich geistig darauf vorzubereiten, dass ich mit neunzehn für ein Neugeborenes verantwortlich sein würde, aber, ganz ehrlich, auf so etwas kann man sich nicht vorbereiten.

Ich hätte jeden einzelnen Elternratgeber der Welt lesen, jeden Schwangerschaftskurs besuchen können, aber nichts davon hätte wirklich etwas gebracht. Ein Kind großzuziehen war ein Prozess, den man nur Schritt für Schritt meistern konnte.

Es war überwältigend, und manchmal saß ich auf der Toilette, um mal fünf Minuten Pause zu haben, und heulte.

Von Schuldgefühlen überwältigt dachte ich, vielleicht hatte Garrett ja recht. Vielleicht war es egoistisch von mir gewesen, Rosie zu mir zu holen. Vielleicht wäre es ihr in einer anderen Familie besser gegangen. Aber ich brauchte sie, möglicherweise sogar mehr als sie mich.

Und dann machte sie jeden Tag etwas, das meine Welt erhellte. Lächeln, glucksen, schlafen. Oh, wie liebte ich es, ihr beim Schlafen zuzusehen und dem beruhigenden Rhythmus ihrer Atemzüge zu folgen.

Es half auch, dass Big Paw und Holly bereit waren, jederzeit vorbeizukommen und sich eine Weile um Rosie zu kümmern. Sie liebten meine kleine Schwester wie ihr eigenes Enkelkind, und Big Paw mit einem winzigen Baby in seinen Pranken zu sehen, war einfach hinreißend.

Ich verpasste zahllose Anrufe von Ian, morgens und nachts. Jedes Mal, wenn ich auch nur eine Sekunde hatte, um durchzuatmen, fiel ich augenblicklich in ein Schlafkoma, und ansonsten war ich mit Rosie und deren Bedürfnissen beschäftigt.

Ian: Du fehlst mir. Es fehlt mir, deine Stimme zu hören. Wir sind diese Woche in NYC, und ich kann immer nur daran denken, wie gerne ich bei dir in Eres wäre.

Hazel: Es tut mir so leid, dass mein Leben gerade so anstrengend ist.

Ian: Ich hätte nichts dagegen, gemeinsam mit dir ins Schwitzen zu kommen.

Ich verstand einfach nicht, warum er so tolerant und geduldig mit mir war. The Wreckage war über Nacht zu einer der angesagtesten Newcomer-Bands des Landes geworden, die Jungs hockten nonstop im Studio, um an ihrem neuen Album zu arbeiten, das Anfang des Jahres rauskommen sollte, und trotzdem fand Ian jeden Morgen und jeden Abend Zeit, um mich anzurufen.

Ich hatte seine Liebe nicht verdient, wenn ich ihm nicht mehr geben konnte als ein paar Krümel.

Um zu sehen, was die Welt über The Wreckage dachte, googelte ich Ian weit öfter, als ich es hätte tun sollen.

Während ich Rosie früh am Morgen ihr Vier-Uhr-Fläschchen gab, blätterte ich wie immer durch die neuesten Artikel. Plötzlich fiel mein Blick auf eine Überschrift: »Der neue Bachelor im Musikbusiness, Ian Parker, ist noch Single und gerne bereit, mit seiner Stimme eure Slips zum Schmelzen zu bringen.«

Hastig schloss ich die Seite. So etwas wollte ich nicht lesen.

Noch Single und gerne bereit, mit seiner Stimme eure Slips zum Schmelzen zu bringen.

Himmel. Wenn das kein Tiefschlag war, dann wusste ich es auch nicht.

Ich gab mir alle Mühe, mich nicht davon beeindrucken zu lassen, aber es half nicht wirklich, Instagram zu öffnen und die Massen an weiblichen Fans zu sehen, die zum Meet and Greet mit den Jungs gekommen waren. Wunderhübsche große, schlanke Mädchen, die sich auf Ian Parker stürzten.

Offensichtlich musste ich mehr investieren, wenn ich unsere knospende Beziehung zu all dem heranwachsen lassen wollte, was sie sein konnte. Ich war nicht bereit, Ian aufzugeben, uns aufzugeben, also war es meine Aufgabe, ihm zu zeigen, dass ich voll und ganz von uns beiden überzeugt war, wie kompliziert es auch sein mochte. Ich musste ihm beweisen, dass ich mit Leib und Seele dabei war.

Auch wenn es bedeutete, noch weniger zu schlafen und mehr zu telefonieren – ich musste die Bälle meines Lebens in der Luft halten. Und es gab so viele Bälle: ein Neugeborenes versorgen, ein Online-Studium suchen, eine Fernbeziehung führen und mich immer wieder aufs Neue verlieben. Die Arbeit auf der Ranch. Jeder einzelne dieser Bälle war mir wichtig, also tat ich, was ich konnte, um für sie alle Zeit zu finden.

28. KAPITEL

IAN

Wochenlang hatten wir nonstop geschuftet. Jedenfalls fühlte es sich so an. Als der November kam, wusste ich kaum noch, welchen Tag wir gerade hatten und in welcher Zeitzone wir uns befanden. Hinzu kam, dass ich Hazel mehr vermisste, als ich es mit Worten hätte ausdrücken können, und ich hasste die Schuldgefühle, die mich jedes Mal überkamen, wenn ich die beschissenen Fake-News über mich las, die behaupteten, ich wäre noch Single.

»Okay, Kleinstadtcowboy, bitte sehr«, sagte Max und trat mit einem ganzen Stapel Unterlagen zu mir. Anfang der Woche waren wir noch in New York gewesen, und jetzt schon wieder in L.A. im Studio.

Die Jungs und ich waren vollkommen erledigt. Der Herbst war nur so an uns vorbeigerauscht, alles in unserem Leben ging so schnell, dass es manchmal förmlich miteinander verschwamm. Wir waren erschöpft, aber glücklich. Müde, aber selig.

»Was ist das?«, fragte ich.

»Dein Flugticket nach Hause für Thanksgiving. Ich habe Amy gesagt, sie soll euch das Wochenende freischaufeln, und ein paar Erste-Klasse-Tickets besorgt. Dachte, ihr könntet mal eine Pause brauchen. Außerdem will ich selbst die Tage mit meiner Familie verbringen. Meine Frau macht mir die Hölle heiß, wenn ich schon wieder Thanksgiving verpasse.« Er griff in seine Bauchtasche und warf sich ein paar Pillen in den Mund. »Wenn sie nur wüsste, dass die ganzen verpassten Feiertage ihre Villen bezahlen, die sie so liebt.«

Ich starrte auf die Tickets und spürte, wie sich in meinem Hals ein Kloß bildete. »Ernsthaft? Du gibst uns ein paar Tage frei?«

»Nun, nachdem eure Single es in die Billboard-Hot-100-Charts geschafft hat, kann ich euch wohl ein paar Tage Pause gönnen. Ich weiß, es ist nicht viel, aber …«

»Nein, nein. Es ist mehr als genug. Danke, Max. Du hast keine Vorstellung, wie dringend wir das brauchen. Danke dafür, und für alles, was du für uns getan hast. Aber bevor ich es den Jungs sage, habe ich noch eine Frage. Ich hab im Internet ein paar Artikel über die Band gelesen, und …«

»Anfängerfehler Nummer eins. Lies diesen Mist nicht. Er ist giftig und versaut dir noch jahrelang die Laune.«

»Ja, aber es war eins der Interviews, die wir gegeben haben. In der Überschrift stand, ich wär noch Single, und irgendwas über Slips. Ich habe nie gesagt, dass ich Single bin, deshalb habe ich mich ein bisschen darüber geärgert.«

Er schüttelte den Kopf. »Wahrscheinlich hat Amy dem Interviewer das gesagt, um deinem Sex-Appeal ein bisschen auf die Beine zu helfen.«

Es war Amys Aufgabe, uns als die Badass-Band zu verkaufen, auf die die Frauen standen. Das war schon okay so, aber hier hatte sie eine Grenze überschritten.

»Ich möchte kein falsches Bild vermitteln. Ich habe eine Freundin, die mir wirklich etwas bedeutet, und ich möchte nicht, dass sie diesen Mist lesen muss. Es ist auch so schon schwierig genug, auf diese Entfernung eine Beziehung zu führen.«

»Natürlich. Ich verstehe, was du meinst. Ich werde mit Amy reden. Aber mach deinem Mädchen klar, dass die Klatschpresse auf Lügen baut. So läuft das Spiel, und Clickbait ist der einfachste Weg, um Punkte zu machen. So, und jetzt geh und pack deinen Kram zusammen.«

Ich tat, was er sagte, und einen Augenblick lang spielte ich mit dem Gedanken, Hazel anzurufen und ihr zu erzählen, dass ich nach Hause kam, aber dann beschloss ich, sie zu überraschen. Ich konnte es kaum erwarten, sie in meinen Armen zu halten und ihre Lippen auf meinen zu spüren.

Mir war bewusst, dass sie sich schrecklich fühlte, weil sie in letzter Zeit so erschöpft und überfordert war, aber das brauchte sie nicht. Wenn überhaupt, dann liebte ich sie deswegen nur umso mehr. Sie war so unendlich großzügig in ihrer Liebe und in ihrem Einsatz für andere. Das war eine ihrer wundervollsten Eigenschaften – auch wenn ich mir wünschte, sie würde sich selbst ebenso viel gönnen wie allen anderen. Sie verdiente es, dass man ihr die Sterne und den Mond zu Füßen legte, und verhielt sich so, als wäre selbst der kleinste Lichtstrahl auf ihr noch zu viel der Aufmerksamkeit.

Als ich am Tag vor Thanksgiving zu Hause ankam, lag Hazel vollkommen erledigt im Bett und schlief. Ihr Haar war zu einem wirren Dutt zusammengebunden, ihr T-Shirt sah aus, als hätte jemand Milchsabber darauf gespuckt – und sie war immer noch wunderschön.

Rosie lag in ihrer Wiege und schaute mich mit großen Augen an. Sie sah aus wie Hazel.

Schließlich begann sie zu zappeln, und als sie anfangen wollte zu brüllen, nahm ich sie eilig hoch.

Hazel schreckte auf. »Ich geh schon, ich geh schon«, murmelte sie und rieb sich den Schlaf aus den Augen.

»Schon okay, wir kommen zurecht«, sagte ich und schaukelte Rosie, die sich ein wenig beruhigt hatte.

Als Hazel bewusst wurde, dass ich in ihrem Schlafzimmer stand, traten Tränen in ihre Augen. Keine Ahnung, ob es Tränen der Freude oder der Erschöpfung waren, auf jeden Fall lief sie zu mir und schloss mich von hinten in ihre Arme.

»Jedes Mal, wenn du zu mir zurückkommst, möchte ich losheulen«, flüsterte sie an meinem Hals und küsste mich zärtlich.

»Jedes Mal, wenn ich zu dir zurückkomme, möchte ich nie wieder fortgehen.«

Rosie zappelte in meinen Armen, und Hazel runzelte die Stirn. »Wahrscheinlich hat sie Hunger. Ich kann sie dir abnehmen und ihr ein Fläschchen machen.«

»Schon gut. Ich kann sie halten, während du das Fläschchen holst. Wir warten hier.«

Sie zögerte, doch dann murmelte sie nur »Danke« und lief hinaus. Als sie zurückkehrte, saßen Rosie und ich im Schaukelstuhl und schaukelten gemütlich vor und zurück.

Hazel lächelte. »Sie scheint sich bei dir wohlzufühlen.«

»Ich mag Kinder. Früher hab ich James und Leah immer geholfen, auf ihre kleine Schwester aufzupassen. Scheint in meiner Natur zu liegen.«

»Nun, ich wünschte, ich könnte das Gleiche auch von mir behaupten«, sagte sie lachend. »Rosie zu beruhigen, wenn sie schreit, ist einfach die Hölle. Möchtest du sie füttern?«

»Ja, kann ich machen.« Ich griff nach dem Fläschchen, und Rosie trank wie eine Große. Es war schon verrückt. Als ich sie zum ersten Mal gesehen hatte, hatte sie so winzig und verletzlich in ihrem Inkubator gelegen, und jetzt war sie schon so groß und schien ihren schwierigen Start ins Leben wunderbar gemeistert zu haben.

Hazel setzte sich auf den Boden und beobachtete uns fasziniert. »Ich möchte dich fragen, warum du hier bist, aber wenn ich ehrlich bin, ist es mir egal. Ich freue mich einfach, dass du zu Hause bist.«

Ich grinste. »Ich auch. Max hat uns mit Flugtickets für die Feiertage überrascht. Er sagt, es wäre ein Geschenk, weil wir es in die Billboard Charts geschafft haben, was … ach ja, übrigens, wir haben es in die Billboard Charts geschafft.«

Sie grinste von einem Ohr zum anderen. »Ich weiß. Ich hab's heute Morgen gelesen.« Sie nahm ihr Handy und zeigte es mir. »Ich habe dir eine Nachricht geschrieben, aber offenbar war ich zu fertig, um sie auch abzuschicken.«

»Mach dir keine Gedanken. Du hast allen Grund, fertig zu sein.«

»Ja, aber trotzdem. Ich bin so stolz auf euch. Es ist echt gruselig, aber ich bin förmlich süchtig danach, euch Jungs im Netz zu stalken.«

»Aber Vorsicht, du darfst nicht alles glauben, was du im Internet liest.«

Sie zog eine Augenbraue hoch. »Interessant, denn letztens hast du noch gesagt, ich soll alles glauben, was da steht.«

»Nun, das war, bevor ich die dunkle Seite kennengelernt habe.«

»Du meinst deinen Bachelor-Lebenswandel und dass du sämtliche Höschen zum Schmelzen bringst?«

Ich zog die Nase kraus. »Ich hatte gehofft, du würdest den Artikel nicht lesen.«

»Das ist das Problem daran, euer größter Fan zu sein: Ich lese jeden Artikel.«

Rosie hatte genug getrunken, und ich legte sie an meine Schulter, damit sie ihr Bäuerchen machen konnte, während ich sie weiter auf dem Stuhl hin und her schaukelte. »Hör zu,

Hazel, der Artikel war das Werk unserer Pressesprecherin. Wir wussten nicht mal, dass er so rausgehen würde. Ich habe mit Max gesprochen und ihm gesagt, dass ich es nicht gut fand. Die Welt soll wissen, dass wir zusammen sind.«

Sie schüttelte den Kopf. »Schon okay. Ich verstehe, dass es zum Rockstar-Image gehört, Sex-Appeal aufzubauen, der die Frauen dahinschmelzen lässt. Um es mit den Worten der All-American Rejects zu sagen: Ich kann damit leben, dein ›dirty little secret‹ zu sein.«

Ich stöhnte. »Aber das will ich nicht. Ich will, dass du mein ›dirty little public girl‹ bist.«

Ein verschmitztes Grinsen trat auf ihre Lippen, und sie beugte sich vor. »Ich kann viele schmutzige Dinge tun, privat und öffentlich.«

»Sag nichts, das du nicht auch so meinst.«

»Glaub mir, ich meine es exakt so. Und sobald Rosie die Augen zumacht, werde ich es dir beweisen.«

Nun, das klang gut. Rosie lag noch immer an meiner Schulter, als ich plötzlich spürte, wie mein Rücken nass wurde. Offenbar hatte sie ihre Milch wieder ausgespuckt.

Ich hielt sie mit ausgestreckten Armen von mir weg, und Hazel nahm sie mir eilig ab. »Tut mir leid. Gott, das macht sie immer. Jedes Mal nach dem Trinken spuckt sie die Hälfte wieder aus.«

»Kein Problem, wirklich. So was passiert. Was hältst du davon: Du versuchst sie wieder zum Schlafen zu bringen, ich springe nach dem langen Flug unter die Dusche, und danach unterhalten wir uns über die schmutzigen kleinen Geheimnisse, von denen du eben gesprochen hast.«

Sie lächelte und nickte. »Ich warte auf dich.«

Ich lief aus dem Zimmer und unter die Dusche, um so schnell wie möglich wieder bei Hazel zu sein, während ich wünschte, betete, hoffte, dass Rosie bereits wieder eingeschlafen war.

Als ich in Hazels Zimmer zurückkehrte, bereit, all die Dinge mit ihr zu tun, die ich mir in den vergangenen Wochen nur hatte ausmalen können, erwartete mich eine herbe Enttäuschung: Hazel lag wie ohnmächtig auf ihrem Bett, während Rosie friedlich in ihrer Wiege schlief.

Das ist eindeutig ein neues Hindernis in unserer Beziehung.

Anstatt Hazel zu wecken, legte ich mich zu ihr, und sofort kuschelte sie sich an mich, genau wie früher. Und in diesem Augenblick war ich glücklich, etwas zu haben, das mir das Gefühl gab, wirklich zu Hause zu sein.

»Vielleicht kann sie das hier anziehen«, murmelte Big Paw, als er am Abend vor Thanksgiving vor unserer Tür stand. Er hielt einen Truthahn-Strampler für Rosie in der Hand und sah dabei fuchsteufelswild aus, und dass er überhaupt einen Strampler in der Hand hielt, ließ ihn gleichzeitig unendlich sanft wirken. »Ich habe ihn beim Einkaufen in einem Laden gesehen. Schließlich braucht das Mädchen an ihrem ersten Thanksgiving was Passendes zum Anziehen.«

»Ich werde ihn an Hazel geben«, versprach ich und nahm ihm den Strampler ab.

Er kratzte sich den Bart und murmelte irgendwas vor sich hin, bevor er mich wieder ansah. »Hab dich und die Jungs letztens im Fernsehen gesehen. Ihr klangt wirklich gut.«

War das gerade etwa ein Kompliment gewesen?

Die kleine Rosie musste Big Paw weich gemacht haben.

»Aber lass es dir nicht zu Kopf steigen. So gut seid ihr nun auch wieder nicht.«

Ah, das klang schon mehr nach dem Großvater, den ich kannte und liebte.

»Du, Hazel und Rosie, ihr solltet heute Abend rüberkommen und Holly bei den Vorbereitungen helfen. Außerdem hat sie für dich gekocht, 'ne Art Willkommensessen.«

»Ehrlich gesagt, bin ich ziemlich müde, Big Paw. Ich hatte gehofft, ein paar Stunden schlafen zu können.«

»Wenn du für Fremde spielen kannst, dann kannst du auch zu deiner Großmutter kommen«, erklärte er. »Wir sehen uns später.«

Er drehte sich um und ging, ohne mir eine Wahl zu lassen. Aber er hatte recht. In den letzten Monaten hatte ich nicht viel Gelegenheit gehabt, mit meinen Großeltern zu sprechen, und sie fehlten mir.

Schlafen konnte ich später; die Familie ging vor.

Es brauchte nicht viel, um Hazel zu überzeugen, und so machten wir uns eine Stunde später auf den Weg. Sobald ich durch die Tür trat, roch es nach Thanksgiving. Wärme und Festlichkeit erfüllten das Haus meiner Großeltern, und ich spürte, wie gut es mir tat. Die beiden hatten mir gefehlt. Mein Zuhause hatte mir gefehlt. Nach all den Monaten, in denen ich ohne Pause auf Tour gewesen war und gearbeitet hatte, verspürte ich schreckliches Heimweh.

»Ian!«, rief Grams und strahlte von einem Ohr zum anderen, als sie in ihrer Truthahn-Schürze auf mich zugelaufen kam. Sie war voller Mehl und bewegte sich ein wenig langsamer, als ich es in Erinnerung hatte, doch als sie mich in die Arme schloss, spürte ich ihre Liebe.

Gott, wie hatte ich ihre Umarmungen vermisst.

Nachdem sie mich losgelassen hatte, krempelte ich die Ärmel auf und fragte: »Was kann ich machen?«

Sie lachte. »Oh, Herzchen, ich denke, ohne dich ist es in der Küche sicherer.«

Ich wusste, dass sie schon seit Tagen in der Küche stand.

Für meine Großeltern war Thanksgiving kein kleines Familienfest. So wie bei allem, dachten sie auch jetzt an die ganze Stadt, und dementsprechend waren in der Scheune zweihundert Stühle aufgestellt worden, damit die Leute kommen und das Essen genießen konnten. Jeder brachte etwas mit.

»Und du bist sicher, dass ich nicht doch meine Grand Slam Sloppy Joe Sliders machen sollte?«, fragte ich scherzhaft.

Sie schauderte. »Nein, nein. Sliders passen nicht zu Thanksgiving.«

»Könnten sie aber. Ich könnte ein paar Scheiben Käse drauflegen, um sie zu veredeln.«

Sie lehnte dankend ab.

Zu schade. Eine große Dose Sloppy-Joe-Hackfleischsoße konnte einen Mann weit bringen.

Da steckte Hazel den Kopf ins Zimmer. »Brauchst du Hilfe, Holly? Big Paw kümmert sich eine Weile um Rosie.«

Auf Hazels Angebot reagierte Holly ganz anders. Sie strahlte von einem Ohr zum anderen und winkte sie in die Küche. »Ja, ja, mein Schatz. Das wäre wundervoll. Komm rein.«

Hazel kam in die Küche, und Holly erklärte ihr sogleich, was zu tun war.

»Soll das ein Witz sein? Ich kann auch helfen!«, rief ich verärgert.

»Hilf du lieber Big Paw«, sagte Hazel. »Er erwartet dich in seinem Büro.«

Ich ging zu Big Paws Büro hinüber und musste lachen, als ich ihn mit Rosie in seinen riesigen Händen sah.

»Sie steht dir, Big Paw«, sagte ich, doch er lachte nicht.

Mit dem Kinn wies er auf den Stuhl gegenüber von ihm. »Setz dich, Ian.«

»Was soll das werden? Willst du einen auf Marlon Brando machen?«, scherzte ich.

»Schieb deinen Arsch auf diesen Stuhl«, befahl er.

Ich schluckte und setzte mich. Sein barscher Ton erschreckte mich und versetzte mich zurück in meine High-School-Zeit. Damals hatte ich ständig Standpauken von ihm bekommen, weil ich irgendeinen Blödsinn angestellt hatte.

Er wiegte Rosie in seinen Armen – glaubt mir, es war immer noch ein Bild für die Götter –, und sah mich aus schmalen Augen an. »Welche Absichten verfolgst du mit Hazel?«

Ich lachte irritiert. »Was? Wie meinst du das?«

»Ich meine es genau so, wie ich es gesagt habe, mein Junge. Welche Absichten verfolgst du? Siehst du deine Zukunft mit ihr, oder machst du dir bloß eine nette Zeit? Denn Hazel ist ein gutes Mädchen, sie arbeitet hart und zieht ihre kleine Schwester groß, und wenn du ihr wehtust, trete ich dir so was von in den Arsch, dass du nur noch Sopran singen kannst.«

»Was zum Teufel? Ich bin dein Enkel, Big Paw. Solltest du so was nicht eher zu Hazel sagen als zu mir?«

»Hab ich schon«, erklärte er knapp. »Sie ist ein gutes Mädchen, und sie sieht eine Zukunft mit dir. Aber ich werde nicht zulassen, dass du mit ihren Gefühlen spielst. Sie ist ein wundervoller Mensch, Ian. Und von denen gibt es auf dieser Welt nicht sehr viele. Sie hat in ihrem kurzen Leben schon mehr als genug durchgemacht. Wenn du es also nicht wirklich ernst mit ihr meinst, wenn dir deine Karriere wichtiger ist, dann ist das in Ordnung. Aber dann lass sie gehen, bevor sie sich noch mehr an dich bindet. Zieh sie nicht mit, wenn du nicht auch mehr willst. Deshalb frage ich noch einmal: Welche Absichten verfolgst du?«

Ich sah meinem Großvater fest in die Augen, verschränkte die Hände und lehnte mich auf meinem Stuhl zurück. »Das mit Hazel und mir ist ungefähr so wie das, was du mit Grams hast«, sagte ich und spürte es ganz tief in meiner Seele. Ich wollte eine Million Erinnerungen mit Hazel erschaffen. Ich wollte, dass unsere Enkelkinder unsere Liebesgeschichte miterlebten, während wir gemeinsam alt wurden. Ich wollte, dass sie mich bis in alle Ewigkeit neckte und provozierte.

Ich wollte mit dieser Frau alt werden, die mir geholfen hatte, mein Herz zu öffnen.

»Gut.« Big Paw zog einen Mundwinkel ein wenig nach oben und nickte genau einmal. »Egal, wie erfolgreich und berühmt du wirst, du hältst diese Frau fest, in Ordnung? Egal, was passiert, du lässt sie nicht gehen.«

29. KAPITEL

HAZEL

»Bitte sag, dass Big Paw mit dir wirklich die gleiche *Paten*-Nummer abgezogen und es nicht einfach nur so gesagt hat«, flehte Ian, als wir am Abend von seinen Großeltern nach Hause fuhren.

»Oh, ich habe die ganze Nummer mitgemacht, die Rede und die Drohungen.« Ich drehte mich um und sah nach Rosie, die hinten in ihrem Sitz lag und schlief. Wenn man sich auf eins verlassen konnte, dann dass Rosie im Auto einschlief. In letzter Zeit, wenn sie von all den Eindrücken um sie herum überwältigt war, packte ich sie häufig in Ians Auto und fuhr mit ihr herum, damit sie sich wieder beruhigte. »Aber Big Paws Drohungen wirken nicht mehr ganz so einschüchternd, wenn man ihn mit Rosie sieht, finde ich.«

»Er ist echt besessen von ihr, was? Es ist schon witzig, ihn so zu sehen. Wer hätte gedacht, dass ein Baby ihn so sanft machen könnte? Ich dachte immer, das könnte nur Grams.«

»Es vergeht kein Tag, ohne dass er vorbeikommt, um nach ihr zu sehen. Seit es Rosie gibt, ist er viel öfter auf der Ranch. Meine kleine Schwester ist wirklich etwas Besonderes.«

»Das hat sie von dir.«

Ich lehnte den Kopf zurück und lächelte ihn an. »Kann ich dir ein Geheimnis anvertrauen?«

»Du kannst mir all deine Geheimnisse anvertrauen.«

»Ich mache mir ein wenig Sorgen, weil deine Großeltern in ihrem Alter immer noch so hart arbeiten. Sie tun einfach zu viel für andere, dabei sollten sie es wirklich langsamer angehen lassen. Holly ist immer noch jeden Tag im Restaurant, und Big Paw leitet buchstäblich die ganze Stadt. Das kann nicht gut für sie sein. Als ich heute Abend mit Holly gekocht habe, ist mir aufgefallen, wie schnell sie außer Atem war.«

»Ich weiß. Ich sage ihnen schon seit Jahren, dass sie kürzertreten sollen, aber sie hören nicht auf mich. Manchmal habe ich das Gefühl, als wüssten sie einfach nicht, wie sie es anstellen sollen. Sie haben so viel für diese Stadt getan. Es wird höchste Zeit, dass sie ein wenig zurückschrauben, aber ich habe keine Ahnung, wie man sie dazu bringen könnte. Sie gehören nicht zu den Menschen, die Hilfe annehmen – im Gegenteil, sie sind immer diejenigen, die sie anbieten.«

»Und das macht mich traurig. Sie haben es verdient, kürzerzutreten und ein bisschen mehr Zeit für sich zu haben.«

»Sagt die Frau, die sich nie eine Pause gönnt.«

Ich lachte. »Ich weiß, es klingt verrückt, aber ich habe das Gefühl, dass ich mir selbst näher bin als damals, als ich angefangen habe, auf der Ranch zu arbeiten. Ich hätte nie geglaubt, dass ich das einmal sagen würde, aber ich liebe meinen Job. Ich habe lange davon geträumt, von hier zu verschwinden, aber je mehr Zeit vergeht, desto mehr denke ich, wie schön es wäre, hierzubleiben und Rosie, wenn sie älter ist, alles über die Ranch beizubringen.«

»Big Paw hat mir erzählt, was du für großartige Arbeit leistest. Es ist nicht leicht, diesen Mann zu beeindrucken, du solltest stolz auf dich sein.«

»Das bin ich. Ich meine, es ist schon schwierig, vor allem jetzt mit Rosie, aber irgendwie halte ich den Kopf über Wasser. Ich weiß wieder, wie man schwimmt.«

Er stellte den Wagen vor dem Haus ab und schaltete den Motor aus. »Das ist jetzt vermutlich nicht der richtige Zeitpunkt, dich zu fragen, ob du Lust hast, ein paar Wochen mit mir auf Tour zu kommen, hm? Ich dachte, es wäre eine großartige Idee, aber jetzt, wo ich sehe, wie sehr du dein Leben hier liebst, fände ich es schrecklich, dich hier aus allem rauszureißen.«

»Ich weiß nicht, ob das Team damit zurechtkäme, wenn ich für längere Zeit ausfallen würde. Nachdem wir euch vier verloren haben, versuchen wir gerade, neue Leute so weit auszubilden, dass sie euch ersetzen können.«

Er grinste. »Na, dann viel Glück.«

»Aber ich würde euch so gerne spielen sehen. Ich möchte dich in deiner neuen Welt erleben. Es könnte nur vielleicht noch eine Weile dauern, bis ich es schaffe, mit Rosie und alldem.«

»Sie ist jederzeit willkommen, dich zu begleiten, das weißt du.«

»Bald«, sagte sie und nahm meine Hand. »Ich verspreche dir, dass wir dich bald besuchen kommen.«

In diesem Moment fing Rosie an zu weinen. »Denkst du, wir könnten noch eine Runde über die Farm drehen, damit sie wieder einschläft?«, fragte ich.

Ian startete den Motor und fuhr los. Innerhalb von fünf Minuten war Rosie wieder eingeschlafen.

»Hättest du jemals gedacht, dass du mit neunzehn ein Baby haben würdest?«, fragte Ian. Seine rechte Hand lag noch immer in meiner, und ich genoss die Wärme, die er durch meinen ganzen Körper strömen ließ.

»Eigentlich habe ich hart dafür gekämpft, genau das nicht tun zu müssen, aber hier sind wir nun. Und ich bereue nichts. Rosie ist mit das Beste, was mir je passiert ist. Wenn du mir früher gesagt hättest, dass ich einmal mit einem der größten Nachwuchs-Musiker der Welt zusammen sein würde, hätte ich dich auch für verrückt erklärt. Aber so ist das im Leben – die Dinge passieren einfach.«

Er zog meine Hand an seine Lippen und küsste sie, was eine Welle der Wärme und des Wohlgefühls durch meinen Körper sandte.

Und manchmal ist das, was das Leben dir bringt, besser als alles, was du dir je hättest vorstellen können.

Die Thanksgiving-Feier in der Scheune war von Lachen, Gemütlichkeit und Tränen erfüllt. Ich saß mit der Band an einem Tisch, und Rosie spielte mit einem der unzähligen Spielzeuge, die die Jungs ihr mitgebracht hatten.

Eric, James und Marcus waren total verliebt in das kleine Mädchen mit ihrem Truthahn-Strampler, und es schien, als wäre ganz Eres in The Wreckage verliebt.

»Entschuldigt, wenn ich euch beim Essen störe, aber meint ihr, meine Freundin und ich könnten ein Foto mit euch bekommen?«, fragte ein jüngeres Mädchen, das zitternd vor Aufregung an unseren Tisch getreten war. Ihre Freundin stand ebenso zitternd ein paar Schritte hinter ihr. Die beiden waren vielleicht knapp fünfzehn, und ihre Augen glänzten hoffnungsvoll.

Als Ian und die Jungs nickten, hüpften die beide vor Freude auf und ab. Die Schlange der Fans, die sich mit den Jungs fotografieren lassen wollten, brach erst ab, als Big Paw ans Mikrofon trat und die Leute bat, die Band nicht so zu bedrängen.

»Wie verrückt euer Leben geworden ist!«, sagte ich zu ihnen und lächelte. Ich genoss die Aufmerksamkeit, die sie erhielten, denn ich wusste, wie hart sie dafür gearbeitet hatten.

»Total abgefahren«, erwiderte Marcus und schob sich etwas zu essen in den Mund. »Aber gut.«

»Wenn man unsere Konten betrachtet, sogar sehr gut«, sang Eric und grinste von einem Ohr zum anderen.

»Da wir gerade davon sprechen …« Ian griff in die Innentasche seines Jacketts, zog einen Umschlag heraus und reichte ihn mir. »Das ist für dich, von uns allen.«

Ich sah die Jungs fragend an. »Was ist das?«

»Mach's auf und sieh nach«, sagte James.

Langsam öffnete ich den Umschlag, und als ich sah, was darin war, schloss ich ihn schnell wieder und warf ihn auf den Tisch. »Was zum Teufel ist das?«, keuchte ich.

»Ein Scheck. Du hast schon mal einen Scheck gesehen, oder?«

»Keinen mit so vielen Nullen. Und war das ein Punkt hinter den ersten beiden Zahlen? Punkte gehören nicht hinter zwei Zahlen auf Schecks!«, rief ich. Mein Herz schlug bis zum Hals.

Zehntausend Dollar.

Die Jungs hatten mir einen Scheck über zehntausend Dollar gegeben, als wäre es gar nichts. Ich erinnerte mich noch gut daran, wie Marcus und Eric noch vor ein paar Monaten darüber diskutiert hatten, wer die zwanzig Dollar für den Asia-Imbiss bezahlte. Und jetzt verteilten sie Zehntausend-Dollar-Schecks.

Schon witzig, wie schnell das Leben sich ändern konnte.

»Das kann ich nicht annehmen«, erklärte ich.

Ian nahm den Scheck und legte ihn wieder in meine Hand. »Du kannst, und du wirst. Ohne deine Hilfe bei den Texten wären wir niemals entdeckt worden, und je berühmter wir werden, desto mehr werden wir dir danken. Das hier ist erst der Anfang.«

»Ian …«

»Nein«, unterbrach er mich. »Hör auf damit, Haze. Du hast es dir verdient. Du tust so viel für andere, ohne irgendetwas dafür zu bekommen. Es wird Zeit, dass all das honoriert wird.«

»Und da, wo das herkommt, gibt es noch mehr!«, rief Eric und mopste sich das Brötchen von Ians Teller.

Als mir klar wurde, was das bedeutete, schwappte eine Welle wohliger Erleichterung über mich hinweg. Dieses Geld würde mir weit mehr helfen, als die Jungs sich vorstellen konnten. Damit konnte ich jede Menge für Rosie und mich tun. Ich konnte für eine Zukunft sparen, von der ich nicht geglaubt hatte, dass ich sie jemals erleben würde. Ich konnte ein wenig freier atmen.

»Danke, ihr Lieben. Ihr habt ja keine Ahnung, wie gigantisch das ist.«

»Nun, wenn man bedenkt, was du mit unserem Ian so anstellst, bin ich mir sicher, du bist es gewohnt, gigantische Dinge zu sehen«, bemerkte Marcus und stieß mir scherzhaft in die Seite.

Mein Gesicht wurde roter als der Wackelpudding, den Mary Sue für diesen Abend gemacht hatte.

»Hör auf, sie in Verlegenheit zu bringen, du Arsch!«, sagte Eric und schubste seinen Bruder.

»Was? Mach ich doch gar nicht. Ist ja nicht so, als würde die ganze Stadt nicht sowieso wissen, was für einen gigantischen Schwanz Ian hat«, gab Marcus zurück. »Ich wäre stolz wie ein Hund, der einen Truthahn-Knochen bekommen hat, wenn meine Alte stolz auf meinen gigantischen Schwanz wäre.«

»Hör auf ›gigantischer Schwanz‹ zu sagen«, stöhnte Eric und schlug sich mit der flachen Hand an die Stirn.

»Gigaaaaantischer Schwaaaaanz«, sang Marcus provozierend.

»Gigantischer was?«, fragte eine Stimme hinter uns.

Wir drehten uns um und sahen Holly mit ihrem süßen Lächeln und einer fragend hochgezogenen Braue hinter uns stehen.

Jetzt war es Marcus, dessen Gesichtsfarbe an roten Wackelpudding erinnerte. »Äh, nichts, Grams«, sagte er und schüttelte den Kopf. Ich liebte es, dass die Jungs »Grams« zu Holly sagten, als wären sie allesamt ihre Enkelkinder. Doch so, wie sie sich allen Leuten in der Stadt gegenüber verhielt, hätte sie tatsächlich die Großmutter von ganz Eres sein können.

»Nein, nein, erzähl ihr ruhig, was du gerade gesagt hast«, sagte Eric. Marcus musste seinem jüngeren Bruder heftig auf den Fuß getreten haben, denn Eric schrie auf, als wäre er in einen eisigen See gesprungen.

Holly lächelte und winkte ab. »Oh, ihr Jungs und eure Scherze. Das Nachtisch-Büffet ist eröffnet. Geht und holt euch ein Stück Kuchen.«

James' Augen leuchteten auf, als er das Wort »Kuchen« hörte. »Hast du deinen Apfelkuchen gemacht?«

Holly nickte. »Ich habe dir sogar einen extra gemacht, damit du einen eigenen hast. Die Vanillesoße steht im Kühlschrank.«

James und die anderen beiden sprangen von ihren Stühlen und eilten davon. Ian sah seine Großmutter ernst an. »Was ist mit dir, Grams? Hast du schon was gegessen?«

Sie winkte ab. »Oh nein, noch nicht. Ich esse später. Ich will mich davon überzeugen, dass alle satt sind, bevor ich mir etwas hole.«

»Ich glaube, alle anderen kommen jetzt sehr gut selbst zurecht. Geh und hol dir etwas zu essen, Grams.«

»Pst.« Sie trat zu ihm und legte ihm beide Hände an die Wangen. Dann beugte sie sich vor und gab ihm einen Kuss auf die Stirn. »Ich freue mich so, dass du hier bist. Ich konnte mir gar nicht vorstellen, Thanksgiving ohne dich zu feiern. Du fehlst mir.«

Ian sah sie mit einem schiefen Lächeln an. »Du fehlst mir auch, Grams. Es tut mir leid, dass ich so selten angerufen habe. Ich mach's wieder gut.«

»Ich freue mich über jeden Anruf von dir, aber bitte fühle dich nicht verpflichtet, Big Paw und mich anzurufen. Wir wissen, dass du hart arbeitest, um der neue Elvis zu werden.«

Lächelnd und ein wenig neidisch hörte ich den beiden zu. Ich hatte meine Großeltern nie kennengelernt, und es war einfach wundervoll, die Zuneigung zwischen Ian und Holly zu erleben.

»So, und jetzt los mit euch. Holt euch ein Stück Kuchen, bevor ich an den anderen Tischen verkünde, dass er fertig ist«, sagte Holly.

»Ich kann auch einfach aufstehen und erklären, dass das Nachtisch-Buffet eröffnet ist«, bot Ian an, doch sie schüttelte den Kopf.

»Nein, nein. Ich möchte alle begrüßen und ihnen sagen, wie sehr ich mich freue, dass sie gekommen sind.« Sie sah mich an und reichte mir ihre Hand. Ich nahm sie, und sie schenkte mir ihr Lächeln, das mich jedes Mal von innen heraus wärmte. »Ich freue mich, dass du gekommen bist, Hazel.«

Mir mussten die Tränen in die Augen getreten sein, denn sie befahl mir noch, nicht zu weinen, bevor sie sich aufmachte, die anderen Tische zu begrüßen.

»Mein Gott, sie ist wirklich eine Perle«, schniefte ich und wischte mir die paar Tränen, die sich befreit hatten, von den Wangen.

»Komm schon, Haze«, sagte Ian und stieß mir in die Seite. »Sie hat gesagt, du sollst nicht weinen.«

»Ich weiß, ich weiß, aber ich bin einfach so glücklich. Diese Feier ist einfach unglaublich. Ich habe seit Jahren nicht mehr Thanksgiving gefeiert, und wenn, haben Mama und ich bloß dagesessen und Hühnchen aus dem Supermarkt gegessen.«

Er sah mich an und zog eine Augenbraue hoch. »Meine Großeltern veranstalten diese Feier schon seit vielen Jahren, schon lange, bevor ich geboren wurde. Die ganze Stadt ist eingeladen. Warum seid ihr nie gekommen?«

»Charlie wollte nicht, dass wir zu irgendwelchen Veranstaltungen in der Stadt gehen. Er meinte, damit würden wir nur Aufmerksamkeit erregen und ihm Probleme machen.« Ian runzelte die Stirn, und das gefiel mir gar nicht. Ich mochte es nicht, wenn meine Vergangenheit ihn traurig machte, also klopfte ich ihm auf den Oberschenkel. »Aber jetzt bin ich hier, und das ist alles, was zählt.«

»Wenn ich die Zeit noch einmal zurückdrehen könnte, würde ich dich nie wieder so behandeln, wie ich es getan habe, Haze. Ich weiß, seit unserer ersten Begegnung ist viel Zeit vergangen, aber, verdammt, ich hasse mich immer noch dafür, dass ich dir gegenüber so ein Arschloch gewesen bin.«

Ich lachte. »Nun, du hast es mehr als wiedergutgemacht, so viel steht fest. Und die zehntausend Dollar zahlen für alle unfreundlichen Bemerkungen, die du mir je an den Kopf geworfen hast«, scherzte ich.

Er lachte nicht.

»Was ist, Ian?«

»Du fehlst mir. Das hier fehlt mir«, sagte er und wies auf die Menschen um uns herum. »Ich hätte nie gedacht, dass mir mein Zuhause so sehr fehlen würde.«

»Was fehlt dir am meisten?«, fragte ich.

Er stieß einen Schwall heißer Luft aus seinen Lungen. »Ach, alles. Diese dämlichen Schotterpisten. Die Lagerfeuer.

Die Tiere auf der Farm. Dottie, die nach mir austritt. Du. Du fehlst mir.«

Ich beugte mich vor und küsste ihn. »Nun, jetzt bin ich ja da.«

»Und dafür bin ich dankbar.«

»Ich bin für dich dankbar.«

Sein Lächeln kehrte langsam zurück, und er küsste mich. Als seine Lippen auf meinen lagen, flüsterte er: »Darf ich dich die ganze Nacht lang lieben?«

»Ja«, gab ich zurück und biss mir auf die Unterlippe. »Oder zumindest, bis Rosie eine frische Windel braucht.«

30. KAPITEL

IAN

Der kurze Ausflug nach Hause verging schneller, als mir lieb war, aber ich war dankbar für jede Sekunde, die ich mit meiner Familie und meinen Lieben verbringen durfte. Als es an der Zeit war, meine Sachen zu packen, standen Big Paw, Grams und Hazel wieder vor dem Haus, so wie beim ersten Mal, als ich mich verabschiedet hatte. Der einzige Unterschied war Rosie, die nun in Big Paws Armen lag.

»Wir müssen wirklich aufhören, uns so zu trennen«, scherzte Grams und gab mir einen Kuss auf die Wange.

»Ich hoffe, dass es diesmal nicht wieder so lange dauert.«

»Weihnachten?«, fragte sie hoffnungsvoll.

Ich runzelte die Stirn, denn ich wusste, dass wir für zahlreiche Weihnachtskonzerte gebucht waren. In meinem ganzen Leben hatte ich noch kein Weihnachtsfest ohne meine Großeltern gefeiert. Vielleicht würde Max uns ja irgendein Weihnachtswunder bescheren. »Ich hoffe es, Grams.« Ich gab ihr ebenfalls einen Wangenkuss.

Big Paw winkte ab und erklärte, ich solle nicht wieder mit diesem traurigen Mist anfangen. Also gab ich Rosie einen Kuss auf die Stirn und schüttelte meinem Großvater die Hand. »Gib dein Bestes da draußen, Ian. Und dann komm zurück nach Hause.«

»Ja, Sir.«

Dann trat ich zu Hazel, die einen Karton in der Hand hielt. Ich fürchtete mich davor, mich von ihr zu verabschieden. Ein Teil von mir wollte sie anflehen, mich auf die Tour zu begleiten, aber ich wusste, dass es nicht fair gewesen wäre. Sie war gerade dabei, sich hier auf der Ranch ein Leben aufzubauen, und es wäre nicht fair gewesen, von ihr zu erwarten, etwas aufzugeben, das ihr so viel bedeutete, nur damit ich jeden Tag neben ihr aufwachen konnte.

Aber verdammt, ich wollte so gerne jeden Tag neben ihr aufwachen.

»Das ist für dich«, sagte sie und reichte mir den Karton.

Ich sah sie fragend an und öffnete den Deckel. Als ich die einzelnen Gegenstände darin betrachtete, fühlte es sich an, als wollte mein Herz vor Freude zerspringen. Schon seltsam, ich war von zu Hause fortgegangen, um mein Glück zu finden, obwohl es die ganze Zeit direkt neben mir gelebt hatte.

»Ein Stück Heimat«, erklärte Hazel, während sie mit mir in der Kiste kramte. »Das hier ist ein Glas mit Straßendreck. Und hier eine Kerze mit Lagerfeuerduft und ein paar Fotos von uns allen. Ich habe sogar Bilder von den Tieren gemacht. Und Holly hat ein paar Kekse gebacken, und ich ein paar Laibe Bananenbrot. Einfach ein paar Dinge, die dich an uns erinnern, wenn du es brauchst.«

Ich liebte sie so sehr, und mit jedem Tag wuchs meine Liebe ein wenig mehr. Ich hatte nicht gewusst, dass Liebe immer weiterwachsen konnte, aber jedes Mal, wenn ich mit Hazel zusammen war, wurde mein Grinch-Herz ein paar Nummern größer.

»Du bist perfekt«, sagte ich, stellte den Karton ab und zog sie in meine Arme. »Wir sehen uns ganz bald, ja?«

»Aber nicht zu bald«, widersprach sie. »Erst müssen deine Träume wahr werden.«

»Glaub mir.« Ich küsste sie auf die Stirn. »Das sind sie schon.«

»Du bist mein bester Freund, Ian Parker.«

»Du bist meine beste Freundin, Hazel Stone.«

»Geh und mach deine Musik, und dann komm zurück, ja? Keine Angst – wir lassen das Licht auf der Veranda für dich brennen«, erklärte sie und gab mir einen Kuss auf die Wange.

Ich stellte den Karton in meinen Mietwagen und verabschiedete mich ein letztes Mal. Dann sammelte ich die anderen Jungs ein, und wir machten uns auf den Weg zum Flughafen. Als wir im Terminal saßen und auf unseren Flug warteten, betrachtete ich die Fotos, die Hazel mir gegeben hatte. Kein Zweifel, ein Zuhause war kein Ort, sondern es waren Menschen, und ich war ein Glückspilz, weil ich niemals im Leben obdachlos sein würde.

»Ist das von Hazel?«, fragte James und wies mit dem Kinn auf die Fotos.

»Ja. Sie hat mir ein Trostpäckchen gepackt, und weißt du was?«

»Was?«

»Irgendwann werde ich dieses Mädchen so was von heiraten.«

Wir gingen wieder auf Tour und versanken in einem Wirbel endloser Auftritte. Man hatte uns die Chance gegeben, im ganzen Land als Vorgruppe für zahlreiche Megastars zu spielen, während wir gleichzeitig noch immer an unserem Album arbeiteten.

Manchmal fürchtete ich, Eric würde einen Herzinfarkt bekommen, wenn er zusah, wie unsere Follower-Zahlen durch die Decke gingen. »Eine Million Instagram-Follower!«, brüllte er im Bus auf dem Weg zu unserem nächsten Konzert in Richmond, Virginia. »Wir haben gerade die Million geknackt!«

Wir feierten, als hätten wir einen Grammy gewonnen. Es fühlte sich gut an, dass die Leute uns sahen. Für mich war das die größte Belohnung – zu erleben, wie die Leute auf unsere harte Arbeit reagierten.

Es war, als würden wir auf einer Lawine des Erfolgs reiten. Bei jedem Auftritt kamen mehr und mehr Leute und brüllten unsere Namen. Die Fans fanden heraus, in welchen Hotels wir übernachteten, und es wurde immer schwieriger, auf die Straße zu gehen, ohne erkannt zu werden.

Wir wurden all das, was Max Fucking Rider uns versprochen hatte – wir wurden berühmt, und zwar schneller, als wir gucken konnten.

Ich war dankbar für die enge Verbindung, die ich noch immer nach Hause hatte – und für die Telefonate mit Hazel, die mir so viel Halt gaben.

Nach einem wahnsinnig guten Auftritt in Richmond warf ich mir einen Wintermantel über und trat in den späten Abend hinaus, um ein wenig frische Luft zu schnappen und Hazel anzurufen.

»Ich kann einfach nicht glauben, dass ihr als Vorgruppe für Shawn Mendes gespielt habt, und ich war nicht dabei«, seufzte sie, vielleicht trauriger, Shawn Mendes verpasst zu haben, als mich.

»Ich bin ziemlich froh, dass du nicht da warst, denn in echt sieht er noch besser aus und singt auch besser. Er ist einfach ein cooler Typ. Aber ich will nicht, dass du mich wegen Shawn sitzen lässt.«

»Du hast recht«, stimmte sie mir zu. »Ich hätte ihn angefleht, der Vater meiner Kinder zu werden.«

Ich grinste. »Der Einzige, der dir jemals ein Baby machen

wird, bin ich.« Es wurde ganz still, und plötzlich wurde mir bewusst, was ich gerade gesagt hatte. »Ich meine irgendwann, in ferner, ferner Zukunft. Ich meine … ach verdammt, das klang jetzt ziemlich heftig. Tu einfach so, als hätte ich nichts gesagt.«

»Nein, schon gut. Wirklich. Ich hatte nur nicht gewusst, dass du mal Kinder haben möchtest.«

Ich rieb mir die Stirn. Über so was hatten wir noch nie gesprochen. »Ähm, ja. Irgendwann. Nicht allzu bald, natürlich. Aber ich könnte mir schon vorstellen, ein paar Ian Juniors rumlaufen zu haben. Ich glaube, Rosie hat das in mir zum Leben erweckt. Sie ist so süß, und sie hat mich dazu gebracht, darüber nachzudenken.«

»Sie hat so eine Wirkung auf andere Leute.«

»Was ist mit dir?«, fragte ich und hatte plötzlich einen Knoten im Magen. »Möchtest du einmal Kinder haben?«

»Oh ja. Zwei oder drei, mindestens. Oder vier oder fünf. Ich möchte eine große, mit Lachen erfüllte Familie. Ich hatte nicht viele Menschen, als ich aufgewachsen bin, bis auf meine Mom. Ich möchte eine große Familie gründen.«

Ich auch, Haze.

Ich möchte diese Familie gemeinsam mit dir gründen.

Natürlich sagte ich das nicht. Irgendwie schien es noch ein wenig verfrüht.

»Entschuldigung! Entschuldigung! Bist du Ian Parker?«, rief plötzlich eine Stimme hinter mir.

Mist.

Ich lief weiter. Max hatte uns eingebläut, wenn wir in der Öffentlichkeit erkannt wurden, aber gerade nicht reden wollten, sollten wir ganz normal weiterlaufen und so tun, als wären wir nicht wir.

»Hat dich jemand erkannt?«, fragte Hazel.

»Ja, aber ich tue einfach so, als wär nichts, und gehe in einem Bogen zurück zum Hotel. Alles in Ordnung.«

»Entschuldigung! Bitte! Du bist Ian Parker, nicht wahr?«, ließ sich eine andere Stimme vernehmen, diesmal eine männliche. Meist waren es Frauen, die hinter uns her riefen, sodass die tiefe männliche Stimme mich ein wenig aus dem Konzept brachte.

»Nein, bin ich nicht«, rief ich und ging weiter.

»Du bist es!«, sagte die Frau. »Das ist Ian. Ich sehe es genau. Ian Carter, wir sind's!«

Als die Frau meinen zweiten Vornamen sagte, blieb ich abrupt stehen.

Ich drehte mich zu den beiden um, die hinter mir herliefen, und als sich unsere Blicke trafen, war es, als hätte mir jemand in den Magen getreten.

»Ich ruf dich zurück, Hazel«, murmelte ich und legte auf. Ich stand mit offenem Mund da, während der Schock durch meinen Körper jagte. »Mom? Dad?«

Sie sahen ziemlich mitgenommen aus, aber sie waren es. Sie hatte die gleichen Augen wie ich, er die gleiche Art, seine Stirn zu runzeln.

Mom fuhr sich mit der Hand durch das dünner werdende Haar und sah mich mit einem strahlenden Lächeln an. Und dann, als hätte sie sich nicht vierzehn Jahre lang aus meinem Leben gestohlen, sagte sie: »Hey Baby.«

31. KAPITEL

IAN

Hey Baby.

Wie oft hatte ich mir vorgestellt, was meine Mutter wohl zu mir sagen würde, wenn wir uns wiedersahen, aber *Hey Baby* war ganz sicher nicht darunter gewesen. Vielleicht *Hey Ian. Tut mir leid, dass wir dich einfach so im Stich gelassen haben, und, oh, dass du dich vierzehn Jahre lang damit rumgequält hast.* Oder *Hey mein Sohn. Tut mir leid, dass wir deine letzten vierzehn Geburtstage verpasst haben.* Oder *Hey mein Sohn. Stehst du immer noch auf die Dallas Cowboys?*

Ganz ehrlich, ich hatte mit allem gerechnet, aber nicht mit diesen beiden Worten.

Keine Ahnung, wie es dazu kam, aber irgendwie landeten wir drei in einem Diner in der Nähe. Ich fühlte mich, als würde ich mich nur noch auf Autopilot bewegen – vollkommen überrumpelt und komplett unfähig zu verstehen, was hier gerade geschah. Die beiden bestellten sich so ziemlich alles, was die Speisekarte hergab, und hauten rein, als hätten sie seit Jahren nichts mehr gegessen.

Ich hatte keinen Appetit.

»Wir wollten dir danken, dass du dich heute Abend mit uns getroffen hast, Sohn«, sagte Dad und schob sich ein paar Pommes Frites in den Mund. Sein Fuß tippte unaufhörlich auf die Fliesen. Er trug einen uralten löchrigen Wintermantel und eine Mütze. Sein Bart war seit einer Ewigkeit nicht mehr geschnitten worden, und er konnte nicht aufhören zu zappeln. Keine Ahnung, ob er selbst es überhaupt bemerkte, aber er zappelte die ganze Zeit.

Mom machte es genauso, aber nicht so intensiv wie Dad.

Die beiden sahen furchtbar aus.

Als hätten sie Eres verlassen und wären seitdem immer tiefer in die Scheiße abgeglitten.

Offensichtlich nahmen sie auch immer noch Drogen, und das brach mir das Herz. Ich hatte mir immer vorgestellt, dass eins von zwei Dingen passiert sein mochten, seit sie mich verlassen hatten: entweder sie hatten eine Überdosis genommen und waren gestorben, oder sie waren wieder clean und hatten zurück in ein glückliches Leben gefunden und mich einfach in der Vergangenheit zurückgelassen.

Ich brauche nicht zu erwähnen, dass die zweite Variante es mir deutlich einfacher machte, nachts gut zu schlafen.

Feststellen zu müssen, dass es eine weitere Variante gab – die beiden waren immer noch so drauf wie früher –, brach mir das Herz.

»Wir wollten uns schon so lange wieder bei euch melden, aber ich bezweifle, dass Big Paw uns so wieder zurückhaben will«, sagte Mom und erschauerte wie unter einem kalten Schweißausbruch. Ich zog meine Jacke aus und legte sie ihr um die Schultern. Sie lächelte. »Offenbar haben die beiden einen Südstaaten-Gentleman großgezogen«, sagte sie und stieß Dad in die Seite. »Ich habe dir immer gesagt, dass mal was aus ihm werden würde, nicht wahr, Ray?«

»Sicher hat sie das«, sagte er und nippte an seiner Cola.

»Wie habt ihr mich überhaupt gefunden?«

»Oh, das war nicht schwer. Wir haben gesehen, dass ihr heute Abend in der Stadt seid, und dein Gesicht ist überall im

Internet und in den Zeitschriften und im Fernsehen zu sehen. Ich weiß nicht, ob dir das bewusst ist, mein Sohn, aber ihr seid hier in der Gegend ziemlich berühmt.«

Ich lächelte ihm ein wenig angestrengt zu. Wenn er wüsste, wie unwohl ich mich jedes Mal fühlte, wenn er »mein Sohn« sagte.

Ich war schon seit vielen Jahren nicht mehr sein Sohn.

»Aber wieso seid ihr hier?«, fragte ich noch einmal. »Was wollt ihr?«

Meine Mutter war von meiner Frage augenscheinlich getroffen, aber ich wusste nicht, wie ich sie anders hätte formulieren sollen. Unzählige Male hatte ich mir vorgestellt, wie es wäre, den beiden wieder zu begegnen, doch leider hatte ich immer gehofft, dass es stattfinden würde, *bevor* ich berühmt war, nicht erst danach. Nun, da ich auf dem besten Weg war, etwas aus mir zu machen, erschien es mir ein wenig seltsam, dass sie ausgerechnet jetzt wieder auftauchten.

Mom legte ihre Hand auf meine, und, au Mann, es fühlte sich verdammt gut an, ihre Hand zu halten. Aber ich hasste es, wie gut es sich anfühlte. Obwohl ihre Hände eiskalt waren, reichte ihre Berührung, um die gefrorenen Teile meiner Seele ein wenig aufzutauen.

»Wir wollten dich sehen, Ian, das ist alles. Und wissen, dass es dir gut geht.«

»Dazu hättet ihr auch früher schon Gelegenheit gehabt. Meine Adresse hat sich nicht geändert. Ihr wusstet, wo ihr mich finden konntet.«

»Ja, aber wir hatten kein Geld, um nach Nebraska zu kommen«, widersprach Dad.

»Und für einen Telefonanruf offenbar auch nicht. Grams und Big Paws Telefonnummer hat sich nämlich auch nicht geändert.«

Dads Augenbrauen senkten sich tief in sein Gesicht, und für eine Sekunde wurde sein Blick kalt. »Was willst du damit sagen? Dass wir uns nicht genug Mühe gegeben haben, um mit euch in Kontakt zu treten?«

»Ja, genau das will ich damit sagen«, erklärte ich ehrlich. »Ich finde es einfach seltsam, dass ihr nach all den Jahren gerade jetzt auftaucht, nachdem ihr mich im Fernsehen gesehen habt. Das ist doch verdammt seltsam.«

»Pass auf, was du sagst, Junge!«, brüllte Dad und zeigte mit dem Finger auf mich, sodass die Leute zu uns herüberschauten.

Mom legte eine Hand auf seinen Arm und drückte ihn wieder runter. »Beruhig dich, Ray.«

Er knurrte: »Mir gefällt nicht, was er da andeutet.«

»Wieso, weil ich recht habe?« Ich zog mein Portemonnaie aus der Tasche und blätterte durch die Geldscheine. »Also, was denkt ihr, wie viel ihr braucht? Ich meine, ihr wollt Geld, richtig? Wir sitzen schließlich nicht hier, um in Erinnerungen zu schwelgen, oder?«

Mom senkte den Kopf und schüttelte ihn. »Wir wollten dich sehen, Ian, ich schwöre, aber … wir hatten ein wenig Pech in letzter Zeit und dachten, vielleicht kannst du uns helfen.«

Oh, wie ich es bereute, meinem Herz erlaubt zu haben, nach all den Jahren noch einmal für sie zu schlagen. Das Problem mit schlagenden Herzen war nämlich, dass sie jederzeit wieder auseinanderbrechen konnten.

Ich zog das Geld heraus und legte es vor mich hin. Die großen Augen, mit denen meine Eltern es anstarrten, bewiesen mir, dass sie es genau darauf abgesehen hatten. »Ich habe fünfhundert.«

»Blödsinn«, fuhr Dad – nein, Ray – mich an. »Du bist ein verdammter Superstar. Du kannst uns mehr geben als das.«

»Wie zur Hölle kommst du darauf, dass ich euch irgendwas schulde?«

»Wir sind deine Eltern«, antwortete er, und ich hörte die Wut in seiner Stimme. Wahrscheinlich war er vollkommen zugedröhnt.

»Ihr seid überhaupt nichts für mich. Es gibt jetzt genau zwei Möglichkeiten: Ihr nehmt die fünfhundert Dollar, oder ihr nehmt nichts davon, und wir schauen, ob wir in Zukunft wieder so etwas wie eine Beziehung zueinander aufbauen können. Aber wenn wir das tun, werdet ihr von mir niemals auch nur einen Cent bekommen. Ihr bekommt die fünfhundert Dollar, oder ihr bekommt euren Sohn zurück. Ihr habt die Wahl.«

Ich fühlte mich wie der letzte Idiot.

Während die Sekunden verstrichen, schrie mein naives, verletztes Herz wie der achtjährige Junge, der ich damals gewesen war, und flehte – nein, bettelte – seine Eltern an, sich für ihn zu entscheiden. Ich wollte, dass sie mich wählten, mich nahmen, mich wollten.

Die beiden sahen sich an, dann die Geldscheine, aber keine Sekunde mich. Mit einer schnellen Bewegung griff Ray nach dem Geld und stopfte es sich in die Tasche.

Und mein naives, verletztes, schlagendes Herz?

Es zerbrach in tausend Scherben.

An diesem Abend verschwanden meine Eltern mit fünfhundert Dollar in den Taschen, um sich den nächsten Schuss zu verschaffen, während ich alleine und wie ein Trottel im Restaurant zurückblieb.

»Was ist los? Was ist passiert?«, fragte Hazel, als ich in meinem Hotelzimmer auf dem Bett lag, das Handy fest ans Ohr gepresst. Sie hatte mir Dutzende Textnachrichten hinterlassen und mindestens genauso oft angerufen, wobei sie jedes Mal voller Sorge auf die Mailbox gesprochen hatte.

Um ein Uhr in der Nacht hatte ich schließlich den Mut gefunden, sie zurückzurufen. »Bloß irgendein kranker Scheiß«, murmelte ich. Es brauchte einiges, bis ich zum Whiskey griff, aber jetzt saß ich im Bett und nippte an einem Glas. Als ich Hazel angerufen hatte, war ich bereits ziemlich betrunken, was wahrscheinlich nicht so gut war.

Normalerweise machte Whiskey mich traurig, aber das war jetzt egal – schlimmer konnte es schließlich kaum werden.

»Geht es um die Leute, die dich auf der Straße angesprochen haben? Waren das Fans? Oder Paparazzi?«

»Nein.« Ich schüttelte den Kopf, als könnte sie mich sehen. »Schlimmer. Das waren meine Eltern.«

Hazel schnappte hörbar nach Luft. »Oh mein Gott, was?«

»Ich nehme an, sie haben mich im Fernsehen gesehen. Sie wollten mal Hallo sagen, und mit ›Hallo sagen‹ meine ich, sie wollten Geld.«

»Oh, Ian, ich glaub es einfach nicht. Und wie hast du reagiert?«

»Ich habe sie vor die Wahl gestellt: fünfhundert Dollar oder eine Beziehung zu ihrem Sohn.«

Sie seufzte, als wüsste sie bereits, wofür die beiden sich entschieden hatten. »Und sie haben das Geld genommen?«

»Ja.« Ich lachte leise. Meine Kehle brannte vom Whiskey und dem Schmerz des zurückliegenden Abends. »Sie haben das verdammte Geld genommen.«

»Idioten«, flüsterte sie. »Ich hasse sie. Ich weiß, ich sollte deine Eltern nicht hassen, aber ich tue es trotzdem. Ich hasse sie.«

»Tja. Es ist ja nicht unbedingt so, als hätten sie die falsche Wahl getroffen«, sagte ich betrunken und leerte mein Glas, bevor ich aufstand, um mir nachzuschenken. »Ich hätte mich auch nicht für mich entschieden.«

»Sag so was nicht. Du bist nicht der Schuldige, Ian. Sie sind es. Sie sind das Problem, nicht du.«

Ich schwieg und hielt mich an der Bar fest, denn mir war schwindelig vor Whiskey und Herzschmerz.

»Was brauchst du?«, fragte sie, ihre Stimme klang alarmiert und sehr ernst. »Sag mir, was du brauchst.«

Ich schluckte und räusperte mich. »Meine beste Freundin«, murmelte ich. »Ich brauche meine beste Freundin.«

»Okay. Ich bin schon unterwegs.«

32. KAPITEL

IAN

»Was zur Hölle ist das?«, brüllte Max, als er am nächsten Morgen durch die Hotellobby auf mich zugestürmt kam. Wir hatten noch zwei Auftritte in Richmond, und ich wollte nur noch nach Hause. Aber wie sagt man so schön? *Die Show muss weitergehen.*

Wir warteten gerade auf die Abfahrt zu ein paar Interviewterminen, und Max' kreischende Stimme fühlte sich in meinem verkaterten Schädel an, als würde jemand mit den Fingernägeln über eine Schultafel kratzen.

Als er vor mir stehen blieb, drückte ich mir mit Daumen und Zeigefinger in die Innenwinkel meiner Augen. Ich trug eine Sonnenbrille und schwarze Klamotten, und alles, was ich wollte, waren ein paar Schmerztabletten und irgendwas Fettiges zu essen.

»Was ist was?«, brummte ich ungehalten, denn ich hatte wirklich nicht das Bedürfnis, mich jetzt mit meinem Manager auseinanderzusetzen. Hatte er unsere Träume wahr werden lassen? Ja. Machte er mich manchmal wahnsinnig? Doppel-Ja.

»Das«, sagte er und drückte mir sein Handy in die Hand.

Ich starrte auf den Bildschirm, und sofort bildete sich in meinem Magen ein dicker Knoten. Vor mir leuchtete ein Foto von mir mit meinen Eltern im Restaurant, während ich ihnen ein Bündel Geldscheine rüberschob. Von außen betrachtet, wirkte das alles verdammt zwielichtig.

Okay, es war definitiv zwielichtig, aber die Klatschpresse sorgte dafür, dass es einfach nur furchtbar aussah. Jetzt verstand ich, warum Max so panisch war.

»Was ist das?«, fragte James und nahm mir das Telefon aus der Hand. Als er das Foto sah, fiel ihm die Kinnlade runter. »Heilige Scheiße. Sind das …?«

Ich nickte. »Ja.«

Max riss ihm das Handy aus der Hand. Offensichtlich hatte er keine Ahnung, wem ich auf dem Foto gegenübersaß, und es interessierte ihn auch nicht.

Er setzte sich auf den niedrigen Tisch vor mir und verschränkte die Hände. »Nimmst du Drogen?«

»Was?«, rief ich. »Nein, ich nehme keine Drogen.«

»Lüg mich nicht an, Ian. Ich muss nur wissen, was. Koks? Kann ich mit umgehen. Molly? Sicher. Ein paar Pillen und Hustensaft samstagsabends? Warum nicht? Aber das hier – das sieht aus wie zwei Junkies auf Meth. Und ich arbeite nicht mit Typen auf Meth!«, brüllte er, und seine Nasenlöcher blähten sich. »Also, hast du dich mit diesen beiden Meth Heads getroffen, um mit ihnen eine Party zu feiern?«

James' Kiefermuskeln spannten sich, und er zog die Brauen zusammen. »Du weißt nicht, was du redest, Max«, sagte mein Freund.

»Nimm's mir nicht übel, Yoda, aber ich unterhalte mich hier gerade mit meinem Star. Einem Star, der gerade dabei ist, alles wegzuwerfen, was wir für ihn getan haben. Also bitte, halt dich da raus.«

James öffnete schon den Mund, um Max eine passende Antwort zu geben, doch ich hob die Hand, um ihn zu stoppen. Sein Gesicht glühte vor Wut, und es gehörte einiges dazu, ihn so weit zu bringen. Ich wusste, wenn er Max jetzt die Meinung geigte, gab es kein Zurück mehr.

Wenn James wütend wurde – was so gut wie nie vorkam –, wurde er zu Hulk und zerschmetterte dabei manchmal das eine oder andere. Wie zum Beispiel Max' Gesicht.

»Das sind meine Eltern«, erklärte ich, denn es gab keinen Grund zu lügen. »Ich habe sie seit Jahren nicht mehr gesehen, eben weil sie ein Drogenproblem haben. Und als sie rausgefunden hatten, wie erfolgreich ich bin, sind sie aufgetaucht und wollten Geld von mir.«

Max seufzte und rieb sich das Gesicht. »Bitte, sag mir nicht, dass du ihnen Geld gegeben hast; bitte sag nicht, dass du ihnen Geld gegeben hast«, flehte er.

»Doch, hab ich. Ich habe ihnen gesagt, das war's. Mehr gibt's nicht.«

»Verdammte Scheiße!« Max stand auf und stampfte mit dem Fuß auf wie ein wütendes Kind. »Nein! Nein. Man gibt drogenabhängigen Verwandten kein Geld. Und weißt du auch warum, Ian?«

»Erklär's mir«, murmelte ich genervt.

»Weil sie dann nie wieder verschwinden! Wenn du einem Junkie auch nur einen Penny gibst, wird er zurückkommen und einen Dime verlangen. Das ist echt scheiße. Das ist verdammt scheiße.« Max kramte in seiner Bauchtasche, zog seine Tabletten heraus und warf sich ein paar davon in den Mund. Dann atmete er tief durch und versuchte sich wieder zu beruhigen. »Okay. Okay. Also gut. Ich werde mich darum kümmern. Aber von jetzt an kein Geld mehr, für niemanden, verstanden? Eure Karriere geht gerade erst los, und ich will nicht, dass sie schon wieder vorbei ist, bloß weil irgendwelche Meth-Head-Eltern beschließen, schnelles Geld zu machen, indem sie eine Enthüllungsstory über Ian Parker unter die Leute bringen.«

»Sie haben nichts zu erzählen. Sie kennen mich schon seit Jahren nicht mehr.«

»Die Leute interessiert nicht, ob sie die Wahrheit sagen! Die wollen bloß möglichst viel Drama!«, rief er.

Bevor ich antworten konnte, hatte er schon sein Handy gezückt und telefonierte.

Die drei Jungs sahen mich mit ernsten Gesichtern an, offensichtlich mehr als Max daran interessiert, wie es mir ging. Doch ich wollte gerade nicht darüber reden.

»Nicht jetzt, Leute«, murmelte ich und lehnte mich zurück. »Ich kann jetzt nicht darüber sprechen.«

»Schon kapiert, Mann«, sagte Marcus und klopfte mir auf den Rücken. »Aber wenn du reden willst, hören wir dir zu.«

Der Auftritt an diesem Abend war einer der härtesten, den ich bisher absolviert hatte. Doch ich zog es durch, und als wir endlich von der Bühne gingen, verschwand ich sofort in meiner Garderobe. Ich wollte niemanden sehen und mich einfach nur im Hotel ins Bett legen und in Selbstmitleid versinken.

Als ich die Tür öffnete, sah ich jemanden mit dem Rücken zu mir auf dem Stuhl neben dem Spiegel sitzen.

»Ähm, Entschuldigung?«

»Weißt du, ihr solltet eure Garderoben ein bisschen besser absichern.« Hazel drehte sich mit dem Stuhl herum und lächelte mir zu. Es war ihr Lächeln, das alles wieder in Ordnung brachte. »Denn sonst könnte eins von diesen Fanmädels sich hier reinschleichen und versuchen, dir an den Hintern zu fassen.«

Ich erwiderte nichts auf ihre Bemerkung, sondern schlängelte mich nur zu ihr, schloss sie in meine Arme und hielt sie fester als jemals zuvor.

»Tut mir leid, dass ich so spät komme«, flüsterte sie und drückte ihren Kopf an meine Brust.

»Du kommst genau richtig. Wo ist Rosie?«

»Big Paw und Holly kümmern sich für zwei Tage um sie, und Leah hilft ihnen, bis ich wieder zurück bin.« Sie lehnte sich ein wenig nach hinten, legte eine Hand an meine Wange und musterte mich mit großen Augen. »Geht es dir gut?«

Ich schüttelte den Kopf.

Sie zog mich noch fester in ihre Arme. »Okay.«

In diesem Augenblick wurde die Tür aufgerissen und Max stürmte in die Garderobe. »Ian, wir müssen …« Er erstarrte. Dann runzelte er die Stirn und musterte Hazel von oben bis unten. »Oh. Ähm, sorry, ich wusste nicht, dass du Besuch hast.«

Ich trat einen Schritt zur Seite und wies auf Max. »Haze, das ist Max, unser Manager. Max, das ist meine Freundin, Hazel.« Es fühlte sich gut an, sie anderen Leuten als meine Freundin vorzustellen.

Max musterte Hazel noch ein wenig genauer, und zum ersten Mal, seit ich mit ihm zusammenarbeitete, sah auch ich ihn mit anderen Augen. Er sah aus wie eine Ratte, die alles, was ihr vor die Augen kam, danach musterte, ob es ihm irgendwie nützen könnte.

Er schaltete ein Lächeln an, ging zu Hazel und streckte die Hand aus. »Max Rider. Freut mich, Sie kennenzulernen. Sie sind also diejenige, die uns ständig Ians Aufmerksamkeit klaut, hm?«

Hazel lächelte. »Ich bekenne mich schuldig.«

Max hielt die Lippen aufeinandergepresst, während sein Blick erneut über Hazel glitt. »Wie heißen Sie mit Nachnamen, Hazel?«

Sie zog eine Augenbraue hoch, antwortete aber. »Stone.«

Max pfiff durch die Zähne. »Hazel Stone und Ian Parker. Klingt gut. Na, ich will euch nicht lange stören. Ich wollte dich nur an die Party heute Abend erinnern, Ian. Sind ein paar große Namen unter den Gästen.«

Ich wand mich ein wenig und schüttelte den Kopf. »Ich hatte gehofft, mir heute einen ruhigen Abend mit Hazel gönnen zu können. Die letzten vierundzwanzig Stunden waren ziemlich heftig.«

»Wem sagst du das? Ich war den ganzen Tag damit beschäftigt, den Schaden zu begrenzen, schon vergessen?«

Hazel lüpfte auch die andere Braue, als sie Max' Tonfall hörte, der ihr garantiert nicht gefiel. Ich war mir sicher, dass sie sich mächtig zusammenreißen musste, um nichts zu sagen, und konnte mir gut vorstellen, wie ihr zahlreiche bissige Bemerkungen in den Sinn kamen.

»Ja, ich weiß. Aber ich brauche mal einen Abend Pause.«

»Nicht jetzt«, erklärte er. »Jetzt ist der Moment, in dem du da rausgehst und beweist, dass du nicht auf Drogen bist. Du bist charmant und witzig und genau der Ian Parker, zu dem wir dich gerade machen.«

»Mir ist gerade nicht danach, charmant und witzig zu sein.«

»Deshalb nennt man es schauspielern.«

»Ich bin Musiker und kein Schauspieler.«

Er lachte. »Alle Musiker sind Schauspieler. Der einzige Unterschied ist, dass Musiker besser singen können. Ich melde mich später noch mal mit den Details.«

Er eilte hinaus und schlug, bevor ich etwas erwidern konnte, die Tür hinter sich zu.

»Das ist also der unglaubliche Max Fucking Rider, hm?« Hazel verdrehte so heftig die Augen, dass ich schon fürchtete, sie würde nie wieder geradeaus schauen können. »Er weiß schon, dass er am Ende des Tages für euch arbeitet, oder?«

Ich lächelte träge. »Das bezweifle ich. Tut mir leid, dass du das gerade mitbekommen hast. Ich hatte gehofft, wir könnten einfach reden und ein wenig chillen, aber ich fürchte, ich muss da heute Abend hin und Schadensbegrenzung betreiben.«

»Und wer kümmert sich um den Schaden an deinem Herzen?«, fragte sie.

Ich legte einen Arm um sie und zog sie an mich. »Du«, sagte ich und drückte ihr einen Kuss auf die Stirn. »Du bist sicher nicht hergekommen, um auf eine Party zu gehen, aber ich würde mich freuen, wenn du mitkommst und an meiner Seite bleibst. Es würde mir helfen, einen kühlen Kopf zu bewahren.«

»Du führst, ich folge. Was auch immer du in den nächsten dreißig Stunden von mir brauchst – ich gehöre dir.«

33. KAPITEL

HAZEL

Max Fucking Rider.

Oder vielmehr Max Fucking Dickhead.

Ich konnte einfach nicht glauben, dass dieser winzige, unbedeutende Mann so dreist war. Max war ein glatzköpfiger Kerl in den Vierzigern, stylte sich aber, als wäre er Mitte zwanzig. Er strengte sich mächtig an, wichtig zu erscheinen, und genauso wirkte er auch – wie ein allzu bemühter Mann mittleren Alters, dem ganz nebenbei auch noch die Brustbehaarung aus dem Halsausschnitt seines T-Shirts kringelte.

Wenn ein Penis und ein Gorilla ein Kind bekommen könnten, dann wäre es Max Fucking Rider.

Wenn ich Ian und der Band damit nicht geschadet hätte, hätte ich diesem Max ordentlich die Meinung gegeigt, doch stattdessen spielte ich die brave Southern Belle. Ich lächelte und war charmant und behielt meine ganz und gar nicht braven Gedanken über diesen Kerl für mich.

Dann fuhr ich mit Ian ins Hotel, um mich für die Party zurechtzumachen.

»Ich habe gar nichts anzuziehen für eine Party«, gestand ich und durchwühlte die ziemlich übersichtliche Auswahl an Klamotten in meinem Koffer.

»Alles, was du hast, ist okay. Du kannst auch einfach so bleiben, wie du bist«, sagte Ian.

Ich lachte und sah auf meinen übergroßen Kapuzenpulli und die Leggings hinunter. »Ernsthaft? Ist das das Outfit, in dem die Leute heute losziehen, um Promis zu treffen?« Stirnrunzelnd und ein wenig resigniert, betrachtete ich die schicken Klamotten, die Ian gerade überstreifte. Ich bezweifelte stark, dass die Frauen, die sich jeden Tag um die Band drängten, so aussahen wie ich. Wahrscheinlich trugen sie enge Kleider und High Heels.

Ich sah hinunter auf meine Adidas.

Eindeutig keine Christian Louboutins.

»Tu das nicht, Hazel«, sagte er warnend.

»Was?«

»Denken, du müsstest dich für die Welt, in der ich mich bewege, verändern. Diese Partys, diese Klamotten – das ist alles nicht real.«

»Und was ist real?«

»Schotterpisten. Lagerfeuer. Grams Essen.« Er lächelte und zog mich in seine Arme. »Du. Ich. Wir. Wir sind real. Alles andere ist bloß gespielt. Egal, was du anziehst, es ist gut genug.«

Seine Worte beruhigten mich ein wenig, und ich verliebte mich noch etwas mehr in den Mann, der da neben mir stand. »Ist es zu früh zu fragen, wie es dir nach deiner Begegnung mit deinen Eltern geht? Oder willst du erst den Abend hinter dich bringen?«

»Lass uns erst den Abend hinter uns bringen; dann können wir die ganze Nacht miteinander reden.«

»Perfekt.«

»Und Haze?«

»Ja?«

»Ich will auch wissen, was du über Max denkst.«

Ich kicherte. »Glaub mir, nichts Gutes.«

»Ich weiß.« Er nickte. »Deswegen will ich es ja hören.«

Als wir im Club ankamen, war ich noch immer nicht in meinem Element. Doch Ian ließ meine Hand keinen Moment los. Es war unglaublich voll, und die Leute drängten sich wie die Sardinen. Alle waren an diesem Abend gekommen, um mit den Jungs zu reden und ihnen den Hintern zu küssen. Es war echt seltsam zu sehen, wie viele Leute die Band liebten. Es war … überwältigend.

Die Jungs bewegten sich durch die Menge wie Fische durchs Wasser. Eric war noch nicht einundzwanzig, aber es musste eine Art Ich-werde-berühmt-Verordnung geben, denn auch er durfte in den Club – ebenso wie ich, denn ich hing ja an Ians Arm.

»Ich gehe nur fix aufs Klo«, sagte ich und drückte seine Hand. Seit wir den Club betreten hatten, hatte er mich nicht eine Sekunde losgelassen, und ich war ihm unendlich dankbar dafür. Es gab mir eine Sicherheit, von der ich gar nicht gewusst hatte, wie dringend ich sie brauchte.

»Ich warte hier«, erklärte er und stellte sich neben die Toilettentür.

»Du kannst dich ruhig umschauen. Ich finde dich schon.«

Er grinste. »Ich warte.«

Ich ging in den Waschraum, um mich kurz zu sammeln und wieder zu fokussieren, denn ich fühlte mich wie in einer Art Twilight Zone.

Als ich eintrat, sah ich zwei Frauen – Zwillinge, wie es schien – ihren Lippenstift nachziehen. »Hast du Ian Parker gesehen?«, fragte die eine.

»Ja. Rattenscharf, sag ich dir«, antwortete die andere.

»Vergiss es, der gehört mir«, erklärte die Erste.

»Das ist nicht fair.« Die andere zog einen Schmollmund. »Aber der Drummer ist auch heiß. Den würde ich auch nicht von der Bettkante schubsen.«

Sie drückte ihre Brüste zusammen und grinste, bevor sie irritiert zu mir herübersah.

»Ähm, kann ich dir irgendwie helfen?«, fragte sie und betrachtete mich von oben bis unten, als hätte ich nichts auf der Party verloren. Vielleicht sah sie mich aber auch nur so an, weil ich so still dastand und sie anstarrte, während ich ihnen dabei zuhörte, wie sie sich über meinen Freund unterhielten.

»Oh, äh, nein. Entschuldigt. Steht ihr fürs Klo an?«, fragte ich und zeigte auf die Kabinen. Die gähnend leeren Kabinen. Ich wollte mich in einer Ecke verkriechen, die Knie an die Brust ziehen und vor und zurück schaukeln, so unwohl fühlte ich mich.

»Ähm, nein, Süße. Die gehören alle dir. Such dir eine aus.«

Eilig verschwand ich in einer der Kabinen und schloss die Tür ab. Dort schlug ich mir mit der Hand gegen die Stirn. Wie peinlich konnte man sein?

Als ich die Zwillinge rausgehen hörte, atmete ich ein paarmal tief durch und verließ meine Kabine. Ich starrte in den Spiegel und versuchte zu vergessen, wie schön die beiden Frauen gewesen waren. »Schotterpisten, Lagerfeuer, Hollys Essen«, flüsterte ich, um mich daran zu erinnern, was real war, was wirklich zählte.

Als ich schließlich wieder in den Club trat, stellte ich beunruhigt fest, dass Ian nicht mehr da war. Ich ließ den Blick über die Menge schweifen und machte mich auf die Suche. Da hörte ich, wie jemand meinen Namen rief. Als ich mich umdrehte, sah ich Max Fucking Dickhead in einem maßlos überteuerten Anzug hinter mir stehen.

Ich zog fragend eine Augenbraue hoch. »Ja?«

»Dachte ich mir doch, dass Sie es sind. Schön, Sie wiederzusehen.«

»Die Freude ist ganz meinerseits«, log ich und bedachte den Mann mit einem aufgesetzten Lächeln. »Entschuldigen Sie, aber ich bin auf der Suche nach Ian«, sagte ich und wollte schon weitergehen.

Er streckte die Hand aus und zeigte auf die andere Seite des Raumes. »Oh, er steht dahinten und unterhält sich mit den Romper-Zwillingen. Die beiden sind grandiose Sängerinnen, sehr vielversprechend, genauso angesagt wie The Wreckage.«

Ich folgte seiner Geste und sah die beiden Schönheiten von gerade. Mir sank das Herz in die Kniekehlen.

Die beiden flirteten mit Ian, legten ihm die Hand auf die Schulter und warfen lachend den Kopf in den Nacken. Er selbst behielt seine Hände bei sich, ein winziges, unbehagliches Lächeln auf den Lippen.

»Ich habe ihn zu ihnen geschickt, um ein wenig mit den beiden zu plaudern. Sie wissen schon, Networking«, erklärte Max. Er schob die Hände in die maßgeschneiderte Anzughose und wippte auf seinen Füßen. »Ehrlich gesagt passt es ganz gut, dass wir uns über den Weg laufen. Ich hatte nämlich gehofft, ein wenig mehr über Sie zu erfahren, Ms Hazel Stone.«

»Da gibt es nicht viel zu erfahren.«

Er lachte. »Bescheiden, hm? Das gefällt mir. Wo ich herkomme, trifft man nicht viele bescheidene Menschen. Ich muss zugeben, ich habe fast schon das Gefühl, Sie zu kennen, so oft wie Ian von Ihnen redet. Sie beide müssen schon eine Ewigkeit zusammen sein.«

»Eigentlich nicht. So richtig kennen wir uns erst seit dem Sommer, und offiziell zusammengekommen sind wir erst kurz bevor Ian nach Los Angeles gegangen ist, um mit Ihnen zu arbeiten.«

»Tatsächlich? Das überrascht mich. Also ist es nichts allzu

Ernstes zwischen Ihnen beiden«, sagte er. Sein Ton gefiel mir gar nicht.

»Da muss ich widersprechen. Wir sind uns sehr nah. Wir bedeuten einander alles.«

»Ja, da bin ich mir sicher. Junge Liebe und so. Ich mache mir nur Sorgen, inwieweit das seine zukünftige Karriere beeinflussen könnte, Sie wissen schon, wenn er mit jemandem wie Ihnen zusammen ist.«

»Wie bitte? Jemandem wie mir?«

»Sie wissen schon: einer alleinerziehenden Mutter. Sie haben doch ein Kind, nicht wahr?«

Ich schwieg. Sein Ton gefiel mir nun überhaupt nicht mehr. Allem Anschein nach wusste er einiges über mich.

Er lächelte erneut. Diesmal erwiderte ich sein Lächeln nicht.

»Ich muss Sie fragen: Ist das Kind von Ian? Rein aus Marketing-Sicht ist so etwas wichtig zu wissen.«

»Nein, ist es nicht. Aber es ist eine sehr private Angelegenheit, über die ich lieber nicht sprechen möchte. Wenn Sie mich also entschuldigen würden …« Ich schob mich an ihm vorbei, erstarrte jedoch, als er sagte: »Ich mache mir bloß Sorgen um die Headlines, die Ihre Beziehung zu Ian hervorbringen könnte. Zum Beispiel dass Ihre Mutter im Gefängnis sitzt, weil sie ein Meth-Labor geleitet hat.«

»Sie überschreiten hier mehr als nur eine Grenze«, fuhr ich ihn an und marschierte zurück, um mich vor ihm aufzubauen. »Ich weiß nicht, woher Sie das mit meiner Mutter wissen, aber es geht Sie rein gar nichts an.«

»Doch, es geht mich durchaus etwas an. Schließlich kann man mit einer kurzen Google-Suche so ziemlich alles über jeden auf diesem Planeten herausfinden. Wie, denken Sie, werden die Leute reagieren, wenn sie erfahren, dass Ian mit einem Meth-Junkie zusammen ist?«

»Was? Das stimmt doch gar nicht. Ich habe nie Drogen genommen. Ich habe kein Drogen-Problem. Ich bin nicht meine Mutter.«

»Was spielt das für eine Rolle? Das Internet wird Sie zu Ihrer Mutter machen. Man wird die Story verdrehen und ein Netz aus Lügen darum spinnen. Man wird es so aussehen lassen, als wäre Ian selbst drogenabhängig, und seine Flamme auspusten, bevor sie überhaupt eine Chance hatte zu brennen. Und wofür? Für ein Mädchen, das ihm noch vor ein paar Monaten überhaupt nichts bedeutet hat? Wollen Sie das wirklich? Wollen Sie wirklich seine Chancen zunichtemachen, für eine Beziehung, die möglicherweise nicht einmal lange hält?«

Ich öffnete den Mund, um etwas zu sagen, doch es kam nichts heraus. Es war, als würde Max mir mit seinem Blick allen Mumm nehmen, den ich in den Knochen hatte. Und das Schlimmste war: Er hatte recht. Ich selbst hatte in den vergangenen Wochen immer wieder daran gedacht. Wie würde es aussehen, wenn ich an Ians Seite stand, und noch dazu mit Rosie? Was würden die Leute sagen? Wie würden sie über uns urteilen?

Welchen Einfluss würde das auf seine Karriere haben?

»Ich sehe, Sie denken darüber nach und setzen die Puzzlestücke im Kopf zusammen. Ich will wirklich nicht den bösen Mann spielen, aber falls es so wirkt, dann kann ich es leider auch nicht ändern. Das nehme ich in Kauf, um den Jungs die beste Chance zu geben, die sie kriegen können. Ich mache meinen Job schon seit vielen Jahren und sehe sofort, wenn jemand den ›It‹-Faktor hat. Ian Parker hat jede Menge davon. Alles, worum ich Sie bitte, ist ihn nicht runterzuziehen. Lassen Sie ihn fliegen. Die Jungs breiten gerade erst ihre Flügel aus. Sagen Sie es ihm lieber früher als später. Je länger Sie warten, desto schlimmer wird es. Damit will ich sagen, dass ich Sie verstehe.«

»Nein, tun Sie nicht«, fuhr ich ihn an.

»Doch, glauben Sie mir. Sie beide kommen aus der gleichen Welt. Seine Eltern sind Junkies, und Ihre auch.«

»Das ist nicht der Grund, warum wir uns lieben. Sie haben ja keine Ahnung.«

Schotterpisten, Lagerfeuer, Hollys Essen.

»Doch, meine Liebe, ist es. Sie kommen aus der gleichen Welt, aber Ian ist auf dem Weg zu einem neuen Planeten. Sehen Sie ihn sich doch an.« Er deutete erneut auf Ian und die Zwillinge. »Das da ist seine Zukunft. Das sind die Frauen, die er an seiner Seite braucht. Geben Sie sich damit zufrieden, ein Teil seiner Vergangenheit zu sein. Irgendwann einmal werden Sie Ihren Enkelkindern erzählen können, dass Sie mal für ein paar Monate mit Ian Parker, dem Superstar zusammen waren.«

Ich sagte kein Wort mehr zu Max.

Max Fucking Dickhead.

Der Mann, der die Wahrheit sagte, auch wenn ich sie nicht hören wollte.

Ich ließ ihn wortlos stehen und ging zu Ian hinüber. Meine Anspannung legte sich ein wenig, als er aufsah und mir zulächelte. Nicht mit seinem berühmten Ian-Parker-Lächeln, sondern mit seinem echten Lächeln. Das er allein für mich reservierte.

Es ist real. Wir sind real.

Ich trat vor die Zwillinge, und als Ian mir seine Hand reichte, nahm ich sie und fühlte mich augenblicklich zu Hause. Sicher, ich sah nicht annähernd so gut aus wie die anderen weiblichen Geschöpfe um mich herum, aber Ian sah mich an, als wäre ich die schönste Frau auf dem Planeten.

Er zog mich an seine Seite und drückte mich an sich. Noch mehr Trost. »Erin und Tina, das ist Hazel, meine Freundin.«

Die beiden betrachteten mich, als wäre ich Kehricht, und ich musste grinsen. Ich streckte die Hand aus. »Nett, euch kennenzulernen.«

»Ebenso«, antworteten die beiden unisono.

Ian beugte sich zu mir und flüsterte: »Können wir endlich von hier verschwinden, einen Schlafanzug anziehen und den Room Service anrufen?«

»Du sprichst mir aus der Seele.«

Wir entschuldigten uns, und ich kann euch sagen, die Zwillinge konnten es nicht glauben. Als wir durch die Hintertür des Clubs nach draußen traten, wo Ians Wagen auf ihn wartete, blieb Ian stehen und blickte in den Himmel hinauf.

Ich knibbelte nervös an meinen Fingern, während Max' Worte in meinem Kopf widerhallten. Wie gern wollte ich sie abschalten und meine Gefühle für Ian das Mächtigste auf der Welt sein lassen, doch es war mir unmöglich, den Schmerz in meinem Herzen zu ignorieren.

Wenn es Max gelungen war, innerhalb kürzester Zeit so viel von meiner Vergangenheit in Erfahrung zu bringen, konnten andere das auch.

Das mit Ian und mir war so unglaublich schnell gegangen. Wir hatten nicht einmal genügend Zeit gehabt, um uns an den Gedanken zu gewöhnen, dass wir nun ein Paar waren, bevor er nach Los Angeles gezogen war. Und das mit Rosie hatte die Situation noch komplizierter gemacht.

Unsere Beziehung war noch so frisch, die Möglichkeit unserer Liebesgeschichte noch so neu, dass wir nicht einmal Gelegenheit gehabt hatten, in Ruhe darüber zu reden.

Ian sah noch immer in den Himmel, und ich betrachtete ihn. »Weißt du, seit ich weg bin, schaue ich jeden Abend zum Mond hinauf. Ich sitze einfach da, betrachte ihn in all seinen Phasen, und es fühlt sich seltsam tröstlich an. Los Angeles ist so anders, Haze. Es ist eine ganz eigene Welt. Hier gibt es so viele Menschen, aber niemand scheint sich wirklich für den anderen zu interessieren. Nichts ist jemals wirklich persönlich, sondern immer irgendwie steif. Versteh mich nicht falsch, ich bin dankbar für die Chance, die ich bekommen habe. Aber manchmal fühle ich mich einsam, und ich vermisse mein Zuhause. Aber wenn ich zum Mond hinaufschaue, fühle ich mich ein wenig besser. Denn ich weiß, dass du zu Hause in Eres auch dort hinaufschaust.«

Er hatte ja keine Ahnung, wie gut seine Worte mir taten.

Wir stopften uns die Bäuche mit fettigem Essen voll und gingen ins Bett. Erst jetzt hatten wir Gelegenheit, in Ruhe über seine Eltern zu reden. Ich wollte Ian nicht bedrängen und war froh, dass er es von sich aus ansprach.

»Ich will mir einreden, dass es mich nicht getroffen hat, aber das hat es. Ich will mir sagen, dass ich nicht heimlich gebetet habe, dass sie sich für mich entscheiden, aber das habe ich. Ich will so tun, als hätte ich keinen Alkohol trinken müssen, um das Konzert heute Abend zu überstehen, aber das habe ich. Ich bin total fertig, Haze. Sie sahen so schrecklich kaputt aus. Ich möchte einfach nur eine Weile durchatmen und den Leuten nicht irgendwas vorspielen müssen, so wie heute auf der Party. Ich will nicht auftreten müssen, obwohl ich mich furchtbar fühle, aber ich muss. Wenn ich es nicht tue, treffe ich damit nicht nur mich selbst, sondern auch James, Marcus und Eric. Das hier ist nicht allein mein Traum – es ist auch ihrer. Ich kann nicht einfach einen Rückzieher machen, weil es so viele Leute um mich herum mit betreffen würde.«

»Die anderen drei werden es verstehen, Ian. Wenn es jemand versteht, dann sie.«

Er verzog das Gesicht. »Und dann ist da auch noch Max.«

»Scheiß auf Max!«, rief ich und spürte, wie sich die Haare auf meinen Armen aufrichteten. »Wie ich schon sagte, er arbeitet für euch. Er soll euer Leben einfacher machen, nicht andersrum.«

Doch Ian schien noch nicht ganz überzeugt zu sein, also beließ ich es dabei. »Nun, heute Nacht brauchst du zumindest nicht mehr so zu tun, als ginge es dir gut und alles wäre prima. Du kannst einfach so sein, wie du sein willst, und ich bin für dich da. Ich werde nicht fortgehen.«

»Versprochen?«, flüsterte er, und seine Stimme brach. Er klang so unendlich traurig. »Versprichst du mir, dass du mich nicht auch noch im Stich lässt?«

»Ich verspreche es.«

In dieser Nacht hielt er mich ganz fest und überließ sich seinem Schmerz.

Ich blieb bei ihm und ließ ihn nicht allein. Und als wir uns liebten, hoffte ich, dass er das Versprechen der Ewigkeit auf meinen Lippen spürte.

34. KAPITEL

HAZEL

Sobald ich wieder in Nebraska gelandet war, setzte ich mich ins Auto und fuhr zurück nach Eres, wo ich zuerst Rosie bei Big Paw und Holly abholte. Ich war nur zwei Tage lang fort gewesen, aber, du meine Güte, wie sehr hatte ich das kleine Mädchen vermisst. Die ganze Zeit über hatte es sich angefühlt wie ein gähnendes Loch.

»Danke, dass ihr euch um sie gekümmert habt«, sagte ich zu Big Paw und nahm ihm Rosie ab. Holly stand mit ihrem wundervollen Lächeln im Gesicht neben uns.

»Haben wir gern gemacht«, knurrte Big Paw. »Auch wenn sie mir ins Gesicht gespuckt hat.«

Ich lachte. »Ja, das kann sie ziemlich gut. Ich hatte gehofft, mit euch noch über Ian sprechen zu können ... ich mache mir ein wenig Sorgen um ihn.«

Sofort weiteten sich alarmiert die Augen seiner Großeltern.

»Was ist?«, fragte Holly. »Was ist los mit ihm?«

»Er ist seinen Eltern über den Weg gelaufen; deswegen wollte er, dass ich zu ihm komme. Sie haben ihn ausgenutzt und wollten bloß Geld von ihm. Ich fürchte, das hat ihn schrecklich mitgenommen.«

»Verdammte Scheiße!« Big Paw nahm sein Basecap vom Kopf und schlug damit gegen seinen Oberschenkel. »Da siehst du es, Holly. Ich habe dir gesagt, dass das passieren würde. Sobald der Junge berühmt ist, tauchen die beiden auf und wollen was davon abhaben.«

Holly runzelte die Stirn und nickte. »Wie geht es unserem Jungen?«, fragte sie. Ich sah die Sorge in ihren Augen und verstand sie nur zu gut.

»Im Augenblick nicht besonders«, gestand ich. »Aber er ist stark. Er wird darüber hinwegkommen.«

»Ich verstehe nicht, warum sie ihn nicht einfach in Ruhe lassen konnten«, schnaubte Big Paw. »Er ist wunderbar allein zurechtgekommen. Sie brauchten ihm nicht in die Suppe zu spucken.«

»Ja. Sehe ich genauso. Wenn wir nur Einfluss auf die Entscheidungen anderer hätten, wäre das Leben um einiges einfacher.« Ich versuchte die zappelnde Rosie auf meinem Arm zu beruhigen, während Big Paw noch immer mit gerunzelter Stirn dastand.

»Bring die Kleine nach Hause und gib ihr ein Fläschchen. Und halt sie ein bisschen höher, dann zappelt sie nicht so.«

Ich schob sie auf meinem Arm ein Stück höher, und wie von Geisterhand beruhigte Rosie sich.

Wer hätte das gedacht?

Big Paw, der Babyflüsterer.

Rosie und ich machten uns auf den Heimweg. Zu Hause angekommen, stellte ich sie in ihrer Autoschale auf den Boden und schaltete das Licht an.

»Oh mein Gott!« Ich schnappte erschrocken nach Luft. Mitten im Wohnzimmer kauerte Garrett. Er war von Prellungen und Platzwunden übersäht. »Garrett, was ist passiert?« Ich lief zu ihm und wollte ihm aufhelfen, erstarrte jedoch, als ich eine Stimme hinter mir hörte.

»Er wollte nicht hören – das ist passiert.«

Ich drehte mich um und sah Charlie hinter Rosie stehen.

Jedes einzelne Haar auf meinem Körper sträubte sich, als er sich hinunterbeugte und Rosie hochhob.

»Leg sie wieder zurück«, befahl ich und stürzte mich auf ihn, doch er lachte nur böse.

»Du wagst es, mir zu sagen, was ich tun soll?«, zischte er. »Nach dem Scheiß, den du abgezogen hast? Deinetwegen habe ich im Knast gesessen, mein Geschäft ist den Bach runtergegangen, und du willst mir sagen, was ich zu tun habe?«

Ich versuchte verzweifelt, mein Zittern zu unterdrücken, doch bei dem Anblick von Rosie in seinen Armen jagte eine Welle der Panik durch meinen Körper.

»Hast dich hier draußen hübsch eingerichtet, was?«, sagte er. »Lebst deinen Traum, hm? Hab mir sagen lassen, dass du auch mit Eres' hauseigenem Rockstar zusammen bist. Nicht schlecht.«

»Was willst du?«, fragte ich, damit er endlich zum Punkt kam. Rosie fing an zu weinen, und Charlie setzte sich auf die Couch und ließ sie auf seinem Knie auf und ab hüpfen.

»Was denkst du, was ich will? Ich will das, was mir gehört. Dein kleiner Stunt hat mich Tausende von Dollar gekostet. Ich habe meine Kunden verloren. Die Bullen haben mir deinetwegen die Hölle heißgemacht, ohne deine Mutter würde ich jetzt noch sitzen. Also bin ich hier, um mir mein Geld zurückzuholen. Jeder Cent, den du hast, gehört mir. Jeder Scheck, den du für deinen lahmarschigen Job hier bekommst, wandert sofort weiter zu mir. Und dein Happy End, von dem du dachtest, dass du es erreicht hättest? Die Geschichte mit deinem Rockstar? Ist ab sofort beendet.«

»Halt Ian da raus.«

»Oh nein. Meine andere Hälfte wird deinetwegen noch

zwei Jahre im Gefängnis sitzen. Wieso solltest du eine Liebesgeschichte erleben und ich nicht?«

»Du liebst meine Mutter doch überhaupt nicht!«, schrie ich ihn an. »Du hast sie nie geliebt. Du liebst es, sie zu kontrollieren, wie du auch alles andere kontrollieren willst. Sieh dir doch nur an, was du mit deinem eigenen Neffen gemacht hast!«

»Er hat mich verraten!« Charlie stand auf und zeigte mit einer Hand auf Garrett, während er mit der anderen meine Schwester hielt. »Dieses Arschloch hat mich verraten, indem er dir geholfen hat, Rosie zu bekommen, und dafür wird er jeden einzelnen Tag bezahlen, bis er mir bewiesen hat, dass ich ihm wieder vertrauen kann.«

»Er hat das Richtige getan.«

»Scheiß auf das Richtige. Sehe ich aus wie jemand, den so was interessiert?« Er holte tief Luft und setzte sich wieder hin. »Entschuldige. Manchmal geht mein Temperament mit mir durch. Ich habe im Knast einen Meditationskurs gemacht. Und ich arbeite an meiner Atemtechnik. Jedenfalls, wie gesagt, du beendest die Beziehung zu deinem Freund.«

»Wieso bist du so grausam?«

Er lachte. »Weil du wahrscheinlich recht hast; weil ich es liebe, die Kontrolle zu haben.«

»Ich werde das nicht tun«, erklärte ich. »Ich werde nicht mit ihm Schluss machen.«

»Zu schade. Und weißt du, was auch schade wäre?«, fragte er. »Wenn diese wunderschöne alte Ranch hier in Flammen aufgehen würde. Oder, schlimmer noch, wenn deiner kleinen Schwester etwas zustoßen würde.«

Ich wusste, dass es eine Drohung war, und ich wusste auch, dass Charlies Drohungen ernst gemeint waren.

»Also, es läuft folgendermaßen: Du wirst mir alle zwei Wochen Geld geben, du wirst mit deinem Superstar Schluss machen, und du wirst ein erbärmliches kleines Leben führen, denn du hast es nicht verdient, glücklich zu sein. Verstanden?«

»Sag einfach Ja, Hazel«, keuchte Garrett.

»Wie wäre es, wenn du endlich mal lernst, die Klappe zu halten?«, fuhr Charlie ihn an. »Das hier ist ein Gespräch unter Erwachsenen. Also Hazel, was sagst du dazu? Haben wir einen Deal?«

Ich nickte langsam, während mir Tränen über die Wangen liefen.

Er trat zu mir und drückte mit einem Finger mein Kinn nach oben, sodass ich ihm in die Augen sehen musste. »Ich brauche eine mündliche Zusage, Süße.«

»Ja, wir haben einen Deal«, sagte ich und schauderte von seiner Berührung.

»So, und jetzt ruf deinen Typen an und sag ihm, dass es vorbei ist.«

»Was? Kann ich …« Ich wollte widersprechen, doch das Feuer in Charlies Augen ließ mich verstummen. Gehorsam zog ich mein Telefon aus der Tasche und wählte Ians Nummer. *Bitte geh nicht ran, bitte geh nicht ran, bitte geh nicht …*

»Hallo?«

»Hey Ian, ich bin's«, sagte ich mit zitternder Stimme.

»Hey. Bist du zu Hause?«

»Ja. Ich bin gut angekommen. Es gibt da etwas … ich, ähm, ich … ich …« Meine Worte verfingen sich in meiner Zunge, und ich schlug die Hand vor den Mund, um mein Schluchzen zu unterdrücken.

»Haze? Was ist los?«, fragte Ian alarmiert.

»Spuck's endlich aus«, befahl Charlie leise.

»E-es war schön, dich zu sehen, Ian. Wirklich, das war es, aber nachdem ich gesehen habe, in welcher Welt du lebst, ist mir klar geworden, dass es darin keinen Platz mehr für mich gibt.«

»Augenblick … was?«

»Ich glaube, es ist das Beste, wenn wir es jetzt beenden, bevor deine Karriere richtig Fahrt aufnimmt. Es tut mir so leid. Ich kann einfach nicht länger mit dir zusammen sein. Ich kann diese Beziehung nicht führen.«

»Wovon zum Teufel redest du da, Hazel? Wir beide sind gut zusammen. Wir sind verdammt gut zusammen. Wir haben heute Morgen noch miteinander geschlafen, und alles war in Ordnung. Beim Abschied hast du gesagt, dass du mich liebst. Sag mir, was gerade passiert. Was ist hier wirklich los?«

»Nichts. Ich hatte auf dem Rückflug bloß sehr viel Zeit, darüber nachzudenken, und es ist nicht zu übersehen, dass wir beide sehr unterschiedliche Wege gehen. Mein Leben spielt sich hier auf der Ranch ab, und deins in der Welt da draußen. Es ist besser, wenn wir es jetzt beenden.«

»So was kannst du nicht sagen«, setzte Ian an.

»Leg auf«, befahl Charlie und versetzte mir einen Stoß gegen den Arm, sodass ich nur noch mehr zitterte.

Ich kann nicht, formte ich tonlos mit den Lippen.

»Leg auf, oder ich gehe und nehme deine Schwester mit«, drohte er.

Voller Schmerz beendete ich den Anruf, während Ian noch immer um eine Erklärung für meinen plötzlichen Sinneswandel flehte.

»Braves Mädchen«, flüsterte Charlie und streichelte mir über den Hals, was mir eisige Schauer über den Rücken jagte. »Hier, nimm die kleine Schlampe«, sagte er und hielt mir Rosie hin. »War nett, mit dir Geschäfte zu machen. Garrett, beweg deinen Arsch. Wir gehen.«

Garrett gehorchte und stolperte Richtung Tür.

Charlie drehte sich noch einmal um und sah mich an. Dann blickte er hinunter auf den Teppich. »Eine halbe Tasse Wasser mit einem Esslöffel Ammoniak. Damit müsstest du den Blutfleck aus deinem hübschen Teppich wieder rauskriegen.«

Und damit ging er hinaus und ließ mich schluchzend mit Rosie auf dem Arm zurück. Unsere Tränen vermischten sich, als auch sie zu weinen anfing.

Immer wieder klingelte mein Handy, und Ians Name leuchtete auf dem Display, doch ich wagte nicht, den Anruf anzunehmen, auch wenn ich mir nichts sehnlicher wünschte, als seine Stimme zu hören.

Drei Tage später kam Ian nach Eres und stand verwirrt und verletzt vor mir. »Hat Max irgendwas zu dir gesagt? Hat er versucht, dich von mir wegzudrängen?«, fragte er, als wir spät am Abend in der alten Hütte standen.

Oh Ian …

Bitte, mach es nicht noch schlimmer, als es sein muss.

»Das ist es nicht«, sagte ich. »Ich habe einfach das Gefühl, dass wir nicht gut füreinander sind.«

»Niemand ist besser füreinander geeignet als wir, Haze. Ich bin so verwirrt. Du sprichst, als würdest du nicht länger an uns glauben. Als glaubtest du nicht daran, dass wir eine Lösung finden können.«

Ich schloss die Augen und schüttelte den Kopf. »Weil ich es tatsächlich nicht glaube. Es tut mir leid, Ian. Mein Leben hat sich verändert, und ich muss lernen, es so zu akzeptieren, wie es ist. Mir ist klar geworden, dass es meine Aufgabe im Leben sein wird, mich um meine kleine Schwester zu kümmern. Und dass du und ich nicht …«

»Nein«, flehte er und schüttelte den Kopf. »Sag das nicht.«

»Ian. Es geht nicht mehr. Ich kann nicht dir gehören, und du kannst nicht mir gehören.«

»Du läufst davon, bevor du uns eine Chance gegeben hast. Ich weiß, die letzten Monate waren echt verrückt, und wir haben uns noch nicht wirklich an diese Situation gewöhnt, aber wir brauchen einfach mehr Zeit.«

»Du hast recht. Wir brauchen Zeit, um die Vorstellung von uns beiden loszulassen. Du bist ein wundervoller Mensch, Ian Parker, und dich erwarten so viele unglaubliche Dinge. Und ich weigere mich, das Mädchen zu sein, das deinen Träumen im Weg steht. Du wirst jetzt sagen, das tue ich nicht, aber ich weiß, dass das nicht stimmt. Schon gar nicht mit Rosie. Deshalb beende ich es. Ich mache Schluss, weil du mir zu viel bedeutest, um diese Beziehung weiterzuführen.«

»Du hast es versprochen«, sagte er und schüttelte ungläubig den Kopf. »Du hast mir versprochen, dass du nicht gehst. Du hast mir versprochen, dass du mich nicht verlässt.«

Seine Worte waren ein Dolchstoß in meine Seele. Ich wusste, was ich ihm antat. Ich wusste, wie sehr er sich davor fürchtete, verlassen zu werden, doch was hatte ich für eine Wahl? Ich konnte nicht länger mit ihm zusammen sein, denn damit würde ich nicht nur die Ranch seiner Familie gefährden, sondern auch Rosie, und das konnte ich nicht zulassen. Ich konnte nicht riskieren, dass ihr etwas passierte, nur weil ich mit Ian zusammen sein wollte.

Ich antwortete nicht auf seine Worte, und es war das Schwierigste, das ich jemals hatte tun müssen, denn ich wollte ihn nicht verlassen. Wenn ich auch nur ein Wörtchen mitzureden gehabt hätte, hätte ich ihn ohne Zögern bis ans Ende meiner Tage geliebt.

Er senkte den Kopf. »Ich möchte weiterreden, aber du scheinst dich entschieden zu haben.«

»Das habe ich, und es tut mir leid. Es ist besser so. Ich weiß, du kannst es jetzt noch nicht verstehen, aber es ist wirklich besser. Es tut mir so leid, dass ich dir wehtun muss, aber besser jetzt als in ein paar Jahren.«

Tränen traten in meine Augen, und ich versuchte sie fortzublinzeln. Ich wollte nicht weinen, denn ich war mir sicher, dass er meine Tränen würde fortwischen wollen.

Und dann sah ich den Moment, in dem es passierte, den Moment, in dem seine äußere Schale sich verhärtete. In seinen Augen blitzte der gleiche Hass auf mich auf wie bei unserer ersten Begegnung. Sein Kiefermuskel spannte sich, und er schob die Hände in die Taschen seiner Jeans.

»Ian … Es tut mir leid. Bitte …«

Hasse mich nicht.

Bitte hasse mich nicht.

»Du kannst das Haus behalten. Und den Job. Behalte alles, Hazel. Aber ich will nie wieder was von dir hören.«

Dann sagte er nichts mehr. Als er sich umdrehte und ging, wurde mir schwindelig vor Panik. Er ging, voller Schmerz, und er hatte bereits begonnen, den Wall um sich herum wieder hochzuziehen – und das alles nur meinetwegen. »Ian, warte.«

Er drehte sich um, und in seinen Augen stand Hoffnung.

Ich schluckte. »Vielleicht können wir Freunde bleiben?«

»Freunde?« Die Hoffnung in seinen Augen verglühte, und sein Blick wurde eiskalt. »Scheiß auf dich und deine Freundschaft, Hazel Stone.«

35. KAPITEL

IAN

Vielleicht können wir Freunde bleiben?

Sollte das ein Witz sein? Nach allem, was wir durchgemacht hatten, waren diese Worte ein Schlag ins Gesicht.

Sie hatte nicht einmal versucht, einen Mittelweg für unsere Liebe zu finden. Sie hatte mir keine Chance gegeben, ihr zu zeigen, wie es mit uns hätte laufen können. Stattdessen hatte sie das Band gekappt und mich verlassen. Es war Wochen her, seit Hazel Schluss gemacht hatte, und trotzdem hatte sie immer wieder geschrieben und gefragt, ob wir nicht doch Freunde sein könnten, so wie vorher.

Aber sicher doch.

Ich wusste nicht mehr, wie ich ihr Freund hätte sein können, und ich wollte auch gar nicht ihr Freund sein. Ich wollte ihr Mann sein, und zwar für immer.

Jedenfalls hatte ich das gedacht, als ich sie noch zu kennen glaubte. Aber wie sich herausgestellt hatte, war sie es nicht wert, um sie zu kämpfen. Sie hatte mich verlassen, denn das war es, was die Menschen taten. Sie gingen einfach davon.

Ich saß am Flughafen, wartete auf den Flug zu unserem nächsten Konzert und klickte mich durch Hazels Instagram-Account, wo sie Fotos von ihr und Rosie gepostet hatte, auf denen die beiden von einem Ohr zum anderen strahlten. Keine Ahnung, warum ich mir diese Fotos immer wieder ansah, als würden sie mich nicht umbringen vor Schmerz, aber ich konnte nicht anders.

Sie sah glücklich aus.

Wie konnte sie so glücklich aussehen, nachdem sie mir mein verdammtes Herz rausgerissen und darauf herumgetrampelt hatte?

Ich verstand es einfach nicht. Ich hatte gedacht, was wir beide hatten, wäre real, wäre etwas, nach dem wir uns beide gesehnt hatten: wahre Liebe.

Aber vielleicht hatte ich es mir nur eingebildet. Vielleicht war nichts an unserer Beziehung real gewesen. Vielleicht waren wir bloß eine Kurzgeschichte gewesen.

Ich hätte es wissen müssen. Alles Gute verging irgendwann.

»Alles in Ordnung, Mann?«, fragte James und stupste mich gegen den Arm.

Ich schaltete mein Handy aus und schob es in die Tasche. »Ja. Alles okay.«

Er runzelte die Stirn und glaubte mir nicht. »Weißt du, ich kann mir nicht vorstellen, dass Hazel das gemacht hat, weil sie nichts mehr für dich empfindet. Ich glaube, sie hat es wirklich getan, um dich zu schützen.«

Ich schnaubte. »Und wovor?«

»Davor, dass du deinen größten Traum aufgibst, um mit ihr leben zu können.«

»Ich hätte diesen Traum nicht aufgegeben. Ich habe ihn nicht aufgegeben, oder? Ich war immer da, habe alles mitgemacht und mich zu hundert Prozent auf die Musik konzentriert. Also scheiß drauf, das glaube ich nicht. Ich habe sie sogar eingeladen, mit Rosie herzukommen. Ich habe alles getan, um sie in unsere Welt zu integrieren.«

»Ja, ich weiß. Aber du kannst nicht ernsthaft glauben, dass das gut gewesen wäre.«

»Wie meinst du das?«

James verzog das Gesicht und klopfte mir auf die Schulter. »Ian, Rosie ist vier Monate alt, und Hazel versucht gerade erst, so etwas wie Normalität zu gewinnen. Denkst du wirklich, es wäre klug, ein kleines Baby wie Rosie mit auf Tour zu nehmen? Was für ein Leben wäre das für sie gewesen? Und für Hazel? Du hast sie gebeten, ihr Leben aufzugeben, um deins mit dir zu leben, aber das ist nicht fair.«

Er hatte recht, auch wenn es mir nicht gefiel. Und ebenso wenig gefiel es mir, wie egoistisch ich mich aufführte, aber das war mir egal. Ich wollte sie hier haben, bei mir, damit Hazel und ich sehen konnten, was aus uns hätte werden können. Natürlich war es eine dumme Idee gewesen. Ich konnte mir kaum selbst vorstellen, monatelang auf Tour zu sein, von einer Stadt, einem Hotel ins nächste zu ziehen, ohne einen Hauch von Normalität. Es war verrückt gewesen, Hazel überhaupt so etwas vorzuschlagen. Trotzdem … immerhin hatte ich es versucht.

»Scheiße«, brummte ich und rieb mir das Gesicht.

»Ich weiß, Mann. Und ich weiß, wie viel sie dir bedeutet, genau wie du ihr. Aber das Beste, was du jetzt machen kannst, ist, dich die nächsten Wochen auf das hier zu konzentrieren und dich daran zu erinnern, warum wir das alles überhaupt machen. Es geht um die Musik. Es ging immer nur um die Musik.«

Ja, er hatte recht. Alles hatte sich immer nur um die Musik gedreht, bis ich gelernt hatte, dass es mehr gab als das.

Ich sah ihn an und verzog den Mundwinkel zu einem schiefen Lächeln. »Mach dir um mich keine Gedanken. Ich komme schon zurecht. Ich muss mich nur erst an die Veränderung gewöhnen, das ist alles.«

Bullshit.

Bullshit, Bullshit, Bullshit.

Er klopfte mir noch einmal auf den Rücken und stand auf, um wieder zu den anderen zu gehen – vielleicht um ihnen zu sagen, dass ich nicht vollkommen neben der Spur war und die nächsten Monate weiter durchhalten würde. Und das würde ich. *Für immer*, daran hatte sich nichts geändert, auch wenn ich in letzter Zeit ein wenig ins Schleudern geraten war.

Die drei hatten sich jeden Tag den Arsch aufgerissen, und ich? Ich hatte ihnen allen Grund gegeben, an unserer großen Chance zu zweifeln, weil ich Liebeskummer wegen einer Frau hatte, die nicht mehr mir gehörte.

Der Wall, den ich in den vergangenen Monaten mit so viel Schweiß und Mühen eingerissen hatte, wuchs immer weiter, je deutlicher mir die Realität bewusst wurde: Ich hatte Hazel Stone nie wirklich gekannt.

Ich musste das abschalten. Ich musste meine Gefühle abschalten, und mein Herz.

Also folgte ich ihr nicht länger in den sozialen Medien. Ich löschte alle Nachrichten, die wir uns geschrieben hatten. Ich ließ sie los, soweit ich irgend konnte, und dann stieg ich ins Flugzeug und bestellte Whiskey.

Ich bildete mir ein, jedes Mal mit vollstem Einsatz auf der Bühne zu stehen, wie schwer es mir auch ums Herz war. Unter den grellen Scheinwerfern und vor ausverkauften Hallen, in denen das Publikum unsere Lieder mitsang, war es ein wenig einfacher.

Jeden Tag dankte ich Gott für unsere Fans und für die Möglichkeit, mit ihnen zu reden, für sie zu spielen. Es gab so viele Dinge an diesem Job, die ich hasste, und um die ich mich liebend gern gedrückt hätte, doch die Meets & Greets mit unseren Fans gehörten nicht dazu. Für mich waren sie das Highlight der ganzen Geschichte. Diesen Menschen verdankte ich es, das Leben führen zu können, das ich lebte. Dank ihrer Liebe und Unterstützung war es mir möglich, das zu tun, was ich am meisten liebte: Musik zu machen.

Mit jedem Auftritt wurden die Schlangen länger, und es fühlte sich alles vollkommen surreal an. Alles geschah in Lichtgeschwindigkeit, und manchmal fragte ich mich, ob sich Boybands so fühlten. Heute spielten sie noch in der Highschool, und morgen hatten sie plötzlich eine Million Fans.

Unsere Fans kamen in Massen, Hunderte von Menschen, die viel zu viel Geld ausgaben, um mich und die Gang gerade einmal lange genug zu treffen, dass ich meinen Namen schreiben und ein Foto machen konnte. Es gab nicht viel Zeit zum Plaudern, aber dafür gab es jede Menge Tränen.

Ich konnte einfach nicht glauben, dass Menschen wegen mir und meiner Bandkollegen weinten.

Das alles fühlte sich an wie ein Traum. Tage und Nächte verschwammen, und Wochen wurden zu Monaten.

Trotz allem musste ich immer mal wieder an Hazel Stone denken. Ich versuchte sie aus meinen Gedanken zu verbannen, aber das war beinahe unmöglich. Wenn ich zu Hause anrief, um mit Grams und Big Paw zu reden, musste ich all meine Kraft zusammennehmen, um nicht zu fragen, wie es Hazel ging. Manchmal hörte ich Rosie im Hintergrund weinen und wäre am liebsten sofort nach Hause geflogen, um sie in meinen Armen halten.

Bescheuert, sagte ich mir dann. *Sie ist nicht mal dein Kind, und trotzdem vermisst du sie.*

Jedes Mal, wenn der Gedanke an Hazel auftauchte, ließ ich ihn einen Moment lang in meinem Kopf verweilen, bevor ich mich wieder auf die Musik konzentrierte. Max Fucking Rider meinte, ich sollte mir einfach ein heißes Model suchen, das ich knallen konnte, um mir Hazel aus dem Kopf zu schlagen, aber das war das Letzte, was ich wollte. Zum Glück war Marcus jederzeit bereit, mir die Models abzunehmen.

Ich war nicht auf diese Tour gegangen, um Sex, Drugs und Rock 'n' Roll zu leben. Ich war nur aus einem einzigen Grund hier, nämlich um unsere Musik mit den Massen zu teilen. Und genau das taten wir.

Trotzdem, obwohl ich von Tausenden von Fans umringt war, die meinen Namen schrien, hatte ich mich in meinem Leben noch nie so allein gefühlt.

Wenn mich vor ein paar Jahren jemand gefragt hätte, ob ich Eres einmal vermissen würde, hätte ich ihm ins Gesicht gelacht. Doch an manchen Tagen hätte ich lieber im Schweinestall gestanden, Heu geschaufelt und Hazel Stone angeschaut, während sie mir ihre Geheimnisse verriet.

Egal, wie sehr ich versuchte, sie aus meinem Herzen zu verbannen, es war unmöglich. Fast schien es, als könnte ich mein Herz nun, nachdem Hazel es wieder zum Leben erweckt hatte, nicht wieder abschalten. Und es tat weh. An manchen Tagen tat es so verdammt weh, dass ich einfach nur im Bett bleiben und schlafen wollte.

Doch da das nicht ging, hielt ich mich an den Whiskey.

Ich trank jeden Tag mehr, als gut für mich war, um zu verhindern, dass mein Herz in tausend Scherben zerbarst. Die Jungs sprachen mich immer wieder darauf an, wenn ich mit Sonnenbrille bei den Meets & Greets auftauchte, aber ich hatte einfach nicht die Energie, mich ihnen gegenüber zu rechtfertigen. Ich war am Ende und brauchte den Whiskey, um überhaupt weitermachen zu können.

Ich verpasste keinen einzigen Auftritt.

Das hätte alles sein sollen, was sie interessierte, dass ich jedes Mal zur Stelle war.

Drei Monate waren vergangen, seit Hazel und ich Schluss

gemacht hatten, und wir würden schon bald nach Los Angeles zurückkehren, um die Aufnahmen für unser erstes Album abzuschließen. Doch mir war klar, sobald das Album draußen war, würde unser Leben noch hektischer werden.

Am Abend nach unserem letzten Meet & Greet, bevor wir nach Los Angeles zurückfliegen würden, nahm James mich zur Seite. Er musste den Whiskey an mir gerochen haben, so wie auch all die anderen Abende zuvor.

Er legte die Stirn in Falten. »Sag mal ehrlich, Ian. Bist du glücklich?«

Ich lachte. »Was spielt das für eine Rolle? Wir werden berühmt«, bemerkte ich voller Sarkasmus. Er wollte etwas erwidern, aber ich hielt ihn davon ab. Die Show musste schließlich weitergehen.

All unsere Träume schienen in Erfüllung zu gehen, nur war es nicht so, wie ich es mir vorgestellt hatte.

Ich litt unter Albträumen. Manche drehten sich um meine Eltern, andere um Hazel. Ich konnte mich nicht an alle Details erinnern, aber am Ende fiel ich jedes Mal in ein scheinbar endloses schwarzes Loch. Ich schrie um Hilfe, und alle standen um das Loch herum und sahen zu, wie ich fiel, immer tiefer, doch niemand streckte die Hand aus, um mich festzuhalten. Stattdessen fiel ich immer weiter, ohne die Hoffnung, jemals wieder festen Boden unter den Füßen zu haben.

Wenn ich davon aufwachte, saß ich in der Dunkelheit meines Zimmers. Und dann legte ich mich in der Hoffnung, dass die Träume nicht wiederkehrten, wieder schlafen.

36. KAPITEL

HAZEL

»James sagt, Ian geht es gar nicht gut«, bemerkte Leah bei einem unserer Mädelsabende, die wir mittlerweile wöchentlich abhielten. Wir schauten Netflix, machten uns Gesichtsmasken und aßen Junk, während Rosie in ihrem Laufstall herumrollte. Leah war mittlerweile zu meiner besten Freundin geworden, und ich konnte ihr nicht genug dafür danken, dass sie während meiner Online-Prüfungen auf Rosie aufpasste.

Ich saß auf der Couch und aß Popcorn, und meine Brust zog sich schmerzhaft zusammen. Das Letzte, was ich hören wollte, war, dass Ian unsere Trennung nicht verkraftete. Ich hatte die seltsame Hoffnung gehabt, dass er leichter über mich hinwegkommen würde, wenn die Band erst richtig Fahrt aufnahm.

»Ich wünschte, du hättest bessere Neuigkeiten für mich«, murmelte ich. Die Schuldgefühle fraßen mich, gemeinsam mit der Einsamkeit, in letzter Zeit innerlich auf. Ian fehlte mir mehr, als ich mit Worten hätte ausdrücken können. Und die Ereignisse der letzten Wochen ließen mich auch nicht besonders gut schlafen. Meine Albträume waren zurückgekehrt, nur dass jetzt Charlie darin Rosie etwas antat – meine größte Angst.

Aber das Schlimmste an diesen Albträumen? Wenn ich aufwachte, konnte ich mich nicht auf die andere Seite drehen, damit Ian mich in seinen Armen hielt. Ich konnte nicht nach dem Telefon greifen und seine beruhigende Stimme hören. Ich konnte mich nicht an ihn wenden, damit er mir Trost spendete.

Leah betrachtete mich stirnrunzelnd, während ihre Gesichtsmaske langsam hart wurde. »Ich wünschte auch, ich hätte bessere Neuigkeiten, aber James macht sich ehrlich Sorgen. Er sagt, Ian trinkt in letzter Zeit auch deutlich mehr als sonst. Die Jungs hatten gehofft, die Musik und die Konzerte würden ihm helfen, aber sein Herz ist nicht richtig bei der Sache. Und weißt du, woran das meiner Meinung nach liegt?«

»Woran?«

Sie beugte sich vor und legte ihre Hände auf meine. »Weil du seine Muse bist, die er verloren hat. Du fehlst ihm, Hazel.«

Ich senkte den Kopf, und Tränen sammelten sich in meinen Augen. »Ich weiß.«

»Und er fehlt dir ebenso. Ich sehe es dir an. Du bist nicht mehr du selbst, und wenn ich ehrlich bin, kann ich nicht verstehen, warum du überhaupt Schluss gemacht hast. Ihr beide wart das perfekte Paar, wie Big Paw und Holly. Ihr seid füreinander bestimmt. Ich wünschte, ich hätte das, was ihr beide habt, du und Ian. Liegt es an der Entfernung? Oder an den vielen Frauen, die immer um die Band herumschwirren? Die stehen doch bloß auf den Promifaktor.«

»Ich weiß nicht mal, was das ist«, antwortete ich.

Sie lachte. »Natürlich weißt du das nicht, süße, süße Hazel. Damit will ich sagen, dass Ian dich niemals mit einer anderen Frau betrügen würde, falls du davor Angst hast.«

»Ich wünschte, das wär's, aber es ist viel komplizierter, Leah. Durch meine Beziehung zu Ian würde so viel auf dem Spiel stehen, dass ich es einfach nicht riskieren kann.«

Ihre Augen wurden schmal, und ein fragender Ausdruck trat in ihr Gesicht. »Du klingst wie eine Soap«, scherzte sie nervös.

»Was um alles in der Welt würdest du denn riskieren, wenn du mit Ian zusammen wärst?«

Ich schluckte trocken und schüttelte den Kopf. Allein der Gedanke an Charlies Drohungen ließ mir Tränen in die Augen steigen. Wie er darüber geredet hatte, die Ranch anzuzünden und – schlimmer noch – Rosie wehzutun, machte mich starr vor Angst.

»Hazel.« Leah seufzte, und ihre Augen wurden ebenfalls feucht, als sie mich so sah. »Was ist los?«

»Ich … ich sollte es besser niemandem sagen. Je mehr Leute es wissen, desto größer ist die Gefahr, dass etwas passiert.«

»Ich gebe dir mein Wort, dass ich keiner Seele etwas verraten werde. Versprochen. Aber was auch immer dich innerlich zerreißt, sollte nicht bloß auf deinen Schultern lasten. Hazel, du hast so viel getan, um anderen zu helfen. Du bist neunzehn Jahre alt und kümmerst dich um deine kleine Schwester. Du verdienst es, dass man dir hilft. Lass mich dir helfen. Lass mich dir etwas von der Last von deinen Schultern nehmen.«

Ich atmete tief ein, und jetzt liefen mir die Tränen übers Gesicht. »Es ist Charlie. Er ist wieder in der Stadt.«

Sie zog eine Augenbraue hoch. »Charlie? Wer ist Charlie?«

Ihre Frage sprengte förmlich einen Damm, und so erzählte ich Leah die ganze verworrene Geschichte. Je mehr ich ihr erzählte, desto tiefer sackte ihre Kinnlade vor Entsetzen und Schock hinunter. Als ich fertig war, ließ sie sich ungläubig gegen die Sofalehne plumpsen.

»Heiliges Kanonenrohr. Du *bist* eine Soap!«, rief sie entsetzt. »Oh mein Gott, Hazel. Und das alles hast du ganz alleine durchgestanden?«

»Ich konnte es niemandem sagen. Ich hatte keine Wahl.«

»Nein«, widersprach sie kopfschüttelnd. »In der Vergangenheit musstest du vielleicht vieles allein regeln, aber jetzt nicht mehr. Du hast jetzt eine Familie. Menschen, an die du dich wenden kannst, wenn du Hilfe brauchst, oder zumindest Trost.«

Ich verzog den Mund zu einem schmalen Lächeln und wischte mir die Tränen von den Wangen. »Danke, Leah.«

»Aber sehr gerne. Jetzt ergibt es auch einen Sinn, warum du mit Ian Schluss gemacht hast. Falls es dir hilft: Ich hätte es nicht anders gemacht – vor allem wenn dieser Psychopath Rosie bedroht. Du hast richtig entschieden. Obwohl ich verstehe, dass es dich innerlich zerreißt.«

»Das tut es wirklich, Leah. Ich kann nur noch an Ian denken, und ich hasse mich dafür, dass ich ihm so wehgetan habe. Ich weiß, wie viel Angst er davor hat, verlassen zu werden, und dass ich mit ihm Schluss gemacht habe, kurz nachdem er seinen Eltern über den Weg gelaufen ist, macht es nur noch schlimmer. Ich wünschte, ich könnte ihm alles erklären, aber das ist zu riskant. Und deshalb hoffe ich einfach, dass es ihm irgendwann gelingt, mich zu vergessen und wieder glücklich zu werden.«

»Ich bin mir sicher, die Jungs werden gut auf ihn aufpassen. Daran zweifle ich nicht. Und was dich betrifft, ich bin hier, um dir zu helfen, wieder glücklich zu werden. Dafür sind Freunde schließlich da.«

Ich dankte ihr, und sie nahm mich fest in den Arm und versicherte mir, dass eines Tages alles wieder gut werden würde.

Ich wünschte mir so sehr, ich könnte ihr glauben, doch allein, dass Charlie wieder frei herumlief, ließ mich keine Sekunde entspannen. Was, wenn er ausflippte und beschloss, Rosie und mir etwas anzutun, einfach weil er es konnte? Charlie war vollkommen unberechenbar. Wenigstens konnte er Ian nichts antun.

Später in der Nacht erwachte ich aus einem Albtraum, weil Rosie weinte. Ich nahm sie hoch und versuchte sie zu beruhigen, damit sie wieder einschlief. Schließlich nahm ich sie mit hinaus in die Dunkelheit und setzte mich mit ihr in den Schaukelstuhl auf der Veranda. Ich sah hinauf zu den Sternen, die am Himmel funkelten, und wünschte mir etwas.

Ich wünschte meiner kleinen Schwester, dass ihr niemals etwas zustieß. Wenn ihr etwas passierte, nachdem sie die Chance gehabt hatte, von einer Familie adoptiert zu werden, die ihr Leben niemals in Gefahr gebracht hätte, hätte ich es mir niemals verziehen.

Ich wünschte Ian, dass er glücklich wurde, und dass er irgendwann, irgendwo eine andere Muse fand. Ich wünschte ihm, dass er mich vergessen und sein verletztes Herz wieder heilen konnte. Ich wünschte ihm, dass er den Glauben an die Liebe nicht verlor und sich nicht wieder von seinen Gefühlen abschottete. Er hatte so hart gearbeitet, um wieder Zugang zu ihnen zu finden; es wäre schrecklich, wenn er diese Verbindung zu sich selbst wieder verlor.

Und zu guter Letzt wünschte ich mir auch etwas für mich selbst. Ich wünschte mir Kraft, um stark zu bleiben, auch in den dunkelsten Zeiten; und ich wünschte meinem Herzen, jeden Tag weiterzuschlagen, auch wenn jeder einzelne Schlag immer schmerzhafter wurde, je mehr Zeit ohne Ian an meiner Seite verstrich.

Wenn diese Wünsche wahr würden, würde ich niemals wieder einen Wunsch zu den Sternen hinaufschicken müssen.

37. KAPITEL

IAN

»Wollt ihr uns verarschen?«, rief Eric während eines Termins mit unserem Plattenlabel. Wir vier saßen da und starrten die Männer an, die für die Veröffentlichung unseres ersten Albums verantwortlich waren. »Wie kann so was überhaupt passieren? Ich meine, ihr habt doch ein Team, das genau so etwas verhindern soll, richtig? Ihr seid Mindset Records, verdammt noch mal. Wie konnte so was überhaupt passieren?«

Eric war wütend, was nicht oft vorkam, aber er hatte allen Grund dazu.

Wie wir alle.

Irgendwer hatte unser erstes Album – das Album, in das unser Blut, unser Schweiß und unsere Tränen geflossen waren – vorzeitig ins Internet gestellt.

Max saß am Tisch und schaute immer wieder auf seine beiden Handys, als versuche er noch irgendwas zu retten. Donnie Schmitz, der Chef von Mindset Records, saß mit verschränkten Händen am Kopf des Tisches. »Wir wollen ehrlich sein: Das war ein großer Fehler unsererseits. Das Schlimmste daran ist, dass wir noch zwei Monate vor der Veröffentlichung des Albums stehen. Wir werden also ein paar Entscheidungen treffen müssen. Wir können kein Album herausbringen, das bereits draußen ist, also müssen wir umplanen. Wir brauchen neues Material, und wir müssen so schnell wie möglich zurück ins Studio.«

»Was?«, keuchte ich. »Soll das ein Witz sein? Es hat Monate gedauert, die Songs zu entwickeln! Wir können nicht einfach ein neues Album aus dem Ärmel schütteln.«

»Ich verstehe, dass das jetzt ein wenig überwältigend klingen mag …«, setzte Donnie an.

»Wohl eher *unmöglich*«, korrigierte Marcus ihn und verzog das Gesicht.

Donnie fuhr fort: »Aber wir haben eine Liste mit Titeln, die bereits komplett entwickelt sind. Alles, was ihr tun müsst, ist ins Studio zu gehen und eure Magie zu aktivieren.«

»Was soll das heißen, eine Liste mit komplett entwickelten Titeln?« fragte James.

»Wir haben ein paar der besten Texter im Business angerufen«, schaltete Max sich ein und wies mit dem Kinn auf mich. »Das sind die guten Neuigkeiten. Warren Lee hat die Songs geschrieben.«

Ich zog eine Augenbraue hoch. »Warren Lee?«

»Ganz genau.« Max nickte. Warren war einer der besten Songwriter im Musikbusiness, wenn nicht der beste. Mit ihm zu arbeiten, bedeutete Grammys und viel Geld. Alles, was er anfasste, wurde zu Platin. Aber was bedeutete es für uns, seine Songs zu verwenden?

Es war nicht authentisch. Das waren nicht wir.

»Wir schreiben unsere eigene Musik«, erklärte Marcus mit verschränkten Händen und entschlossenem Gesichtsausdruck.

»Ja, aber dafür habt ihr keine Zeit. Ihr habt es selbst gesagt, es hat ewig gedauert, neue Songs zu entwickeln. Also haben wir euch den schwierigen Teil abgenommen. Ihr geht einfach ins Studio und tut, was wir euch sagen.«

»Wir sind doch keine Roboter.« Eric seufzte, nahm seine

Brille ab und kniff sich mit Daumen und Zeigfinger in die Nasenwurzel. »Wir produzieren keinen Nullachtfünfzehn-Scheiß.«

»Ja, haben wir dir das nicht von Anfang an gesagt, Max? Wir wollten wir selbst sein. The Wreckage. Nicht irgendeine Bausatz-Band, die nicht mal eine eigene Stimme hat«, sagte James.

Ich saß schweigend daneben und wusste nicht, was ich sagen sollte, denn erstens war ich ein bisschen betrunken, und zweitens konnte ich einfach nicht fassen, dass die monatelange Arbeit einfach futsch sein sollte, dass all die Opfer, die wir für dieses Album gebracht hatten, bedeutungslos waren.

Ich hätte die ganze Zeit über in Eres sein und versuchen können, Hazels und meine Beziehung zu …

Was?

Nein.

Der Whiskey sollte meine Erinnerungen an Hazel ertränken, nicht noch verstärken.

So oder so, all die verlorene Zeit, in der wir Songs erschaffen hatten, die jetzt wertlos waren, schmerzte unsäglich.

Was war überhaupt noch der Sinn von alldem?

»Das war vor dem Leak. Hört zu, Jungs, ich bin auch verdammt wütend. Denkt ihr, ich wollte, dass das passiert? Natürlich nicht. Aber so ist es nun mal. Wir können den ganzen Tag heulen und jammern, oder wir gehen verdammt noch mal wieder an die Arbeit. Außerdem erschafft Warren Lee Superstars, und ihr werdet Superstars sein, wenn ihr endlich aufhört, euch selbst im Weg zu stehen.«

Die Stimmung im Raum war entmutigend. Meine Bandkollegen sahen aus, als wären sie von einem Lkw überrollt worden, und Eric wiederholte immer wieder, dass er einfach nicht begriff, wie so etwas bei all den Sicherheitsvorkehrungen der Firma überhaupt hatte passieren können.

Wie konnte ein komplettes Album einfach so geleakt werden?

»Und wenn wir uns weigern, Warrens Songs aufzunehmen?«, fragte ich.

Donnie presste die Lippen zusammen und starrte mich finster an. »Hört zu, ihr habt einen Vertrag mit Mindset Records. Wir wissen, dass diese Panne nicht eure Schuld war, aber, offen gesagt, ihr schuldet uns Musik. Die Uhr tickt, und ich möchte nicht unsere Juristen mit dieser Sache betrauen müssen.«

Natürlich.

Sie versuchten uns in die Ecke zu drängen und dazu zu zwingen, etwas zu produzieren, das nicht authentisch war, das nicht Unsers war.

Das hier war buchstäblich der größte Albtraum eines jeden Künstlers.

Wieso fühlte es sich so an, als würde die Welt um uns herum zusammenbrechen? Wieso fühlte es sich so an, als verwandelte sich unser Traum gerade langsam, aber sicher in etwas, das nicht mehr uns gehörte?

Wir waren in den Händen einer Plattenfirma, die die Macht hatte, jede unserer Bewegungen zu kontrollieren, wenn nötig unter Androhung von Gerichtsverfahren – die wir schon verloren hätten, bevor sie überhaupt losgingen, da war ich mir sicher.

Ich räusperte mich. »Könnte die Band sich bitte einen Augenblick alleine unterhalten?«

»Sicher. Aber vergeudet nicht zu viel Zeit, einen Ausweg aus diesem Dilemma zu suchen«, sagte Donnie, während er aufstand und gemeinsam mit seinen Lemmingen zur Tür ging. »Wir haben keine Zeit für Allüren.«

Allüren.

Ich hatte nicht gewusst, dass man Allüren hatte, bloß weil man seine Meinung sagte.

Die anderen gingen hinaus, und die Jungs und ich saßen allein am Tisch.

Mit Max.

Wir sahen ihn irritiert an. Er gab unsere Blicke zurück und zog eine Augenbraue hoch.

»Was?«

»Wir hatten gehofft, uns alleine unterhalten zu können«, erklärte Marcus.

»Ich bin euer Manager. Ich muss bei solchen Besprechungen dabei sein.«

James schüttelte den Kopf. »Das hier ist eine Besprechung unter den Bandmitgliedern. Wir werden dich informieren, sobald wir unsere Gedanken ein wenig geordnet haben.«

Max seufzte und murmelte etwas vor sich hin, und ich war froh, dass ich es nicht verstanden hatte. Wahrscheinlich hatte er *verwöhnte Blagen* gesagt oder so was.

Er griff nach einer Kladde und schob sie uns herüber. »Hier sind ein paar von Warrens Songs für euch. Schaut sie euch an. Alles Grammy-Material. Seid nicht dumm, Jungs. Trefft die richtige Entscheidung.«

Und mit diesen Worten stand er auf und ging hinaus. Sobald die Tür ins Schloss gefallen war, sprang Marcus auf. »Wollt ihr mich verarschen?«, rief er und wedelte wie ein Verrückter mit den Händen.

»Wir können das auf gar keinen Fall machen«, erklärte Eric und blätterte durch die Songtexte. »Ich meine, ich bin mir sicher, dass Warrens Texte super sind, aber sie sind nicht von uns. Wir haben unseren kompletten Social Aspect darauf aufgebaut, dass wir wir selbst sind. Die Leute wollen keine Songs von Warren. Sie wollen Songs von uns.«

»Wir können unmöglich in der kurzen Zeit ein komplett neues Album auf die Beine stellen. Das kriegen wir nicht hin«, sagte Marcus resigniert. »Außerdem würden sie uns mit Klagen überhäufen; wir wären am Ende so pleite, wie wir es nicht mal in Eres gewesen sind.«

»Wir könnten es versuchen«, warf James ein. »Wir könnten versuchen, unsere eigenen Songs zu entwickeln. Ich weiß, es wird die Hölle, aber wir können uns den Arsch aufreißen, und vielleicht schaffen wir es.«

Die drei diskutierten hin und her, was machbar wäre und was nicht. Je länger sie redeten, desto mehr brannte es in meiner Brust.

Schließlich griff ich nach der Kladde und sah mir an, was Warren geschrieben hatte.

Ich blendete mein Umfeld komplett aus, während ich seine Texte las. Texte, die mir nichts bedeuteten, Nullachtfünfzehn. Absoluter Mainstream. Texte, die jemand anderem gehörten.

Und ich würde gezwungen sein, diese Songs zu singen.

»Wir nehmen Warrens Songs«, sagte ich und stemmte mich auf die Füße.

»Was? Nein, Dude, das können wir nicht machen. Wir können nicht einfach aufgeben«, sagte James.

»Er hat recht, Ian. Ich weiß, wir sitzen in der Klemme, aber wir können jetzt nicht einfach alles wegwerfen, wofür wir gearbeitet haben«, stimmte Marcus ihm zu.

»Wir haben nur sehr begrenzt Zeit, und die können wir nicht darauf verschwenden, neue Songs zu schreiben«, erklärte ich.

»Aber …« Eric seufzte, sprach aber nicht weiter.

Wahrscheinlich, weil er wusste, dass ich recht hatte.

»Ich kann nicht zulassen, dass wir alle bloß deswegen in Gerichtsverfahren und Schulden versinken. Wir können nicht zurück. Wir müssen weitermachen.«

»Selbst wenn das bedeutet, unsere Seelen an den Mainstream zu verkaufen?«, fragte Marcus.

»Seien wir doch mal ehrlich: Das haben wir schon getan, als wir den Vertrag unterschrieben haben. Wenn wir hätten klein bleiben wollen, hätten wir das alles gar nicht erst mitmachen dürfen. Wir haben einen Vertrag unterschrieben, aus dem wir jetzt nicht mehr rauskommen. Ich werde Max sagen, dass wir Warrens Texte nehmen, und morgen gehen wir zurück ins Studio und legen los.«

Ich ging zur Tür, blieb aber stehen, als James hinter mir hergerannt kam.

»Ian, warte. Was ist los mit dir, Mann?«

»Wie meinst du das?«

Er verengte die Augen und sah mich an wie einen Fremden. »Du willst nicht darum kämpfen, noch einmal unsere eigene Musik zu erschaffen? Willst du es nicht mal versuchen?«

»Ich habe es mein ganzes Leben lang versucht, James. Ich habe es mit meinen Eltern versucht, ich habe es mit Hazel versucht, und ich habe es mit unserer Musik versucht. Etwas zu versuchen, reicht nicht. Wir sollten tun, was von uns verlangt wird, das ist der einfachste Weg.«

»Dass es einfach ist, bedeutet nicht, dass es die Sache wert ist. Du meinst nicht wirklich, was du da sagst. Du bist resigniert, aber du darfst dich von deinem Schmerz nicht so runterziehen lassen.«

»Ich fühle keinen Schmerz«, entgegnete ich und zuckte mit den Schultern. »Ich fühle gar nichts.«

»Und ist *das* nicht das Problem?«, fragte er.

Vielleicht war es das.

Aber ich war einfach zu müde, um weiter darüber nachzudenken.

Ich lag in der finstersten Nacht. Selbst wenn ich die Augen öffnete, fühlte es sich an, als würde ich noch immer gegen die Schwärze meiner Lider anstarren. Wie lange hatte ich schon in der Finsternis gelegen? Wie lange befand ich mich schon in diesem Zustand? Ich bewegte mich ein wenig, und schmerzhaft meldete sich mein Kreuz. Mein Körper schmerzte von Kopf bis Fuß, als hätte mich ein Laster überfahren. Was zum Teufel hatte ich gestern gemacht? Einen Marathon gelaufen? Mit einem Grizzly gekämpft?

Oh. Ja. Ich hatte mich nach dem Meeting bei Mindset Records komplett abgeschossen.

Während ich mir verwirrt und benommen mit den Handflächen die Augen rieb, versuchte ich mich an die vergangenen Stunden zu erinnern.

Verdammt, Ian, wie bist du nur an diesen Punkt gekommen?

Und das meinte ich jetzt nicht besonders tiefsinnig oder bedeutungsvoll oder so. Was ich meinte, war: Wie zum Teufel war ich verdammt noch mal hierhergekommen? Und wo genau war ich überhaupt?

Mein Kopf dröhnte und pochte so heftig, dass mir übel wurde, während ich mich an das Meeting bei Mindset Records zu erinnern versuchte.

Ich kniff mir mit Daumen und Zeigfinger in die Nasenwurzel und wollte mich gerade aufsetzen, als sich in der Dunkelheit zwei Arme um meinen Oberkörper schlangen.

Die Arme hoben mich aus meinem Bett. Als ich schreien wollte, legte mir jemand die Hände auf den Mund und über die Augen, ohne dass die Arme mich losließen. Voller Panik versuchte ich zu schreien und um mich zu treten, während die beiden Männer mich auf den Hotelflur hinaustrugen.

Waren das Fans, die mich entführen wollten? Wollte jemand ein Lösegeld mit mir erpressen oder was?

Ich biss in die Hand, die über meinem Mund lag, und hörte jemanden vor Schmerz aufschreien. »Was zum Teufel?«

»Halt die Klappe!«, zischte der andere.

»Er hat mich gebissen!«

Diese Stimme ... War das Eric?

»Ist mir egal, ob er dich gebissen hat. Wir sollen nicht sprechen!«

»Na, dich hat er ja auch nicht gebissen!«

»Ich hab dir doch gesagt, du sollst ihm den Mund zukleben!«

»Ich bin doch kein Psycho! Ich würde ihm niemals den Mund zukleben!«

»Weswegen er dich auch gebissen hat, du Idiot!«

Eric und Marcus?

Dieses Gezänk hätte ich meilenweit herausgehört.

»Was zur Hölle geht hier ab?«, schrie ich nun, da mein Mund frei war.

Die Hände ließen mich auf den Boden fallen, und als ich aufblickte, sah ich meine drei Freunde, alle komplett in Schwarz, wie Ninjas. Was zum Teufel trieben sie hier?

»Was zum Henker macht ihr hier?«, platzte es aus mir heraus, während ich mir den Hinterkopf rieb, der auf den Boden geknallt war.

»Sorry, Ian, wir wollten, ähm, wir dachten ...«, stammelte James und sah mich schuldbewusst an.

»Wir wollten dich kidnappen, Dude«, erklärte Marcus kein bisschen schuldbewusst.

»Was?«

Er sprach nicht weiter. Stattdessen wies er mit dem Kinn auf mich. »Los, Jungs. Packt ihn.«

Die anderen beiden gehorchten, und bevor ich schreien konnte, zog James eine Rolle Klebeband aus der Tasche und klatschte mir ein Stück davon auf den Mund. »Tut mir leid, Ian. Es ist nur zu deinem Besten.«

Was zur Hölle? Wo war der Sicherheitsdienst? Hatten die nicht auf ihren Kameras gesehen, wie ich von drei schwarzen Männern aus meinem Zimmer geschleift wurde? Das musste doch so was von verdächtig ausgesehen haben.

Als wir durch den Hinterausgang des Hotels nach draußen kamen, wartete dort ein schwarzer Van. Die drei schleppten mich dorthin, stießen mich hinein und stiegen eilig hinterher.

Marcus sprang hinters Lenkrad und fuhr los.

Ich riss mir das Klebeband vom Mund und brüllte: »Seid ihr vollkommen durchgeknallt?«

»Tut mir leid, Mann«, sagte James und schnallte sich in aller Ruhe an. »Wir haben einfach nicht gedacht, dass du freiwillig mitkommen würdest. Aber nur, damit das klar ist, das Ninja-Kidnapping war Marcus' Idee.«

»Und zwar eine verdammt gute Idee, wenn ihr mich fragt! Ich wollte immer schon mal ein Underground-Kidnapping durchziehen. Nur zum Spaß natürlich – ich bin ja nicht vollkommen durchgeknallt. Und alles lief super, bis Bozo dahinten losgebrüllt hat.«

»Er hat mich gebissen!«, rief Eric noch einmal. »Ich glaube, ich blute sogar. Er hat eine Vene erwischt.«

»Sei nicht so ein Baby, oder sag Mom, sie soll dir wieder die Windeln wechseln.«

»Fick dich, Marcus!«

»Fick du dich, kleiner Bruder.«

»Fickt euch beide!«, rief ich, noch immer benommen und betrunken. »Was zum Teufel geht hier vor?«

James beugte sich über mich und schnallte mich an, fürsorglich wie immer. Und ich hätte ihm sicher dafür gedankt, wenn er mich nicht gerade gekidnappt hätte.

»Hör zu, Ian. Ich hab die ganze Nacht vor dem Computer gehockt«, erklärte Eric. »Es hat mir einfach keine Ruhe gelassen, dass unser Album geleakt wurde, ohne dass die Plattenfirma mitbekommen hat, wie das passieren konnte. Also habe ich mich drangesetzt, und du wirst nicht glauben, was ich gefunden habe. Es war …«

»… Max Fucking Rider!«, rief Marcus, während er die Straße hinunterfuhr.

»Dude, was soll das?«, fuhr Eric ihn an und schlug seinem Bruder auf den Arm. »Ich wollte das sagen.«

»Komm wieder runter und erzähl weiter«, sagte Marcus.

Eric seufzte und fuhr sich mit den Fingern durch die Haare. »Es war Max Fucking Rider. Ich habe seinen Hack bis zu einem Server zurückverfolgt, der mich direkt zu seinem Laptop geführt hat. Und dann, nur um ganz sicherzugehen – denn wenn man so was macht, dann richtig –, hab ich seine E-Mails und seine Social-Media-Accounts und alles gehackt. Er hat schon vor Wochen mit Donnie Mails ausgetauscht, von wegen, unsere Musik wär nicht Mainstream genug und sie müssten irgendwas unternehmen, bevor das Album rauskommt und so.«

Was?

»Die haben uns reingelegt, Dude!«, rief Marcus. »Sie haben uns beschissen, und dann haben sie uns vorgeworfen, dass wir Allüren hätten, weil wir sauer waren.«

»Heilige Scheiße«, murmelte ich und lehnte mich gegen meinen Sitz zurück. Langsam schwand der Schock darüber, gekidnappt worden zu sein, während der Schock, hintergangen worden zu sein, mich überwältigte. »Wieso sollten sie so was tun?«

»Wegen Geld, vermute ich mal. Bei diesen Typen dreht sich doch alles nur ums Geld«, sagte James. »Und könnt ihr euch vorstellen, wie viel Aufmerksamkeit die geleakten Titel uns bringen werden? Die Leute werden alle gespannt darauf warten, was wir jetzt machen.«

Das ergab Sinn.

Es war alles ganz schön konfus, aber auf der Grundlage von Max' und Donnies teuflischen Berechnungen ergab es absolut Sinn.

»Was nichts daran ändert, dass wir nach wie vor an den Vertrag gebunden sind. Wir sind immer noch am Arsch«, sagte ich.

»Mag sein, aber wir werden uns von denen nicht in Los Angeles festsetzen lassen. Vor allem nicht in deinem Zustand«, erklärte James.

»Was soll das denn wieder heißen? Wo fahren wir hin?«

»Hör zu, Ian. Wir wissen, wie hart die letzten Monate für dich waren. Deine Eltern, Hazel, und jetzt auch noch diese Sache mit der Plattenfirma. Aber wir als deine besten Freunde können nicht zulassen, dass du alles aufgibst.«

»Ich habe nicht alles aufgegeben.« Alles hatte mich aufgegeben.

Au Mann. Hatte ich mich gerade selbst gehört? Wie emo konnte man sein?

»Sei mir nicht böse, Dude, aber du bist ständig betrunken«, sagte Marcus. Seine Stimme war leise und voller Sorge. »Und ich nehme es dir nicht mal übel, denn ich würde es nicht anders machen, wenn ich auch nur die Hälfte von dem Mist hätte durchmachen müssen, den du gerade durchmachst. Deswegen haben wir auch so lange tatenlos zugeguckt. Was dir passiert ist, war echt Scheiße, Mann. Du hast ein scheiß Blatt auf die Hand bekommen, und trotzdem so gut gespielt, wie du konntest, aber jetzt ist es an der Zeit zu begreifen, dass du nicht alleine spielen musst. Wir sind deine besten Freunde. Also haben wir dich entführt, um dir die Entziehungskur zukommen zu lassen, die dein Körper und deine Seele dringend brauchen.«

»Entziehung? Und wo zum Teufel soll diese Entziehung stattfinden?«, brüllte ich, noch immer wütend, aus meiner betrunkenen Trance heraus gekidnappt und auf einen verdammten Hotelflur geworfen worden zu sein.

»Eres«, sagte Eric und drehte sich auf dem Beifahrersitz zu mir herum. »Also entspann dich, mach's dir gemütlich und genieße die nächsten vierundzwanzig Stunden im Wagen. Wir bringen dich nach Hause, Ian.«

38. KAPITEL

IAN

Die Jungs zwangen mich, vierundzwanzig Stunden mit ihnen in diesem Van zu fahren. Auch wenn wir zwischendurch anhielten, gab es keine Gelegenheit, zu fliehen und nach Los Angeles zurückzukehren. Sie hatten weder mein Handy noch meine Brieftasche mitgenommen. Es gab also keine Chance, meinen Freunden zu entfliehen.

Was für eine seltsame Situation.

Immer wieder musste ich daran denken, was Eric über Max Fucking Rider und Donnie Fucking Schmitz rausgefunden hatte. Ich wünschte, ich hätte sagen können, ich wäre überrascht, doch wie sich herausgestellt hatte, brachte die Erfüllung von Träumen ihre ganz eigenen Probleme mit sich. Max hatte von Anfang an zahlreiche Alarmsignale gesendet, doch wir hatten uns entschieden, sie zu ignorieren, weil wir unseren Traum so unbedingt hatten wahr werden lassen wollen.

Und jetzt saßen wir in der Tinte, weil wir den falschen Leuten vertraut hatten. Wir hatten Leuten vertraut, die sich einen Dreck um uns als Menschen scherten. Alles, was sie interessierte, war das Geld auf ihren Konten.

Als wir auf die alten Schotterpisten von Eres einbogen, hatte ich einen dicken Kloß im Hals. Die Jungs fuhren mich zu meinem Haus – ich korrigiere: Hazels Haus –, und bevor ich protestieren konnte, hatten sie mich auch schon aus dem Wagen geworfen und waren davongebraust.

Es war mitten in der Nacht, und ich hatte kein Bedürfnis hineinzugehen und Hazel zu begegnen.

Okay, das war gelogen. Ich wollte nichts anderes als das, aber ich tat es nicht. Stattdessen motzte ich wie ein kleines Kind vor mich hin und stapfte zur Hütte hinüber.

Dort würde ich mich hinlegen und schlafen, und am nächsten Morgen würde ich zu meinen Großeltern hinüberlaufen und Big Paw um ein Bett anflehen, in dem ich ein paar Stunden schlafen konnte, bis ich eine Möglichkeit fand, wieder nach Los Angeles zurückzukehren und mich der Wirklichkeit zu stellen.

Ich knurrte und schimpfte im Schlaf und wälzte mich von einer Seite auf die andere. Immer tiefer und tiefer versank ich in bodenloser Dunkelheit, während ich nach jemandem rief und darum bat, mir die Hand zu reichen. Ich flehte um Hilfe. Meine Eltern streckten ihre Arme aus, doch als ich nach ihnen greifen wollte, zogen sie sie wieder zurück und starrten hysterisch lachend auf mich herab. Und dann fingen auch alle anderen an zu lachen. Big Paw, Grams, die Jungs. Alle zeigten auf mich und lachten sich kaputt, während ich immer tiefer und tiefer sank.

Alle, bis auf Hazel.

Sie sah mich an und bewegte die Lippen, aber ich konnte sie nicht hören.

»Was?«, rief ich.

Wieder bewegten sich ihre Lippen.

»Was?«, rief ich erneut.

»Wach auf«, flüsterte sie.

»Ich kann dich nicht hören!«

»Wach auf«, sagte sie. »Wach auf, wach auf, wach auf!«

Schweißgebadet und in Panik erwachte ich aus meinem Traum. Mit weit aufgerissenen Augen sah ich mich um und versuchte zu erkennen, wo ich mich befand. Als ich nach links blickte, erstarrte ich.

Grüne Augen bohrten sich in mich hinein.

Augen, die ich so sehr vermisst hatte.

Augen, die ich noch immer so liebte.

Diese verdammten grünen Augen.

»Was machst du hier?«, fuhr ich sie an. Ich fühlte mich, als würde ein Teil von mir noch immer träumen, während die andere Hälfte hellwach war und die Arme um Hazel schlingen und sie anflehen wollte, mich wieder zu lieben.

Doch das tat ich nicht.

Ich saß still wie eine Wand.

»Ich habe dich rufen hören und bin gekommen, um nachzusehen.« Sie legte den Kopf schief, offensichtlich selbst ein wenig verwirrt. »Was machst du hier in Eres, Ian?«

Ich rieb mir die Schläfe und stöhnte. »Hab ich mich auch schon gefragt. Aber keine Angst, ich werde dich nicht weiter belästigen.«

Als ich aufstand, wich sie ein wenig zurück.

Diese schwarzen Adidas.

Gott, wie hasste ich es, dass sie immer noch diese Adidas trug, und mit *hasste* meine ich natürlich *liebte* – verdammt, sie fehlte mir so sehr.

»Warte, nein. Du belästigst mich nicht. Du … ich bin nur … dich hier zu sehen …« Ihre Worte stolperten über ihre Zunge. »Wie geht es dir?«, fragte sie schließlich.

Nach all den Monaten des Schweigens war das alles? Alles, was sie über die Lippen brachte, war *Wie geht es dir?*

Das reichte mir nicht.

Ich drehte mich um und ging hinaus, wo die Morgensonne auf mich herabschien.

Mir war nicht danach, zu Big Paws Haus hinüberzulaufen, aber es war der einzige Ort, an den ich gehen konnte.

Ich rieb mir die Stirn und drehte mich zu Hazel um. »Kann ich mal dein Handy benutzen?«

Sie zögerte, als hätte ich sie um die seltsamste Sache der Welt gebeten. »Ich … ähm … du … ähm …«

»Worte, Hazel«, knurrte ich. »Benutz Worte.«

»Du kannst mein Handy nicht benutzen.«

»Warum nicht?«

»Man hat es mir verboten.«

Ich zog eine Augenbraue hoch. »Wer?«

»Deine Freunde.«

Na super.

Dann würde ich eben das Telefon im Büro benutzen.

Genervt stapfte ich los, als ich Hazel hinter mir rufen hörte: »Warte! Ian! Wenn du zum Büro willst, dann vergeudest du nur deine Zeit. Die Telefone da sind alle abgeschaltet.«

Was zur Hölle?

»Und wieso das?«

»Damit du niemanden anrufen kannst, um von hier wegzukommen.«

»Warum sollte ich auf dieser verdammten Ranch bleiben wollen, hm? Warum zum Teufel sollte ich hier sein wollen?« Ich klang wie das letzte Arschloch, aber ich konnte nicht anders, denn obwohl ich alles versucht hatte, um mein Herz wieder abzuschalten, schlug es verdammt noch mal immer weiter und brach jeden Tag aufs Neue in tausend Stücke, seit meine Eltern und Hazel darauf herumgetrampelt waren. Und es tat weh. Es tat so weh, vor ihr zu stehen. Er tat so weh, mit ihr am selben Ort zu sein. Es tat so verdammt weh, dass ich mir am liebsten das Herz aus der Brust gerissen hätte, damit ich nichts mehr fühlen konnte.

Ich wünschte, ich hätte niemals angefangen, wieder etwas zu fühlen.

»Weil das hier dein Zuhause ist«, sagte sie, und ihre Worte irritierten mich noch mehr. Meinte sie damit, dass *sie* mein Zuhause war, oder dass die Ranch mein Zuhause war?

Egal.

Ich würde trotzdem von hier verschwinden.

»Ich werde zu Big Paw laufen und von da telefonieren«, murmelte ich und machte mich erneut auf den Weg.

»Da wirst du kein Glück haben. Big Paw und Holly warten nämlich im Haus, zusammen mit der Band.«

»Wieso sind sie hier?«

»Sie wollen mit dir reden. Sie wollen sich davon überzeugen, dass es dir gut geht.«

»Was soll das werden, eine Intervention? Kein Interesse.«

»Ian, es geht dir nicht gut ...«

»Es geht mir hervorragend!«, fuhr ich sie an.

»Nein, tut es nicht«, sagte sie ruhig.

»Und was genau weißt du über mich, Hazel Stone?«

»Alles«, erwiderte sie so nüchtern, dass ich mich am liebsten auf der Stelle zu einer winzigen Kugel zusammengerollt und losgeheult hätte. Sie sah mich mit einem schiefen Lächeln an. »Ich weiß alles, Ian. Du bist mein bester Freund.«

»Warum hast du mich dann verlassen?«, fragte ich und hörte meine eigene Verzweiflung in meiner Stimme. Traurigkeit huschte über Hazels Gesicht. Ich schüttelte den Kopf und wandte mich zum Haus. »Du musst nicht antworten.«

Ich brauchte ihre Antwort nicht, denn es spielte keine Rolle, warum sie mich verlassen hatte. Das Einzige, was zählte, war, *dass* sie mich verlassen hatte – so einfach war das.

Ich hätte schon vor langer Zeit lernen sollen, dass man Menschen, die einen verließen, nicht nach ihren Gründen fragte, denn die würden einen nur noch mehr enttäuschen.

In der Sekunde, als ich das Haus betrat, explodierte das Adrenalin in meinen Adern. Alle saßen mit ernsten Gesichtern im Wohnzimmer. Sie sahen aus, als hätten sie ihren besten Freund verloren, und ihre dramatischen Mienen waren mir mehr als peinlich.

»Was soll das werden?«, fragte ich. »Wollt ihr mich hier gefangen halten, oder was ist hier los?«

»Wag es nicht, hier reinzukommen und in diesem Ton mit uns zu reden, Junge. So wirst du nicht mit Menschen sprechen, die um dein Wohl besorgt sind«, fuhr Big Paw mich an. »So, und jetzt beweg deinen Hintern hier rüber und setz dich hin.«

Ich wollte ihm widersprechen, aber ich wusste, dass es ohnehin zu nichts führte.

Widerstrebend setzte ich mich in den Sessel. »Also. Was wollt ihr von mir?«

»Wir wollen, dass du aufhörst, dich wie ein trotziges Kind zu benehmen«, grollte Big Paw.

»Harry, sei nett.« Grams legte ihm eine Hand aufs Knie.

»Nein. Mit nett kommt man bei diesem Sturkopf nicht weiter. Wir müssen irgendwie zu ihm durchkommen. Ian, die Jungs haben mir gesagt, du würdest jeden Abend trinken. Ist das wahr?«

Verräter.

»Hin und wieder«, murmelte ich und setzte mich in meinem Sessel zurecht.

»Er ist seit über einem Monat jeden Abend besoffen«, sagte Marcus.

Was für ein verdammtes Arschloch. »Ich habe meinen Job gemacht«, sagte ich. »Ich war immer da und hab keinen einzigen Auftritt verpasst. Also was spielt es für eine Rolle, ob ich hin und wieder ein Glas oder zwei …«

»Oder fünf«, meldete sich Eric zu Wort, was die Wut in mir nur noch weiter steigerte.

Was dachten diese Typen eigentlich, wer sie waren, so über mich zu reden? Ich war ihr Freund, und so zeigten sie mir ihre Liebe?

Scheiß auf die Liebe und ihre verkorksten Märchen.

»Das bist nicht du, Ian«, sagte Grams in ihrem sanften Ton. Sie hatte mir gefehlt. In den letzten Monaten hatte ich nicht mehr jede Woche angerufen, und als ich sie jetzt sah, fühlte ich mich erst so richtig mies. In letzter Zeit war ich kein guter Enkel gewesen, aber das überraschte mich nicht.

In letzter Zeit war ich überhaupt kein guter Mensch gewesen.

»Die Menschen ändern sich, Grams. Vielleicht ist das hier der neue Ian.«

»Nein.« Big Paw schüttelte den Kopf. »Das bist nicht du, verdammt. Du bist kein Säufer.«

Ich zuckte mit den Schultern. »Meine Eltern waren auch nicht immer Junkies, aber auch sie haben sich verändert. Vielleicht komme ich einfach nach ihnen.«

»Sei still, du verdammter Idiot!«, rief Big Paw und sprang von seinem Stuhl auf. Er marschierte im Zimmer auf und ab und klatschte dabei immer wieder vor Wut in die Hände – oder vor Enttäuschung? Oder Traurigkeit?

Als er mit Tränen in den Augen zu mir herübersah, wurde der Riss in meinem kaputten Herzen noch ein wenig tiefer. Ich hatte Big Paw noch nie weinen sehen, und als er jetzt vor mir stand, während ihm Tränen über die Wangen rollten, wollte ich mir selbst in den Hintern treten, weil ich ihm solchen Kummer bereitete.

»Du hast keine Ahnung, wie das ist«, flüsterte er, und seine Stimme brach. »Du weißt nicht, wie es sich anfühlt zu wissen, dass du alles um dich herum verlierst. Du weißt nicht, was wir durchgemacht haben, Ian, und du wagst es, dein Leben einfach so wegzuwerfen, als spiele es keine Rolle. Du bist egoistisch – genau wie deine Eltern. Du bist so verdammt egoistisch, und du kriegst den Kopf nicht aus deinem Arsch, um zu erkennen, wie sehr du andere Menschen mit deinen Handlungen verletzt.«

Grams stand auf und trat zu Big Paw. »Harry, beruhige dich …«

»Nein. Ich bin fertig. Wenn er ein Säufer sein will, dann soll er doch. Soll er doch so erbärmlich sterben wie mein Vater. Aber nicht hier. Wenn du dich selbst zerstören willst, dann geh wieder zurück nach Los Angeles und mach es bei Leuten, die sich einen Dreck um dich scheren. Ich weigere mich zuzusehen, wie ein weiterer Mensch, den ich liebe, sich selbst verliert. Es war schon beim ersten Mal zu viel, und ich bin es satt.« Er wischte sich die Tränen von den Wangen und stürmte hinaus. Grams folgte ihm und ließ mich mit den Jungs allein, die alle drei ziemlich betreten dreinschauten.

Ich rieb mir das Gesicht und seufzte abgrundtief.

»Ich habe Big Paw noch nie weinen sehen«, murmelte James zerknirscht.

»Ich auch nicht«, antwortete ich.

Marcus fuhr sich mit den Händen durchs Haar. »Hör zu, Ian. Wir haben uns nicht gegen dich verschworen, um dich nach Eres zurückzubringen. Ich weiß, dein Leben ist gerade echt scheiße, und ich dachte, es könnte helfen, hierher zurückzukommen, wo wir uns zum ersten Mal in die Musik verliebt haben. Zu unseren Wurzeln zurückzukehren. Aber wenn du nach L.A. zurück und Warrens Songs aufnehmen willst, dann machen wir das. Denn als wir *für immer* sagten, haben wir damit nicht gemeint, bis es irgendwie schwierig wird. Wir haben *für immer* gemeint. Wir stehen hinter dir. Egal, was passiert.«

Ich konnte nicht glauben, was für ein Idiot ich gewesen war. Ich konnte einfach nicht glauben, wie sehr ich mich selbst auf der Straße zu Ruhm und Erfolg hatte verlieren können, oder wie ich hatte zulassen können, dass mein Liebeskummer mich verschlang. So wollte ich nicht sein. Ich wollte nicht so kaputt sein, aber ich kam einfach nicht dagegen an. Ich war dabei zu ertrinken, und meine Familie und meine Freunde taten alles, um mich wieder aus dem Schlamassel zu ziehen.

Anders als in meinem Traum streckten sie mir ihre Hände entgegen. Ich war bloß zu stur, um sie zu ergreifen.

»Es tut mir leid, Leute … alles. Es geht mir momentan nicht besonders gut, aber ich werde mich bemühen, wieder auf die Beine zu kommen. Ich weiß, wir müssen uns entscheiden, wie es mit unserer Musik weitergehen soll; und ihr braucht Antworten von mir, und zwar bald.«

»Nimm dir den Tag, um dich zu sammeln und auf dich selbst zu konzentrieren, Mann. Ohne den Alk, versteht sich«, sagte Eric. »Und dann setzen wir uns zusammen und stimmen ab, wie wir weitermachen.«

»Wobei wir ja eigentlich schon abgestimmt haben. Was auch immer du beschließt, wird also ohnehin überstimmt werden«, scherzte Marcus. »Aber im Ernst, Ian, nimm dir die Zeit. Wir werden hier sein, bei unseren Familien und so. Ruf uns einfach an.«

Die Jungs gingen hinaus, und ich rieb mir seufzend das Gesicht. Ich war fix und fertig – körperlich, mental und emotional.

Als es an der Tür klopfte, stand ich auf und sah Hazel draußen stehen.

»Wieso klopfst du an deine eigene Tür?«, fragte ich.

»Es war deine Tür, bevor es meine wurde.«

Ich wusste nicht, was ich zu ihr sagen sollte, obwohl eine Million Dinge in mir darauf warteten, gesagt zu werden.

Ich rieb mir den Nacken. »Keine Sorge, ich schlafe heute Nacht in der Hütte. Du musst keine Angst haben, dass ich dir im Weg sein könnte.«

»Davor habe ich keine Angst. Ich …« Ihre Augen wurden feucht, und sie sah aus, als hätte auch sie eine Million Dinge zu sagen.

Sag es, Haze. Sag es, verdammt noch mal, und ich werde dir sagen, was ich zu sagen habe.

Ihre rosigen Lippen öffneten sich, und ich hätte mich beinahe vorgebeugt, um sie zu schmecken. Dann schloss sie sie wieder – schloss sie ganz fest und sah mich mit einem armseligen Lächeln an, das eigentlich keines war.

Auch wenn ihre Mundwinkel sich nach oben bogen, erkannte ich die Traurigkeit in ihnen.

»Ich, ähm, du schaust wohl besser nach deinen Großeltern«, sagte sie und brach unseren Blickkontakt, fast so, als könnte sie es nicht ertragen, mir in die Augen zu sehen. »Sie haben einiges durchgemacht und könnten deine Gesellschaft sicher gut gebrauchen.«

»Was haben sie durchgemacht?«

»Sie brauchen dich einfach, Ian.«

Der Ton, in dem sie das sagte, sorgte dafür, dass sich alles in mir zusammenzog.

»Kann ich deinen Pick-up haben, um zu ihnen zu fahren?«, fragte ich.

Sie warf mir die Schlüssel zu. »Es ist dein Pick-up. Ich habe ihn bloß geliehen.«

Ich nickte knapp, wandte mich ab und lief zum Auto.

Ob ich jemals an den Punkt kommen würde, an dem ich mich nicht mehr nach Hazel umdrehen wollte, in der Hoffnung, sie würde mir nachblicken?

Als ich über die Schulter blickte und sah, dass sie mir mit ihren Blicken folgte, hätte ich beinah gelächelt. Dann erinnerte ich mich wieder daran, dass sie mir mein verdammtes Herz gebrochen hatte, und behielt mein Lächeln für mich.

»Dein Großvater ist rausgegangen, um ein wenig frische Luft zu schnappen. Komm nur rein. Ich mache dir ein Sandwich. Du siehst dünn aus.«

»Monatelang auf Tour zu sein und auf der Bühne zu stehen, führt zwangsläufig dazu, dass man abnimmt.«

»Trotzdem musst du mehr essen. Ab mit dir in die Küche«, befahl Grams und winkte mich ins Haus. Mit langsamen Schritten ging sie voraus, und ich folgte ihr.

Ich setzte mich auf einen der Barhocker vor der Kücheninsel und faltete die Hände. »Ich habe Big Paw noch nie so erlebt«, sagte ich.

Sie nickte, während sie ein paar Sachen aus dem Kühlschrank nahm. »Er hatte es in letzter Zeit nicht leicht. Und nach der Sache mit deinen Eltern und Hazel macht er sich große Sorgen um dich. Wir beide tun das, mein Junge. Wir machen uns Sorgen um dein Herz.«

Ich zuckte mit den Schultern. »Es geht mir gut.«

»Du bist nicht glücklich.«

Ich antwortete nicht, denn ich konnte Grams nicht anlügen. Sie erkannte eine Lüge auf Meilen Entfernung.

»Deine Träume sollten dich eigentlich glücklich machen«, sagte sie.

»Ich fürchte, meine Träume haben sich im Laufe der Zeit ein wenig verändert.«

»Und wovon träumst du jetzt? Was wünschst du dir?«

Ich verzog das Gesicht. »Ich glaube, Hazel ist mein Traum.«

»Okay. Dann geh und hol sie dir.«

»So einfach ist das nicht, Grams Ich kann niemanden haben, der mich nicht haben will.«

»Oh Ian.« Sie legte zwei Scheiben Brot auf einen Teller. »Du weißt genau, dass das Mädchen dich liebt.«

»Nein, das weiß ich nicht. Sie hat mit mir Schluss gemacht, Grams, kurz nach dem schlimmsten Tag meines Lebens, als ich meine Eltern wiedergesehen hatte. Das ist keine Liebe.«

»Nach allem, was du über Hazel weißt, kommt es dir nicht ein wenig untypisch vor, so etwas zu tun?«

Natürlich war das untypisch.

Ich hatte mich von ihr blenden lassen. Noch am Morgen vor ihrem Abflug hatten wir miteinander geschlafen, und es schien das realste, machtvollste Erlebnis meines Lebens zu sein, und dann hatte es mich wie ein Peitschenschlag getroffen, als sie nicht länger mit mir zusammen sein wollte.

»Sie liebt dich, Ian. Irgendetwas hält sie davon ab, dir diese Liebe zu zeigen. Ich weiß es. Also bitte, kämpfe um sie. Lass nicht locker. Mach ihr Druck. Zwinge sie, sich dir gegenüber zu öffnen. Ich habe das Gefühl, sie braucht dich ebenso, wie du sie brauchst. Irgendetwas macht ihr Angst, also zeige ihr, dass sie nicht alleine Angst haben muss. Denkst du wirklich, dein Großvater und ich sind so weit gekommen, ohne Angst zu haben? Natürlich nicht. Ich hatte so viel Angst, dass ich ihn von mir gestoßen habe, doch er war zu stur, um das zuzulassen. Und weißt du, was ich mit der Zeit gelernt habe?«

»Was?«

»Die wichtigsten Dinge im Leben sind es wert, dass man um sie kämpft. Egal, wie viel Angst du hast.«

Sie stellte mein Sandwich vor mich hin und setzte sich auf den Hocker neben mir. Ich dankte ihr für das Sandwich, rührte es jedoch nicht an.

»Ist bei euch alles in Ordnung? Sind du und Big Paw okay? Es tut mir leid, dass ich nicht mehr regelmäßig angerufen habe.«

»Oh Schatz, das ist schon in Ordnung. Ich weiß ja, wie beschäftigt du bist.«

»Nein. Ich bin bloß egoistisch. Ich hätte öfter anrufen müssen. Aber ist mit *euch* alles in Ordnung?«

Sie lächelte ein wenig angestrengt und tätschelte meine Hand. »Was auch geschieht, alles wird gut.«

Was zum Teufel sollte das denn heißen?

»Grams« Ich nahm ihre Hand, legte den Kopf schief und sah sie aus schmalen Augen an. »Was ist los?«

39. KAPITEL

HAZEL

Später am Abend sah ich jemanden im strömenden Regen in der Einfahrt stehen und in den Himmel hinaufstarren. Ich öffnete die Tür und erkannte Ian. Er stand mit dem Rücken zu mir, aber ich kannte ihn gut genug, um zu wissen, dass er es war.

»Ian?«, rief ich.

Er drehte sich um. Sein weißes T-Shirt klebte an seiner Brust, und seine Wangen waren nicht allein vom Regen nass. Er sah aus, als hätte man ihm alles Glück aus der Seele gerissen.

»Ian, was ist?«, fragte ich. Panik durchzuckte mich, als ich auf die Veranda hinaustrat.

»Sie ist krank«, keuchte er, und sein Körper zitterte vor Kälte und Schock von Kopf bis Fuß. Er senkte den Kopf und schob die Hände in die Taschen seiner Jeans. »Grams ist krank, Haze.«

Ich trat zu ihm in den Regen hinaus und legte die Arme um ihn. Er verschmolz mit mir, als wären unsere Körper immer dazu bestimmt gewesen, und ließ seiner Verzweiflung freien Lauf, während ich versuchte, ihn irgendwie zusammenzuhalten.

Der Regen prasselte auf uns herab, während Ians Verzweiflung gegen mein Herz hämmerte.

Als er sich ein wenig gefangen hatte, brachte ich ihn ins Haus.

»Hier sind Handtücher zum Abtrocknen, und du hast ja noch ein paar Sachen in deinem Zimmer, falls du dich umziehen möchtest.«

»Danke«, murmelte er und starrte auf seine ineinander verschränkten Finger.

»Woran denkst du?«, fragte ich.

»Keine Ahnung.« Er fuhr sich mit den Händen durch die nassen Haare. »Schon seltsam, oder? Grams hat das größte Herz auf der ganzen Welt. Sie gibt alles von sich, für jeden, der Hilfe braucht. Sie urteilt über niemanden, ist niemals wütend, immer freundlich. Doch ausgerechnet ihr Herz ist krank. Wie kann das passieren? Wie kann die sanfteste, gütigste Frau der Welt ein Herz haben, das nicht richtig funktioniert?«

»Das Leben ist nicht fair.«

»Vielleicht hat sie zu viel geliebt.«

»Das ist unmöglich. Die Welt sollte darum kämpfen, so zu lieben, wie Holly Parker es tut. Wir brauchen mehr Menschen wie sie.«

»Wir brauchen *sie.*« Er seufzte und presste sich die Handballen in die Augen. »Ich weiß nicht, was ich ohne sie machen soll.«

»Zum Glück ist sie ja noch da. Und solange sie da ist, sollten wir dankbar sein.«

»Hast du es gewusst? Hast du gewusst, dass sie krank ist?«

Ich sah ihn schuldbewusst an. »Ja.«

»Und du hattest nicht vor, es mir zu sagen?«

»Ich wollte es tun, Ian, wirklich, aber deine Großeltern haben mir das Versprechen abgenommen, es dir erst zu sagen, wenn du bereit dazu bist. Sie wollten nicht, dass du dich schuldig fühlst oder das Gefühl hast, du müsstest nach Hause kommen und dich um sie kümmern.«

»Ich wäre gekommen«, murmelte er und wickelte sich in ein Handtuch. Er rieb sich mit den Händen übers Gesicht und seufzte. »Ich habe nicht mal regelmäßig angerufen, um zu fragen, wie es ihnen geht.«

»Sie nehmen es dir nicht übel. Sie wissen, wie beschäftigt du warst.«

»Ich war damit beschäftigt, mich wie ein Arschloch aufzuführen.«

»Ian, die beiden lieben dich, und sie sind dir nicht böse. Glaub mir, sie lieben dich. Sie wollten dir einfach nur nicht die Tour vermasseln, wo es gerade so gut läuft.«

»Irgendwie scheint jeder zu denken, dieser dämliche Erfolg wäre mir wichtiger als die Menschen in meinem Leben«, schnaubte er. »Ist das nicht auch der Grund, warum du mit mir Schluss gemacht hast? Wegen meines Jobs?«

Ich zögerte. Ich sah den Schmerz in seinen Augen und all die unbeantworteten Fragen. Ich wollte ihm die Wahrheit sagen, wollte ihm von Charlie erzählen und von den Drohungen, die er ausgesprochen hatte. Ich wollte ihm sagen, wie sehr ich darunter gelitten hatte, nicht mit ihm zusammen sein zu können. Ich wollte ihm sagen, dass ich ihn liebte, dass er mir fehlte, und dass ich jeden einzelnen Tag voller Sorge an ihn dachte, seit wir uns getrennt hatten.

Aber es hatte sich nichts geändert. Charlie war nach wie vor eine Bedrohung für mich, für Rosie, und für die Ranch von Ians Familie, und ich konnte Grams und Big Paw unmöglich noch mehr aufbürden. Die beiden machten schon genug durch. Das Letzte, was sie jetzt brauchten, war, dass Charlie alles zerstörte, was sie ihr Leben lang aufgebaut hatten.

»So einfach ist das nicht, Ian«, sagte ich.

Er ging zum Sofa und setzte sich. »Es schien aber ziemlich einfach zu sein, als du mich von dir gestoßen hast.«

»Ich weiß.« Ich setzte mich neben ihn und ließ den Kopf hängen. »Es scheint keinen Sinn zu ergeben, wo es zwischen uns doch so gut lief. Ich weiß, ich habe dich damit sicher überrumpelt, und ich wünschte, ich könnte es dir erklären.«

Er drehte den Kopf und sah mich ernst an. »Dann erklär es mir.«

Ich öffnete den Mund, doch meine Kehle war staubtrocken. Ich wusste nicht, was ich sagen sollte, was ich tun oder wie ich reagieren sollte. Er musste es bemerkt haben, denn er nahm meine Hände in seine und drückte sie sanft. »Liebst du mich noch?«, flüsterte er wie eine sanfte Brise, die über mein Herz strich.

»Ja«, sagte ich, denn in diesem Punkt würde ich ihn niemals anlügen können.

»Warum sind wir dann nicht mehr zusammen?«

»Weil es nicht möglich ist.«

»Wieso nicht?«

Ich schluckte und sah auf unsere Hände, die so perfekt miteinander verschränkt waren. »Weil ich dir wehtun würde.«

»Nichts, das du tust, könnte mich jemals so verletzen, dass es nicht wiedergutzumachen wäre, Haze.«

Ich nickte. »Ja, aber es würde nicht nur dich betreffen; es würde deine Familie treffen, und meine. Es …« Ich schloss die Augen und holte tief Luft.

Er zog mich an sich, legte die Lippen an mein Ohr und sagte leise: »Wovor hast du solche Angst?«

»Alles zu verlieren.«

»Ich habe es erlebt. Ich kenne diese Angst. Ich spüre sie in diesem Augenblick, und das ist der Grund, warum ich dich nicht verlieren darf, Hazel. Mein ganzes Leben habe ich damit verbracht, um mich herum eine Mauer zu errichten, um andere Menschen fernzuhalten. Ich habe so hart daran gearbeitet, andere auf Distanz zu halten, und du hattest den Mut, diese Mauer einzureißen. Mir zu zeigen, was Liebe ist. Also bitte …«, flehte er. Sein Atem strich heiß über meine Haut. »Bleib bei mir.«

Ich spürte, wie seine Tränen auf meine Haut fielen, und war mir sicher, dass er meine ebenfalls spürte. Die Hände in sein T-Shirt gekrallt, weinte ich immer heftiger. »Es tut mir so leid, es tut mir so leid«, schluchzte ich wieder und wieder.

»Was tut dir so leid, Haze?«, fragte er leise. »Was ist es?« Er zog mich noch fester an sich. »Es ist okay. Ich hab dich. Ich hab dich.«

Ich hasste es, dass ich es war, die hier lag und weinte, wo doch er derjenige sein sollte, der traurig war, nachdem er von Hollys Krankheit erfahren hatte. Doch hier saß ich nun, klammerte mich an ihn und heulte, als wäre er nicht mehr als ein Traum, der sich in Luft auflöste, sobald ich ihn losließ.

Er hielt mich fest, bis mir bewusst wurde, dass ich das nicht tun konnte. Ich konnte ihn nicht so nah an mich heranlassen. Wenn Charlie das herausfand …

Ich löste mich aus seinen Armen und wich zurück. Schniefend rieb ich mir mit den Händen über die Augen. »Ich sehe besser mal nach Rosie.«

Er sah mich irritiert an, erhob sich aber und nickte. »Natürlich.«

»Es tut mir wirklich leid, Ian. Wegen Holly.«

Er lächelte traurig. »Sie ist noch da. Und dafür werde ich dankbar sein.«

Gut.

»Okay, also, gute Nacht. Sag mir Bescheid, wenn du irgendwas brauchst.«

»Dich«, sagte er so schnell, dass ich mir nicht sicher war, ob ich es wirklich gehört hatte.

»Was?«

»Ich brauche dich.« Er schob die Hände in seine immer noch nassen Hosentaschen und räusperte sich. »Jetzt verstehe ich es. Irgendetwas ist geschehen, und du hast Angst. Du hast Angst, mir zu sagen, was mit dir passiert ist. Das verstehe ich. Aber es bedeutet nicht, dass ich dich nicht trotzdem brauche oder bei mir haben möchte, Hazel. Und ich glaube, du brauchst mich auch. Erinnerst du dich, wie Grams dir das Versprechen abgenommen hat, mir nicht zu sagen, was mit ihr los ist?«, fragte er.

»Ja.«

»Nun, sie hat mir heute ebenfalls ein Versprechen abgenommen. Ich musste ihr versprechen, für das zu kämpfen, was ich liebe. Also egal, was passiert, ich kämpfe um dich. Ich werde nicht weglaufen, Hazel. Ich werde meine Mauer nicht wieder aufbauen. Ich bleibe in der Stadt, und ich werde nicht nur an mir selbst arbeiten, sondern auch an uns. Selbst wenn das bedeutet, mich in dein Leben einzumischen. Ich kämpfe für dich, ob es dir gefällt oder nicht, Hazel Stone. Unser Lied ist noch nicht zu Ende. Wir sind gerade mal beim Refrain angekommen, und ich werde für uns singen, für dich, für immer.«

Ian meinte es ernst – er blieb in der Stadt und mischte sich in mein Leben ein.

Die Band flog nicht nach Los Angeles zurück, um ein neues Album aufzunehmen. Stattdessen hockten die Jungs wieder in der Scheune und nahmen ihre eigenen Songs auf, während sie überlegten, wie sie gegen ihre Plattenfirma vorgehen konnten.

Ich hatte keine Ahnung, wie die vier in so kurzer Zeit ein komplettes Album aus dem Boden stampfen wollten, aber ich wusste, wenn irgendwer das schaffte, dann The Wreckage. Die vier waren fest entschlossen, Max Fucking Dickhead zu beweisen, dass sie sich von ihm nicht sagen ließen, was sie zu tun hatten.

Wenn Ian nicht bei seinen Großeltern oder mit der Band in der Scheune war, heftete er sich auf der Ranch an meine Fersen.

Big Paw hatte mich zu Ians Supervisor gemacht. Wie es schien, hatte sich unser Kreis geschlossen.

Als er gerade den Schweinestall ausmistete, ging ich hinein, um zu sehen, wie weit er war. Das tat ich gern, denn ich genoss es, in seiner Nähe zu sein.

»Wie sieht's aus?«, fragte ich.

»Eigentlich ist es gar nicht so schlimm, wie ich dachte. Ich hab den Scheiß hier buchstäblich vermisst«, sagte er und stellte seine Mistgabel ab. »Aber ich bin ein bisschen langsamer als du früher.«

»Ja, bist du«, antwortete ich scherzhaft und klatschte in die Hände. »Dann mal ran, sonst bist du noch die ganze Nacht hier beschäftigt.«

»Wenn mir doch nur jemand helfen könnte.« Er lächelte. Gott, wie ich dieses Lächeln liebte.

»Ja, wenn nur.«

»Komm schon, Haze.« Er zeigte auf eine zweite Mistgabel und einen der noch schmutzigen Verschläge. »Nur einmal, um der alten Zeiten willen?«

Ich sah ihn aus schmalen Augen an. »Willst du dich etwa um deine Arbeit drücken?«

»Nein. Ich mag es einfach nur, in deiner Nähe zu sein.«

Schmetterlinge.

Massenhaft Schmetterlinge.

Ich atmete tief ein und durch die Lippen wieder aus. Selbst wenn Charlie hier aufschlagen würde, würde es nicht so aussehen, als täten Ian und ich etwas Ungewöhnliches. Wir arbeiteten, das war alles.

Jedenfalls dachte ich, das wäre alles, was zwischen uns lief.

Als ich anfing, das schmutzige Stroh aus der Box zu schaufeln, fragte Ian: »Confession Time?«

Ich schüttelte den Kopf. »Ich bin mir nicht sicher, ob ich für so was bereit bin.«

»Wieso nicht?« Er verengte die Augen zu schmalen Schlitzen. »Hast du Angst?«

»Ja.«

Doch er gab nicht auf. »Geständnis: Du fehlst mir.«

»Ian …«

»Geständnis: Du bist meine beste Freundin.«

»Bitte, hör auf damit.«

»Geständnis: Wenn du mir die Chance geben würdest, würde ich dich für immer lieben.«

Ich schluckte trocken, während ich beobachtete, wie er zu mir kam. Ich stand mitten in einem Berg aus Schweinemist, erledigte die widerlichste Arbeit und sah dabei aus, als hätte ich seit Tagen nicht geschlafen, und Ian Parker erklärte mir, dass er mich für immer lieben wollte.

Und er war noch nicht fertig. »Geständnis: Du bist meine Sonne, mein Mond und meine Sterne. Geständnis: Was auch immer dich bedrückt, gemeinsam können wir jedes Problem lösen. Geständnis: Ich werde niemals aufgeben.«

Ich wusste nicht, wie es passierte. Ich wusste nicht, wie meine Hände seine fanden oder wie es kam, dass unsere Körper sich aneinanderdrängten, dass seine Stirn sich an meine legte und mein Herz wie wild raste.

Ich wusste nicht, wie es kam, dass seine Lippen meinen so nah waren, dass sein Atem zu meinem wurde.

Doch da standen wir. Unsere Lippen waren kurz davor, zueinander zu finden, und ich war kurz davor, in einen Rausch zu taumeln, von dem ich mich nie wieder erholen würde. Wenn ich Ian jetzt küsste, würde ich nie wieder damit aufhören können.

Er war der Mann meines Lebens.

Er war Hook, Bridge und Melodie.

»Ich spüre es am Beben deines Körpers«, flüsterte er. »Ich spüre es in diesem Moment, während ich dich halte. Ich spüre deine Liebe. Also bitte, Hazel, sag mir, was uns davon abhält zusammen zu sein. Sag mir dein Geständnis, und ich werde alles in Ordnung bringen.«

»Charlie«, flüsterte ich, und meine Stimme zitterte vor Unsicherheit, ob ich das Richtige tat. »Es ist Charlie.«

Er lehnte sich ein wenig zurück und wölbte die Augenbrauen. »Was meinst du damit, es ist Charlie?«

Mit einem überwältigenden Gefühl der Angst erzählte ich ihm alles. Ich berichtete ihm, dass Charlie wieder auf freiem Fuß war, und wie er mir gedroht und mich gezwungen hatte, mit Ian Schluss zu machen. Dass er gedroht hatte, die Ranch zu zerstören. Und meiner kleinen Schwester etwas anzutun.

»Er hat gesagt, er würde Rosie wehtun. Verstehst du? Ich konnte nicht anders. Ich musste mit dir Schluss machen, Ian. Er hat mich in die Ecke gedrängt, ich hatte keine andere Wahl.«

Ians Gesicht wurde knallrot, und seine Hände ballten sich zu Fäusten. »Er hat gesagt, er würde Rosie etwas antun?«

»Ja.« Ich nickte und erschauerte, als ich mich daran erinnerte, wie Charlie sie im Arm gehalten hatte.

»Dafür wird er büßen. Ich werde ihn umbringen.«

»Nein.« Ich schüttelte den Kopf. »Das kannst du nicht. Du darfst dich nicht mit ihm anlegen, Ian. Die Leute unterschätzen Charlie. Aber er durchschaut sie sofort. Glaub mir, ich habe versucht, ihn aus dem Weg zu räumen, aber das hat alles nur noch schlimmer gemacht. Und hinzu kommt noch, dass du in der Öffentlichkeit stehst. Max hatte recht – gerade jetzt, wo du auf dem Weg bist, wirklich groß zu werden, darfst du nicht in meine Probleme hineingezogen werden.«

»Max hat auch mit dir gesprochen?«, zischte er, und seine Nasenflügel blähten sich. »Was zum Teufel?«

»Es ist okay. Er hat sich Sorgen um dein Image gemacht, wenn du mit jemandem zusammen bist, der so viele Altlasten aus der Vergangenheit mit sich herumschleppt. Ich kann ihn ein wenig verstehen.«

»Nein. Scheiß auf Max. Und scheiß auf Charlie!«, brüllte er und lief voller Wut im Stall auf und ab. »Wir können nicht einfach zulassen, dass Charlie mit so was durchkommt. Du kannst doch nicht dein ganzes Leben unter seinem Machteinfluss stehen.«

»Ich habe keine Wahl.«

»Es gibt einen Weg.«

Ich wünschte, ich hätte ebenfalls daran glauben können, aber ich kannte Charlie. Wie oft hatte er meine Mutter wieder zurück in seine trostlose Welt gezerrt. Ich wusste, dass er mit einem einzigen Fingerschnippen mein und Rosies Leben zerstören konnte. Niemals hatte ich vor einem Menschen Angst gehabt, nur vor diesem Verrückten. Charlie war ein Monster – und er scheute nicht davor zurück, anderen Menschen wehzutun, wenn sie seinen zerstörerischen Plänen im Weg standen.

»Es tut mir leid, Ian. Ich … wir …« Ich seufzte. »Wir können einfach nicht zusammen sein.«

»Das kann ich unmöglich hinnehmen.«

»Das wirst du müssen. Es gibt keinen Ausweg.«

»Wart's ab«, versicherte er mir, nahm meine Hände und küsste meine Handflächen. »Wir werden unser Happy End bekommen. Aber zuerst musst du mir erlauben, diesem Arschloch das Leben zur Hölle zu machen.«

40. KAPITEL

IAN

Ich hatte die ganze Nacht wach gelegen und überlegt, wie ich Hazel helfen könnte, und als ich nicht weiterkam und das Gefühl hatte, mich im Kreis zu drehen, ging ich zu dem einzigen Menschen, von dem ich hoffte, dass er mir helfen konnte. Dem Menschen, an den ich mich immer wandte, wenn es wirklich schwierig wurde.

Big Paw saß in seinem Büro, und die Falten in seinem Gesicht wurden immer tiefer, als ich ihm erzählte, was ich am Abend zuvor von Hazel erfahren hatte.

»Ich konnte diesen Charlie Riley noch nie leiden. Er ist pures Gift für diese Stadt, und es wird Zeit, dass wir ihn endlich loswerden.«

»Aber wie? Hazel sagt, es gibt keine Möglichkeit. Er hat einfach zu viel Macht in der Stadt, und selbst wenn irgendwer ihm einen Schritt voraus ist, stößt er ihn zwei wieder zurück.«

»Diesmal nicht. Ich werde nicht zulassen, dass er die Menschen, die mir wichtig sind, so in die Ecke drängt.«

»Aber genau das tut er, und wir haben keine Möglichkeit, uns zu wehren.«

»Doch, haben wir. Wenn man in der Ecke steht, zieht man die Boxhandschuhe an und kämpft, Ian. Denkst du, ich habe nie in der Ecke gestanden? Natürlich habe ich das, aber weißt du, was mir durch diese schlechten Zeiten geholfen hat?«

»Was?«

»Ich habe niemals aufgegeben, immer weitergekämpft, und wenn es nötig war, habe ich andere um Hilfe gebeten. Wir müssen nicht jeden Kampf alleine ausfechten. Manchmal, immer, sind wir stärker, wenn wir uns zusammentun.« Er legte seine Hand auf meine. »Ich bin froh, dass du zu mir gekommen bist. Jetzt geh wieder an die Arbeit. Morgen fahren wir ganz früh los. Wir haben eine lange Fahrt vor uns.«

»Und wo fahren wir hin?«

»Zu dem einen Menschen, der Charlie verwunden kann. Wir werden Hazels Mutter besuchen.«

»Was? Aber wie das? Sie sitzt im Gefängnis, und sie weigert sich sogar, Hazel zu sehen. Sie hat sie seit Monaten nicht mehr gesehen.«

»Sie braucht Hazel nicht zu sehen. Sie muss *mich* sehen, und da ich schon auf ihrer Besucherliste stehe, wird es nicht besonders schwierig werden. Ich hatte sowieso morgen hochfahren wollen. Der einzige Unterschied ist, dass ich dich mitnehmen werde.«

Ich wollte ihn noch so viel fragen. Wieso er Hazels Mutter im Gefängnis besuchte. Wieso wir überhaupt zu ihr fuhren, und wie sie uns gegen Charlie helfen sollte, und überhaupt alles …

Aber so, wie Big Paw mich anlächelte, wusste ich, dass ich ihm einfach vertrauen musste.

Und das tat ich.

Als wir auf das Gefängnistor zugingen, hatte ich einen mächtigen Knoten im Bauch bei der Vorstellung, Hazels Mom, Jean, zu begegnen. Ich meine, wenn man sich seine erste Begegnung mit der Mutter seiner Freundin vorstellte, ging man normalerweise nicht davon aus, dass diese in einem Gefängnis stattfinden würde. So viel zum Thema außergewöhnlich.

»Also, lass mich zuerst reden, um das Gespräch ein bisschen in Gang zu bringen«, sagte Big Paw. »Ich will nicht, dass du alles kaputt machst, indem du irgendwas Falsches sagst.«

Wir gingen hinein und durchliefen die zahlreichen Sicherheitsprozeduren, bevor man uns an einen Tisch führte, wo wir auf Jean warteten.

Als sie kam, schien sie überrascht zu sein, mich neben Big Paw sitzen zu sehen.

»Du hast einen Gast mitgebracht«, sagte sie und sah ihm fest in die Augen, während sie sich setzte. »Wo ist Holly?«

Moment, was?

Jean kannte Big Paw *und* Grams? Wie war das möglich?

»Es ging ihr heute Morgen nicht so gut«, antwortete er. »Die lange Fahrt wäre zu viel für sie gewesen.«

Ich rutschte in dem Versuch, eine entspanntere Haltung zu finden, auf meinem Stuhl hin und her, auch wenn ich wusste, dass das unmöglich war. Eine tiefe Traurigkeit umgab Hazels Mutter. Es war schwer mit anzusehen. Ein Blick in ihre Augen genügte, um zu wissen, dass sie in ihrem Leben einiges durchgemacht hatte. Als sie mich ansah, verzog sich ihr Mundwinkel zu einem schiefen Lächeln, das allerdings sofort wieder verschwand, bevor sie den Blick auf ihre ineinander verschränkten Hände richtete.

»Ich habe dir ein paar Bilder mitgebracht«, sagte Big Paw und zog einen Stapel Fotos aus der Tasche. Er hielt jedes einzeln hoch, und Tränen liefen über Jeans Wangen, während sie die Aufnahmen von Rosie betrachtete.

»Sie ist ganz schön gewachsen«, sagte sie.

»Ja«, sagte ich. »Und sie sieht Ihnen sehr ähnlich.«

»Sie sieht Hazel ähnlich«, korrigierte sie mich und spielte

nervös mit ihren Händen. »Als Baby hatte Hazel die gleichen großen Augen.«

»Wartet, woher kennen Sie und Big Paw sich eigentlich?«, fragte ich irritiert.

»Holly und ich haben sie in den letzten Monaten ziemlich oft besucht.«

»Ja, er hat ganz schön meine Nerven strapaziert«, sagte Jean scherzend.

»Und sie meine. Immer schon, all die Jahre.«

»Jahre?«, fragte ich.

Jean nickte. »Als wir uns kennengelernt haben, war ich noch ein Teenager. Ich war mit Hazel schwanger und ganz allein, als ich nach Eres kam. Damals bin ich vor einer schwierigen Kindheit davongelaufen, doch Holly und Big Paw haben mich mit offenen Armen empfangen.«

»Das scheint so ihre Art zu sein«, bemerkte ich.

»Ja, aber ich habe es ihnen nicht einfach gemacht. Ich habe mich mit deinem Vater und deiner Mutter eingelassen und nach Hazels Geburt ein paar Entscheidungen getroffen, die ich nicht hätte treffen sollen. Über Sarah und Ray habe ich Charlie kennengelernt, und wir alle wissen, wie das geendet hat.« Sie wies stirnrunzelnd auf den Raum um sich herum.

Die ganze Zeit über hatte ich Hazels Mutter die Schuld dafür gegeben, dass Charlie so ein Monster geworden war, aber wie es schien, hatten meine Eltern Charlie und Jean erst zusammengebracht.

»Von hier an kann es nur noch bergauf gehen«, versuchte ich ihr ein wenig Hoffnung zu geben.

Sie rieb sich mit der Hand über den Arm. »Ich will einfach nur das Richtige tun, das ist alles.«

»Und genau das ist der Grund, warum wir hier sind«, erklärte Big Paw. »Wir brauchen deine Hilfe.«

Sie lachte leise. »Nimm's mir nicht übel, Big Paw, aber ich bin im Moment nicht in der Position, anderen Leuten zu helfen.« Wieder zeigte sie auf ihre Umgebung.

»Aber du kannst tun, was du kannst«, sagte er und verschränkte die Hände ineinander. »Er hat deine Töchter bedroht.«

Jeans Augen weiteten sich, und sie sah Big Paw angsterfüllt an. »Wie das?«

»Er zwingt Hazel, ihm ihr komplettes Einkommen zu geben, bestimmt, mit wem sie sich treffen darf, und sagt, er würde die Ranch niederbrennen und ihr und Rosie etwas antun, wenn sie nicht tut, was er sagt. Und er hat Garrett ziemlich schlimm zugerichtet.«

Ihre Augen wurden feucht, und sie schüttelte den Kopf. »Ich habe sie in diese furchtbare Situation gebracht. Ich hätte mich niemals mit Charlie einlassen dürfen. Er sollte nicht in der Lage sein, meinem Mädchen etwas anzutun, aber das ist er.« Sie wischte sich die Tränen aus den Augen und schluckte. »Aber ich verstehe nicht, wie ich da helfen könnte.«

»Ganz einfach«, sagte Big Paw. »Wenn es einen Menschen gibt, der Charlie wirklich kennt, dann bist du das. Du weißt, wie sein krankes Hirn funktioniert. Du kennst seine Pläne, seine Übergabestellen, alles. Du musst uns ein paar Informationen über ihn geben, die uns helfen, ihn zu schnappen. Wir müssen ihn wieder ins Gefängnis bringen, und diesmal wird er niemanden haben, der die Schuld auf sich nimmt. Diesmal ist er auf sich gestellt, und wir werden dafür sorgen, dass er nicht wieder aus der Sache rauskommt.«

Jean schwieg eine Weile und senkte die Brauen. Dann verschränkte sie die Hände und nickte. »Ich werde euch alles sagen, was ihr wissen müsst.«

Und das tat sie dann auch.

Sie erzählte uns alles, was sie wusste, bis die Besuchszeit vorbei war und sie wieder gehen musste. Als sie von ihrem Stuhl aufstand, sah sie mich an. »Liebst du meine Tochter?«

»Ja, Ma'am, das tue ich.«

»Kannst du mir einen Gefallen tun und sie gut behandeln? Sie verdient jemanden, der sie gut behandelt.«

»Das werde ich«, versprach ich. »Und danke für Ihre Hilfe. Sie haben keine Vorstellung, wie viel uns das bedeutet.«

»Ich bin eine furchtbare Mutter gewesen. Ich habe mehr unter Drogen gestanden, als ich nüchtern war, aber clean zu werden hat mir geholfen, wieder klar zu denken. Ich möchte das Richtige tun. Wenn ich irgendwie helfen kann, dann werde ich es tun. Alles, was dazu beiträgt, meine Mädchen in Sicherheit zu wissen, werde ich tun. Und wenn du Hazel sagen könntest, dass es mir leidtut – alles –, würde mir das sehr viel bedeuten.«

»Sie lieben Ihre Töchter wirklich, nicht wahr?«

»Ja, das tue ich. Ich bin nie eine gute Mutter gewesen, aber ich hatte immer die wundervollste Tochter, das habe ich nur nie erkannt, weil meine Gedanken vernebelt waren. Bitte, sag ihr, dass es mir leidtut.«

»Sie sollten selbst mit ihr in Verbindung treten.«

»Ich bezweifle, dass sie noch irgendwas mit mir zu tun haben will, so wie ich sie vor ein paar Monaten von mir gestoßen habe.«

»Doch, das will sie«, versicherte ich ihr. »Sie ist Hazel. Sie liebt sie, egal, was passiert ist.«

Jean nickte knapp und sah dann Big Paw an. »Bitte bestell Holly alles Gute von mir. Es tut mir leid, was sie durchmachen muss, und du auch.«

Als Big Paw und ich wieder nach draußen traten, stellte ich ihm schließlich die Frage, die ich schon die ganze Zeit mit mir herumtrug: »Fühlst du dich schuldig an dem, was mit ihr passiert ist? Dass sie in der Zeit, in der sie bei euch wohnte, Charlie begegnet ist?«

»Jeden Tag.«

»Und das ist der Grund, warum du Hazel damals unbedingt den Job geben wolltest, nicht wahr?«

Er nickte. »Um es wenigstens ein bisschen wiedergutzumachen.«

»Glaub mir, Big Paw, das hast du.«

Kaum waren wir zurück in Eres, lief ich zu Hazel und berichtete ihr von unserem Plan, und obwohl sie noch zögerte, sah ich in ihren Augen einen winzigen Hoffnungsschimmer aufleuchten.

Ich wünschte, ich könnte behaupten, es wäre eine echte Super-Blockbuster-Film-Szene gewesen, als Big Paw und ich Charlie in unsere Falle lockten, aber leider war es das nicht. Die Polizei schnappte ihn an einer seiner Übergabepunkte und nahm ihn erneut fest. Und diesmal musste er die Strafe selbst absitzen, denn es gab keine Jean mehr, die die Schuld auf sich nehmen konnte – zumal er mittlerweile zu oft verurteilt worden war, um noch einmal davonzukommen.

Als Big Paw mir sagte, dass Charlie Handschellen trug, lief ich sofort zu Hazel, um es ihr zu erzählen. Sie lag bereits im Bett, und ich musste sie wecken.

»Hey«, flüsterte sie und rieb sich den Schlaf aus den Augen. »Was ist los?«

»Es ist vorbei.«

Mehr brauchte ich nicht zu sagen. Sofort setzte sie sich auf. »Es ist vorbei? Wirklich? Sie haben ihn?«

»Ja, und sie werden ihn auch so schnell nicht mehr gehen lassen. Sogar Garrett ist bereit, vor Gericht gegen ihn auszusagen. Es ist vorbei, Hazel. Wirklich vorbei.«

Mit einem abgrundtiefen, erleichterten Seufzen ließ sie sich gegen mich sinken. »Es ist vorbei«, flüsterte sie.

In dieser Nacht liebte ich meine große Liebe, und alles fühlte sich richtig an.

41. KAPITEL

IAN

»Das ist perfekt, perfekt, perfekt!« Hazel klatschte. Sie saß mit den Jungs und mir in der Scheune und half uns, ein paar von unseren Texten den letzten Schliff zu geben.

Wir hatten Tag und Nacht gearbeitet, um dieses Album aus dem Boden zu stampfen, doch je mehr Zeit verstrich, in desto weitere Ferne rückte es.

In den letzten Tagen hatte Max uns mit Textnachrichten bombardiert und uns befohlen, sofort nach Los Angeles zurückzukommen, um das Album mit Warren Lees Songs aufzunehmen.

»Ignorier ihn«, sagte Eric zu mir. »Max Fucking Rider wird noch 'ne Weile ohne uns zurechtkommen müssen. Unsere größte Sorge ist die Musik, nicht er.«

Ich dankte ihm dafür, dass er mich daran erinnert hat, was wirklich wichtig war.

»Die Songs sind großartig«, sagte Hazel jetzt und strahlte über das ganze Gesicht. Sie hatte uns mit den Songs unendlich viel geholfen, indem sie meiner Vision buchstäblich Flügel verliehen hatte. Wir hatten so mühelos zusammengearbeitet, und ich war froh, mich wieder aufs Musikmachen konzentrieren zu können. Langsam fing es sogar an, wieder Spaß zu machen.

Leah war ebenfalls bei den meisten Proben dabei gewesen,

und ich freute mich, dass sie und Hazel sich so gut verstanden. Hazel brauchte eine Freundin, und ich wusste, wie loyal Leah war. Zu sehen, wie die Freundschaft der beiden von Tag zu Tag enger wurde, war einfach großartig.

»Nicht dass ich eure Egos noch größer machen will, als sie ohnehin schon sind, aber das da gerade war einfach unglaublich«, sagte Leah. »Glaubt mir, es kostet mich einige Überwindung, meinem Bruder ein Kompliment zu machen, aber es war wirklich magisch.«

»Da stimme ich zu. Es war wundervoll!«, rief Grams, die neben Big Paw saß. Da wir mit unseren neuen Songs nicht auftreten oder irgendwas darüber im Netz posten konnten, konnten wir sie nur mit den wenigen Menschen teilen, denen wir absolut vertrauten.

»Ich glaube, ihr habt wirklich …« Grams verstummte und erhob sich von ihrem Stuhl. Sie legte die Hand auf ihre Brust und schnappte nach Luft. Von da an schien alles wie in Zeitlupe abzulaufen. Das Mikrofon fiel mir aus der Hand, als Grams Knie nachgaben. Big Paw sprang auf, Hazel stürzte zu ihr, und auch die drei Jungs sprangen hinzu.

Doch es war zu spät. Grams knallte auf den Boden, und ich vergaß zu atmen.

Wir fuhren sofort zum Krankenhaus. Big Paw und Grams fuhren im Krankenwagen, alle anderen folgten ihnen. Der größte Teil der Fahrt verlief schweigend, bis Marcus irgendwann das Radio anschaltete. Nach nur zwei Titeln dröhnte plötzlich unser Song aus den Lautsprechern.

»Au Mann«, seufzte James und schüttelte den Kopf. »Ich werde mich wohl niemals daran gewöhnen, uns im Radio zu hören.«

»Das Leben ist echt verrückt«, murmelte ich und kaute auf

meinem Daumennagel, während ich auf die Schotterpiste vor uns starrte.

Kaum hatten wir vor dem Krankenhaus angehalten, sprang ich aus dem Wagen und lief hinein, um an der Rezeption nach Grams zu fragen, doch so weit kam ich gar nicht.

»Ian.«

Ich drehte mich um und sah Big Paw hinter uns stehen.

»Hey, wie sieht's aus?«

»Sie sagen, dass sie vermutlich einen Herzschrittmacher brauchen wird. Aber vorher muss noch ein Blutgefäß repariert werden«, erklärte er. »Sie wird gerade für die OP vorbereitet.«

OP?

Mist.

»Kannst du es glauben?« Big Paw verzog das Gesicht. »Diese Hurensöhne wollen das Herz meiner Holly aufschneiden.« Seine Stimme versagte, und Tränen liefen über seine Wangen. »Wie falsch kann das sein?«

Ich trat zu ihm und klopfte ihm auf den Rücken. »Mach dir keine Sorgen. Es wird alles gut werden.«

»Wie kannst du das sagen? Das weißt du doch gar nicht«, widersprach er.

»Nein, du hast recht. Aber das würde Grams jetzt sagen, oder nicht? Sie würde sagen, dass am Ende immer alles gut wird. Und wenn es noch nicht gut ist, dann ist die Geschichte noch nicht zu Ende.«

Er schnaubte und rieb sich mit den schwieligen Händen die Tränen aus dem Gesicht. »Das ist nur irgendein Unsinn, den sie da immer redet. Diese Frau bringt mich noch ins Grab. Ich kann einfach nicht glauben, dass sie mir das antut.« Seine Tränen liefen immer schneller und schneller. »Wie kann sie einfach zulassen, dass diese Leute sie aufschneiden?«

»Ich denke, sie hatte keine Wahl, Big Paw, aber ich bin mir sicher, dass diese Ärzte genau wissen, was sie tun. Sie werden ihre Arbeit gut machen und sich gut um Holly kümmern. Ich weiß es. Du musst ein wenig Vertrauen haben.«

»Das kann ich nicht. Holly war immer die, die stets auf so was vertraut hat. Ich war der alte Sack, der nicht an so einen Scheiß glaubt. Schon seltsam«, sagte er schließlich nüchtern. »Ihr schneiden sie ins Herz, aber es ist meins, das bricht.«

Ich zog ihn in meine Arme und hielt ihn in dem Versuch fest, seinem schweren Herzen ein wenig Trost zu spenden. Doch ich wusste, dass nichts ihm wirklich half, bevor die Liebe seines Lebens nicht wohlbehalten wieder aus dem Operationssaal kam.

Wir saßen im Wartezimmer, während Grams operiert wurde. Die drei Jungs und ich schalteten unsere Handys aus, denn Max' Nachrichten-Dauerfeuer trieb uns langsam in den Wahnsinn. Das Leben meiner Großmutter hing am seidenen Faden, und alles, was Max interessierte, waren Zahlen und die Dollars, die er verlor. Als wären wir nichts als Roboter in seiner Geldmaschine.

Ich saß mit fest ineinander verschränkten Fingern da und tippte unentwegt mit dem Fuß auf den Teppichboden, unfähig, still zu sitzen. Die Vorstellung, dass Grams die Operation nicht überleben könnte, erschütterte mich bis ins Mark. Ich konnte einfach nicht aufhören, an die Monate zu denken, in denen ich fort gewesen war, um meinem Traum hinterherzujagen, während die Gesundheit meiner Großmutter zunehmend nachgelassen hatte.

Wer wusste schon, wie viel Zeit mir noch mit den beiden blieb? Ich hätte zu Hause sein sollen. Ich hätte ihnen auf der Ranch helfen sollen. Verdammt, Big Paw hätte nicht immer noch arbeiten sollen.

Rosie lag in ihrem Autositz und schlief, und ich beneidete sie um ihren Seelenfrieden. Wenn mein Leben doch nur so einfach und friedlich wäre. Eine Hand schob sich in meine, und als ich aufsah, stand Hazel vor mir. Sie schenkte mir ihr Lächeln, das ich so liebte, und setzte sich neben mich. Dabei hielt sie weiter meine Hand, auch wenn ich sie nicht darum gebeten hatte, und ich war ihr dankbar dafür. Ich brauchte eine Hand, an der ich mich festhalten konnte, brauchte etwas, das meine Angst daran hinderte, vollkommen Besitz von mir zu ergreifen, und eine simple Berührung dieser Frau ließ selbst die stürmischsten Teile meiner Seele ein wenig zu Ruhe kommen.

»Danke«, murmelte ich so leise, dass ich mir nicht einmal sicher war, ob sie mich gehört hatte.

Doch sie hielt meine Hand noch fester.

Als der Arzt kam, wirkte er nicht so erleichtert, wie wir gehofft hatten. Wir sprangen auf, und Big Paw war schneller auf den Beinen als wir alle.

»Wie sieht es aus?«, verlangte er zu wissen und klang dabei ungehaltener als je zuvor. »Ich verstehe nicht, warum bisher niemand hier war, um uns zu sagen, wie es meiner Holly geht! Wer führt überhaupt diesen Laden hier? Ein paar Affen oder was? Das ist doch Irrsinn.«

Ich trat auf den Arzt zu, der über Big Paws Ausbruch sichtlich erschrocken war, und lächelte ein wenig. »Hey, entschuldigen Sie. Mein Großvater macht sich einfach schreckliche Sorgen um seine Frau.«

Der Arzt blieb ruhig, auch wenn ich mir sicher war, dass er Big Paw liebend gern eine passende Antwort gegeben hätte. »Es sieht ganz gut aus. Es gab ein paar Probleme während der Operation, wir konnten nicht ganz so reingehen, wie wir gehofft hatten. Sie hatte sehr viel Flüssigkeit im Bereich der

Lunge, und wir wollten nicht riskieren zu operieren, bevor wir nicht einiges davon abgesaugt hatten.«

»Wollt ihr mich verarschen?«, schnaubte Big Paw. »Wollt ihr damit sagen, ihr wart die ganze Zeit da drin und habt überhaupt nichts gemacht?«

»Es tut mir leid, Mr Parker, aber wir mussten entscheiden, was die sicherste Vorgehensweise ist, um Ihre Frau nicht zu gefährden. Wir wollten nicht riskieren, sie aufzuschneiden, wenn sie körperlich nicht fit genug ist, um die OP zu überstehen. Wir werden sie in den nächsten Tagen weiter behandeln und stabilisieren; anschließend werden wir es noch einmal versuchen.«

»Ich danke Ihnen«, sagte ich eilig, bevor Big Paw dem Arzt erneut seine Meinung zu Gehör bringen konnte. Dem Lodern in seinen Augen nach zu urteilen, lag ihm noch einiges auf der Zunge. »Können wir zu ihr?«

»Sie wird gerade auf ihr Zimmer gebracht. Eine Schwester wird Ihnen Bescheid sagen, sobald Sie zu ihr können.«

Ich dankte ihm erneut, doch er stand immer noch da, offensichtlich ein wenig verwirrt. Ich sah ihn fragend an. »Ist noch etwas?«

»Ähm, nun ja … Nicht wegen Ihrer Großmutter, aber …« Er kratzte sich am Kopf. »Sie sind Ian Parker, nicht wahr? Ihr Jungs seid The Wreckage, oder? Meine Tochter ist ein riesiger Fan von euch. Wäre es unangebracht, um ein Autogramm zu bitten?«

»Ja«, mischte Hazel sich ein und schob sich vor mich wie ein Bodyguard. »Das wäre ganz und gar unangebracht und absolut unprofessionell.«

Der Arzt verzog das Gesicht und ging davon.

»Was für ein Unsinn«, schimpfte Big Paw und schüttelte den Kopf. »Was diese Leute meiner Holly antun, macht mich verrückt.« Er setzte sich wieder auf seinen Stuhl. »Ich will doch einfach nur mein Mädchen wieder mit nach Hause nehmen.«

Es brach mir das Herz, Big Paw so zu sehen. Ohne Grams an seiner Seite schien er nicht zu wissen, wie er überhaupt existieren sollte. Ohne sie konnte er kaum atmen.

»Alles wird gut, Big Paw«, versicherte ich ihm erneut und hoffte, dass es auch stimmte. Aber Grams hätte gewollt, dass ich das sage.

Alles wird gut werden.

42. KAPITEL

IAN

»Möchtest du irgendwas?«, fragte Hazel, die Rosie auf dem Arm trug. Ich konnte kaum glauben, wie groß das kleine Mädchen in den letzten Monaten geworden war. »Ich wollte in die Cafeteria gehen und mal schauen, ob ich da Kaffee oder so bekomme.«

Ich verzog das Gesicht. »Nein, danke.«

James räusperte sich. »Vielleicht könntest du mitgehen, Ian, und uns was zu essen mitbringen. Ich bin am Verhungern. Hazel, wir können so lange auf Rosie aufpassen, wenn du willst.« James zog die Augenbrauen hoch und sah mich auffordernd an, als wollte er mir sagen, ich solle mit Hazel mitgehen, wenn ich nicht für den Rest meines Lebens ein Idiot sein wollte.

»Bist du sicher?«, fragte Hazel. »Sie kann ziemlich anstrengend sein.«

»Das macht nichts.« Er stand auf und nahm ihr Rosie ab. Hazel dankte ihm.

Ich stand ebenfalls auf und lief, die Hände tief in den Hosentaschen vergraben, mit Hazel den Gang hinunter. Gott, selbst nach all der Zeit machte sie mich noch immer verrückt, wenn sie in meiner Nähe war. Jedes Mal, wenn sie in meine Richtung blickte, schlug mein Herz wie wild, und mir entging kein einziger ihrer Blicke, denn ich war nicht in der Lage, sie auch nur eine Sekunde aus den Augen zu lassen.

Wir schwiegen, doch ich spürte ihre Nervosität. Oder war es meine eigene? Ich konnte nicht mehr sagen, welche Gefühle zu wem gehörten. Sie rieb sich den Arm und lächelte mir zu. »Ich weiß, du machst dir Sorgen um deine Großmutter. Aber das brauchst du nicht. Sie ist eine Kämpferin. Und du hattest recht, als du Big Paw gesagt hast, dass es erst vorbei ist, wenn alles wieder gut ist. Ich glaube, genau das musste er hören. Und ich glaube, dass es stimmt.«

Ich spielte nervös mit meinen Fingern, während wir weiter den Gang hinunterliefen. Verdammt, wo war denn diese Cafeteria? Auf der anderen Seite des Planeten?

»Können wir über irgendwas anderes reden? Der Gedanke an Grams ist gerade einfach nur schrecklich.«

Sie nickte. »Worüber willst du reden?«

»Über uns. Lass uns über uns sprechen. Was war für dich das Schlimmste an unserer Trennung?«

»Das absolut Schrecklichste war, nicht mit dir reden zu können, wenn ich einen schlechten Tag hatte, oder wenn etwas Schönes passiert war. Du hast mir so sehr gefehlt, Ian, und lange habe ich mir eingeredet, dass dieses Gefühl einseitig wäre. Ich habe mir eingeredet, dass du glücklich bist und deinen Traum lebst. Das musste ich tun, um dich nicht doch anzurufen. Aber ich habe dir bestimmt eine Million Briefe geschrieben und dir erzählt, was in meinem Leben so passiert.«

»Ich will immer noch alles wissen, und diesmal werde ich dich nicht wieder gehen lassen. Wir werden unser Happy End bekommen, eine Liebesgeschichte, wie Big Paw und Holly sie haben. Ich möchte mit dir alt werden, Hazel Stone.«

Sie stand ganz still, die Lippen geöffnet, als könnte sie nicht glauben, was ich gerade gesagt hatte. Es würde eine Weile dauern, bis sie es verstand und verarbeitet hatte, aber das machte nichts.

Sie würde mein Happy End sein, und ich ihres.

»Hey, ihr beide«, sagte eine Stimme und riss uns aus unserer Unterhaltung. James stand mit Rosie auf dem Arm hinter uns auf dem Gang. »Holly ist jetzt wach, falls ihr zu ihr wollt.«

»Okay.« Ich nickte, doch bevor ich zu Grams ging, legte ich sanft meine Hand auf Hazels Arm. »Du bist wunderschön, Hazel. Du bist so schön, dass es mir im Herzen wehtut. Ich liebe dich. Vollkommen, hoffnungslos und unersättlich.«

Sie öffnete den Mund und sagte leise: »Ich liebe dich auch.«

»Es geht mir gut«, sagte Grams wieder und wieder, während wir alle um ihr Bett herumstanden. Sie sah müde aus, und erschöpft. Es brach mir das Herz, sie so zu sehen, aber die Schwestern sagten, es sei ein gutes Zeichen, dass sie mit uns sprach, auch wenn sie immer wieder wegdämmerte.

»Du brauchst nicht zu lügen. Wenn es dir nicht gut geht, sag es, und ich sorge dafür, dass diese Weißkittel ihren verdammten Job machen«, knurrte Big Paw, der an ihrem Bett saß und ihre Hand hielt.

Grams grinste und sah mich an. »Bitte, sag mir, dass dieser alte Mistkerl nett zu all den wunderbaren Menschen hier war.«

»Du kennst doch Big Paw. Er bellt, aber er beißt nicht«, antwortete ich lächelnd.

»Die Schwester hat gesagt, dass ihr alle den ganzen Tag hier gewartet habt. Fahrt nach Hause, esst etwas und ruht euch aus. Ihr müsst furchtbar müde sein.«

»Ich werde keinen Schritt von deiner Seite weichen, Holly Renee«, erklärte Big Paw.

»Doch, wirst du. Fahr nach Hause und schlaf ein wenig. Ich sehe an den Ringen unter deinen Augen, dass du seit zwei Tagen nicht geschlafen hast. Und geh duschen. Ich hab dich schon vom Flur aus gerochen«, scherzte sie. Und dann bekam sie einen Hustenanfall, der uns alle in Angst und Schrecken versetzte. »Wirklich, ihr Lieben, ich bin hier in guten Händen. Ruht euch ein wenig aus. Bitte. Dann fühle ich mich besser. Ich kann mich nicht erholen, wenn ich mir Sorgen um Harrys Gesundheit machen muss.«

Er runzelte die Stirn und drückte seine Lippen auf ihre Hand. »Du bist zu gut für diese Welt, Holly. Zu gut für mich.«

»Ich weiß.« Sie lächelte. »Und jetzt hör auf deine Frau und fahr nach Hause.«

»Eric und ich bleiben hier, während ihr euch ausruht«, bot Marcus an.

»Ich bleibe auch«, sagte James. Die drei waren wie Enkel für Grams. Natürlich boten sie an, bei ihr zu bleiben.

»Siehst du, Harry? Ich habe einen ganzen Trupp, der hier auf mich aufpasst. Ruh dich ein wenig aus und komm morgen wieder.«

»Ich liebe …«, sagte er und rieb seine Nase an ihrer.

»… dich«, beendete sie seinen Satz und rieb ihre Nase an seiner.

Hazel und Rosie fuhren mit Big Paw und mir zurück zu Big Paws Haus. Dort übernahm Hazel das Kommando. Sie sorgte dafür, dass alle etwas zu essen bekamen, und schickte Big Paw unter die Dusche und dann ins Bett. Sie beherrschte diese Rolle gut. Es lag ihr im Blut – genau wie Grams.

Da ich Big Paw nicht allein lassen wollte, schliefen wir in dieser Nacht im Gästezimmer. Dort stand auch eine Wiege für Rosie, die bereits tief und fest schlummerte.

Als ich nach dem Duschen in unser Zimmer zurückkehrte, saß Hazel am Schreibtisch und lernte.

»Und wann machst du eine Pause?«, fragte ich.

Sie lachte und gähnte. »Vom Lernen oder vom Leben? Die Antwort auf beides lautet: nie.«

»Wie wäre es mit jetzt?«

Sie sah mich an und biss sich auf die Unterlippe. »Okay.«

»Wie wäre es in meinem alten Zimmer? Da können wir reden, ohne Rosie zu wecken.«

»Einverstanden. Lass mich nur rasch das Babyfon holen, dann komme ich nach.«

»Klingt gut. Und Hazel?«

»Ja?«

»Wirf mal einen Blick auf Instagram.«

43. KAPITEL

HAZEL

Nachdem Ian gegangen war, lief ich zu meinem Handy und öffnete Instagram. Mein Herz raste in Überschallgeschwindigkeit vor Aufregung, was mich erwartete. Dann sah ich es. Ians neuesten Post.

Über mich.

Ich hatte das Bild noch nie gesehen. Er musste es heimlich gemacht haben, als Rosie im Krankenhaus gelegen hatte, denn ich schaute mit einem breiten Lächeln auf meine kleine Schwester hinunter. Es war ein einfacher Schnappschuss, nichts Weltbewegendes, aber alles, was man aus diesem Bild lesen konnte, war Liebe.

Ich konnte förmlich zusehen, wie die Likes unter dem Bild in die Höhe schossen. Zuerst waren es Hunderte. Dann Tausende. Dann Hunderttausende. Ich ging gerade viral, auf Ians Instagram-Account.

Als ich den Text unter meinem Bild las, schlug ich die Hände vor die Brust.

Diese Frau bestimmt die Schläge meines Herzens. Jedes Liebeslied, das ich abends singe, ist für sie. Jede Melodie folgt ihrem Herzschlag, und jeder Refrain fleht um ihre Liebe. Wie ich erfahren habe, sind Mitglieder meines Management-Teams an die Liebe meines Lebens herangetreten und haben ihr gesagt, sie sei nicht gut für mein Image. Aufgrund ihres Aussehens und ihrer Vergangenheit, auf die sie keinen Einfluss hatte, behaupten sie, sie sei nicht gut genug. Es ist wahr, wir sind in derselben Stadt aufgewachsen, aber das bedeutet nicht, dass unser Leben auf den gleichen stabilen Fundamenten errichtet wurde. Ich hatte das Glück, niemals kämpfen zu müssen, doch diese Frau musste sich alles erkämpfen, was sie hat. Sie hat ihre eigene Jugend geopfert, um zu verhindern, dass ihre kleine Schwester in einer Pflegefamilie aufwachsen muss. Sie hat ihre Liebe aufgegeben, damit ich meine Träume verwirklichen konnte. Sie gibt und gibt, um andere glücklich zu machen, so ist sie.

Sie ist die schönste Frau auf diesem Planeten, und wenn irgendjemand etwas anderes behauptet – erst recht jemand, der eigentlich hinter mir stehen sollte –, schmerzt mich das tief. Sollte ich deswegen ein paar meiner Fans verlieren, dann ist das eben so. Ich würde alles in meiner Welt dafür geben, dieser Frau, die mehr gegeben hat, als sie es jemals hätte tun müssen, meine Liebe zu schenken. Ich liebe dich, Haze. Vom Neumond bis zum Vollmond. Jetzt und für immer.

Er hatte mir öffentlich seine Liebe erklärt. Hatte seinem Manager vor aller Welt den Mittelfinger gezeigt. Meine Hände zitterten, während ich zum zehnten und zwölften Mal seine Worte las. Dann hörte ich, wie er nach mir rief.

»Haze? Kommst du?«

Ich holte tief Luft und drückte auf »Gefällt mir«, bevor ich mein Telefon auf die Kommode zurücklegte. »Ich komme!«

Als ich in sein Zimmer trat, gab ich ihm gar nicht erst die Gelegenheit, etwas zu sagen. Meine Lippen pressten sich auf seine, und er zog mich in seine Arme. Unser Kuss war so viel intensiver als alle unsere Küsse zuvor, so als wollten wir all die Zeit, all die Küsse nachholen, die wir durch Charlie verloren hatten.

Seine Zunge tanzte mit meiner, und ich saugte gierig an seiner Unterlippe, wann immer ich die Gelegenheit bekam. In dieser Nacht liebten wir uns, wiegten unsere Körper aneinander, rückten alle Teile wieder an die richtige Stelle. Ihm gehörte jede Faser meines Körpers und meiner Seele. Jedes Mal, wenn er in mich hineinglitt, bettelte ich stöhnend um mehr. Jedes Mal, wenn er tiefer stieß, grub ich meine Nägel in seine Haut.

»Für immer«, flüsterte er an meinem Hals, bevor er mit der Zunge über meine Haut fuhr.

»Für immer«, flüsterte ich und stieß meine Hüften gegen seine.

Dreimal liebten wir uns in dieser Nacht, jedes Mal leidenschaftlicher als zuvor. Und als ich in seinen Armen einschlief, wusste ich, dass ich zu Hause war.

Lautes Klopfen riss mich aus dem Schlaf. Ich setzte mich im Bett auf und sah mich verwirrt um.

Dong, dong, dong.

Was in aller Welt?

Ich sah zur linken Seite des Bettes hinüber, wo Ian gelegen hatte, doch er war nicht mehr da. Meine Hand glitt über die leere Stelle, und ich erschauerte, als ich spürte, dass sie kalt war.

Dong, dong, dong.

Ich sprang auf, griff nach meinem Bademantel und zog ihn eilig über. Dann sah ich kurz nach Rosie, die zum Glück noch immer tief und fest schlief.

Ich rannte die Treppe hinunter und erstarrte kurz vor der untersten Stufe. Das Wohnzimmer war ein einziges Chaos. Big Paw hockte mit dem Hammer auf dem Boden und riss die Dielen auf, und Ian stand neben ihm und tat es ihm gleich.

Draußen war es noch immer stockdunkel, und ich wusste nicht recht, ob ich wachte oder träumte.

»Was ist denn hier los?«

Big Paw sah nicht einmal auf, sondern schlug weiter unentwegt auf den Boden ein.

Ian sah mich an und lächelte traurig. »Er hat Grams schon seit fünfundzwanzig Jahren versprochen, die Dielen zu erneuern. Als ich hier runterkam, hab ich ihn hämmern sehen, also habe ich ihm geholfen.«

»Sie soll nicht in dieses quietschende und knarrende Zuhause zurückkommen«, brummte Big Paw und wischte sich die Tränen weg, die über seine Wangen liefen. »Und ich Idiot hab's nicht gemacht, als sie mich darum gebeten hat.«

Er quälte sich mit diesen Dielen, weil er Angst um seine Frau hatte. Es musste ihn wahnsinnig machen, dass er ihr nicht helfen, sie nicht heilen konnte, also tat er, was er die letzten achtzig Jahre seines Lebens getan hatte: Er zeigte ihr seine Liebe, indem er mit seinen Händen arbeitete. Big Paw schlug also weiter auf die Holzdielen ein, und Ian wich ihm nicht von der Seite; er war sein Fels in der Brandung und half ihm, den Fußboden herauszureißen. Ich war mir nicht sicher, ob das, was sie da taten, irgendeinen Sinn ergab. Vielleicht war es nur ein Ventil für die Angst, die ihre Seelen bedrückte.

Aber eigentlich spielte es auch gar keine Rolle. Alles, was zählte, war, dass sie es gemeinsam machten.

Und so nahm ich mir einen Hammer und machte mit, denn das war es, was man in einer Familie tat: Man ging zusammen durch dick und dünn.

Eine Woche später ging es Hollys Lungen besser, und man konnte ihr den Herzschrittmacher einsetzen. Die Operation verlief ohne Komplikationen. Ihre Regeneration würde viel Zeit und Pflege in Anspruch nehmen, aber eine ganze Armee stand bereit, um dafür zu sorgen, dass alles möglichst reibungslos ablief.

Auch die drei Jungs kamen vorbei, um dabei zu helfen, den Boden neu zu verlegen, bevor Holly nach Hause kam.

»Das Wichtigste ist, dass es Holly gut geht«, erklärte Eric eines Abends, als wir alle zusammen in der Scheune saßen. »Die Musik läuft uns nicht weg.«

»Ich fühle mich immer noch schrecklich deswegen, Leute. Max hat uns wegen meines Posts über Hazel ganz schön eingeheizt, und es tut mir leid, dass ich nicht vorher mit euch darüber gesprochen habe«, sagte Ian.

»Willst du mich verarschen? Max Fucking Rider hat die rote Linie überschritten, als er das zu Hazel gesagt hat! Der hat echt Nerven. Wenn ich das gewusst hätte, hätte ich es ihm niemals durchgehen lassen. Ich bin froh, dass du das gepostet hast. Höchste Zeit, dass endlich mal jemand die Wahrheit sagt«, rief Marcus. »Außerdem hat er uns auch mit dem Album verarscht. Scheiß auf Max Fucking Rider!«

James saß auf der Bühne, auf der die Band immer ihre Konzerte gespielt hatte. Seine Finger strichen über die Holzbretter, und ein schiefes Lächeln huschte über seine Lippen. »Ich vermisse die Scheune. Hätte nie gedacht, dass ich das mal sagen würde, aber es ist wahr. Ich vermisse die Leidenschaft, mit der wir früher Musik gemacht haben. Versteht mich nicht falsch; ich weiß, dass wir wahnsinniges Glück haben, und ich würde es um nichts in der Welt aufgeben wollen, aber manchmal habe ich das Gefühl, wir haben ein wenig die Kontrolle verloren, und wenn wir diesen ganzen Mist einfach so mitmachen, werden wir uns über kurz oder lang selbst dabei verlieren.«

»Ich sage, wir stimmen ab«, sagte Eric und ließ seine Finger über das Keyboard tanzen. »Alle, die dafür sind, dass wir uns mit Max und Donnie zusammensetzen und ihnen erklären, wer wir sind und was wir wirklich wollen, sagen Ja.«

»Ja«, hallte es durch den Raum, und ich musste lächeln, als ich die vier Jungs sah, wie sie die Kontrolle über ihre Träume zurückeroberten.

Ian streckte die Hand aus. »Für immer.«

Und jeder der drei Jungs stand auf und legte seine Hand über die der anderen. »Für immer.«

Die vier sahen mich an und zogen auffordernd die Augenbrauen hoch.

»Oh, entschuldigt. Ich wollte euren Moment nicht stören. Ich kann …«

»Hazel, wenn du nicht sofort deinen Arsch herüberschiebst und deine Hand auf unsere legst, komm ich dich holen«, drohte Marcus.

Ich lachte, trat zu ihnen und legte die Hand auf ihre. »Für immer.«

»Da wir gerade von Max und Donnie sprechen …« Eric grinste und rieb sich mit dem Daumen die Nase. »Ich glaube, ich habe eine Idee, wie wir es anfangen können.«

»Und die wäre?«, fragte Ian.

»Ich zeig's euch.« Eric ging zu seinem Rucksack und holte seinen Laptop heraus. Während er ihn hochfuhr, versammelten wir uns erwartungsvoll um ihn. »Ihr wisst ja, wie gut ich darin bin, ständig alles zu filmen und so, ohne dass die Leute es mitkriegen.«

»Jaja, komm endlich zum Punkt«, drängte Marcus seinen Bruder.

Eric klickte ein Video an. »Ich habe einen hübschen kleinen Film aus Szenen mit Max und Donnie zusammengestellt. Auf manchen Partys hatte Max Pillen eingeworfen oder Lines gezogen. Manchmal kann man die beiden verheirateten Männer mit irgendwelchen Frauen im Arm sehen. Und es gibt ein paar Szenen, in denen sie ziemlich aggressive Unterhaltungen führen. Alles Mögliche. Wir haben genug Material, um die Arschlöcher festzunageln.«

»Aber das können wir nicht benutzen. Das Zeug würde vor Gericht niemals Bestand haben«, widersprach James. »Weil es illegal gefilmt wurde.«

»Darum geht es ja gar nicht. Wir müssen nicht mal bis vor Gericht gehen. Wir drohen ihnen damit, den Film ihren Frauen zu zeigen, wenn sie uns nicht aus dem Vertrag rauslassen.«

»Denkst du wirklich, damit kannst du ihnen drohen? Das sind echte Arschlöcher, Eric. Die interessieren sich nicht dafür, was ihre Frauen denken.«

»Du hast recht. Aber ich bin mir sicher, ihre Frauen wird es interessieren. Zumal beide schon verheiratet waren, bevor sie berühmt wurden. Und wisst ihr, was das bedeutet?«

»Was?«, fragte Ian.

»Es gibt keinen Ehevertrag. Wenn ihre Frauen sie verlassen, nehmen sie etwa die Hälfte von ihrem Geld mit.«

Ein kleines Lächeln flog über alle Gesichter, als wir verstanden, was Eric gerade gesagt hatte. Sein Plan war brillant und mochte tatsächlich Erfolg haben. Ich war mir sicher, die Jungs würden ihn noch ein wenig ausarbeiten, bevor sie sich mit Max und Donnie trafen, aber so schien es für die Band ein Licht am Ende eines sehr langen und sehr dunklen Tunnels zu geben.

Den Rest des Abends verbrachten wir in der Scheune, und auch Rosie gesellte sich dazu, als sie aufwachte. Die Jungs spielten wieder mit ihrer alten Leidenschaft. Sie kehrten zu ihren Wurzeln zurück und spielten besser als je zuvor. Ich freute mich, dass sie keine Angst hatten, laut zu sagen, was sie wollten und als Musiker brauchten. Bestimmt war es nicht leicht, sich mit Männern wie Max und Donnie anzulegen, aber sie taten es nicht allein. Die vier würden als Team und mit erhobenen Köpfen zu diesem Treffen gehen.

Und egal, was dort geschah, ich war mir sicher, dass es genauso laufen würde, wie es sollte. The Wreckage würde genau dort landen, wo die Band sein wollte, denn die vier hielten zusammen, komme, was wolle. Wenn sie sich sagten *für immer*, dann meinten sie es auch so.

Ich blieb bei ihnen und lauschte den Worten, die Ian sang, und seine Stimme verschmolz mit jeder Faser meiner Seele.

Und an diesem Abend wusste ich, dass diese Worte allein für mich bestimmt waren.

44. KAPITEL

IAN

»Bitte sagt mir, dass das ein Witz ist, denn jede einzelne Forderung, die ihr stellt, liegt vollkommen außerhalb des Möglichen. Zumal es absolut unprofessionell von euch war, einfach abzutauchen. Ihr habt wertvolle Zeit vergeudet, und jetzt habt ihr nicht mal ein verdammtes Album vorzuweisen. Wie könnt ihr es wagen, hierherzukommen und vor Donnie Schmitz zu sitzen, dem scheiß CEO des größten Plattenlabels der Welt, und zu behaupten, wir müssten uns bei euch entschuldigen?«, fuhr Max uns komplett geschockt an.

Es war schon witzig, wie viel sich verändert hatte, seit wir ihm zum ersten Mal gegenübergesessen hatten. Damals waren wir so naiv gewesen, und so froh, überhaupt eine Chance zu bekommen. Wir waren viel zu glücklich gewesen, weil jemand wie Max uns bemerkt hatte, dass wir überhaupt nicht darüber nachgedacht hatten, was es bedeutete, von jemandem wie ihm bemerkt zu werden.

»Auf euch wartet eine Flut von Klagen, das könnt ihr euch gar nicht vorstellen«, knurrte Donnie und verschränkte die Arme, während er uns drohend ansah.

Ich verschränkte ebenfalls die Arme vor der Brust und richtete mich ein wenig weiter auf. »Ich glaube nicht, dass wir irgendwelche Anwälte bemühen müssen. Wir haben bloß ein paar Forderungen, dann seid ihr uns los.«

Donnie schnaubte verächtlich. »Ihr wollt was von *uns?* Wir haben euch alles gegeben!«

»Ja, ihr wart sogar so nett, unser Album zu leaken, um uns dazu zu zwingen, eure Mainstream-Titel einzuspielen«, erklärte ich.

Max und Donnie sahen sich an. Max schüttelte den Kopf. »Wovon zum Teufel redet ihr da?«

»Wir haben unseren eigenen Geek-Squad«, sagte James und wies mit dem Kinn auf Eric. »Er hat rausgefunden, wo die geleakten Titel herkamen. Also stellt euch nicht dumm, das steht euch überhaupt nicht.«

Donnie verzog das Gesicht und fuhr sich mit der Hand durch die grauen Haare. »Nun, euch in unsere Mail-Accounts zu hacken, wird vor Gericht nicht besonders gut rüberkommen. Das ist nämlich illegal.«

»Stimmt. Weswegen wir die Mails auch nicht an die Polizei weitergeben werden. Stattdessen schicken wir diese Videos hier an eure Frauen«, erklärte Marcus nüchtern. Er zog sein Handy raus und schickte Donnie eine Mail. »Mr Schmitz, seien Sie doch so nett und werfen Sie mal einen Blick in Ihre Inbox.«

Donnie öffnete die Mail, in deren Anhang er ein ziemlich unanständiges Video fand. Nachdem Eric uns seinen Plan erklärt hatte, war es uns gelungen, ein paar von den Mädchen in den Videos zu kontaktieren. Alle waren Fans unserer Musik und hatten uns nur zu gern private Aufnahmen von ihren Affären mit Max und Donnie geschickt, bei denen offenbar ziemlich seltsame Dinge mit Schwänzen und Grapefruits vorgefallen waren. Max lief zu Donnie, und ich konnte zusehen, wie die Farbe aus seinem Gesicht wich.

Donnie setzte sich auf. »Woher habt ihr das?«

»Spielt keine Rolle. Aber wenn ihr ein bisschen cleverer

gewesen wärt, hättet ihr die entsprechenden Damen eine Schweigevereinbarung unterschreiben lassen. Da ihr das aber offensichtlich nicht getan habt, frage ich mich, ob eure Frauen wohl daran interessiert wären, diese Videos zu sehen. Wenn ihr auch in diesem Bereich ein bisschen cleverer gewesen wärt, hättet ihr mit euren Frauen einen Ehevertag aufgesetzt. Aber wie es scheint, könnten die euch einen Haufen Geld abnehmen.«

»Die bluffen doch nur«, zischte Max verächtlich. »Ich kenne die Jungs. Die haben nicht die Eier …«

»Sei still«, brüllte Donnie, und Max verstummte. Donnies Augenbrauen schoben sich zusammen. Wieder und wieder spielte er das Video ab. Seine Lippen waren fest aufeinandergepresst, und seine Halsschlagader pulsierte.

Irgendwann legte er sein Handy weg und sah mir fest in die Augen. »Was wollt ihr?«

»Soll das ein Witz sein?« Max seufzte. »Du kannst doch nicht ernsthaft …«

Donnie hielt eine Hand hoch, und Max verstummte.

Braves Hündchen.

»Wir wollen drei Monate, um ein neues Album einzuspielen. Du wirst die Veröffentlichung verschieben. Wir werden das Album mit unserer – unserer *echten* – Musik rausbringen, und sobald das passiert ist, sind wir raus aus dem Vertrag. Wir schulden dir keine weiteren Alben, und alles, was wir unterschrieben haben, ist null und nichtig. Sobald das Album raus ist, sind wir frei.«

Das Schweigen hing schwer in der Luft, während Donnie überlegte. Schließlich räusperte er sich. »Ich werde einen neuen Vertrag aufsetzen lassen.«

»Willst du mich verarschen?«, brüllte Max. »Du lässt dich von diesen Kleinstadt-Cowboys erpressen?«

Donnie beugte sich vor und drückte auf eine Taste seines Telefons. »Laura, bitte schick den Sicherheitsdienst hoch und lass Max Rider aus dem Gebäude entfernen.«

»Was? *Was?* Das ist ein Scherz, oder?« Max riss die Augen auf. »Du kannst mich nicht rausschmeißen.«

»Doch, kann ich, du wirst schon sehen. Ich hätte mich niemals darauf einlassen sollen, das Album zu leaken, aber damit muss ich jetzt leben. Ab sofort bist du bei Mindset Records nicht länger erwünscht.«

»Das … das ist nur eure Schuld, ihr kleinen Arschlöcher!«, brüllte Max und zeigte auf uns. »Ihr Idioten zerstört eure einzige Chance, berühmt zu werden. *Ich* habe euch entdeckt! *Ich* habe euch zu dem gemacht, was ihr seid! Ihr schießt euch selbst ins Knie. Ihr seid so dämlich und macht einen Riesenfehler. Das mit diesem Mädchen wird ein einziger Skandal werden. Euer dämliches, verkacktes Indie-Zeug ist ein einziges Desaster. Ohne mich werdet ihr nirgendwo hinkommen. Wisst ihr eigentlich, wer ich bin? Ich bin Max Fucking Rider! Ich erschaffe Stars!«

Das Letzte brüllte er wieder und wieder, während der Sicherheitsdienst ihn aus dem Gebäude schleifte.

Donnie betrachtete uns stirnrunzelnd, während wir unsere Sachen zusammensuchten. »Also, dieses Video … Könnt ihr das löschen?«

»Oh Donnie.« Ich schüttelte den Kopf. »Ich denke, wir wissen beide, dass wir es erst löschen können, nachdem die neuen Verträge unterschrieben sind.«

»Einverstanden.« Er nickte. »Max meinte, ihr Kleinstadtjungs wärt nicht besonders clever, aber wie es scheint, hat er sich geirrt. Ihr scheint ganz gut auf euch selbst aufpassen zu können. Wir werden in den nächsten Tagen voneinander hören.«

Wir nickten, und als wir zur Tür gingen, sagte Donnie: »Aber das mit den Grapefruits war es wert. Fühlt sich echt geil am Schwanz an, während die Mädels dir einen blasen.«

Marcus stöhnte, als wir den Raum verließen. »Jetzt werde ich nie wieder eine Grapefruit essen können.«

Ich war noch immer ein wenig nervös wegen der Entscheidung, die wir gerade getroffen hatten, aber ich wusste, dass es richtig gewesen war. Wir würden unser Album und unsere Songs unter unseren eigenen Bedingungen herausbringen. Sicher, ohne ein großes Plattenlabel im Rücken würden wir vielleicht niemals so groß werden, wie wir es uns erträumt hatten, aber zumindest hatten wir unsere Musik – und das war das Wichtigste.

Eric klopfte mir auf den Rücken. »Gut gemacht, Bandleader.«

»Ja, das war echt super, aber warum fühle ich mich, als wären mir gerade die Eier aus der Hose gefallen? Mir ist kotzübel«, sagte Marcus nur halb im Scherz. »Haben wir wirklich gerade Max Fucking Rider und dem Chef von Mindset Records gesagt, sie sollen sich verpissen? Ist das jetzt das Ende unserer Karriere?«

»Nee. Ich bin mir sicher, wir kommen auch so zurecht. Du weißt doch, wenn es nicht gut ist, dann ist die Geschichte noch nicht zu Ende. Ich glaube, The Wreckage wird noch ein wenig länger überleben«, erklärte James. »Und wenn nicht, können wir bestimmt wieder auf der Ranch arbeiten.«

Zurück zu den Schweineställen, und zu Hazel Stone.

Klang gar nicht mal so schlimm.

Doch ich wusste, dass wir unsere Musik nicht einfach aufgeben konnten. Wir würden schon einen Weg finden. Aber diesmal würden wir es auf unsere Art machen.

»Ihr habt also Max Rider und dem Chef von Mindset Records gedroht und es überlebt«, sagte Hazel, als wir bei Sonnenuntergang in der Hütte saßen. Die Jungs und ich waren seit etwa einer halben Stunde wieder in Eres, und ich hatte bereits den Weg in die Hütte gefunden, um neben Hazel zu sitzen und in den Himmel hinaufzuschauen.

»Jedenfalls glaube ich, dass wir es überlebt haben. Wirklich wissen tue ich es erst, wenn die Übelkeit abflaut«, scherzte ich. »Ich habe keine Ahnung, wie es mit uns weitergeht, aber ich denke, wir werden damit anfangen, uns einen neuen Manager zu suchen. Nächste Woche haben wir noch mal einen Termin beim Plattenlabel, um den neuen Vertrag durchzusehen. Wir werden unsere Anwälte darauf ansetzen. Sie sollen ihn Buchstabe für Buchstabe durchkämmen, um sicherzugehen, dass Donnie nicht doch noch versucht, uns übers Ohr zu hauen.«

Sie lachte. »Eure Anwälte. Wie das klingt. Ihr habt eure eigenen Anwälte. Wer hätte gedacht, dass dein Leben sich einmal so entwickeln würde?«

»Verrückt, was?«

»Auf die bestmögliche Art. Ich persönlich denke, ihr macht es genau richtig, euch einen neuen Manager zu suchen. Nicht nur weil ich Max nicht ausstehen kann, sondern weil ihr jemanden braucht, der die gleichen Überzeugungen hat wie ihr. Jemanden, der an eure Träume glaubt und euch hilft, sie zu verwirklichen, der sich wirklich für euch einsetzt. Ich bin mir sicher, dass es so jemanden gibt. Lasst euch Zeit. Ihr werdet ihn schon finden.«

»Meinst du?«

»Ich weiß es.«

Sie legte den Kopf an meine Schulter, und wir sahen hinauf in den immer dunkler werdenden Abendhimmel. Der Mond war voll, und ein Teil von mir hätte ihn am liebsten angeheult. Ich beugte mich vor und küsste Hazel auf die Stirn.

»Weißt du, was ich denke?«, fragte ich.

»Was denn?«

»Dass du mich vielleicht heiraten solltest.«

Sie hob den Kopf und drehte sich so, dass sie mich ansehen konnte. »Was?«

Ich lachte. »Keine Sorge, das ist kein Heiratsantrag. Aber ich habe vor, dir irgendwann einen zu machen, und wenn ich es tue, dann hoffe ich, dass du Ja sagst. Denn die Vorstellung, dass du für immer mir gehörst, bedeutet mir mehr, als du dir vorstellen kannst.«

Sie beugte sich vor und küsste mich. »Ich würde ganz sicher Ja sagen. Wieder und wieder. Ich würde jedes Mal Ja sagen.«

Meine Brust zog sich zusammen, als mir bewusst wurde, was sie gerade gesagt hatte. Ich liebte ein Mädchen, das mich ebenfalls liebte. Was gab es Schöneres? Kein Ruhm, kein Geld der Welt, nichts konnte schöner sein. Wir hatten das Glück, einander gefunden und nicht aufgegeben zu haben, als unser Leben kompliziert wurde.

Hazel Stone hatte mich verändert. Sie hatte mir gezeigt, wie stark ein Mensch sein konnte. Sie hatte mir ihre bedingungslose Liebe geschenkt, und ich hoffte, sie ihr für den Rest unseres Lebens zurückgeben zu können.

Als wir so nebeneinander in der Hütte lagen und in den Himmel schauten, spürte ich, wie mich ein Gefühl der Vollkommenheit erfüllte.

Hazel Stone war meine beste Freundin, meine Geliebte, meine Melodie, mein Song.

Und verdammt …

Sie klang so gut.

EPILOG

HAZEL

Ein Jahr später

Die Scheune war voller Menschen, die den ganzen Abend lang tanzten. Rosie war mit Marcus auf der Tanzfläche, und die beiden hüpften wie wild zu einem Bruno-Mars-Song, der aus den Lautsprechern dröhnte. Auf den Tischen standen wunderschöne Rosensträuße, und die Menschen saßen um sie herum und aßen den köstlichsten Kuchen, den man sich vorstellen konnte.

Ich stand da und betrachtete das Gewusel, während ganz Eres von Glück erfasst zu werden schien.

Jemand griff nach meinem Handgelenk, und Ian zog mich an sich. Seine Lippen strichen über mein Ohrläppchen, und er flüsterte: »Wie geht es Ihnen, Mrs Parker?« Er bedeckte meinen Hals mit sanften Küssen.

Ich kicherte. »Ich habe doch gesagt, du darfst mich erst so nennen, wenn wir offiziell verheiratet sind.« Es stimmte, die Feier, an der wir teilnahmen, war nicht unsere, obwohl Ian mir damals, vor über einem Jahr, in der Hütte einen Antrag gemacht hatte, während wir den Mond betrachtet hatten.

Wir befanden uns in der Hochzeitsplanungsphase, hatten aber noch ein paar Jahre, bevor wir offiziell zum Altar schreiten würden. The Wreckage hatten gerade ihr zweites Album rausgebracht, das sofort an die Spitze der Charts geschossen war. Nach dem Streit mit Max hatten die Jungs Andrew Still als Manager engagiert, der genau verstand, wovon sie träumten, und bereit war, alles zu tun, um diese Träume wahr werden zu lassen. In einer Woche würden sie den ersten Teil ihrer neuen Tour starten. Ich würde Ian furchtbar vermissen, aber Rosie und ich würden die Band im Sommer während der College-Ferien zu ein paar Konzerten nach Europa begleiten.

Ich befand mich im zweiten Jahr meines Wirtschaftsstudiums und war ehrlich stolz auf mich. Ohne die Hilfe von Ians Familie hätte ich es allerdings nie so weit gebracht.

»Bist du sicher, dass du nicht mit mir nach Vegas durchbrennen willst? Ich habe gehört, Elvis lebt und steht bereit, um uns seinen Segen zu geben«, sagte Ian zum gefühlt millionsten Mal.

Ich lachte und drehte mich zu ihm um. »Wir haben keine Eile. Schließlich haben wir noch unser ganzes Leben, um zusammen zu sein.«

»Ich weiß, aber ich möchte das da«, sagte er und wies mit dem Kinn auf die Tanzfläche. Big Paw und Holly feierten an diesem Abend ihren 65. Hochzeitstag. Und die beiden tanzten und kicherten wie frisch verliebte Teenager.

»Und das werden wir auch bekommen«, versprach ich. »Wir werden auf jeder Hochzeit tanzen und immer als Letzte von der Tanzfläche gehen.«

»Da wir gerade von Tanzen sprechen.« Ian reichte mir seine Hand. Ich legte meine hinein, und er führte mich auf die Tanzfläche, wo wir uns langsam zur Musik wiegten, seine Hand auf meinem Steiß, meine auf seiner Schulter.

Ich konnte es immer noch nicht glauben, wie weit wir beide gekommen waren – dass unsere Liebesgeschichte so stark geworden war. Ich war neunzehn gewesen, als mir bewusst geworden war, dass mein Herz für Ian Parker schlug, und selbst mit weit über neunzig würde es noch immer für diesen Mann schlagen.

Obwohl wir noch so jung waren, wusste ich, dass unsere Zukunft gut werden würde. Wir würden Kinder in die Welt setzen; wir würden unsere Talente und Fähigkeiten einsetzen, um Gutes zu bewirken; wir würden denen helfen, die unsere Hilfe brauchten. Wie würden einander lieben und diese Liebe Jahr um Jahr weiternähren.

Und was auch immer passierte, wir würden den Rest unseres Lebens damit verbringen, im Mondschein zu tanzen.

Drei Jahre später

»Und du bist ganz sicher, dass du nicht doch lieber im Restaurant arbeiten möchtest?«, fragte ich. Ich saß hinter meinem Schreibtisch. Mir gegenüber saß meine Mutter in ihren besten Sachen. Sie sah viel besser aus als noch vor ein paar Jahren, und wenn sie mich anlächelte, machte sie mich zur glücklichsten Tochter auf dem Planeten.

Lange hatte ich gedacht, ich hätte sie für immer verloren. Einen großen Teil meines Lebens hatte ich befürchtet, ihre Dämonen hätten sie verschlungen.

Als man sie aus dem Gefängnis entlassen hatte, hatte sie Angst gehabt, wieder in ihre alten Gewohnheiten zu verfallen, und als Ian ihr die Möglichkeit gegeben hatte, in eine großartige Klinik zu gehen, hatte sie es nur zu gern angenommen. Mama hatte hart dafür gearbeitet, ihrem Leben eine andere Richtung zu geben, und währenddessen hatten Ian und ich das Licht auf der Veranda angelassen, für den Fall, dass sie eines Tages zu uns zurückkehren wollte.

Und als es so weit war, war sie tatsächlich zurückgekommen, und nun wollte sie auf der Ranch arbeiten.

»Oh nein, nein. Du weißt nur zu gut, dass man mich lieber nicht in eine Küche steckt. Ich denke, ich kann hier gute Arbeit leisten, selbst wenn es nur darum geht, für Ordnung zu sorgen. Natürlich nur, wenn Bedarf besteht …« Sie spielte mit ihren Fingern und verzog den Mund zu einem schiefen Lächeln. »Ich würde alles machen, Hauptsache, ich habe etwas zu tun. Und Rosie meint, sie möchte gerne, dass ich mit ihr bei den Pferden arbeite.«

»Das kann ich mir vorstellen.« Meine kleine Schwester liebte Dottie ebenso sehr wie ich. Wenn man sie suchte, fand man sie meistens in den Ställen. »Du könntest am Montag anfangen. Aber glaub nicht, dass ich dich anders behandle, nur weil du meine Mutter bist«, erklärte ich streng.

Sie nickte. »Das erwarte ich auch gar nicht. Ich werde hart arbeiten, Hazel, versprochen. Ich werde dich nicht enttäuschen.«

»Es gibt noch eine Bedingung, Mama.«

»Ja?«

»Du gehst aufs College.«

Sie wurde blass und schüttelte den Kopf. »Oh nein. Ich kann nicht, Hazel. Ich habe ja nicht mal einen Schulabschluss, ich kann nicht aufs College gehen.«

»Big Paw hat mir erzählt, dass du vor langer Zeit davon geträumt hast, zu studieren. Stimmt das?«

Wieder spielte sie mit ihren Fingern und senkte verlegen den Blick. »Ja, aber das ist lange her. Ich bin nicht klug genug für so was, und ich bin alt und ausgelaugt …«

»Du bist klug, Mama. Du bist immer klug gewesen, und ein Nein werde ich nicht akzeptieren. Wir werden dir helfen den Zulassungstest zu bestehen und ein paar Collegekurse zu belegen. Du bist nie zu alt, um deine Ziele zu erreichen. Du kannst es schaffen.«

Als sie wieder zu mir hochsah, glänzten ihre Augen feucht. »Denkst du wirklich?«

»Ich weiß es. Um die Details kümmern wir uns, wenn es so weit ist.« Lächelnd stand ich auf. »Aber jetzt sehen wir besser zu, dass wir zum Thanksgiving-Essen kommen, sonst gibt's Ärger mit Big Paw. Montag fängst du an.«

Als ich sie in meine Arme zog, füllten sich ihre Augen endgültig mit Tränen. »Danke, Hazel.«

»Ich hab dich lieb, Mama, und ich bin so stolz auf die Kraft, die du investiert hast, um dein Leben zu ändern.«

»Du wirst eine wundervolle Mutter sein«, sagte sie und legte beide Hände auf meinen runden Bauch. In knapp sechs Wochen würde ich mein erstes Kind zur Welt bringen, und ich muss wohl nicht erwähnen, dass ich eine Höllenangst hatte.

Eigentlich hätte ich gar nicht mehr arbeiten dürfen. Die Ärzte hatten mir strenge Bettruhe verordnet, aber das Gespräch mit Mama wollte ich niemand anderem überlassen. Denn auch wenn ich gesagt hatte, dass man sie nicht anders behandeln würde als die anderen Mitarbeiter, stimmte das natürlich nicht ganz.

Ich meine, von wegen Familienbonus und so.

Rosie lebte noch immer bei Ian und mir, und sobald Mama sich berappelt hatte, war auch sie bei uns eingezogen. Ich wusste, wie wichtig es für sie und Rosie war, möglichst schnell eine Beziehung zueinander aufzubauen. Zwar hatte Mama in den ersten Jahren nicht für sie sorgen können, doch sie hoffte, für den Rest ihres Lebens für sie da sein zu können.

Selbst Garrett tauchte immer mal wieder auf, um Rosie zu besuchen. Er hatte sich selbst nie als Vater gesehen und hielt es für das Beste, wenn Rosie ihn auch nicht als ihren Vater betrachtete, aber das kleine Mädchen liebte es, auf ihm herumzukrabbeln und ihn als ihren Freund zu sehen.

Wir gingen zur Scheune hinüber – also Mama ging, ich watschelte –, wo das Thanksgiving-Essen stattfinden sollte. Als ich all die Menschen sah, die sich dort versammelt hatten, lächelte ich. Es war das zweite Jahr, in dem ich für die Organisation verantwortlich war, und ich war den Stadtbewohnern dankbar, dass sie mir geholfen hatten, es einfach magisch werden zu lassen. Hoffentlich sah Grams uns von ihrer Wolke aus zu und freute sich darüber, wie sich alles entwickelt hatte.

Sie war vor etwas über einem Jahr gestorben, nachdem sie die letzten Jahre ihres Lebens noch einmal in vollen Zügen genossen hatte. Sie und Big Paw hatten endlich weniger gearbeitet und Grams letzte Tage nur damit verbracht, sich zu lieben.

Big Paw hatte eine Weile gebraucht, um ihren Tod zu verarbeiten, doch Rosie, sein kleiner Glücksstern, ließ ihm wenig Zeit zu trauern. Er lächelte weit mehr als je zuvor und erklärte immer wieder, dass er nur ihretwegen noch da sei.

»Sie kann doch nicht allein losziehen und Unsinn machen, ich muss ihr ein bisschen dabei helfen«, hatte er mir erklärt.

Auch nachdem Grams gestorben war, ließ Big Paw jeden Abend das Licht auf der Veranda brennen, damit ihr Geist jederzeit seinen Weg zu ihm finden konnte.

»Mama! Mama!«, rief Rosie jetzt und kam auf uns zugelaufen. Sie zog an Mamas Arm. »Mama, wir sitzen dahinten. Komm schnell, bevor Big Paw uns den ganzen Kuchen wegisst!«

»Ich werde euch nicht den ganzen Kuchen wegessen, du kleine Schnatterliese«, rief Big Paw und sah sie finster an.

Rosie streckte ihm die Zunge raus, und er zahlte es ihr mit gleicher Münze heim. Dann lief sie zu ihm und schloss ihn in die Arme, und er gab ihr einen Kuss auf die Stirn. Was die Beziehung der beiden auf den Punkt brachte.

Mama ging zu den beiden, und sie mit Rosie zu sehen, war für uns alle wie ein Geschenk. Endlich war sie clean und in der Lage, Rosie die Mutter zu sein, die das Mädchen verdiente, und ich war mehr als glücklich, in die Rolle der großen Schwester schlüpfen zu können.

Zumal mein eigenes Energiebündel bereits unterwegs war.

»Bereit für eine Portion Sodbrennen?«

Zwei Arme legten sich um mich, und ich schmiegte mich hinein, als ich Ians Körper an meinem spürte.

»Oh ja. Her mit dem ungesunden Essen und dem Magengel«, lachte ich.

Er drehte mich zu sich herum und gab mir einen Kuss auf die Stirn und dann auf den Bauch. Wenn es irgendjemanden gab, der noch aufgeregter über meine Schwangerschaft war als ich, dann war es Ian. So wie er sich um mich und das Baby kümmerte, war er schon jetzt der Vater des Jahrhunderts.

Wenn er unterwegs war, musste ich jeden Abend mein Handy auf meinen Bauch legen, damit er dem Baby Schlaflieder vorsingen konnte.

Ich hätte nie gedacht, dass meine Liebe zu ihm mit jedem Tag weiterwachsen konnte.

»Wenn sie da ist, wird sich alles ändern, nicht wahr?«, fragte ich und kuschelte mich an ihn.

»Vieles. Aber wir werden immer noch das hier haben«, sagte er und zeigte mit der Hand auf alles um uns herum. »Die alten, unbefestigten Straßen, unsere Ranch und unsere Liebe. Und wir werden uns haben. Wir fügen unserem Song nur noch ein bisschen mehr Liebe hinzu; ich hätte mir nicht mehr wünschen können.«

Ich konnte es kaum erwarten, dass unser Sonnenschein sich zu uns gesellte.

Holly Renee Parker – wir würden sie nach unserem Lieblingsengel nennen.

Ian strich mit seinen Lippen über meine und küsste mich zärtlich. »Ich liebe dich, Süße.«

»Ich liebe dich auch, bester Freund. Für immer.«

Für immer.

DANK

Zu allererst und ganz besonders möchte ich allen danken, die sich die Zeit genommen haben, Ians und Hazels Geschichte zu lesen. Ich hoffe, sie hat euch genauso zum Lächeln gebracht, wie sie mein Herz erfreut hat. Ohne euch bin ich bloß ein Mädchen mit ein paar Worten auf Papier. Ihr seid es, die diesen Worten Flügel verleihen.

Und dann danke ich meinem unglaublichen Team von Montlake Publishing. Ohne die großartige Unterstützung meiner Lektorinnen Alison und Holly wäre dieses Buch niemals das geworden, was es heute ist. Danke für all die Arbeit und das Engagement, die ihr in dieses Projekt gesteckt habt. Danke auch dem großartigen Team, das mir geholfen hat, dieses Buch zum Leben zu erwecken – von den Cover-Designer:innen zu den Redakteur:innen – DANKE! Ein ebenso großes DANKE an die Presseabteilung und das Social-Media-Team. Montlake tut wirklich alles, um die Träume von uns Autor:innen wahr werden zu lassen, und ich kann nicht ausdrücken, wie dankbar ich allen dort dafür bin.

Danke auch an meine Agentin Flavia von der Bookcase Agency. Danke, dass du immer hinter mir stehst und dafür sorgst, dass meine Träume wahr werden. Du bist mein Engel auf Erden. Ich fühle mich geehrt, mit dir und deinem brillanten Verstand arbeiten zu dürfen.

Mama, danke, dass du uns Kinder immer darin unterstützt hast, unsere Träume zu leben, und dass du nie das Vertrauen in mich verloren hast, wenn ich mich verrannt habe. Du bist meine beste Freundin, ohne deine Liebe könnte ich nicht leben.

Papa, danke, dass du uns die Bedeutung harter Arbeit und Leidenschaft für das, was wir tun, vermittelt hast. Du bist das Paradebeispiel eines hart arbeitenden Mannes.

Meine Geschwister, danke, dass ihr während aller Höhen und Tiefen dieses wahnsinnigen Ritts meine Hand gehalten habt. Eure Unterstützung, eure Liebe und euer Cheerleading helfen mir durch jeden einzelnen Tag.

Und noch einmal, danke all meinen so zuverlässigen Leser:innen. Es ist mir eine Ehre, meine Geschichten mit euch teilen zu dürfen.

Für immer.

BCherry

Triggerwarnung

Dieses Buch enthält Elemente, die triggern können.

Diese sind:
Drogensucht, tödliche Krankheit,
Gewalt, Tod von Familienmitgliedern.

Außerdem möchten wir darauf hinweisen, dass dieses Buch folgende Themen behandelt:

Finanzielle Probleme, ungeplante Schwangerschaft.

Der emotionale Abschluss der herzzerreißenden Mixtape-*Reihe!*

(erscheint 28. 07. 2023)

Ich habe so lang in der Dunkelheit gelebt, dass ich dein Licht fast vergessen hätte

Brittainy C. Cherry
DURCH DIE KÄLTESTE NACHT
Aus dem amerikanischen Englisch von Katja Liebig
368 Seiten
ISBN 978-3-7363-1462-7

Als ich Kennedy Lost das erste Mal nach all den Jahren wieder begegnete, hätte ich sie fortschicken sollen. Aber dann erkannte ich, dass sie kurz vor dem Ertrinken war. Ich sah, dass sie von Schuldgefühlen auf den Grund gezogen wurde. Die Traurigkeit in mir erkannte dieselbe Traurigkeit in ihr, und ich wusste plötzlich, dass nichts auf der Welt mehr zählte, als Kennedy das Gefühl zu geben, dass selbst dieser Teil von ihr es wert ist, geliebt zu werden – auch wenn mein eigenes Herz daran zerbrechen würde …

»Brittainy C. Cherrys Worte haben mich tief berührt, und ihre Figuren werden für immer fest in meinem Herzen verankert bleiben.« TAMY.READS

LYX

Vom Loslassen und Neubeginnen

Brittainy C. Cherry
DEINE WORTE IN
MEINER SEELE
Übersetzt von
Barbara Först
384 Seiten
ISBN 978-3-7363-1052-0

Unsere Liebe verboten zu nennen war einfach. Doch die Gefühle zwischen Daniel und mir waren mehr als nur Leidenschaft. Es ging um Familie. Um Verlust. Um das Gefühl, endlich wieder lebendig zu sein. Unsere Liebe war verrückt und schmerzhaft. Sie bestand aus Lachen und Weinen. Vielleicht war sie verboten. Dennoch war sie wundervoll. Sie war wie wir. Und deshalb werde ich es nie bereuen, dass ich mich in meinen Lehrer Mr Daniels verliebt habe.

»Ich war auf der Suche nach einer großen Liebesgeschichte, doch dieser Roman war so viel mehr!« MARYSE'S BOOK BLOG

LYX